十王一妃

3

張廉

Kadokawa Fantastic Novels DX

Contents

十一王妃
3

睡在凹陷式的石床裡，四周圍邊格外有安全感，我和靈川也算是各得其所，樂在其中。

石床與溫泉之間的紗簾垂落，隔出獨立的臥室。我躺在溫暖而舒適的石床裡，白白也睡在我旁邊的靠墊上，舒服地伸展四肢，不久即已鼾聲雷動。

真神奇，猴子也會打呼，真的是不養不知道。以前我也不知道狗會打呼，結果我家的狗第一次打呼時把我嚇到了。

「呼……呼……」白白的鼾聲非常響，看來牠今天似乎玩累了。但我倒不覺得吵，反而備感親切，因為我以前總是在我家小狗的鼾聲中入睡的。

不久之後，我便沉沉睡去，懷揣著靈川給我的零用錢，明天終於可以擺脫水果減肥餐了。

這段日子實在是苦了我，肚子裡沒油水，很快就覺得餓了。

夢中，我獨自划船漂流於河上，撒出大網，一網一網地抓魚。不知怎地，魚兒抓上來後直接成了烤魚，一條條香氣四溢，看得我饞涎欲滴。

我拉起袖子，立刻抓起一條，烤魚卻忽然說話了：「不可以！」居然是亞夫的聲音。

烤魚的臉黑黑的，跟亞夫的膚色一樣。

我嚇得丟開，抓起第二條，沒想到第二條居然也張開嘴，發出了亞夫的聲音：「不可以！」

「不可以！」

「不可以！」

「不可以！」

瞬間，滿船的烤魚一條接一條大喊「不可以」，我在這一聲聲「不可以」中驚醒，雙耳嗡嗡作響，依然能清晰地聽到亞夫的聲音：「不可以！王！您不可以！」

我愣愣地看著白玉石床，美食片因為亞夫而變成了恐怖片……一船的烤魚對我高喊「不可以」，那場面有夠陰森詭異。

問題是我現在怎麼還能聽到亞夫的聲音？

「王！您怎麼可以讓她睡您的床？」

亞夫的聲音更加清晰，我總算聽清楚了，原來他真的來了！

天已經亮了，陽光從上方天窗灑入。我的四周被石壁圍住，一時看不到外面的情形，只聽得見亞夫那生氣而焦急的語氣。

「王！您乃聖潔之體，讓那女人住在您的寢殿已經破了規矩，現在居然還讓她上您的床？這是淫亂之罪啊！」

亞夫憂切的話語讓我一愣，我睡在靈川的床上是淫亂之罪？好大的罪名啊！難怪我之前問靈川會不會受日刑，他又是擰眉，又是沉默，最後說「這裡沒人」，像是在說沒人看見就不要緊。

靈都怎麼這麼多規矩？

不過在古代，侍婢或一般人同樣不能隨便上龍床，聽說也是殺頭之罪吧？國王的床真的不是隨隨

便便就可以上的。靈都是聖域，規矩自然更多，之前可是連面紗都不能摘，不可輕易露出容貌，可見這裡的制度有多麼封建。

「這是交換。」

空氣中傳來靈川淡淡的聲音。我悄悄撐起身體，貼著石壁緩緩探出頭，在視線冒出石床邊緣時，我看到白白也偷偷摸摸站在紗簾後掀開一角，鬼靈精似的看著外面。

薄薄的紗簾清晰映出一黑一白兩個身影，黑色的身影緊緊貼在白色身影的身邊。

「王！她是您的寵物，她的東西自然屬於您，何來交換之說？」亞夫語重心長地對靈川說著：「您是聖域尊者，您是聖潔之……」

「住口！」靈川驀然打斷了亞夫的話，隱含慍怒的聲音迴盪在幽靜的寢殿內。沒脾氣的靈川居然發怒了！

亞夫一動不動地站在他身邊，再也沒了聲音，似乎因為過於驚訝而啞口無言。

靈川在那聲怒吼後再次變得安靜。他轉過身背對亞夫，微微拂袖：「你該成親了。」

淡淡的五個字，隱隱帶出主人對僕人的關心。

我卻看到亞夫明顯一怔，微微後退了一步，對著靈川恭敬垂首：「王，請用早餐，亞夫在殿外等候。」他突然變得平靜下來，恭恭敬敬說著話，宛如之前的爭吵從未發生過，一切只是我的幻聽，他只是給自己尊敬的主人送來早餐，並提醒主人用餐而已。他這麼盡忠職守，讓人根本沒有理由辭退他，要他離開靈川的身邊。

說完後，亞夫直接低頭離開，腳步飛快，像是在逃離什麼，又宛如在回避什麼。

寢殿裡只剩下靈川一人，他白色的身影靜靜站在陽光之下，彷彿在惋嘆什麼，又像是在沉思什麼。

我一直看著他，對他和亞夫的關係更加好奇。亞夫看上去總覺得有些恃寵而驕，目空一切，甚至毫不懼怕靈川。然而當靈川真的沉下臉時，他卻又像是害怕被遺棄的小孩，死死地抱住靈川，不惜立刻降低姿態，卑微地留在靈川身邊。

靈川看似對他所做的一切毫不過問，但心裡似乎非常清楚，很有可能已經猜到亞夫不搭理我的原因。我可不認為亞夫不送食物給我是因為忘記，靈川呆，亞夫可一點都不呆，他肯定是因為其他原因，故意不吩咐別人來照顧我。

然而靈川明明知道亞夫犯了錯，卻也不追問或是深究，可見他對亞夫的容忍，這份容忍已經到了寵溺的地步，只是他不怎麼表現出來。可是從昨天開始，他忽然對寵愛有加的亞夫冷淡了起來，今天更是生氣了，為什麼？

他甚至還提到要讓亞夫成親。當亞夫聽見時，頓時改變了態度，直接回避成親的話題走了，真是奇怪，成親不是好事嗎？

我趴在石床邊，百思不得其解，搔了搔頭。我知道亞夫對靈川的感情不普通，但靈川對他的感覺看起來似乎也不太像是喜歡，兩個人之間的氛圍怪怪的。儘管我是腐女，乍看之下，這兩個絕對是虐心又虐身的配對，可是現實裡哪有那麼多男人喜歡男人啊？多半只是我們在那裡瞎萌人家的兄弟情罷了。

左眼靠近右眼的視角裡忽然映入了一抹白色的身影，我渾身一僵。唉，一隻眼睛果然有盲區，都

不知道靈川進來了。

怎麼辦？不知道他看見我這個樣子多久了，只好厚著臉皮裝不知道吧。

我裝作剛醒地伸伸懶腰，打了個哈欠：「啊～～睡得真舒服，不知道靈川那呆子醒了沒？咦！靈川王，你怎麼進來了？」

我假裝驚訝地發現靈川的白衣，往上看去。

靈川微微俯臉看我，灰色的眸中露出一絲淡淡笑意：「聽見了？」他輕悠悠的聲音像是泉水流淌那麼動聽，平和的語氣讓他的男聲帶著一種穿透人心的魔力。

我眨眨眼，困惑地看著他：「聽見什麼？」

靈川又盯著我一會兒，唇角浮出一抹淺淺的微笑：「沒什麼。」

白白從他的白袍後方探出頭，對我「吱吱」地叫，不知道想說什麼？牠眨眨藍寶石般的眼睛，忽然從身後掏出了靈川給我的錦囊。

我瞬間瞪大眼睛：「啊！白白，你這個財迷心竅的傢伙，居然偷了我的錢袋！」

「吱吱！」

白白耀武揚威地甩著錢袋。這猴子太精了！認識金子，知道那是好東西！安歌送我的金首飾牠還霸占著呢！不過此時我只想稱讚白白做得好，把我從這尷尬的局面裡解救出來。

我站了起來。考慮到靈川是聖域的王，我還真的沒脫衣服睡，就怕到時彼此撞見會尷尬。

見我跳起，白白飛快地往外跑。我跳上石台，從靈川身邊跑過，追了上去。

白白繞著巢穴跑，我繞著巢穴追。靈川靜靜站在原處，隨後緩緩坐下，呆呆地看著我們。

從這天起，我正式入住聖宮。

靈川的聖宮除了亞夫可以進入，所有少女皆不得隨意進出。正如靈川所言，其他人不會知道我睡在他的床上，頂多認為我睡在宮殿的某個房間裡。

自從那天和靈川爭吵之後，亞夫變得寡言少語，只盡一個僕人該做的本分。但他從不看我一眼，我猜他可能是怕看我時露出殺氣。

他那陰沉的模樣像是我褻瀆了他的王，爬上了他的王的床，但願他不會想像我對他的王做出什麼汙穢之事。

我每天都跟著靈川去餵河龍，然後靈川會在上午和晚飯前溜我一次。

小龍看見我們到來總是非常高興，我想牠應該比靈川還悶，於是我會留下白白陪小龍，然後拿著靈川給我的零用錢獨自上市集買吃的。為了避免麻煩，我會戴上面紗。在上次的神棍事件後，很多人摘了面紗，特別是開門做生意的，不過還是有些人依然戴著，畢竟現在正值過渡時期，相當正常。

在我買食物時，靈川不會跟我去。他似乎有點孤僻，再加上那頭銀髮相當耀眼，一入市集馬上就會被人認出。身為尊者，似乎連市集也不能隨便踏入，感覺真可憐。

他會留在祭台陪河龍，然後呆呆的主人和呆呆的龍大眼瞪小眼，可以瞪好久！有一次我離開時，他們開始傻傻地看著彼此，等我買了饅頭回來，他們居然仍在凝視著彼此。而白白那傻猴子以為這是

某種比賽，居然也瞪大眼睛，像木頭人一樣一動不動，跟著他們一起發呆。

這份呆氣實在有夠頂級，簡直呆入化境了！

到了晚上，我會給喜歡聽故事的靈川王講述我在安都的經歷。當然其中有一部分是杜撰的，另外有一部分也隱藏起來，讓這個故事成為故事，而非事實。

其餘的時間我都在畫畫。

在安都時，我因為怕忘記那裡特殊的悲涼景色，畫了很多線稿，結果靈川拿出來要我講故事時，倒像是連環漫畫了。

在安都最後的那段日子裡，我多半待在那座小亭子裡畫畫，可惜還來不及把伊森的畫完成補色，他就帶著那幅畫走了。

有時我會盯著畫架發呆，因為不知道該怎麼和伊森聯繫。我想他還是會來找我的，因為他的大部分精靈之元還在我的身體裡。

我呆坐在小舟之中，隨著水流搖曳，畫出暢游水中的魚兒，以淡淡的線條勾勒清澈的水紋。不知不覺又過去了七天，既然沒有相機，我決定用畫筆把靈都的美景記錄下來。

飛舟用的能源是精靈之力，我已經學會獨自駕駛飛舟。剛才為了去市場而飛過山澗時，我一時興起，想來這山下作畫，把這些不懼人類，時不時從面前飛躍而過的魚畫下來。

牠們似乎知道自己成為了我筆下的主角，反而變得矜持起來，即使飛躍過我的面前，也不再甩尾用水潑我，而是努力做出各種優美的姿勢，讓我把牠們畫下來。

哈哈，這個神奇世界裡的動物真的很鬼靈精，害我都不好意思想著要吃牠們了。

嘩！一條幾乎跟河豚一樣巨大的金色錦鯉從我面前躍過，美麗的身姿在陽光下閃耀，片片金鱗在水光的渲染下更加燦爛奪目，一道晶瑩的水簾被牠帶起，如同一串迷人的水晶。

我畫下線條，那些魚兒落下後並沒有離去，而是圍繞在我的船邊，看我作畫。

我把畫好的線稿拿給牠們看：「滿不滿意？這只是草稿，上色之後會是這樣的效果。」我再把完成的畫給牠們看，牠們看了一會兒，看似滿意地在我的船邊游來游去。

我開心地放下畫稿，仰躺在小舟上，在這山柱之間漂蕩。靈都真美、真靜、真適合畫畫。

如果真的離不開這個世界，我想我會選擇在靈都生活。

忽地，手心傳來一絲刺痛，我恍然回神一抬手，看到裡頭金色的血流正在慢慢消退，不禁有些悸怕。

我要離開這裡，這裡的一切都像是《少年Pi的奇幻漂流》裡出現的那座島嶼，充滿誘惑，使人陷入安逸，卻又隱藏著未知的危險，在不知不覺中侵蝕你的身體，最終化作它的一部分。

我放下右手，在搖晃的小舟中看著上方似乎也跟著擺盪的金沙流雲。我到底該怎麼離開這裡？是那道詭異的圖騰引領我來到這裡的，然而我在這個世界再次見到它時，它卻成了日刑的刑台。當亞夫念動咒語之際，真正的陽光闖入了這個世界，成為毀滅這裡人類的最強武器，那份力量甚至可以消滅人王。

我愈發覺得要回去，果然還是必須研究一下那根圖騰石柱。想著想著，我在金色的天幕下慢慢睡去，睡夢中依然躺在搖曳的小舟裡，在天際遨遊。一旁滿身圖騰的巨大魚兒此起彼伏，甚至連小龍也遨遊在天空中，宛如吉米畫筆下的夢幻奇妙世界。

醒來時，我的身邊坐著一個人，我驚惶起身，小舟隨著我的輕動而搖晃。與此同時，我也看到了那頭長長的銀髮，是靈川。

他側對我坐在那裡，沉默不語。我抬手整理頭髮，卻發現手鐲已扣在手腕上，銀鍊被我提起，冷光閃爍的另一端是他右手的戒指。

「靈川？」我有些驚訝地看著他：「你怎麼來了？」

「天色晚了。」他抬起右手指向天空。我仰頭一看，才發覺此時已屆黃昏。銀鍊從他的指間垂掛而下，在夕陽中染上了一層淡淡的金色。

他轉身看向我，暮色讓他的臉朦朦朧朧，線條模糊，可是從那雙深凹的眼中，我看到了他對我的一絲擔憂。

「妳不見了。」僅僅只是簡單的四個字，卻令人心裡生起一絲感動。看著再次和我相連的銀鍊，我忽然感到一絲歉疚，輕輕問他：「找我找了很久嗎？」

他靜靜點點頭，我在他溫柔的目光中充滿歉意地低下頭：「對不起，讓你擔心了。因為這裡……實在太舒服了……」我抬頭，視線緩緩掃過巨大山柱間的河流：「我突然想畫下來，一時忘記跟你說就跑來了。這裡真的很美……」

靈川緩緩拿起船中的畫稿，一張一張慢慢地翻開，魚兒在我們四周環繞，時不時抬起頭看向我和靈川。不久，他忽然放下畫稿，神情認真地看著我，銀髮在河風中輕揚。

「沒有我。」他突然說。

我愣了一下，他的態度忽然變得那麼嚴肅，是因為這些畫稿裡沒有他嗎？

「我也要入畫。」他鄭重地說，我一時瞠目結舌。因為知道他是聖者、是聖潔之體，我實在不確定是否能為他作畫，深怕畫了又會替他惹來麻煩。畢竟人們曾經無法窺視靈川的容顏，又如何作畫？

我的確很想畫他，畫下那份美、那份呆、那份萌、那份靜。靈川是個特殊的模特兒，他身上的氣質是世間眾人所沒有的，只存在於幻想中，抑或是某人的夢境裡。他出塵脫俗如同小龍女，大智若愚則宛如姜太公。

然而礙於太多原因，讓我至今沒有畫他，總覺得在自己落筆之際，就開始了對他的褻瀆。我不敢以筆勾勒出他的曲線、他的輪廓、他的容貌，那會讓我有種用自己的目光觸摸他、撫摸他的罪惡感。

這是當我在畫別人時從來不曾有過的感覺，只是因為他的聖潔。

我和他就這樣在漸漸西沉的夕陽中對視良久。我的內心猶豫不定，他的目光卻分外堅決。

我好怕畫著畫著把他畫受了……長得受也是種罪孽，唉……

砰！船體突然像是被什麼狠狠撞了一下，我一個重心不穩往後倒，靈川則像是被人從背後狠狠一推般，灰眸圓睜地朝我撲來。倒在畫紙上的我驚訝得抱頭縮緊身體，他一手撐住船沿，一手撐在我的身旁，那頭銀髮如同掛簾般垂落我的面前，在金色的日光下閃爍迷人的光澤。

我的目光受到他的銀髮深深吸引，無法移開。那是一種帶著水色的銀，當日光褪去，那銀髮之中的藍色便透了出來，美得讓人差點忘了呼吸。

「妳又得罪魚兒了？」上方傳來他輕悠悠的聲音。我緩緩回神看向他，那張近在咫尺的臉因為被銀髮遮掩，顯得晦暗不明。

小舟在河面上變得平靜，不再搖晃。我眨眨眼：「沒有啊，我幫牠們畫畫時牠們還挺開心的。」

他在我上方側了側臉，緩緩起身，長長的銀髮擦過我的耳邊，婀娜華美的帕巾拂過我的臉頰，那冰涼絲滑的柔順感讓人心頭為之融化，在他離開後仍深深眷戀。

他緩緩站起，我也愣愣地跟著起身。靈川的頭髮觸感非常特殊，帶著一種宛如水一般的纖柔。

飛舟緩緩飛升。此時魚兒忽然再次躍起，晶瑩的身體在淡淡的月光下高高飛過靈川面前，他抬手撫過鱗光閃閃的身體，嘴角淺淺揚起，說了一聲：「調皮。」

聽見這兩個字從他口中說出，我的內心忽然一動，忍不住說出深藏已久的心聲：「不該這樣的！我本來想趁你不在偷魚吃，你這樣要我怎麼下手？」

靈川微微一怔。當魚兒落下後，他轉頭看我，我氣悶地別開臉：「你！真！討！厭！讓我都不能殺生了！」他的善令我自慚，他的聖令我自愧，他對待動物的親切令我自我厭惡。他越是聖潔，越是突顯出我滿身俗氣，令我自感汗顏。跟水星人在一起，實在讓我這個火星人很有壓力。

他在我身前靜靜站了一會兒，白色的衣衫在夜風中飛揚。

「妳真的想吃嗎？」他忽然問。

我仰頭看著他，他的容貌在飄起的銀髮中若隱若現，眼神深邃得令人無法看清，卻隱約散發出一股寒冷的殺氣。

「唉……」我嘆了一聲：「現在不……」

話還沒說完，忽然一條普通大小的錦鯉又高高從靈川身後躍起，就在此時，那雙灰眸之中赫然劃過一抹冷光，他不回頭地直接伸出右手，白袖飛揚，指尖碰到魚身後的水簾之際，水倏然開始凍結，冰花綻放，迅速蔓延上魚兒的尾巴，乃至全身。

一切只發生在眨眼之間，魚兒瞬間成為冰雕封凍在半空中，身後的水流也化作冰簾，和下方的河面連結在一起。

我驚訝地將頭探出飛舟，只見眼下的一片河水都已結冰，河中的魚兒被凍在冰河之中。

我抬頭望向靈川，他的銀髮和白衣隨風飄飛在夜空中，顯得冰冷無情，讓人敬畏。那身寒氣瞬間讓周圍的空氣變冷，深凹的眼中是異常淡漠的眸光：「我並不聖潔，我也是凡人。」淡淡說完後，他轉身抓起那條被封凍的魚，蹲下身放到我的面前，面無表情地看著我：「還想吃嗎？」

我呆呆地望著那條魚，由於牠是瞬間被凍結的，所以神情鮮活依舊，那雙圓睜的眼睛也依然鮮亮，似乎有些不解到底發生了什麼事。

靈川把魚放到我的面前後起身，再度以指尖輕觸那條冰簾，冰簾驀然化作水珠灑落夜空。我又轉身看向下方的湖面，發現那裡已經恢復如常，所有曾被冰封的魚兒再次歡游在水中，完全不知自己曾被人冰封，陷入生命危險，還失去了一位同伴。

心中一陣唏噓的我轉了回來，吃驚地望著淡然站立的靈川：「你的能力是水嗎？」

他抿了抿唇，沒有說話，神態恢復如昔，眸光靜靜落下，呆滯地盯著那條結冰的魚。我也愣愣地看著他……靈川剛才那一瞬間爆發的殺氣又是怎麼回事？他看上去不太像是喜怒無常的人，也不像是因為我說「想吃魚」而被激怒，畢竟當初我想吃別的東西，他便聲明說「除了肉」，他是不殺生的，我應該還沒尊貴到讓他為我破了殺戒的地步。

這樣的反差必有誘因。

仔細回想起來，靈川在冰封魚兒後只說了一句話：「我並不聖潔，我也是凡人。」他強調的是他

並不聖潔。而七天前的那個清晨，無論亞夫之前如何勸阻他，他都沒有發火，但是當亞夫不斷提醒他是聖潔之體時，他便突然發怒了。

聖潔……聖潔……

難道他其實深深地厭惡著「聖潔」這兩個字？一如父母不停地對孩子說：「你要做個乖孩子……乖孩子……乖孩子……」這周而復始的強調不曉得讓多少孩子無法忍受而叛逆出逃，想想靈川可是聽了一百五十多年。方才他要我畫畫，我也因為他是聖潔之體而猶豫不決，雖然沒有明說，但我的神情很有可能讓他感覺到了。

靈川看似有些呆傻，其實他的心比明鏡還要清澈，能很敏銳地察覺對方的心思，就算不作回應，也在他心裡留下了印象。

我了然地仰頭看著他：「我明白了，什麼聖者、聖殿、聖潔之體，或是這個不可以、那個不可以，都讓你煩了，是不是？」

他沉默地搖櫓前行，沒有回答。飛舟在這番寂靜中緩緩返回靈川的聖殿，皎潔的月色灑落在我們的身上、船上。

良久，傳來了他輕悠悠的聲音：「我殺過人。」說完，他不再發言，只是帶著我靜靜回宮。

他殺過人……靈都的聖域之王、服侍河龍之神的聖潔之體……殺過人……

這個答案可真是嚇到我了。

我和靈川一如往昔地對坐在巢穴裡，彼此間只擺著一盞油燈，白白坐在一旁，也成了我的聽眾。

今天又多了條魚在我們中間，我盯著魚眼，心情複雜。

「不吃嗎？」靈川再次問我。

我立刻搖頭，這哪裡還吃得下去？下午明明還在一起玩，突然就把牠吃了……而且怎麼吃？我雖然吃過冷凍鮭魚，但冰凍鯉魚要怎麼吃？更別提那堅硬的魚鱗了。

「那……算了。」

靈川說了一聲，不再看魚，轉身和往常一樣從枕邊拿出一幅畫，畫的是扎圖魯起義那天，我在王宮前的廣場看到安歌與安羽一下一上的景象。

安羽站在陽台上，身後的黑紋如同骨翅般開展，令人生畏；下方的安歌卻有著一雙如同天使般純潔的翅膀，讓人安心。

「安歌活過來了？」靈川不解地看著我。昨晚我剛講到安歌之死，我隨著扎圖魯闖入皇宮的橋段。

我望著那幅還是線稿、沒有上色的畫，最近忙著畫靈都，沒時間替以前的作品上色。明天我還要再去市集買些紙來裁作畫紙，這裡的紙做得倒是不錯。

我伸手從靈川手中抽回畫，看向他：「今天不講了，不如說說你吧。」

「我？」靈川愣愣地看向我，我說：「是啊，你不想跟我說說你的故事嗎？」

「嗯。」他直接拒絕我，一點猶疑都沒有。

「……」真是不給面子，秒速被拒絕讓我一下子不知道該怎麼接話。和他大眼瞪小眼一會兒後，我忽然想起了亞夫的事：「你之所以生亞夫的氣，是不是因為他老愛提醒你是聖潔之體？」

靈川一愣，似乎沒想到我會突然提到亞夫。

「亞夫已經七天沒怎麼跟你說話了。」我繼續補充。

他緩緩回神，卻又目光低垂，再度開始發呆。

見他那副呆然的神情，我感覺有些失落，我以為我們住在同一個屋簷下半個月，至少也算是朋友了，結果原來靈川王只是把我當作寵物，而且還是那種不交心的寵物，純粹是義務性地給我一點吃的，提供我一個住的地方。

他可真是寡情啊。

「所以……你連亞夫的事也不想跟我說嗎？」

「嗯。」他依然很直接地拒絕了我，我頓時覺得無趣起來：「真沒勁，今天沒心思講故事了。」

說完，我起身準備走人。

他立刻朝我伸出手來，伸到一半時卻又收回手，垂下臉。

「噗————」

白白朝靈川做了個鬼臉，同樣露出無聊的神情跟在我身後。牠走到魚兒身邊踢了一腳，沒想到那尾魚卻忽然動了！

原來在不知不覺間，魚兒解了凍，又活過來了。

「吱！」

白白因為魚兒突然動起來而嚇了一跳，跳到我的後背上，抓住我蓬鬆毛躁的長髮。我欣喜地回頭抱起魚，牠真的活過來了！但似乎有些缺氧，正大口大口呼吸著。

靈川愣愣地望著魚，我開心地笑看著他：「看，牠沒死！我得把牠放到水裡去。」我把魚抱了出

去，靈川隨我一起出來。我直接把魚往一旁的溫泉裡放。

「不要！」他急急地喊，但我已經把魚放入溫泉中，接著疑惑地看著靈川：「不要什麼？」

靈川眨了眨眼，指向溫泉：「魚會死。」

會死？魚放到水裡怎麼會死？

「怎麼可能？」

我疑惑地往溫泉裡看去，頓時全身僵硬，只見放到水裡的魚全身燙紅，熟了……

「吱吱吱吱！」

白白在溫泉邊著急地跳著，伸手戳了戳眼珠變白、浮在水面上的魚兒，隨後看著我大嘆一聲，抱住雪白的頭搖晃起來。

我驚愕地說：「怎麼……會……」

「牠還沒完全解凍……」靈川蹲到我的身邊，看著水裡的魚：「而且牠們適應冰水，無法在溫泉中生存……」

我心裡五味雜陳，本來不忍心殺魚兒，結果卻因為我的愚蠢而成了魚湯……

「吃吧。」靈川不知道是不是故意的，居然跟我這麼說。

我朝魚兒伸出手，看著牠變白的死魚眼，全身一陣惡寒，感覺自己像是個殺人凶手。我閉上眼轉過頭，咬著下唇說：「埋了吧。」

「妳來拿。」靈川淡淡地說。

我訝異地睜開眼，對他眨了眨眼睛。他淡定地望著我，薄唇微啟：「妳殺，妳埋。」悠然的聲音

裡卻讓人隱約感覺到一絲笑意。

他從我面前站起，轉身時白袍和銀髮掃過我的面前。我僵在原地很久，才咬了咬牙看白白：「你來拿。」

白白眨了眨那雙如藍寶石般的眼睛，「吱——」一聲朝我咧開嘴，露出整齊潔白的猴牙，就是不肯拿。

真是不夠義氣……靈都不僅天氣冷，人心更冷，這裡所有的生物都沒良心！

我只好用臉盆把魚兒的屍體撈起來，那泡得撬開的鱗片裡隱隱可見已經被燙熟的雪白魚肉，罪惡感頓時席捲全身，讓我寒毛直豎。

我努力不看魚，將牠端出聖殿。靈川倒是已經挖好了一個坑，站在月色下靜靜看我。我一邊打哆嗦，一邊把魚倒進那個坑裡，雞皮疙瘩掉了一地。

「吱吱。」白白站在坑邊，學人雙手合十，像是在祈禱魚兒下次投個好胎。

靈川回頭看向我，目光筆直地落在我身上。我望著他：「怎麼了？」

「妳看看。」他說。

「看什麼？」

他看了我一會兒，灰眸中掠過一絲銀霜，忽地伸手朝我而來，白色的衣袖掠過我的臉邊，指尖穿過我蓬鬆的髮絲，我眼罩的繫帶被他扯落，自我的右眼鬆脫，他臉上那宛如冰晶般的花紋頓時映入我的眸中。冰藍色的光絲滲入他的銀髮之間，讓他的頭髮在月光中也染上寒涼的色彩。

不知道是因為他的美讓人眩目，還是左右眼不同的世界讓我一時暈眩，我的眼中出現了模糊的疊

影，太陽穴也隱隱作痛。

我立刻閉起左眼，眼前的世界才再次變得清晰。

靈川拿著眼罩望向我：「看看魚。」

原來他是想讓我看魚。我移動右眼的視線，隨即驚訝不已——魚的身上原來也有花紋！

一直以來，我以為只有人身上才有那神祕的圖騰，完全沒想過要用右眼去看其他生物，今天的情況卻讓我大吃一驚！魚兒身上的花紋如同藍色的波浪。我立刻看向白白，果然牠的身上也有圖騰，白色的螺旋紋路一如猴尾巴般，纏繞在牠身上。但跟魚兒不同的是，白白身上的花紋是閃耀的，也就是說……牠是閃耀之猴？猴中之王！

「妳看到什麼？」靈川輕悠悠地問。

我吶吶地回答：「……有花紋。原來這個世界的每個生物身上都有花紋，這到底是什麼？」我不解地看向靈川。半個月相處下來，我深深感覺到他是個智者，或許他能解開這個連伊森也不知道的謎團。

他抿了抿唇，低頭看向魚。白白眨著璀璨的藍色眼睛，不停來回張望著我和靈川，接著也學靈川看魚。

靈川在月色中愣怔了一會兒，說：「妳試試。」

我愣愣看著他：「試什麼？」

他沒回答，只是緩緩蹲下身，抓起坑邊的一捧土撒落在魚兒身上。隨著黑土緩緩撒落，花紋卻開始從魚兒身上漸漸脫離，被泥土覆蓋。

白白也幫忙靈川撒泥，一邊「喔喔」地叫著，像是要魚兒一路走好。

我在這神奇的景象中久久沒有回神。那花紋到底是什麼？它隨生命而綻放，卻沒有因生命的消逝而凋零，反而離開了肉體。它像是寄生在肉身上，現在離開後又要去哪兒？

正疑惑間，我卻看見那花紋從泥土中鑽出，像是一株小苗，在土堆上慢慢發芽成長，最後長成一棵神奇的小花枝。我蹲下身，好奇地看著這一切，花枝上緩緩綻放出一朵美麗的藍花。

「妳看到了什麼？」靈川蹲在我身邊問，雪白的衣衫垂落在我的腳邊。

我驚嘆地說：「開花了。」

「開花？」靈川順著我的目光看去，彷彿也想看到我所敘述的景象。

月光灑落在花朵上，它顫了顫，又開始凋零起來，隨後一枚果實漸漸從凋零的花中出現。這瞬息萬變的開花結果是那麼地神奇，卻又那麼地匪夷所思。

果子的顏色和魚兒身上的花紋一樣。它漸漸變大，掛在花枝上，並在一陣夜風拂過時發出了清澈悠遠的聲音。「叮——」那聲音像是一種召喚，宛如昭告某人它的降臨。

眼前驀然掠過一抹暗紫色的光芒，兩隻身穿黑衣斗篷的小精靈落在花枝旁，完全不在意我們的目光，似乎覺得我們看不到他們。他們的面容被斗篷深深藏起，只露出身後的黑色翼翅，和一把長長的死神鐮刀。

其中一隻比較高的小精靈揮舞鐮刀，朝果實與花枝相連的地方削去，像是在收割果實一般。另一隻較矮的小精靈攔住他：「殿下，這種粗活還是讓我來吧。」

「滾開！本殿下今天心情不好！」說完，那黑衣精靈一刀揮下，果實立刻墜落，另一隻小精靈匆匆將它接在懷裡：「殿下，我知道您對伊森不出戰很不悅，但也不能拿這些脆弱的靈果出氣啊！」

伊森！我立刻提起十二萬分的精神。聽起來這兩隻精靈知道伊森的下落！而且似乎還在跟他交戰。忽然一個念頭迅速掠過我的腦海——如果我抓住其中一隻，豈不是就能要他幫我給伊森帶話了嗎？精靈很少出現在人類世界，導致我現在依然無法與伊森聯繫上，眼下正是千載難逢的機會，我一定要把握。

「那個可惡的伊森，是看不起本殿下嗎？」自稱殿下的精靈惱怒地說著。我想都沒想，直接伸手抓住了他小小的身體，他頓時僵在我手中，另一隻黑衣精靈也在月光下漸漸石化，懷中的靈果緩緩滾落。

我眼明手快地接住。當靈果被收割後，花枝也漸漸枯萎，消失在空氣之中。我將靈果放回那個精靈的懷中，靈川疑惑地看著我：「妳在抓什麼？」

我立刻放下抓住精靈的手，用另一隻手指著魚兒的土堆：「結果了，我在抓果子！」

「靈果？」靈川立刻起身，似乎因為過於驚訝，一時顯得有些激動難言。

靈果！他說的跟黑衣精靈一樣，果然他知道得更多嗎？

見他反覆地抿唇，我抓緊黑衣精靈，緩緩起身。靈川擰擰眉：「暗夜精靈應該快到了，我們還是不要打擾他們收割靈果。」說完，他開始加快腳步，走回聖殿。

另一隻暗夜精靈依然傻立在月色下，一陣夜風過來，揚起了他的斗篷帽，露出一張雪白精緻的臉，皮膚不知道是本來就白，還是被我嚇白的。他們的模樣跟伊森差不多，唯一不同的是耳朵更長更尖。

我望向他，隨後直接抓著另一隻精靈，跟上靈川。白白拍拍土堆，雙手合十，盤腿坐在上頭……我有種預感，白白一定會成為猴佛的！

「放開我！」手裡的暗夜精靈回神了：「妳這個大膽的……粗魯的……愚蠢的……唔！唔！」我用大拇指直接按住他的頭，雖然在精靈不現身的狀態下，靈川既聽不見也看不見，不過放他在那裡聒噪也挺煩人的。我抓著他，放到身後用力搖晃，宛如抓蛇一般，抓到蛇一定要狠狠抖牠，這樣牠才不會纏上手臂，所以我想把這精靈先抖暈了。

果然沒過多久，他徹底沒了聲音。察覺到手裡的東西變得軟綿無力後，我立刻問靈川：「靈果是什麼？暗夜精靈又是什麼？」

靈川繼續往前疾走，腳步帶風，衣襬和銀髮一起飛揚。他邊走邊說：「傳說生靈死後會結出靈果，靈果裡是生靈的靈魂。之後暗夜精靈……或稱做死亡精靈，會前來收割果實，讓他們再入輪迴。一旦靈果毀滅，也就代表靈魂徹底灰飛煙滅……」

「原來是這樣……」我點點頭。記得伊森跟我說過，他們守護光明，暗夜精靈守護黑暗，送走逝者的靈魂，原來他們是這個世界的死神。

轉眼已經到了寢殿，但靈川並沒有入內。

「妳先睡吧，我要去看一下典籍。」

他看看我的右眼，深思了片刻，轉身大步離開。

靈都是聖域，藏有許多關於神的典籍，或許我在這裡真的能找到答案。

見靈川走遠，我跑回自己的巢穴。這段時間巢穴都被靈川占了，裡頭充滿了他身上特有的清新味

道，這種味道很好聞，讓人感覺神清氣爽。

我找來了一根細繩，接著放開手裡的精靈，他已經沒了反應。我立刻拿起繩子綁他，卻沒想到他忽然飛了起來，原來他裝死！他揮舞鐮刀，狠狠朝我揮來：「暗夜死光——」

又來？

一道黑色的光束從他的鐮刀裡衝出，直接朝我的臉射來，但我看都不看，直接揮手一巴掌拍在他的身體上，瞬間把他拍回地面。

「啊！」

我扣住他，他在我的手心下被拍得頭昏腦脹。

「真是學不到教訓，白痴。」我把他拎起來，沒收了他的鐮刀，再把他綁緊，把舀來的溫泉水潑在他的身上。他猛地跳起，穿著黑色的小靴子在地面上直跳，斗篷帽上下亂顫：「快放開本殿下，妳這放肆的女人！妳知道本殿下是誰嗎？」

「我管你是誰！我問你，伊森在哪裡？」我拿起他的鐮刀，猛戳他被我綁緊的身體，鐮刀在我手裡就像一把小小的叉子。

他趔趄了一步，掀起黑斗篷看我：「妳找伊森那個娘娘腔做什麼？」

「你說誰娘娘腔？」我大感憤怒，拿起鐮刀敲他的頭：「你居然敢說伊森是娘娘腔？我告訴你，他才不是娘娘腔！」

「他不敢出來應戰，只知道躲在王宮裡，擺明就是個娘娘腔！」他不屑地謾罵了一會兒，朝我看來！「哦……我明白了，妳是伊森公主的朋友？」

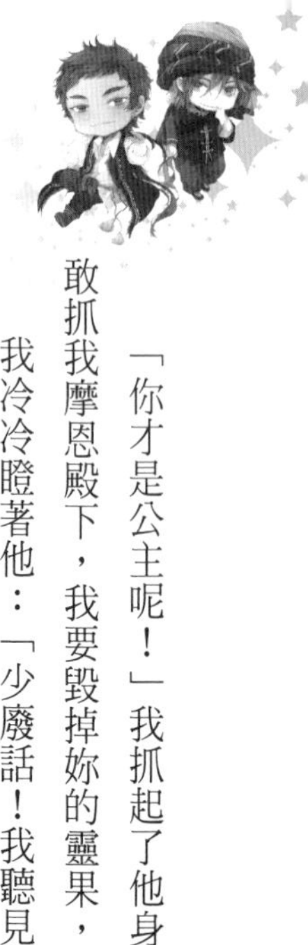

「你才是公主呢！」我抓起了他身後的翼翅，他在空中用力蹬腿：「妳放開我！放開我！妳居然敢抓我摩恩殿下，我要毀掉妳的靈果，讓妳永遠無法復生！」

我冷冷瞪著他：「少廢話！我聽見你們提到跟伊森交戰的事了，我要你幫我帶話給伊森！」

「哈哈哈——」摩恩仰天大笑：「妳居然想要我幫妳帶話，而且還是給伊森帶話？怎麼，你們該不會是情人吧？」他的語氣變得有些放浪。

我冷笑一聲：「錯了，他和你一樣，是被我這樣捉起來當寵物玩的。」

摩恩的身體頓時在我手中僵硬。

我揚起邪笑：「你不幫我帶話也行，那就只好留下來代替他當我的寵物吧。你們精靈小小的，非常好玩呢！」我充滿惡意地拿起鐮刀，往他的身上一戳又一戳。

「誰敢說本殿下小？」

宛如死亡氣息的黑紫色光芒忽然從他身上迸發，巨大的黑影登時朝我撲來，我還來不及反應便已被人重重壓住，脖子上架著一把森然的鐮刀。

我失算了，伊森無法變大是因為他失去了精靈之元，沒有足夠的力量。但摩恩的精靈之元還在，他可以隨時隨地變大！

沉重的身體壓在我的身上，我尚未遮起的右眼裡看到了從黑色斗篷裡衝出了張牙舞爪的黑紫色氣息，它們朝我撲來，輕觸我的臉龐。

「哼……人類，妳的膽子不小，居然敢抓本殿下？本殿下倒是很欣賞妳的膽量。」他伸出手，雪白的手上同樣纏繞著黑紫色的花紋，異常尖銳的指甲勾畫在我的臉上：「看妳長得不錯，身材也很合

身上。

本殿下的胃口，既然妳橫豎都得死，不如先伺候伺候本殿下？」說完，他一手捂住我的臉，跨坐在我

「你放開我！」形勢完全逆轉，超乎了我的控制。

「哼，現在換妳求我放開妳了？」他好笑地用雙手扣住了我的手腕，按在我的臉邊，並以身體壓住我，貼上我高聳的胸部。

他將嘴唇貼在我的臉邊，冰冷的黑色斗篷散發著一股死亡的氣息：「要是讓本殿下舒服了，本殿下或許可以考慮留下妳的靈果，讓妳復生。」壓低的聲音化成熱氣，噴吐在我的臉邊，熱燙的舌頭舔過我的耳廓，留下一條濕痕，令我全身戰慄。

「你們精靈是不能與人類亂來的！」我還在做垂死掙扎。

「哈！」他起身大笑：「那是可笑的聖光精靈。我們是黑暗的一族，代表著邪惡，所以……」他拉高我的雙手，用單手扣住，接著以長長的指甲緩緩掃過我的臉龐，並在我的臉上吐了一口氣：「我怎麼可能放過妳？打仗打了那麼久，悶都悶死了，今天就拿妳發洩一下。」他的手突然往身下而去，像是要解褲子。

「你敢！」我憤然大吼：「靈……唔！」一團不知道是什麼的東西塞進我嘴裡。他掀去了斗篷，一頭黑紫色的長髮傾瀉而下，伴隨著煩躁的聲音：「煩死了！」

一張滿布黑紫色花紋的臉瞬間映入我的眼簾，那些如同古老詛咒圖騰般的花紋絲毫不讓人畏懼，反而帶著一分神祕和邪魅。

分外尖削的臉讓他的面頰也顯得瘦削，異常高挺的鼻梁呈直角三角形豎立於他的臉上，這是個稜

角格外分明的男人，深嵌在眼窩裡的紫色眼睛眸光銳利，長長的尖耳朵緊貼額邊，讓他比伊森更神似神話裡的精靈王。

一頂暗紫色的王冠戴在他的頭頂，黑得發紫的瀏海凌亂地垂在王冠上，長髮微微蓋住了他兩邊尖尖的耳朵，緊貼在雙頰兩側。

「哼，妳也算是個珍奇之物。」他以銳利的目光上下掃視我的身體，好奇的話語自他的唇中而出。由於下巴過於尖削，使他的唇形看起來也比常人更小一分：「一個凡人怎麼可能看見我們精靈一族？妳到底是什麼東西？」

他扣住我的臉轉來轉去，好奇地來回檢視，接著低下頭用鼻子聞了聞，卻忽然怔住，隨即興奮地起身：「妳身上居然有精靈之元？哈哈哈……」他仰天大笑，像是得到了寶藏：「稀奇，真是稀奇！一個凡人的身上居然有精靈之元？太好了！」

他眸光灼灼地盯著我的臉，我緊張地望向他……他想幹什麼？

他邪邪地舔了舔唇，唇邊黑紫色的花紋在舌尖綻放出一朵絢麗的小花：「看來……我們今晚……可以……慢慢吸……」漆黑的斗篷隨著他充滿邪氣的聲音中神奇地褪落，露出了一身堅韌的黑色護心甲。和伊森的士兵一樣，眼前的精靈也只穿著鎧甲，赤裸的脖子和手臂暴露在空氣中，散發出男人的野性。

我忽然想起伊森那一身如紗一般的長袍，難怪他會被別人稱做公主了……再加上他又長得那麼雌雄莫辨，那麼好看……所以……眼前這個叫摩恩的傢伙之所以這麼不悅，是因為他看上伊森了嗎？還左一個娘娘腔、右一個公主地叫……肯定沒錯！

我絕對不會讓他搶走伊森的！居然敢盯上我的男人？我要讓他為此後悔！

憤怒瞬間讓我全身的血液沸騰，胸口的火焰不斷燃燒。他說要慢慢吸，是想吸什麼？難道是我的精靈之元？

好啊！看我們誰吸誰！膽敢覬覦我的男人，我今天就廢了你！

啪！黑色的鎧甲從他身上脫落，露出滿布黑紫色花紋的精壯身體，那些花紋讓眼前的男人變得性感起來。他緩緩俯向我，張開雙唇，帶著邪惡笑意的眼裡滿是興奮與激動：「我要吸走妳的精靈之元，使我更加強大。」

他果然是要吸走我的精靈之元！不行，那是伊森的，我絕對不能給他！

我奮力掙扎，但他並非以精靈之力，而是用男人的力量制住我，我根本無法反抗。看著他越來越近的嘴唇，我胸口滾滾的熱源就快要脫口而出。

他瞇眼一笑，張開了嘴，裡頭隱約可見正在轉動的黑紫色氣流。他埋下臉，叼走我嘴裡的布團，像是拔去瓶塞、準備品嘗佳釀一般。

他扣緊我的下巴，逼迫我承接他的唇瓣。火熱的雙唇印在我的嘴上，我立刻感覺到一股強大的吸力開始牽動我胸口的力量。

只見他的眸光漸漸迷離起來，像是在盡情地享受，我的力量漸漸被抽離，雙手發軟。他鬆開了我的雙手，撫上我的身體，火熱的手掠過我的胸部，接著用力地握緊。他深吸一口氣，目光瞬間燃起了欲望的火焰，更加用力地吸取我體內那屬於伊森的力量。

我雖然心急，卻無力阻止……為什麼我的精靈之元會被他吸去？難道是因為他也有精靈之元，而

且是巨大和完整的？就像仙俠小說裡比拚元丹的大小？

不行，我不能坐以待斃，不能在失去精靈之元的同時被他霸王硬上弓！最後還要被他殺死。這就是我那瀾的命運？我不服！我不服！

「嗯……嗯……」

巢穴裡響起男人情欲燃燒的低沉嗓音，他一邊吸取我的力量，一邊伸出舌頭進入我的口中，抓住我胸部的手焦急而下，開始拉扯我的衣帶。

我看著他赤裸的身體和渾身的花紋，忽然想起在安都當安羽想掐死我時，我抓住了他身上的花紋，他那時顯得非常痛苦，不過因為當時伊森的雷電也正好落下，所以我無法判斷抓住安羽的花紋是否對他造成傷害。但現在面對即將失身失命及失去精靈之元的慘境，我只能放手一搏了！

我立刻狠狠抓住了他胸口最為粗大的一脈花紋，用盡全身的力氣一把攥緊，他頓時發出一聲悶哼，牽引我精靈之元的力量瞬間消失。與此同時，他痛苦地緊閉雙眸，長直的睫毛不停顫動。但他的精靈之元仍在運作，他似乎一時無法離開我的唇，我們的唇就這樣被兩股力量吸住了！見狀，我趕緊用另一隻手插入他的紫髮，扣住他的後腦，將他死死按在自己的嘴上，然後重重地吸吮。

他瞪大了紫瞳，情欲的火焰霎時被驚愕取代。我不停地吸、用力地吸，也不確定是吸回了自己的精靈之元，或是又多吸了他的，只覺得到最後不是自己在吸，而是胸口的精靈之元在不斷地滾動，捲走那些力量，難怪他剛才無法離開。

摩恩的雙瞳漸漸變得無神，像是被人扼住脖子窒息般失去了氣息，我的胸口也越來越脹，越來越難受。

我終於無法忍受地推開他，坐起來不停乾嘔：「噁！噁！」

眼下彷彿經歷了一場大戰，深深的疲憊感頓時席捲全身，我一陣暈眩、倒落地面，模糊的視線中已不見摩恩的人影，只有個小小的東西趔趄地爬起來，在我的視野裡晃動，接著跌跌撞撞地飛了起來，慌忙地逃出了我的巢穴。

我在他遠去時慢慢閉起雙眼，唇角揚起了一抹冷笑：「哼，你絕對還會回來找我的。」

不知睡了多久，我發現自己呆坐在那熟悉的沙漠裡，上方原本金色的精靈之元此刻卻和另一股黑紫色的力量纏繞糾結，像是太極裡的陰陽圖紋般在我的上空不停旋轉，彼此慢慢協調，慢慢適應，最後歸於平和。

兩股相等的力量在這個寂靜的世界裡融合。我坐在它們的下面愣愣看著。看來想找回伊森只能靠摩恩了。

緩緩地，我從沉睡中甦醒，淡淡的晨光自巢穴外灑入。我坐起來摸摸自己的身體，沒感覺到異常，只覺得眼睛左右的畫面不一樣，有些暈眩。

我從懷裡拿出眼罩戴上，視野頓時舒服了許多。我長舒一口氣，感覺精神更好了。

「王，該起床了。」有人掀簾而入，卻在看到我時驚呼後退：「怎麼是妳？啊！」他因為著急後退而重心不穩，「啪」一聲摔入了外面的溫泉。

我爬出巢穴，只見亞夫浸在水裡，全身濕透。我看著他：「亞夫，我知道靈川為什麼生你的氣了。」

亞夫一怔，小麥色的臉上露出一絲期待卻又擔憂懷疑的神情。他似乎盼望我的答案能協助他與靈川和好，但又同時懷疑我的意圖。

我坐在池邊凝視他，絲製的衣服在濡濕後完全貼在他的身上，露出精壯的體型和屬於男人的性感肌肉線條，亞夫看起來比靈川健碩許多。

「昨晚我也惹他生氣了。」我真誠地說，因為我覺得他是個忠僕：「我懷疑可能跟『聖潔』兩個字有關。」

亞夫愣了愣，眸光閃爍，像是陷入了回憶。

我繼續說：「你那天對他說出『聖潔之體』後，他就生氣了；我昨晚也因為覺得他是聖潔之體，不想替他畫畫，結果也讓他生氣了。我問他是不是因為我們常說他『聖潔』，使他感到煩了？但他沒有回答。亞夫，你是不是總是說他聖潔，令他對這兩個字反感了？」

亞夫愣愣地坐在溫泉池中，視線有些渙散，像是真的被我說中，太多太多的聖潔湧上了他的心、他的腦，讓他不由得也發呆了起來。

唉，主人喜歡發呆，養隻寵物也愛發呆，現在連僕人都呆了？

「怎麼了？」

靈川悄無聲息地自殿外走入，情緒看起來已經恢復平靜，似乎是找到了他想要的答案。而他的聲音讓亞夫立刻回神，匆匆從池中站起，恭敬地走了出來，濕答答地垂首迎向走來的靈川，渾身的水染

濕了晶亮溫暖的大理石地面。

我起身解釋：「亞夫摔進池裡了。」

靈川有些淡漠地看向亞夫：「怎麼會？」畢竟亞夫平日相當穩重，不像是會不小心摔在水池裡的人。

亞夫依舊沉默不語，我只好替他解釋：「亞夫來叫你起床，卻沒想到我睡在巢穴裡，把他給嚇到了……對不起，亞夫。」

亞夫微微側身點了點頭，算是給我一個回應。

靈川看看我，再看看亞夫，接著眨了眨眼，輕輕對他說：「去換衣服吧。」

「是。」亞夫應了一聲，匆匆離去。

靈川接著又取出了銀鍊。我彆扭地說：「不用了吧？我現在不會離開你的……拴在一起多不方便，每次上廁所還要跟你彙報……」

但他沒有說話，只是一直看著我，看起來似乎相當堅持。我只能伸出手，讓他把鐲子銬在我的手上。

當我轉身時，他淡淡說了一個字：「乖。」

什麼？他還真的把我當寵物玩？

他開始向外走去，我不得不跟上。白白不知道上哪兒去了，大概又跑出去玩了吧？牠性子野，除了吃飯之外，整天幾乎不見牠的猴影。

「靈川，你是不是把我當成一隻會說話的寵物養？」我在他身後問，也不指望能得到他的尊重

了。他那麼呆，之所以這樣拉著我八成是覺得有趣。

「嗯。」他點點頭。果然……

我快步走到他身邊：「我剛才跟亞夫說你不喜歡聽『聖潔』兩個字。」

他的腳步驀然一頓，站在中庭的花園間，光滑的大理石地面依然暖和，溫熱的水氣在溫泉池中升騰而起，飄散在庭院裡，讓整座花園宛如置於仙宮般縹緲。

他側頭看了我一會兒，淡淡的眸光裡掠過一絲不悅，銀髮和雪白的頭紗在水氣中揚了揚，伴隨著兩個冷淡的字：「多事。」說完，他直接轉身走人。

我呆站在朦朧如仙霧的水氣之中，直到銀鍊繃直，才被他拽動腳步。我立刻追上靈川，不服氣地說：「你怎麼能說我多事？雖然你不怎麼關心我，但我很關心你。我能陪你多久？也就只有一個月，現在半個月都過去了……」他忽然停下腳步，呆呆朝我看來，深凹的灰瞳中掠過一絲波瀾。我繼續說：「亞夫才是一直陪著你的人。我只是覺得他太悶，想盡可能地改變他，讓他可以陪你說說笑話，或是講講故事。不然等我走了，誰講故事給你聽？」

靈川一直呆呆地望著我，臉上的表情像是這才發覺我們在一起已經有半個月了，能相處的時光也只剩半個月了。

他愣了一會兒，卻似乎想起了什麼，忽然轉身加快腳步，銀鍊頓時被拉直。我跟在後面趔趄地跑著，發現他走的不是平常的路線。

眼前出現一座小屋。靈川停下腳步，轉身將食指壓在唇上：「噓……」示意我安靜。

他打著赤腳輕輕走上前，我也小心翼翼地跟在他身後。他走到小屋窗邊，輕輕推開一條縫隙，轉

身悄聲對我說：「妳看看。」

嗯？這是要我看什麼？這麼謹慎？

他微微讓開一個位置要我站過去。我走向窗前，從縫隙中看進去，望見了正在換衣服的亞夫。我吃驚地張口，然而還未發出驚呼，便忽然有人急忙從身後捂住我的嘴，連帶把我的頭按在他的胸膛之上。

我瞪大眼睛看著亞夫，卻突然感覺到後方的胸膛裡傳來一陣劇烈的心跳，那心跳聲很快就恢復了平靜，剛才似乎是它的主人因為碰觸我而陷入了短暫的慌亂中。

靈川緩緩放開我，我怎麼也沒想到他居然是帶我來看亞夫！

亞夫正在脫下濡濕的衣服。靈川輕輕扯去了我眼罩的繫帶，當它鬆脫之際，亞夫也褪去了一身黑色的衣物，深藍色的冰紋頓時出現在他的身上，閃爍著低調的光芒。

我有些吃驚，因為亞夫身上的花紋居然和靈川相似，不過是帶著一抹黑色的深藍，所以光芒顯得比較黯淡，看起來更像是冰面裂開的紋路，而非靈川身上綻放的冰花。

那些龜裂的花紋遍布在亞夫健碩的小麥色後背上，隱隱閃耀，這代表他也是閃耀之人。畢竟以官職論，亞夫在靈都可說是一人之下，萬人之上，所以的確沒錯。

不過我還是第一次看到有人身上的花紋跟王的類似，這又意味著什麼？

如果靈川不是人王，身上的花紋不會動，那不就等於身分和亞夫一樣？至少也是平起平坐的吧。

真是奇妙……我不禁想起那條魚。魚兒死後，花紋離體結成了靈果，當牠重新投胎，那花紋會不會繼續跟隨呢？

當我感到困惑難解之際，一隻冰冷的手忽然捂住了我的眼睛，視線被遮住的那一瞬間，我看到亞夫開始脫下黑褲，露出了分外結實硬挺的臀部。我不得不承認，亞夫的身材……好好……

愛美之心人皆有之，好色之心人亦有之。但此「色」帶有褒義，是一種欣賞，一種讚美。

我們以前學畫畫時，也會不斷地改變裸體模特兒的形象。當我們畫到老人時，態度是肅然的；不過畫到漂亮的模特兒，無論男女，多少會更加起勁一點。

以我畫過的裸體來說，亞夫的身材不錯。當然昨晚的摩恩可能比他更好，不過我那時無心欣賞，只顧著保命。至於伊森雖然美，但就身材來說偏受。安歌雖然有肌肉，可是整體體型偏少年，感覺沒有完全長大。

男人的性感在於肌肉，不能太過明顯，會讓人感覺是一疊石塊的堆積，但也不能像伊森那樣太少看不見。肌肉勻稱，線條清晰，才稱得上是剛剛好；如果再加上窄腰翹臀長腿，就是性感。

靈川捂住我的眼睛轉身，重新將眼罩給我戴上，領著我輕輕離開。當我們來到小龍湖邊時，我還在回味亞夫的體格，那樣的身材配上小麥色的肌膚和柔順的黑色長直髮，讓我有種想迫切畫下來的欲望。這是對美的欣賞，不像男人還會聯想到一些機械運動。

「妳看到了什麼？」耳邊傳來靈川淡淡的聲音。我隨口回答：「和你的花紋差不多。真奇怪，除了凡人的花紋比較統一之外，我很少看過有跟王的花紋類似的閃耀之人。」

他一陣靜默，提起白衣緩緩坐下，將赤裸的雙腳浸入碧台邊的水中。我緩緩回神，看看四周，卻還是不見白白……牠到底去哪兒了？

我只好隨著靈川坐下。他又開始對著湖面發呆，銀髮在風中輕揚。

「你覺得我剛剛提到改變亞夫的事怎麼樣？趁我還在，半個月足夠改變他了。」我自信滿滿地說。

但他沒有回答，依然淡漠地看著前方。祭台上已經備好了食物，他隨手拿起一個水果，放在身前，像是在等小龍前來。

沒過多久，視線角落裡出現了一抹青黑色的身影。我想讓亞夫知道我在幫他，於是刻意對靈川說：「亞夫一直和你在一起。你把我當作寵物對待也就算了，可是亞夫對你那麼忠心耿耿，你幹嘛一直生他的氣呢？直到現在都對他那麼冷淡。」我曾經以為亞夫和靈川是像里約和扎圖魯那樣的好兄弟，可是我錯了，靈川雖然從不責備亞夫，對他卻過於冷淡。我有時甚至會覺得靈川在刻意疏遠亞夫。

為什麼？明明我剛來的那天還能感覺到靈川雖然對亞夫並不熱情，但仍懷著一絲寵愛，怎麼突然間就疏離了？

遠處的人影在我的聲音中頓住了腳步，靜靜地以一種崇敬的目光，望著靈川飄飛在風中的銀色長髮。

偷窺過亞夫後，我忽然對他產生了一種古怪的虧欠感。這裡的人不能在別人面前裸露肌膚，亞夫卻被我看了個精光，感覺有些對不起他的貞潔，所以我希望補償他，想協助他和靈川和好。

「靈川，你理理亞夫吧？看在他對你那麼忠誠的份上……」我再次規勸靈川，然後壓低聲音：「而且你還讓我看了他，總得負點責任吧？」靈川把我當成什麼？窺視鏡？要我這也看一下，那也看一下，現在居然連人都得看？

幽靜的風拂過靈川漠然的容顏，他看起來一點都不愧疚，神情平淡得像是我看亞夫和看魚對他而言是同樣的性質。

他雙目空洞地看著湖面，輕悠悠地開了口：「該換僕人了。」

我心中一驚，急忙說：「你怎麼這樣？亞夫對你那麼好，你居然還要換掉他，你怎麼可以這麼無情？」我勸他是想讓他跟亞夫和好，怎麼越勸越離了？

嗯？為何會有種他們兩個是夫妻的感覺？

黑色的身影在我的聲音中掉頭離去。我著急地扯著我和靈川之間的銀鍊：「跑了！亞夫跑了！你知不知道他剛才就在後面！」

「讓他走！」靈川似乎知道這點，忽然嚴厲地說。我驚訝地看著他，他的神情卻如同眼前的湖面般平靜。

凝視他一會兒後，我不再看著他，轉身拿起一根香蕉，朝著湖面氣悶地吃了起來。這個人真無情，幸好我不是他的僕人，不然肯定傷透心了。

「亞夫的父親也是我的僕人……」靈川忽然說了起來，我轉頭看著他，但他依然目視前方：「亞夫的父親成婚後不能再服侍我，服侍聖者的，必須也是處子。」

我眨了眨眼，這裡的聖潔是以有沒有發生關係來判斷的嗎？那我可真是不夠聖潔了……

「亞夫八歲那年，他的父親把他送上山，將他進貢給我做為將來的侍從。在這個世界，能服侍我是最高的殊榮，我念在亞夫的父親對我忠誠，便收下了亞夫。」

我愣愣地看著他，他這是在跟我說亞夫的故事嗎？靈川第一次對我講起了故事，而且是個長篇的

故事，不再是用短短的兩三個字將我打發。

原來亞夫那麼小就上了山，難怪靈川對他寵愛有加，畢竟他看著亞夫長大，亞夫就像是他的孩子。

「我很喜歡這個孩子。我教他認字，教他讀書，教會他很多東西，可是……我現在才知道我錯了，我不該教他靈都的條規，讓他漸漸成為執行這些規則的機器……」

靈川的神情變得有些黯淡，湖風揚起了他臉邊絲絲縷縷的銀髮：「亞夫在十六歲那年正式成為我的僕從，開始管理靈都，起先他管理得很好，我很放心。他嚴格遵循每一條神律，慢慢地卻變得越來越嚴苛，越來越像……前一位靈都王……」靈川的灰眸出現了片刻的失神，看來上一任靈都王和他似乎又有著另一個故事。「每一年都有少年少女被他投入這湖中，接受河龍的宣判……」

「什麼？為什麼？」好端端的，把人扔到河裡做什麼？

靈川轉過臉，神情有些凝重：「這是溺刑，是淫亂的少年少女們必須接受的懲罰。犯下淫亂罪的他們被扔入湖中，如果被河龍救起，代表他們獲得了河龍的寬恕；如果沒有被救起，就會直接溺死在湖中……」

我在這番可怕的言論中心寒地看向眼前的湖面，難怪總是覺得這裡陰風陣陣，寒氣森森。

「他們……他們是怎麼個淫亂法？」如果是在別的世界，我或許不會多問，畢竟每個國家都有自己的法律，更別說這裡是異世界的另一個國家。但靈都是個只要摘掉面紗就會被認定為放蕩的國度，我不敢確定。

靈川輕嘆一聲，轉頭看向湖面，沉默不語。

淒冷的風掠過湖面，帶起一絲波瀾。小龍一直沒有出現，像是和白白私奔去了，不想待在湖裡繼續這種苦悶的生活。

「如果妳不是我的寵物……」他再次輕悠悠地說了起來：「可能被亞夫判處死刑好幾回了……」

我心有餘悸地看著他。他說得對，之前我睡在他的床上，亞夫就已經說這是淫亂之罪，要將我處以溺刑。原來溺刑像是以前的浸豬籠和投湖，那些殘忍的刑法在這個神聖的世界裡依然持續著。

這個世界……真的聖潔嗎？聖潔是用嚴苛的刑法和寶貴的生命換來的嗎？

我茫然地看著平靜的湖面，和靈川一同出神。他之所以總是發呆，是不是和我一樣，對這個世界充滿了質疑？

「妳還要幫他說話嗎？」不知道過了多久，靈川忽然問。

我傻傻地看著他，沒回過神來。他看著我，又是一嘆：「妳也呆了。」

我眨了眨眼：「我為什麼不幫他說話？他只是愛鑽牛角尖，我又不討厭他。」

「但他討厭妳。」淡淡說完後，他垂眼看向湖面，湖面上終於起了一絲漣漪，遠遠可見小龍青黑的脊背，上面有個白影正在亂竄——小龍和白白牠們回來了。

我欣喜地起身，朝牠們大喊：「你們去哪兒了？」

「吱～～～～～」白白也朝我大喊。

我開心地笑著。

「畫我。」靈川忽然淡淡地說。我低下頭，愣愣地看了他一會兒，不經大腦地說：「是要畫穿衣服的還是不穿的啊？」

他微微一怔。我恍然回神，拍了拍腦門：「對不起！以前念書時畫別人，我習慣這麼問了……你穿著就好。」我的臉一下子紅了，總覺得自己像色狼，只好趕緊解釋：「我可不是色狼哦……」

「噗嗤……」他低頭笑了。我因為他淡淡的笑容而有些愣怔，立刻蹲下身看著他微微勾起的嘴角，那張呆臉瞬間因笑容而鮮活，俊美的容顏也讓人感覺到如水般的溫柔。

他注意到我在看他，於是朝我看來：「怎麼了？」

我愣了愣，繼續解釋：「我想跟你解釋清楚啊。」他的表情瞬間變得有些認真，我趕緊說道：「以前掉下來的人都是考古的，不會提起我們這些學美術的人，再加上幾十年前的人比較保守。這段時間以來，上面的美術發展相當迅速，開設了專門的機構供人研讀美學，了解理論的同時，我們也必須經常練習，唯有勤於創作才能越畫越好。我們會特別請一些人做為作畫對象，叫模特兒，他們有時穿衣服，有時不穿衣服，但你不要認為畫裸體就是色情哦！那是一種藝術，你……明白嗎？」我忽然有些沒自信，因為藝術的界限實在太抽象了，春宮圖也都是裸的嘛。

他認真地盯著我一會兒，點了點頭。

我鬆了口氣：「你能懂就好。我去準備一下，幫你和小龍畫一幅怎麼樣？」

其實我是個不太在意別人怎麼看我的人，而且跟靈川的相處時間也只剩下半個月了。但不知怎地，或許是因為他的聖者身分，反倒讓我有那麼一點在意了。

只見他以一雙灰眸淡淡地望著我，沒有回答。我眨了眨眼，問他：「怎麼了？」

他也眨了眨眼，反問我：「那我到底要不要脫？」

我的臉瞬間黑了：「你在耍我嗎？」

他淺淺一笑，回頭溫和地看著緩緩而來的小龍，並朝牠伸出手。小龍悠揚地「嗚——」了一聲，低頭蹭上了他的手心，人與自然界動物和諧美好的景象深深烙印在我的腦海中。

方才答應靈川時，我其實還不知道要畫什麼，但現在靈感來了。

白白幫我拿來畫板和畫筆。我忽然發現自己到現在都不覺得餓，大概是吸精靈之元吸飽了。摩恩什麼時候會回來找我呢？他跟伊森到底是什麼關係呢？他會不會對我的伊森霸王硬上弓呢？

天啊！

我的大腦嗡嗡作響。以前畫男男總是越畫越興奮，我現在卻只想幹掉摩恩！

我的伊森不會那麼弱的，他只是看起來有點弱，其實一點都不弱。想想他的力量，再想想他的體力……

我的臉瞬間炸紅，什麼不好想，居然想到那件事上了！

不能想、不能想……我趕緊屏除腦中的雜念，望向不遠處靈川和小龍互動的畫面。糟糕，他們又開始面對面發呆了……

他們靜靜地看著彼此，靈川微微揚起下巴，小龍俯下臉，一人一龍像是情人般一動不動地相互凝望，靈川的小腿微微裸露在湖面上。我有時會想，靈川是聖潔之體，不能隨便窺視，那我看了他的小腿，是不是會被挖出眼睛？

這幅人與動物對視的畫面讓我的心漸漸平靜下來。我開始在畫紙上勾勒出他們的線條，白白在我身邊「喔喔」叫著，積極地遞筆遞橡皮，牠只會在我畫畫時變得格外乖巧。

我輕輕地畫出靈川非常清俊的混血容顏，筆下的美男又多一位；接著簡單地描繪他銀髮的線條，

同時暗自感嘆著靈川的美，以及能畫他的榮幸。

當夕陽橘紅的光輝灑落而下時，又將靈川的銀髮染成了淡淡的金色。純淨、美麗、聖潔……這些詞套用在靈川身上並不為過，我不禁想起亞夫，他到底是個執行條規的無情機器？還是在以自己的方式守護靈川的聖潔？

從小跟隨在靈川身邊成長，看著那麼美的男子擁有永遠不老的容顏，漸漸長大的亞夫又會產生怎樣的心境變化？會不會從依賴變成保護，從崇敬轉為守候？

他會不會……愛上了靈川？會不會在靈川入睡時靜靜坐在他的身邊，撫摸他的銀髮，拂上他的容顏？或是演化為更強烈的欲望，想脫去他的衣衫……

我一個激靈清醒過來，一不小心就把畫上的靈川衣服給脫了……我扶額自嘆，總覺得此刻身為腐女的自己是那麼地罪惡！

我實在不該隨便妄想靈川的，他那麼聖潔！我這個沒節操的傢伙，居然把那麼聖潔的人給畫性感了……

只見紙上的靈川衣領半垂，赤裸的肩膀在銀髮下若隱若現。他抬起左手觸摸小龍，衣袖滑落他的手臂，露出迷人的雪白藕臂，一條腿則彎在碧台上，潔白的衣袍微微掀起，修長漂亮的玉腿裸露在空氣之中。

事實上靈川的衣服很緊，無論他把手抬得多高，就算伸到頭頂，衣袖也不會滑下半分；至於褲腿除非他自己挽起，不然也不可能掀開。

我歉疚地靠在畫板上……我錯了，我錯了，我錯了！我這個腐女不該對聖者胡思亂想，該死的靈

川，長得那麼受做什麼？

不過……算了吧，那瀾，就算是亞夫那種攻型，妳畫到最後也會把他的衣服脫光的。

唉……我沒救了，身在聖域，居然得不到聖潔的淨滌。

我深吸了一口氣，將手伸向白白：「橡皮。」

牠遞上橡皮，我開始猛擦。

「為什麼要擦？」靈川的聲音出現在右側，我正擦著畫中人大腿的手頓時僵硬，感覺像是偷偷摸著靈川的腿，結果被逮個正著。

右眼瞎了實在該死！視線有盲區真不方便。

我偷偷抬頭看向畫架後方的祭台，靈川果然已經不在那裡了……只有小龍大大的腦袋正懶洋洋地靠在祭台上，灰色的眼睛朝我看來，像是給了我一個白眼。

我縮起腦袋，臉越來越紅：「對不起……我不是有意的……」不自覺地畫成這樣，證明我已經腐入腦髓了。

「別擦。」靈川臉邊的銀髮如紗簾垂落，衣衫輕輕相觸之際，我聞到了他身上特有的雪水清香。

他湊到畫架前，眨了眨眼：「我喜歡這個我。」接著伸手輕觸畫中人，並在撫上他赤裸的肩膀時頓了頓。

我立刻拿筆準備補上衣服：「你放心，我會幫你加上衣服的……」

「不。」他推開我的筆，淡定地說：「我要花紋。」

我一怔，不由得轉頭用左眼偷偷看著他認真的側臉。靈川該不會是個悶騷吧？不僅不介意我把他畫成這樣，還要我給他補上花紋……他明明那麼聖潔，卻喜歡我筆下這個看起來非常隨興性感的自己。我偷偷轉回目光，得出一個結論——要嘛是他悶騷，不然就是叛逆了。

綜合這一百五十年的苦悶生活來看，後者更有可能。

「你確定？」我再次以一個插畫家的嚴謹態度詢問當事人。

「嗯。」他肯定地點點頭，忽然伸手扯落我眼罩的繫帶，眼罩頓時掉到我的腿上。耳邊傳來他淡淡的命令：「畫。」

我愣愣地看著畫。他解開我眼罩繫帶的動作可真快……

他離開我的身邊，走回祭台，夕陽貼近如鏡的湖面，拉出了橘色的長長身影，和小龍的身軀連在一起，小龍緩緩離開祭台，沉下身體，傻傻地望著他。他神態平靜地開始寬衣解帶，絲毫不覺得羞怯或是尷尬，像是平時沐浴脫衣般尋常。

我驚了驚，縮回畫板後方，心跳加快……靈川是瘋了嗎！他到底在想什麼？怎麼越是不讓他做的事，他現在越是想做？越是要去破壞？

「吱吱吱吱！」白白在我腳邊跳著，我看向牠：「你想做什麼？」

牠用畫筆指指自己，再指指畫：「吱吱吱吱！」

「你也想被畫上去？」

「吱吱！」他用力點頭，放下我的畫筆，接著跑向祭台。

我偷偷將頭探出畫架，靈川正緩緩褪落衣領，當赤裸的肩膀在銀髮下若隱若現時，我一陣暈眩，匆匆低下臉。我是個罪人，是我誘使他脫衣服的，如果伊森在，一定又會說我好色了。

伊森，我發誓，我對靈川的心是純潔的，毫無齷齪的思想，是以很嚴肅認真的態度在畫這幅肖像畫的。

唉……現在他脫都脫了。跟這個呆子相處半個月下來，我知道他很固執，想做的事根本沒人能阻止。

既然如此，就畫吧。

我深吸了一口氣，這是我有史以來畫過最聖潔的男人。

平復了一下心情後，我再次抬眸，靈川已經提袍坐下，漸漸擺出畫中人的姿勢。

他單手撐在地面，身體微微後仰，絲滑的衣衫瞬間掀到了他的腰間，肌膚大半裸露而出，比我畫的還要暴露。我大感驚訝，因為他的身體比想像中來得健碩許多，無論是肌肉的紋理，還是結實寬厚的胸膛，完全都不顯纖弱。

原來他是穿衣服顯瘦的類型？他的身材絕不遜色於亞夫，只是皮膚比亞夫白，或許是因為常年不出門吧。

真是沒想到靈川的身材一點也不受。

他的一條腿垂在祭台外的水中，一條腿曲起，褲管滑落腿根，整個人幾乎快要全裸，只留腰間的白衣遮蓋重要部位。慵懶後仰的姿勢讓他形如借酒消愁的男人，在祭台上邀請神龍對飲。

長長的銀髮鋪滿他的全身和碧台，銀白的月光灑下，讓它們瞬間染上月華，光彩奪目。他雪白的胸膛和那抹粉紅在銀絲下若隱若現，一身冰藍的花紋則像是完全汲取了月光的精華，在身上一一綻放，帶出了一種水的妖嬈，美得讓人忘記呼吸。

小龍朝他低下頭，幾乎和靈川相同的冰紋在牠身上綻放，但更加巨大。此刻他們宛如一體，心靈相通。靈川緩緩將手伸向牠的臉，當牠低頭之際，他指尖上的花紋已經開始延伸，與從牠眼角蜿蜒而出的紋路像是花藤般纏繞在一起，像是自遠古時分離的一對靈魂在今生相遇，他成了人，牠成了龍。

我在這一刻感受到了巨大的衝擊。我第一次看到動物身上的花紋是活的，它們也有靈性，小龍是真的神龍，牠和白白是不同的。

白白靜靜站在他們的身邊，寶藍石的眼中在月光下流露出一絲崇拜和敬仰。

我立刻畫下靈川的身體曲線和紋路，接著匆匆走回祭台，站在一人一龍的身前。

靈川收回手，依然衣衫半褪地傻看著我：「怎麼了？」

我想都沒想地直接蹲下，急忙拉好他的衣服：「你不可以這樣，靈川。我知道一百多年來的繁文縟節讓你堅持到快要發瘋，但你也不能以這樣的方式來對抗。僅此一次，下不為例哦！」我用力繫好了他的衣帶，認真看著他。

他臉側的冰紋在月光下朵朵綻放，映入我的右眼。他依然保持原來的姿勢，單手撐地，單腿曲起，灰色的美眸目不轉睛地凝視著我。

我擰擰眉，低頭拉好他的褲管，遮起那在月光下宛如蔥白的腿，上頭不見半根腿毛，細膩的肌膚上纏繞著冰藍色的圖騰。

「這一次……」他忽然說，我眨了眨眼睛看向他。「我想破壞那些規矩。」

「為什麼？」我吃驚地問。

「嗚……」小龍長鳴一聲，像是在為他叫好。白白竄上我的背一躍，緊緊攀住了小龍巨大的腦

袋，好奇地望著靈川。

靈川坐直了身體，頭紗在風中輕揚。他從懷中取出一個繡著藍色水紋的眼罩，銀鍊像是墜飾掛在兩旁。他拉起我臉上的眼罩，雙手緩緩伸過我的鬢邊，為我繫上沾染了他的氣味和顏色的眼罩。

「因為妳。」他緩緩收回手，靜靜地看著我。我一愣，他抬手指向我：「妳是從外面世界來的叛逆者，挑戰著這個世界所有的秩序，妳可以改變這個世界，是妳讓我有了打破這一切的勇氣。」他的神情平靜得像是剛才脫衣要我畫他的時候。

「不……不……靈川……這樣不好……」我著急地看向他，他卻搖了搖頭，在清冷的月光下溫柔地望著我：「從妳揭下大家的面紗開始，這個世界已經因妳而開始轉變。我必須先嘗試改變，才知道在妳離開後，要如何繼續改革這個世界。」

我總算明白靈川所做的一切是為了今後的改革，他知道任何變化都不能操之過急，在那之前，他想先嘗試打破各式各樣的規矩，才知道哪些應該被破除，哪些可以繼續保留。

我豁然開朗地笑了：「好吧，就這一次，我幫你打破那些煩人的陳規。」

他笑了，輕勾薄唇，深邃的眸裡流露出和煦的目光。這是他第一次正面對我微笑，夜色下的笑容宛如水中觀月般，虛幻不真。

他抬頭看向小龍：「河龍，麻煩你了。」

我愣了愣，轉頭望著祭台邊高大的河龍……靈川麻煩牠做什麼？

「嗚……」小龍吼了一聲，像是在回應他。牠低頭輕觸臨近水面的祭台，白白忽然對我咧開嘴，壞壞地揮揮手，像是在說「再見」。

啪！耳邊只聽見齒輪「轟隆隆」轉動的聲音，祭台開始輕微地震顫。

靈川忽然拉住我的手腕，在我還搞不清楚是什麼情況的當下，祭台忽然分開了。我和靈川瞬間掉到下面傾斜的碧綠石道上，像是溜滑梯般滑了下去。

轟隆隆！

我看向上方，祭台開始慢慢合攏，遮起了小龍的臉，和站在邊緣向我揮手的白白。

靈川抓住我的手腕，我們一直往下滑，但沒過多久後就抵達下方。燈火瞬間燃起，照亮了面前翠綠的石室。

我驚訝不已——這得用多大的翡翠來打造啊！

整個密室裡全是書架，但纖塵不染。我環視這座不大的石室，看到靠近湖水的一側時更是驚嘆不已，石壁居然通透到可以看見外面的湖水和正緩緩下沉的小龍。

小龍宛如一團巨大的陰影般遮在那面翠綠透明的石壁前，我走過去，像是踩在海底的宮殿裡，和牠隔牆對望。牠貼在透明的石壁上，把自己的臉壓得扁扁的，非常好笑。我隔著牆摸上牠那對灰色的大眼睛，牠開始在石壁上蹭啊蹭。

「居然還有這麼神奇的地方！靈川，難道你昨晚就待在這裡？」我一手摸在石壁上，轉身看著他。

他從書架上拿下一個大大的卷軸，朝我點點頭。白白昨晚似乎也跟來了，因為知道這裡的機關，牠才會那樣對我揮手吧。

「那你找到花紋的答案了嗎？」我走到他身邊問。

他擰了擰眉，搖搖頭：「我懷疑跟靈魂有關，可是這裡沒有更多的紀錄……」他環視整座石室的古籍，我也隨著他的目光看去，卻忽然在書架間隱約看到一幅等身高的畫作。我好奇地上前，發現那是一幅掛在石壁的女子畫像。

畫像上的女人奇美無比，東方民族的鵝蛋臉，杏眸巧笑，黛眉如柳，面容沉靜。一頭自然的波浪捲髮直垂而下，一直到她的腳跟，上頭點綴著小小的珍珠，一頂精美的銀冠讓她高貴如女王陛下。精緻的銀線長裙襯出她凹凸有致的身材和非凡的氣度，深V的領口露出迷人的溝壑和雪白的肌膚，一塊通透的圓形翡翠點綴在胸口。

「這美人是誰？」我轉身詢問走到我身邊的靈川。

靈川面無表情地看著畫上的女人，淡淡開口：「闍梨香。」

「什麼？」我吃驚不已，手指微顫地指著畫上的女人：「你說這是闍梨香？天啊！」我再次看向這個與我同高的女人，站到她的身旁，一邊看一邊嘀咕：「涅梵到底哪裡覺得我像她了？光臉蛋就沒得比了……」我摸摸自己的臉，再摸摸滿頭蓬髮：「就算髮型有點像，她的髮質也明顯比我好多了！而且還是自然捲，身材也比我好……」我看看她的C罩杯，再看看自己因為餓瘦了而變小的胸部，好歹還有B罩杯，也不錯啦。

我繼續盯了一會兒，注意到靈川在看我，便立刻站到闍梨香畫像前問他：「靈川，我跟闍梨香像嗎？」

靈川愣愣地看著我們，搖搖頭。

「我就說嘛！涅梵跟闇梨香到底有什麼過節？恨得都發瘋了。」對了，上次看涅梵和靈川的關係似乎不錯，說不定他知道。

他眨了眨灰眸，流露出一絲複雜的神色：「我不太清楚，似乎與他哥哥有關。」

好複雜……涅梵還有哥哥？看來這又是個悠遠的故事。

靈川傻傻地望著我，好一會兒後才遞上了那個粗大的卷軸。

我接了過來：「這是什麼？」天啊好重！我要用兩隻手才能抱住。

「規矩。」聽見這淡淡的兩個字，我不由得怔住了，手裡的卷軸「撲通」掉落，在翠綠的地面上滾了好久才停止，上頭寫著密密麻麻如蚯蚓般的文字。

我的媽啊！這麼多規矩像一圈又一圈的鍊條束縛在人的身上，能不讓人發瘋嗎？

我坐在闇梨香畫像下，開始看起這些規矩。靈川也提袍靜靜坐在對面，面對我身後闇梨香的畫像。

「侍河龍者需為處子，由河龍選出，侍奉河龍之聖者不可露體……」

我望向靈川，他也目不轉睛地回看我。我說道：「你已經露過體了。」說完，我繼續看下去：「聖女不可碰觸男子……原來也有女的侍奉河龍？」

靈川回答：「有男也有女，十六歲上山，由河龍挑選。」

我點點頭，繼續看下去：「聖子不可碰觸女子……」我抬頭看著他：「早上偷看亞夫時，你捂過我的嘴，記得嗎？」

他愣愣地點點頭。我嚴肅地說：「所以你算是碰過女子了，有什麼感覺？」

他眨了眨眼，深凹的灰眸有些發直。他追憶了半晌才回神看向我：「有點緊張。」

「……」想了半天就得出這麼一個結論？反應實在有夠慢！我於是表示：「那是正常的感覺，總之沒有造成天崩地裂，人神共怒吧？」

他一怔。我笑了笑，聳聳肩：「你看吧，後果沒有那麼嚴重嘛！」我繼續往下看：「聖子之體不可被女子碰觸……」我直接握住了他放在身前的手。

靈川毫無反應，似乎呆住了，他的手有些冰涼，和湖水的溫度一樣。我收回手看著他：「有什麼感覺？」

他定定地望著我，摸上心口：「心跳現在快了。」

「啊？」我有些無奈：「我握了那麼久，你現在才有感覺？」

他眨了眨眼，目露疑惑：「不對嗎？」

我一愣，笑了起來：「你的反應真慢，哈哈哈……」同時伸手推了推他的肩膀。他先是一怔，也朝我的肩膀推來，我再推一下，他又學我反推回來，接著淺淺勾起唇角，笑了。

我笑著說：「你看吧，男人和女人之間的關係根本沒那麼神祕遙遠，女人也是可以和男人喝酒聊天的……」

「不可以。」他直接提起卷軸，指著上頭的其中一條——女人不得喧譁飲酒。

我從他手中扯去卷軸，帶著幾分霸氣地說：「從今天起，我說可以就可以！」

他愣愣地看著我，接著抬眸望向我身後的畫像，目光顯得有些渙散。

我繼續埋首於卷軸中。靈川跟闍梨香間一定有故事，他說過，是闍梨香選他做下一任的靈都王，

說明她是他的伯樂，但他為何會參加八王叛亂？只好改天試試看能不能套出些什麼話來。

卷軸上記載著很多嚴苛變態的規矩，總覺得訂立這些規矩的一定是進入更年期的老處女，比方說滅絕師太。什麼聖子不得穿白色以外的衣衫、不得喝酒、不得吃葷、不得大聲說話……不得這樣，不得那樣，真可怕！要遵守這些規矩一百五十年，我肯定會發瘋。

難怪靈川呆了。

「不得與女子親近，不得動情，不得思淫欲……這點還算合理。」

「為什麼？」靈川忽然問。他之前一直沉默不語，卻在此刻顯得有些激動。

我愣了一下，抬頭對他說：「這點真的不可以。」

「為什麼不可以？」他湊了過來，目光灼灼地看著我，像是積蓄了太多原因可以反駁我，「我是男人！」

我怔怔地看著他，指向思淫欲那一條：「我是說不得思淫欲，動情倒是可以啦。」

他愣了愣，激動的情緒緩緩從眸中消散。再次恢復平靜的他低下頭：「既動情……又如何能不思欲……」

我心中一動，凝視著他雖然呆滯，卻又多了一分落寞的神情，輕聲地詢問：「你喜歡過別人？」

他微微一怔，眨了眨眼，拾起地上的卷軸，淡淡說道：「往下看。」

這是在逃避問題嗎？

我小聲嘟囔：「總之動情思欲可以，淫就不行了。」

身體有些僵直的他輕輕地點點頭：「嗯……」露出銀髮的雙耳染上了一層淡淡的薄紅。

真沒想到靈川也有喜歡的人。一如他所強調的，他也是凡人，他也是男人，會動心、會動情，動情又怎麼不動欲？愛上對方後，自然會想靠近她、觸摸她、擁抱她、親吻她……

至於後面的嘛……我想以他的性格應該暫時沒想到吧。

我忽然覺得當聖子真可憐。

「聖子不得飲酒，不得殺生，不得葷食，不得在餵食河龍時說話……」什麼？連餵河龍時都不能說話？我還以為靈川發呆是習慣，原來是條規定！難怪他會變成呆子。

他每天的任務就是餵河龍，卻又不能說話，能不悶嗎？

念到這裡，我同情地望向靈川，卻發現他不知何時斜靠在一旁的書架上，安然入睡。沉靜的容顏在燈火中依然有些呆傻，長長的睫毛覆蓋在深凹的眼睛上，淡淡的白色在燈光下染上一層暖暖的黃色，銀髮宛如絲毯般蓋在他的身上。我感慨地看著他：「靈川，你真可憐……」他在我的輕語中顫了顫睫毛，發出一聲低吟：「嗯……」

我起身環顧周圍，看到幽室裡也有石榻、靠枕和薄毯，讓人能在這裡靜靜看書。我拿起薄毯，發現底下有一本古籍，上頭的字似乎比蚯蚓文更古老，我卻看懂了。

古籍是用絲帛製成的，封面上以金漆寫著兩個字——因果。

精靈之力真神奇，不僅讓我跟這裡的人溝通順利，也使我看得懂這個世界的所有文字，彷彿我本來就是這裡的人。

我隨手拿起這本珍貴的絹冊，走到靈川身邊，將毯子輕輕蓋在他的身上，他微微動了動。當我起身時，闍梨香的畫再次映入我的眼簾，一個念頭驀然閃過腦海，我怔立在原地。

靈川總是面對闍梨香的畫像發呆，難道……他喜歡的是她……怎麼會？

如果是這樣，他又為什麼要參與八王之亂？這無論如何也說不通。

不，他可能喜歡的是別人吧。但那麼美麗、溫和、女王風範十足的女人實在好迷人。闍梨香，妳活了五百年，是不是活膩了，才會任由那些混帳男人殺死妳，將長生不老的詛咒留給他們呢？

他們真是活該！

然而跟他們朝夕相處、漸漸接觸真相之後，我開始惋嘆安歌的際遇。至於眼下的靈川……我低頭看著他。靈川，你的身上究竟有著怎樣的故事？會比安歌、安羽他們更複雜嗎？

我懷著對靈川身世的好奇與同情，獨自走到透明的石壁角落坐下。小龍依然貼著石壁望著我，眨了眨灰色的眼睛，也沿著石壁緩緩而下，湊到我的臉邊。

我笑著轉頭，拿起手中的古卷：「你也看得懂嗎？」但牠貼著石壁閉上了眼睛，和靈川一樣陷入沉睡。

我在幽靜中開始翻看古籍，上頭的每個字都是用金漆寫成的：

樓蘭之初，人美水美，然為財耗竭自然，血汙湖泊，水死魚逝，樹枯草盡。神化僧人勸誡，卻遭逐出城，趕至沙漠，視為妖僧，以火焚之。神大怒，以沙漠吞噬，樓蘭人墜入沙下世界，永世不離。神以印封人魂，輪迴只在此界之中，無法脫離……

看到這裡，我忽然想起安歌死前唱的那首淒涼歌謠。樓蘭人已經知道了自己犯下的過錯，並為此

懺悔了兩千年，卻依然無法離開這個世界。

難道真的沒有方法能離開這座地下城？上頭記載神以印封人魂，似乎用了什麼在他們的靈魂上做了記號識別，使他們無法離開這個世界，像是貼上了標籤，讓他們只能在這個世界生老病死，輪迴永世。

真可憐。

慢著……標籤？難道我看到的就是標籤？也就是說，我看到的是神印？我頓時打起精神，繼續往下看：

人將死，化靈樹，結靈果，再入輪迴，化靈種，因果迴圈……

靈樹、靈果……也就是我之前看到的吧。

神化三界，為神界，人界，精靈界。神王護天地，人王護萬靈，精靈王護自然生死。三界互約，相生相剋，生生相息。

從這段來看，創世之初似乎只有三王——神王、人王和精靈王，不過伊森說過這兩千年來，地下樓蘭戰爭無數，原本人王只有闍梨香一人，在八王叛亂後才形成現在的格局，成了八人。那麼想必精靈界也產生了分裂，才會分出聖光精靈與暗夜精靈兩族。

我接著往下看，眼睛卻有些疼。下面說的是神按照五行來造世……看著看著，我陷入沉睡。

我昏沉沉地做了許多亂夢，看到闍梨香的畫像，看到靈川呆立在畫前，又看到安歌在安都下田幹活，仰天像是在思念某人，還看到我剛來到這個世界時，一堆人王圍在我身邊抽籤，最後涅梵凶狠地看著我說：闍梨香，不管妳輪迴幾世，我都會殺了妳！

我猛然驚醒，朦朧中看到了亞夫的身影，他正半蹲在熟睡的靈川身前。隨著視野漸漸清晰，我看到他以最輕的力量緩緩執起靈川赤裸的右腳，近乎膜拜地輕輕吻在靈川如玉的腳背上。我頓時呆住了，這個舉動……在靈都可以嗎？

「我的王……」他厚實的雙唇游移在靈川的腳上，低啞的聲音像是在努力隱忍著什麼：「我一定會守護您的聖潔……」

靈川忽然從熟睡中醒來，眸光異常冷冽地看向捧著他的腳的亞夫：「你在做什麼？」

亞夫微微一怔，鎮定地放下他的腳，雙膝跪在他的面前：「王，亞夫請求您賜死那個女人！那個女人根本不是神使，而是魔女，她正把您帶入墮落的深淵。」

又、又想殺我？亞夫，我前世到底跟你有什麼冤孽啊？是殺了你全家，還是搶了你？你這輩子怎麼總想殺我？

瑪麗蘇女神，您護佑的女主角不是都有絕對不死，還會被男主角跟男配角毫無理由地痴愛到底的設定嗎？亞夫算是副本吧？您不能讓我死在副本裡啊！

靈川收回腳，面無表情地看著亞夫：「我想墮落。」輕悠悠的四個字，卻說得異常理直氣壯，宛如在說：「本大爺就是墮落了，你打算怎麼辦？是要用日刑曬我，還是以溺刑淹我？」

嘖……日刑真邪惡。

跪在靈川身前的亞夫驚訝地看著他，啞口無言。

靈川起身，冷淡地俯視亞夫震驚而憂切的臉：「你要抓我去日刑嗎？」

「不，王！」亞夫痛心疾首地低下頭：「王！您不能……亞夫求您及時回頭！」他緊緊抓住了靈川的衣襬。

但靈川只是面無表情地望著他：「如果不打算抓我，你可以走了。」淡漠的聲音讓亞夫的雙目倏然失去了焦距，無神地看向前方，手從靈川的衣袍上緩緩滑落。

靈川不再看他，逕自抽出一本典籍翻看起來，不與他說話，也不讓他起身，任由他一直跪在那裡，不予理睬，或是把他當成空氣。

亞夫在靈川的身前跪了許久，接著慢慢地眨了眨眼：「王該沐浴了，我去準備。」說完後，他便從沒有做出回應的靈川身邊站起，朝右側的石壁走去，那裡有一盞壁燈。他伸手拉動壁燈，石壁「轟隆隆」地移開，出現了一條幽深黑暗的長長隧道。亞夫緩緩走了進去，石門在他身後緩緩合起，遮住了他痛苦不堪的背影。

我立刻起身，跑到依然不為所動的靈川身邊：「亞夫好像很痛苦，他太執著於你的聖潔，你這樣做真的好嗎？」

靈川轉身看著我：「妳醒了？」他的神情相當平靜，彷彿亞夫的喜怒哀樂都不會牽動他半絲情緒。我愣愣地看著他：「你對亞夫真的沒有半絲感情？」

他凝視著我一會兒，點了點頭：「有。」

「那你還這樣對他？」

「因為他對我的感情已經不再純潔。」見靈川皺著眉頭說出這句話，我不由得一怔，想起方才亞夫親吻他腳背的動作，原來靈川真的一點都不呆嘛。

他眨了眨眼，流露出一絲不知是無奈還是尷尬的神情，看向一旁：「我不是呆子，我有感覺。」他第一次鄭重地表示自己不是呆子，也是會有感覺的。

「是因為亞夫碰你的腳？」我看著他。他微微一僵，回頭驚訝地望著我：「妳看到了？」

「嗯……在這裡男人不可以碰你的腳背嗎？」

靈川的臉上露出了少有的彆扭神色。他抿了抿唇：「正確的腳背禮是以額頭碰觸，表達對我最高的尊敬，但是亞夫……」他一時語塞，垂頭看向地板。

我忽然明白了，原來靈川疏遠亞夫不是因為亞夫整天念叨聖潔，而是對他的舉止反常。

「你覺得……亞夫對你的感情……是喜歡嗎？」我試探性地詢問。

「妳在看神卷？」靈川突然拿起我手中的絹冊，似乎因為太過驚訝而沒有聽見我的問題。

我點了點頭：「嗯……啊！是不是我不能看？」我有些緊張地看著他。

靈川小心翼翼地翻開絹冊，目光在上頭來回游移：「不，妳能看……但妳看得懂？」他疑惑地看著我。

見他這麼驚訝，我不禁反問：「你看不懂？」

他皺起眉頭：「古字難認。」

我驚訝地看著他，再望向他手中的絹冊，裡面的字確實比現在使用的要古老許多，有些甚至只是

一個符號。

看來精靈之元真的不能還給伊森了。

「精靈之元？」靈川似乎看穿了我的神情，目光深邃地落在我的臉上。

我一時張口結舌：「大概……是吧……」

「上面說了什麼？」他有些激動地握住了我的手臂，巨大的力道抓痛了我。我微微擰眉：「倒也沒說什麼，只是提到這個世界的成因。」

「我看到上面有言及靈果，是不是有花紋的線索？」他愈發著急地看著我，像是花紋的祕密對他來說非常重要，甚至已經超過我對它的探究。

我看了看絹冊，不帶一絲猶豫地說：「暫時還沒看到。」因為靈川太聰明，只要稍有一絲遲疑，他就能看出你在欺騙他。

如果花紋不重要，神又為何不讓世人看見?花紋是神印，是神在樓蘭人靈魂上留下的標記。而根據我在摩恩身上的實驗，已經足以證明攻擊花紋可以讓他們受到傷害!若是這些消息再流傳出去，不知道惡人是否會利用這點來控制我。我在這個世界裡已經活得夠小心翼翼了，不能再讓自己陷入更大的危險之中。

抱歉，靈川，既然是神不想讓你們知道的事情，你還是不要知道比較好。從今以後，我也不會再在任何人面前提及花紋的事了。

靈川有些失望地放開我，表情陷入呆滯，怔立在闍梨香的畫像旁。

我指了指外面：「我先去吃東西了，亞夫還在等你沐浴呢。」說完，我走向來時的入口，發現回

不去。我想大概得從亞夫走的地方出去，於是依樣畫葫蘆地拉動石壁邊的壁燈，石門緩緩打開，通道裡的燈火一盞盞自動燃起。

我回頭望向靈川，他依然在發呆。他在我說出花紋的事後，已經把花紋和靈魂聯想在一起，可以說比伊森聰明。當伊森知道花紋的存在後，似乎有所猜測，卻沒有十足的把握，還說要回去查閱精靈界的古籍。

不過我現在也只能推測花紋是絹冊裡提到的神印，我覺得這是合理的。神因為憤怒而將樓蘭人囚禁在這個地下世界中，一如囚犯有編號，神也給了他們不同的印記。不過這個神還真是個藝術家，讓大家的花紋這麼美，換作是我，直接改成條碼比較省事。

對了，那個時候應該還沒有條碼這種東西吧。

我忽然想起靈川給我的新眼罩，於是摘下來細看。眼罩的做工非常精細，銀鍊也很精緻，看他平日呆呆的，什麼時候給我做了這麼漂亮的一個眼罩？感覺有點像我買衣服給家裡的狗穿……總覺得有些怪怪的……

我沿著通道往前走，途中完全沒有岔路，一路向上，終於到了盡頭。盡頭處有一堵牆，上頭也有壁燈，我拉了一把，上方的牆打開，居然是靈川寢殿裡的石床。

我走了上來，感覺有些新奇，祕道之類的最讓人著迷了！這座古老的聖殿裡到底有多少神祕的通道呢？

寢殿裡已經準備好了食物，我隨手拿了一些，裝進自己的包包，打算等等帶白白去市集買點畫紙，牠很喜歡跟我去市集。不過在這之前，我得先梳洗一下自己。

溫泉池邊已經放好了沐浴用的花瓣和精油，還有乾淨的白色衣袍，看來亞夫來過了。

巢穴所在的浴池事實上是靈川的浴池，平日他要沐浴時會放我出去散個步，要我一個小時後再回來。

我回想起亞夫對靈川超乎尋常的感情，平日喜歡看男男作品的我，此刻卻覺得有些矛盾。亞夫的舉止相當怪異，至少在我這種自由散漫慣了的人眼裡，他實在過於嚴苛，甚至到了有些變態的境界，像是那種信教信得走火入魔、喜歡自虐的人那樣，讓人直起雞皮疙瘩。

他不僅有些極端，也太過執著於靈川的聖潔，在他的心目中，靈川是不容任何人褻瀆和窺視的，他自己甚至也只敢在夜深人靜時，輕輕親吻熟睡中的靈川腳背。然而現在靈川居然主動表示要「墮落」，難怪他那麼厭惡憎恨我。努力守護的存在被我一夕破壞，他怎麼可能不恨我？

天啊！原來他討厭我的根源在這裡？是因為我改變了他所鍾愛的，聖潔的靈川？

我忽然起了一陣惡寒。我怎麼那麼後知後覺？看著亞夫準備的東西，我只覺得心慌不已，眼下沒有靈川保護我，如果被亞夫撞見……

他不是一直要殺我嗎？

忽然間，有人自身後一把勒緊了我的脖子，我看到了亞夫的黑色衣衫。

「亞……夫……」我因為被他勒緊脖子而說不出話。他十分用力地圈住我，像是要把我給殺死。

「如果不是妳，我的王才不會墮落！」他怨毒地在我耳邊低語，黑色的長髮垂落我的眼角，遮住了我左邊的視線。

「你不能殺生……」我吃力地說，開始感覺到呼吸無比困難：「你得嚴守條規才行……你不能碰

女人……」他驀然像是觸電般放開我。我無力地跪在地上，咳起嗽來：「咳咳咳……咳咳咳……」

亞夫宛如冒犯了天條般驚慌地看著那雙抓過我、勒過我、碰過我的手，臉色發白，渾身顫抖，不住地搖頭，視線倉皇游移：「不，我沒有觸犯神條！我沒有……我沒有……我沒有！」他失控地朝我大吼：「妳是魔女——是魔女——我是在替天行道！」

我趴在地上冷冷一笑：「哼，那你呢？你又是什麼？你早上對靈川做的又是什麼？」

他僵在原地，神情變得呆滯，視線無神。我冷冷地起身看著他：「你說我是魔女，但我對靈川從未動過半絲邪念！而你呢？你口口聲聲說要守護靈川的聖潔，其實只是想獨占他吧？」

「妳給我住口！」他朝我厲聲喝斥，面部的肌肉不停抽搐，露出一抹乖張可怖的笑容：「妳說妳對我的王沒有邪念，那這是什麼？」他忽然從懷中拿出一張折好的畫紙甩開——是我昨晚打好的草稿。

「妳居然把我的王畫得衣衫不整、不堪入目！還說對我的王沒有邪念？這是褻瀆！是褻瀆！妳應該遭受日刑！」他憤然把畫扔入溫泉之中。

我驚愕地看著他將我的作品扔入水中，畫紙被熱水浸沒，徹底濕透損毀。我登時怒不可遏，再也控制不住對他的憤怒：「你這個人真是不可理喻！明明喜歡靈川的是你，又不是我！為什麼我要在這裡像是跟你互搶愛人一樣？」

亞夫像是被我徹底拆穿了祕密，愣怔在浴池邊，雙眼無神地看著前方。我悻悻然離去，一邊走一邊說：「我畫靈川是經過他同意的！而你呢？偷偷摸摸親他，真讓人噁心！」說完，我直接走出寢殿。我看亞夫和里約才是真愛，步調那麼統一，一個認為我是妖女，一個認為我是魔女。

不過話又說回來，我身上的力量實在讓人有些鬱悶，要說厲害嘛，亞夫用手就能把我輕鬆掐死；說不厲害嘛，各種魔力和神力都對我無效，所以我是屬於內功防禦型的？

我走到外頭，大喊一聲：「白白！」牠隨即竄了回來，對著我「喔喔喔」叫個不停，也不知在說什麼。

我乘上小舟，搖起船槳。白白依然在「喔喔喔」地喊著。我心煩地看著牠：「我的精靈之力只聽得懂人話，你說的我聽不懂。」不過雖然我聽不懂白白的，但牠顯然聽得懂我的。

牠停下來抓抓頭，似乎想到什麼而竄出飛舟，躍下深淵。我倒不擔心牠想自殺，山壁之間的樹藤是牠最喜歡的玩具。

片刻後，牠抓了一些東西回來，扔在船裡。

牠先是拿起一塊小木板架在面前，像是我的畫架，然後忽然戴上一捧水草，我一愣，呆呆地看著牠。

牠把水草梳理了一番，接著像人一樣走路。那水草被牠拉直，看起來就像亞夫的黑色長直髮。然後牠走到畫架邊，露出驚訝、痛苦、憤怒和悲傷的表情。那些表情雖然誇張，但我看懂了……

白白，給你的演技點一百個讚！

摹擬了一番複雜的表情變化後，牠接著從畫架上做出拿下一幅畫的動作，看了看，想撕，卻又捨不得地將它折好，放入懷中。

演了半天後，白白抬臉看我，叫著：「喔喔喔！」像是在問我懂了沒。

我愣愣地回答：「亞夫拿走了我的畫？」牠連連點頭。

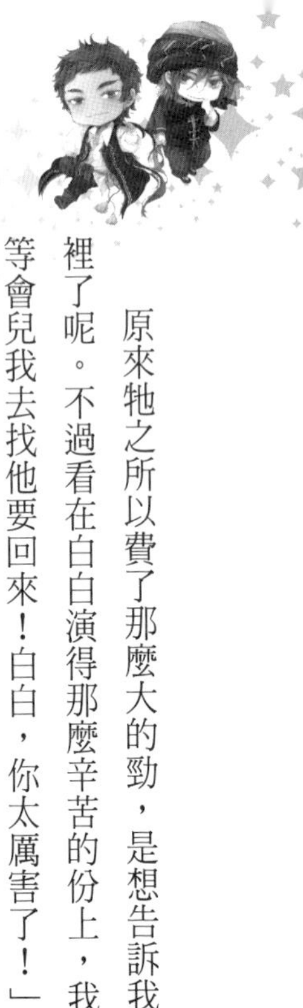

原來牠之所以費了那麼大的勁，是想告訴我這件事啊……我早就知道了，那張畫還被亞夫扔進水裡了呢。不過看在白白演得那麼辛苦的份上，我故作驚訝地說：「亞夫居然拿了我的畫？太過分了！等會兒我去找他要回來！白白，你太厲害了！」聽我這麼說，白白得意地仰頭躺在船上，雙手枕在腦後，蹺起了二郎腿。

我笑看著牠，隨後收回目光，繼續向前划。

原來亞夫捨不得撕毀那幅畫啊……他對靈川的感情實在昭然若揭。

飛舟緩緩靠近市集。我沒有戴著面紗，隨著時間流逝，靈都的百姓漸漸習慣不戴面紗的人，儘管依然有很多人沒有勇氣摘下它。

市集裡到處都是嬉鬧的孩子們，似乎只有他們才能這樣玩鬧和大聲歡笑，要想看到成年人大笑根本是不可能的事。

市集裡的百姓有的相當崇敬我，有的則懷抱著畏懼。崇敬和畏懼都來自一個原因——我曬不化，可能是個神女。

還記得在安都時，因為我流出了血，讓安都百姓更加深信我是神的使者。

「那瀾姑娘好。」

「那瀾姑娘又來買吃的啊？」這些做買賣的人倒是比較容易接受我。

我笑著點頭：「是啊，你們好。」

靈都的市集最大的特點，就是除了食物，幾乎沒有別的東西……這也能算是特點嗎？

整個市集裡只有一家裁縫鋪，裡頭的布料顏色屈指可數，主要的顏色是白色、黑色和淡藍色，服裝款式也只有兩三種。在這裡，白色是聖潔的象徵，像是成親這種神聖的慶典自然一律穿白色，這點倒是和西方國家差不多。不過在我的國家裡，白色是喪事時穿的，西洋婚紗剛引進時還曾被抵制過。

市集裡沒有酒館、肉店、胭脂鋪、雜貨鋪、棺材鋪，更別提妓院了。這裡賣的東西很單純，店鋪種類也很少，我根本買不到顏料，紙也只能在書店裡買到。書店的主人說，靈都沒有插畫家。

「那瀾姐姐，妳的另一隻眼睛是做什麼的？」孩子們圍了上來，他們起初相當害怕我的右眼，大家都認為我的右眼瞎了。但有時我會因為好奇身邊有沒有閃耀之人而拿下眼罩進行觀察，也讓他們知道我的右眼沒瞎。

一開始孩子們跟在我身邊時，大人們會惶恐地把他們拖開，然而他們看見我對孩子們很好，甚至會買東西給他們吃，漸漸地便不再拉回自己的孩子。而且孩子們也很喜歡白白，牠的可愛為我加了不少分。

「嗯……我的這隻眼睛可以看見很多美好的東西哦！」我笑看著可愛的孩子們。我剛從市集裡買了一把糖給白白，牠一邊「喔喔」地分給孩子們，一邊不忘自己吃一顆。孩子們開心極了，伸出一隻隻小手去摸牠，牠立刻和孩子們玩在一起。

靈都的零食種類很少，糖果還是從流動商人那裡買來的。這個世界有一種遊走在各個國度的商人，他們帶來了各國的特產，互通有無。

「什麼是美好的東西？」一個小女孩抱著白白問我。

我想了想：「嗯……就是讓妳覺得快樂的、開心的東西。」

「像是糖果！哈哈哈……」他們開心地大笑，和白白開始玩起鬼抓人。歡笑聲感染了生活枯燥、

不敢說笑的靈都百姓，大人們紛紛露出了溫柔的笑容，零食鋪的老闆也笑了起來。

我再買了幾個蘋果派放進包裡。因為這裡不吃肉，食物的種類很少，多數都是用水果做成的，相當單調。

「老闆，你下次能不能把蔥和菜加到餅裡？」

我向他提議，他呆呆地看著我。靈都嚴苛的條規已經深入善良百姓的骨髓，抑制了他們的想像力和創造力。

「放蔥和菜……會好吃嗎？」老闆愣愣地問我。

「當然啦！水果餅是甜的，菜餅是鹹的。不信你可以試試看。」一提到吃的，無法忍耐這段時間吃得太單調的我便開始滔滔不絕起來：「我們那裡還有一種蘿蔔絲餅，好吃極了！我跟你說該怎麼做啊……」

「嗯嗯。」老闆也聚精會神地聽了起來，周圍的人越聚越多。靈都沒什麼新聞，我的每一句話都讓他們相當好奇。

「首先把麵粉調稀，然後做出一個像是蓮花般的勺，舀一匙麵粉糊，再把蘿蔔絲放進去，然後往油裡一炸！嘶……那個香氣啊……」說著說著，我的口水都流下來了。一旁的靈都人個個愣愣地看著我，無法想像日常主食外的美味佳餚。

「嗡────嗡────」當我正說得津津有味時，天上忽然傳來了號角般的長鳴。聽得聚精會神的人們紛紛往上看去。

「這是怎麼了？」我也往上瞧，發現靈川的飛艇正從市集上緩緩飛過，映下巨大的身影。

「有王來了。」眾人告訴我。王？難道是別的王？

「那瀾姑娘，您快回去吧，王若是找不到您又該急了。」大家好心地提醒我。

我愣愣地看著他們：「王找過我？」

「是啊，上次您去山澗畫畫，王在市集裡轉了很久。」他們開始說了起來：「王不愛說話，所以也不會詢問我們。我們一開始不知道他想找什麼，還是那些不懂規矩的孩子們大膽去問，才知道王在找您。」

我聽著聽著，不由得笑了起來，想像起靈川從市集這頭找到那頭，再從那頭找到這頭，悶頭傻找，也不問別人的呆樣，就覺得好笑。

我立刻開始收拾：「下次我寫本食譜給你們，教你們做些好吃的東西。」說完，我跑向自己的小舟，高聲大喊：「白白——」一抹白影立刻竄出孩子們之間，緊追我而至。當我踏上飛舟時，牠也躍上了我的肩膀。我划著槳，緩緩追著靈川的飛艇而去。

飛舟駛過山間，許多白影在兩側飛躍，是猴族們。

「白白，你不回猴族了嗎？牠們好像挺希望你回去的。」

原先我帶著白白在山間遊走時，猴族像是受到什麼命令，只敢遠觀，不敢靠近。但自從牠和小龍玩過之後，每次當我們划著舟駛過山間，猴族便會緊隨在後，對牠致以尊敬的啼鳴。

「哼！」

白白一甩臉，居然擺起了架子，顯然猴王不求牠回去，牠是不會回去的。

唉，這猴精。

我遠遠望見飛艇停在聖宮邊緣，亞夫走了下來，恭敬地站在一旁，隨後出現了三個人。不過我還沒看清是誰，他們便已受到侍衛團團簇擁，離開崖邊。

靈川說過，這裡常有王來，不知道會不會出現安歌？心情頓時變得有些複雜的我將飛舟停在半空中，既想見見好友，卻又怕見到其他王，最不想見到的就是打算把我當成闍梨香折磨的涅梵，和時時刻刻都想殺了我為修報仇的伏色魔耶。

「吱吱！」白白抓了抓我的手，似乎在疑惑我為何不上前。

我到底是該躲起來，還是過去？

我現在是靈川的寵物，萬一他叫我但我不出現，豈不是很沒面子？我還要接受最終的「審判」，能拉攏一個王是一個，最近我跟靈川相處得那麼好，不能因小失大。

於是我立刻驅舟上前。當飛舟靠近飛艇時，我總算看見了聖宮前的情況。

侍衛們整齊地站在兩側，而且不是靈都的侍衛，他們身上穿著三種服飾，一種是漢族鐵騎盔甲，一種是北歐赤膊鎧甲，另一種是波斯服飾配彎刀。

我立刻湧起了一股不好的預感。

八王服飾各異，人種也不盡相同，當中著漢服的只有涅梵，打扮帶波斯風情的是玉音，穿得像北歐戰士般的則是伏色魔耶。

完了……我害怕地向前看去，看到來人時瞬間涼透了心。

只見靈川穿著一襲白衫，站在聖宮的台階上，下方是一身改良過的紫色窄袖漢服的涅梵，他的黑髮全數散落，只挑出一束盤在腦後，挽了個髮髻，用盤龍玉簪固定。古人講究身體髮膚受之父母，不

能隨意剪掉，涅梵的黑色長髮放下後，竟然也有靈川那麼長。

涅梵的身邊是總跟他形影不離的玉音，他穿著華貴的白色寬袖袍裙，金色的花紋幾乎覆蓋了整件袍子，複雜而精美的圖案讓人驚嘆，衣襬只到膝蓋，下方是金黃色的寬鬆燈籠褲和輕便的黑色金紋小靴。他總是打扮得豔光四射，不是衣服閃，就是身上的寶石閃。

最後是身材魁梧壯碩的伏色魔耶，他的上半身套著暗金色的鎧甲，鎧甲上有著細密的肌肉紋理，似乎是為了穿得更舒適而設計的。那頭火焰般的紅髮配上紅色的披風，更讓他像是天生的戰士，威風凜凜，殺氣騰騰。

三王齊齊站在聖潔的聖宮前，士兵隨侍於後，陽光驅散了水霧，讓人看得分外清晰。

亞夫恭敬地站在靈川身旁，依然是一身黑色。靈川對三王微微頷首，銀髮與頭紗在微風中輕輕飛揚。

「靈川，你怎麼不戴面紗了？」伏色魔耶驚呼上前，雙手作勢要摸上靈川的臉：「沒想到你長這樣啊！」當他的手即將碰到臉時，靈川伸手擋開，一旁亞夫的目光已經變得陰沉。

「我不是女人。」靈川淡淡的聲音中流露出一絲威嚴和不悅。

伏色魔耶退回玉音身邊，輕笑起來：「哼，你居然嫌棄我？也是啦，你們聖子不可近女色，自然看不慣我們妻妾成群。不過做為男人，活了那麼久居然沒碰過女人，靈川……你該不會是那方面有什麼問題吧？」

靈川默然以對，似乎完全不在意伏色魔耶的話。

「哼，誰像你這個玩膩了女人，改玩男人的色魔？」玉音在一旁揶揄。面色凝重的涅梵在一旁看

著，似乎也對靈川的容貌微感訝異。

伏色魔耶頓時繃緊全身的肌肉，轉頭看向玉音：「不要侮辱修！倒是你，怎麼看都像女人，整天和涅梵卿卿我我，誰知道你們晚上睡在一起做什麼？」

聞言，靈川皺起眉頭。

玉音雌雄莫辨的臉壞壞一笑，忽然腰肢一軟，倒上伏色魔耶的胸膛：「我們在做什麼～～怎能讓你知道？」醉人的聲音讓伏色魔耶一陣僵硬，看來玉音男女通吃的魅力真的很考驗他的定力！

玉音鄙夷地睨了他一眼，眼波流轉，帶著令人全身酥麻的誘惑感，離開他的身前。涅梵皺起眉頭，抬步走上台階，站到靈川身旁：「川，進去吧。」

「嗯。」靈川也淡漠地轉身。

伏色魔耶瞪著玉音：「喂，你情人走了，要不要考慮跟我一起？」

玉音還以一聲冷哼：「哼！你還是去找你的修去吧。」說完，他跟在涅梵身後。伏色魔耶冷笑一聲，揮動披風，也走入聖宮。

亞夫恭敬地垂頭走在後方，少女們從聖宮中步出，整齊地站在門前。

我不懂，這幾個男人莫非真的有姦情？如此一來……我豈不是安全了？至少不用擔心他們非禮我！

怎麼看我都是個ＢＬ劇裡的炮灰女配角。還是我的伊森好……不對，伊森有摩恩！我的大腦忽然嗡嗡作響，如果他們在一起，我不就真的成炮灰了？天啊！即使當不成女主角，我也絕對不做炮灰！摩恩怎麼還不來找我？該不會是沒臉來了吧。

我匆匆停好飛舟。站在外面的伏都士兵忽然開始調戲起聖女，不過似乎並非出於好色，說是「戲弄」可能更為正確。

伏都的士兵跟他們的王一樣身材魁梧，肌肉暴突，宛如斯巴達戰士，比梵都的士兵整整大上一圈，還留著大鬍子。玉都的波斯兵也挺精壯。

他們走到聖女身前，笑看著她們：「靈都的聖女都是處女呢。」

「真的嗎？」第一次造訪的士兵好奇地盯著頭戴面紗的少女們，她們慌張起來。

梵都的士兵嫌惡地看著這一切，但依然保持古代漢人的禮數和修養，整齊地站在那裡，軍紀嚴明。玉都的士兵則又表現出另一種不同的態度，靜靜地站著，像是在觀察事態的發展。

伏都的士兵伸手欲摘少女們的面紗，她們嚇壞了。憤怒的梵都將士立刻打算上前阻止，卻被頭領給攔下。

「我們不如來看看這些聖女長得如何嘛～～」伏都的士兵好玩地欺近那些少女。

因為規定聖女不得喧譁，這些可憐的少女們即使再驚慌也不敢大聲喊叫，只能縮成一團跪下，哭泣祈禱。

「哈哈哈……」伏都的士兵們大笑起來，伸手要去戳那些女孩們。

「你們在幹什麼呢？」我立刻高聲喝斥，大步上前。

三方士兵隨即朝我看來，面露訝異，他們似乎認識我，卻又難以確定，因為我瘦了，臉型更小。

白白躍到女孩們面前，「嗤——嗤——」凶狠地逼退伏都的士兵。

我站到女孩們面前，對嚇得痛哭的她們說：「妳們走吧，我會跟王說的。」

「謝謝那瀾姑娘……」哽咽地說完後，她們急急逃下了山。

伏都的士兵好奇地甩著兵器看我：「又來了個獨眼女人？」一個年輕的士兵把斧頭掄到肩上，伸手要來捉我，卻立刻被大鬍子士兵攔住：「別碰，她是八王的女人，下下個月就要輪到我們王了。」

「咦？她就是那個女人？」

伏都的士兵開始圍著我轉圈，高大魁梧的身軀構成了一堵厚厚的牆。「嘶……」白白站在我身前，凶狠地瞪著他們，擺出齜牙咧嘴的備戰姿態。

「獨眼啊……王不會喜歡的。」

「王說了，不打算玩她，而是要殺了她為夜叉王報仇。」

「不如現在我們就殺了她？哈哈哈……」他們揮舞武器朝我而來。我直挺挺地站在中間，看著他們緩緩縮小包圍我的圈子，白白卻突然雙手撐地，仰天長吼：「嗷嗚——」

我一怔，笑了，對伏都的士兵說：「奉勸你們最好離我遠點，不然我怕你們會被扔下山崖。」

士兵們好笑地看著我，白白的大喊似乎也引起了他們的注意。

「這小猴子有意思。」

「對啊，竟然是雪白的。」

「不如抓回去給王做寵物？」

正說著，巨大的白影驀然從高空落下。砰！大地震顫，魁梧的白金剛就這樣站在那個大鬍子士兵身後，龐然身軀完全遮住了陽光，籠罩在我們身上。大鬍子士兵僵硬地轉身，白金剛立刻朝他大吼：

「嗷——」猛烈的風吹起了他的大鬍子，驚得其他士兵目瞪口呆，包括梵都的士兵和玉都的士

兵。

砰！砰！砰！砰！高大的金剛越來越多，唯獨不見白白的爺爺。緊接著，體型稍小一些的白猴圍在外圈。

我推開面前的士兵，走上台階，單手負在身後，傲然說道：「看住他們，誰敢亂動就扔下去！」

「喔！喔！喔！喔！」金剛們拍打胸膛，白猴們也在牠們身後挺直了身體，猿兵猿將此刻宛如成了我最忠實的士兵。

白白躍上我的肩膀，我們大步走入聖宮。從今以後，我那瀾在靈都足以稱王！今天猿猴們的到來已證明白白是牠們心中的領袖。

聖殿石道外整齊擺放著幾雙鞋子，我脫鞋入內。最外圍的聖殿並非議事大殿，只是一條過道，穿過中庭東面的宮殿才是正殿。

空曠溫暖的大殿裡，伏色魔耶、涅梵和玉音等人席地而坐，面前的案几上擺著美味的水果。我偷偷躲在門外，和白白先觀察形勢。

涅梵和玉音坐在左側，伏色魔耶坐在右側。他拿起一串葡萄，皺著眉頭說：「靈川，每次到你這裡就只能吃水果。」

「可以清腸。」靈川淡淡回應。

伏色魔耶輕笑了起來：「噗嗤！對了，那個女人呢？該不會已經被你養死了吧？」他的神情突然有些緊張，扔了葡萄，緊盯著靈川。

玉音和涅梵也有些動搖地看著靈川，看來以前真的有人被他養死過。

喜怒無常的伏色魔耶煩躁地抓了抓紅髮，起身著急地對靈川說：「你可不能把她養死啊！她要是死了我還怎麼殺？我要親手殺了她給小修報仇！」

靈川微微蹙眉，抿唇不語。

涅梵沉著臉，瞄了一眼玉音。玉音勾唇斜靠案几，嫵媚地看向靈川：「小靈～～你該不會是忘了餵她，把她給餓死了？她是我們大家的玩具，才到你這裡就死了，以後的苦悶該由誰來解？」

靈川端正跪坐在玉台上，輕輕抬頭，卻是直接看向涅梵，目光突然變得深邃銳利，完全沒了以往的呆氣。他沉聲說道：「這就是你們這次來的原因？為了看她？」

「不是。」涅梵立刻回答，隨後微微一怔，似乎有些驚訝。他眼神閃爍了一下，皺起眉頭，垂下目光，神色顯得有些嚴肅和後悔。

玉音瞇起雙眸，目光落在涅梵因這個問題而動搖的臉上，接著勾起唇角，看向靈川，以慵懶的話音說：「嗯？小靈今天的話變多了……聽安羽說那女人很會改變別人，該不會……我們的小靈也被那女人改變了？」然而靈川依然面不改色，只是抿了抿唇，淡淡說道：「他還說了什麼？」

玉音笑了笑。恭敬跪在一旁的亞夫低下頭，藏起陰鬱的神色。

「沒說什麼了～～」玉音懶懶地摸著桌上晶瑩的葡萄：「安羽很小氣，什麼都不肯說，神神祕祕的。不過聽說自從那女人走後，安歌忽然變得勤政愛民，安羽似乎也跟那女人打了什麼賭，回去好好治理羽都了，所以我們今天是想來看看她是不是也在靈都做了什麼有趣的事～～」

聽完後，靈川微微垂眸，像是陷入了沉思。片刻後，他再次抬頭看向玉音，不答反問：「安羽動情了？」

玉音一怔，靈川的詢問似乎讓他備感意外，覺得像靈川這樣清心寡欲的人不會提出關於感情的任何問題。涅梵的神色則顯得更加深沉。他看向靈川，更加認真地觀察起靈川的神情。

「你對那女人的事這麼感興趣，難道她不是死了，而是被收入——」一旁的伏色魔耶瞇起眼，曖昧地說道：「——帳中了？」

「阿修羅王！」亞夫終於忍無可忍地跪直身體，低頭沉聲道：「請慎言。」他強忍憤怒，輕語提醒。

伏色魔耶壞笑起來。靈川淡淡地說：「亞夫，把她找來。」看來他也察覺到這幾位來客今天要是沒看見我，不會放過他。

亞夫咬了咬牙關，準備起身。我趕緊走了出去：「來了來了，我回來了！」

聽見我的聲音，伏色魔耶率先朝我看來，眸中的殺氣還來不及完全釋放，便已經被驚訝取代。

我今天穿著一身白裙，畢竟這裡也只有白裙可以穿。然而因為行動不太方便，所以我做了改良，將袖口用絲帶綁緊，裙襬剪短到大腿，下面露出長褲，看起來非常幹練精巧，蓬鬆的頭髮則紮成兩束，鬆垮垮地掛在胸前，身上斜背著大顏料包，白白站在我的肩頭。

我的右眼依然蒙著眼罩，又因為畫畫取景總是需要爬來爬去，身上的白裙往往不到一天就沾滿了各種顏色，顯得髒兮兮的。

方便活動的衣服、獨眼龍，還跟著一隻猴子——這根本是海盜的基本配備，就差一隻鉤子手了。

伏色魔耶驚訝地看著我，似乎不認識我了。我因為瘦了，臉型變得更小，身材也顯得更加勻稱，如果不選插畫家這條路，我的體格也是做空姐的料！

玉音慵懶地朝我看來，卻也面露訝異，嫵媚的雙眸開始打量我的身材，視線更在我的小肚腩上逡巡許久，我知道那次的肚皮舞八成成了他的惡夢。

見伏色魔耶緊盯著我，涅梵微露一絲疑惑，也朝我看來，一雙黑眸頓時圓睜，神情宛如看到死人復生般驚詫。我緊張地看著他，與他視線交會：「別……別把我當闍梨香啊！我見過她的畫像，跟她可以說是完全不像好嗎！」

我匆匆移開目光，回到靈川身前，老老實實地彎腰行禮：「主人，我回來了。」

「嗯。」靈川淡淡地看了我一眼，又從懷中取出鍊子。沒等到他出聲，我已經在三個男人疑惑的目光中伸出手，任由他把我像寵物一樣拴起。

「坐下。」他像是馴狗般命令，我乖乖地跪坐在他身前長桌的右側。他是聖潔之體，所以我不能和他坐在同一條直線上，亞夫靠後，我靠前，因為我是寵物……

伏色魔耶呆呆地盯著我，完全不敢相信他看到的是一個半月前的那個肥妞。

涅梵好不容易回過神來，收緊目光，低頭不語。一旁的玉音挑起眉頭，繼續瞇著眼看著我瘦下來的腰，似乎正在考量我到底適不適合跳舞。

「妳去哪裡了？」靈川淡淡問。

我老實答：「市集。」

「嗯，畫板收拾了嗎？」

「哎呀！」我大吃一驚，此時伏色魔耶終於回神，擰緊雙眉開始搖頭。我看向白白，牠心領神會地竄了出去，再次吸引了三王的目光，雪白的身影在陽光中留下一抹光影。

「真沒想到～～妳瘦了之後也是個美人呢！」玉音單手支臉，棕紅色的大波浪捲髮垂在手臂邊，纖長的手指緩緩勾過自己嫣紅的唇，嫵媚動人的眼中晃蕩著迷人的水光。

「對不起，我確實忘記餵了。」靈川回答得倒挺老實。

「你真的忘了？」伏色魔耶吃驚地看著他，額前紅色的瀏海震了震：「餓了幾天？」

「七天。」

「那她怎麼還活著？」伏色魔耶詫異地望向我。靈川的身體微微前傾：「是啊，為什麼她還能夠活著呢？所以……阿修羅王，你未必能殺她。」

伏色魔耶一愣，先是看了看靈川，再看看我，好奇的目光鎖定在我的眼罩上。他直接朝我走來，俯身觀察我的右眼：「怎麼還沒好？小修說妳的眼睛一個月之前就應該好了，還裝什麼瞎子？是打算搏同情嗎！」說完，他伸手朝我的眼罩掀來。

我還來不及閃躲，一層薄冰倏然在我面前凍結，阻止了伏色魔耶的手，伏色魔耶頓時以充滿殺氣的目光看向靈川。與此同時，一直低頭的涅梵也半抬眼眸，朝我面前的薄冰看來。

薄冰的出現瞬間牽動了所有的視線，眾人臉上的神情皆因薄冰而變，整座大殿的氣氛瞬間陷入緊張，我甚至能夠感覺到身後射來了亞夫異常冷冽的陰沉目光。

只有玉音唇角帶笑，嫵媚的目光裡更添了一分興致。

「你這是什麼意思，靈川？是在向我挑釁嗎？」伏色魔耶的眼裡頓時燃起了火焰，全身偏古銅色的肌肉也緊繃起來。

靈川依然淡定正坐，灰色的眸中不起漣漪：「你想要碰她，得等到兩個月後。現在，她是我的寵

物，除了我之外，任何人不能碰她。」

「哼……」伏色魔耶瞇了瞇眼，收回手，轉身甩起了紅色的披風，大步走到座位上，卻猛然一個轉身，一束火焰自他手中而出，直接打在我面前的冰上。

冰面瞬間消融，化作水氣，但我身邊的靈川依然神色自若，即使伏色魔耶挑釁地看著他，他也只是輕啜了一口清茶，顯然對不讓任何人碰我這點非常有自信。

伏色魔耶再次坐下，衝著靈川輕笑，眼下小小的水火交鋒就這樣在茶香中漸漸消散。

我愣愣坐著，剛才伏色魔耶用的是火？這麼說他能控制火焰？

我一邊思索，耳邊隱約聽見玉音說：「有意思……餓了七天依然沒死？小美人，妳是怎麼熬過來的？」

「伏色魔耶能生火，那以後吃烤番薯不是很方便嗎？」

糟糕，我不自覺地把心裡的話說出來了。好不容易回神時，只見眼前的玉音一呆，涅梵低頭輕笑，另一邊的伏色魔耶則滿臉通紅，一副恨不得把我立刻掐死的模樣。

「噗嗤！哈哈哈……」玉音大笑了，笑得前仰後合：「看來小美人已經想好了去阿修羅王那裡該怎麼打發日子呢！天天吃烤番薯可是會胖的哦~~妳是打算胖回去嗎？哈哈哈……」

我愣了愣。玉音這傢伙以前可是左一個醜八怪，右一個怪物地叫我，今天居然叫我小美人了？喂！我瞎了一隻眼睛你還覺得我是小美人，要是睜開兩隻眼睛不把你給迷死？

「我要殺了她！」咬牙切齒的聲音響起，伏色魔耶揮舞雙手，火焰頓時朝我迎面而來，但靈川只是微微揚指，空氣頓時凝結成冰，阻擋在我面前。當火焰即將與冰面相撞之際，無形的氣流忽然擋在

它們之間，頃刻間吹熄了火焰，震碎了冰面，阻止水火相撞。

我眨了眨眼，朝涅梵看去，他身後的黑髮正緩緩垂落。他擰眉看向伏色魔耶：「阿修羅王，你這是要開戰嗎？」

我收回目光，直挺挺地坐在靈川身旁……嗚哇，火藥味好濃啊。

伏色魔耶昂起下巴，單手放在案几上：「我不像你們漢人，什麼事都喜歡藏在心裡，總是要在腸子裡繞好幾個彎。我就是想開戰，想統一八國！今天也是想來邀請靈川加入我的隊伍。難道你們的目的不是這件事，而是來看什麼獨眼小美人、回憶童年時的闍梨香嗎？哈哈哈……」他張狂地大笑起來。

我驚訝地看著他。他還真是敢直言不諱啊……不，應該說是狂傲自負，正因為自負，才不怕說出自己的野心，不怕被別人打敗！

啪！伏色魔耶桌上的茶杯突然碎了。他頓時斂起笑容，瞇起眼看向涅梵：「有種就直接單挑，不要搞什麼偷襲！」

涅梵瞥開目光，似乎懶得理這種胸大無腦的男人。

玉音的目光不斷在涅梵與伏色魔耶間游移。我看向靈川，他依然沉默不語，死盯著一點發呆，不知道是正神遊太虛還是在籌謀著什麼，那副模樣絲毫不會讓身旁的人對他起疑，畢竟他的呆臉已經練到滿等，如果不是像我這麼瞭解他的人，根本不會想到那張呆滯的表情下其實藏著大智慧。

「你們沒有一個人能夠統一八國？」

我怕他們現在就開打，打擾了這裡的清淨，只好開口。

涅梵立刻朝我看來，伏色魔耶也看向我。雖然我現在成了玉音口中的小美人，卻絲毫沒有減弱伏色魔耶對我的殺意。

我不屑地看著他們：「我來自上面的世界。自從來到這裡之後，才發現世界格局有限，你們打來打去還不是只有那麼一丁點地方？而且打仗必然死人，你們才多少人口？一打仗，人就沒了，結果打下這個天下後，只剩一個空殼，又有什麼意思？」我覺得他們思想落後，兩千年來幾乎停滯不前，一群悶在井底的青蛙居然還要自相殘殺，爭奪蛙王的位子？實在讓人覺得可笑不已。不過這些話要是說出來，我想不只是伏色魔耶想殺我了。

聞言，他們忽然沉默了下來。

伏色魔耶看向涅梵，涅梵抬頭朝他瞄了一眼，旋即擰眉低頭，藏起叵測心思。

「那依小美人看，我們該怎麼辦呢？」玉音笑咪咪地看著我，我不假思索地說：「很簡單啊，像我們上面一樣，考試。」

「考試？」

「考試！」

涅梵和伏色魔耶頓時驚呼。聽伏色魔耶喊得那麼大聲，似乎對考試很有意見？

我說了起來：「做王又不是光靠蠻力就能取勝的，要是沒有一顆清晰的頭腦也不行。安歌明明力大無窮，可是安都還不是被他管理得淒慘無比，民不聊生？百姓都想往外跑了。如果他們跑光了，只剩一個王還有什麼意思？」

涅梵點了點頭，開始深思。

「但是如果王不夠強大，又要如何保衛臣民？」伏色魔耶不服氣地說。

「所以才要考試啊！分文武雙科再加一項業績考評，比方說要是阿修羅王在武科上打敗了天王，就能得到兩分，天王得一分；但在文科考試上，天王贏了阿修羅王，此時便等於是和局，需要一項額外的業績考評。」

「業績考評？」玉音王瞪大雙眼：「那又是什麼？」

「就是判斷大家在規定的時間內為百姓謀了多少福利，提高了多少GDP……唉，說得這麼深奧你們也不懂，總之就是看你們做出了多大的政績。這是我們上面評量官員的標準，倘若一個官員到了一座窮困潦倒的鄉鎮，卻能想辦法帶領百姓脫離貧困，過上衣食無憂的日子，這就是政績。你們對自己國家的百姓們好嗎？」我反問在座的王們。

涅梵此刻倒是顯得氣定神閒；伏色魔耶微微一怔，蹙眉深思；玉音勾起唇角；就連一直在我身旁發呆的靈川，似乎也對這番話有所反應。

「如果政績不好，你們即使一統八國，最後肯定也會被人推翻。相信以前掉下來的人曾經跟你們說過我們上面的歷史，雖然我知道自己不一定能夠活到最後——」我斜睨了伏色魔耶一眼，他冷哼一聲。「不過我很喜歡靈都，如果你們要打，也請別來煩擾我的主人。靈都是聖域，殺伐只會毀了這裡的清淨。」我現在的主人是靈川，得好好拍他馬屁才行。

「呵。」玉音掩唇輕笑，笑容明豔：「是因為有主人保護，今天不怕我們了嗎？嘖嘖嘖，妳這隻寵物可真會見風使舵啊！在安歌那裡時莫非也是這麼忠心耿耿的嗎？」

「那還用說？」伏色魔耶滿臉鄙夷地盯著我，接著看向靈川：「靈川，你這隻小寵物說不定已經

被安歌享用過了，你居然還當她是寶？」
靈川微微低頭，露出一絲不悅的神色。
涅梵再次深沉地看向我：「這就是妳改變安都的方法嗎？」他的聲音吸引了其他人的目光：「用未來人的思維改變了安都的現狀？」
我看著他們，冷冷說道：「反正我也不見得能活到最後，如果你們想知道安都的事，自己去問安歌吧。」
「嗯～～？」玉音微微起身，單手支臉：「小寵物是生氣了嗎？」
「我……」我正想說話，靈川卻忽然提起與我相連的銀鍊。我看著他，他淡淡地說：「走吧。」說完，他起身拉起銀鍊，上頭浮現一抹冰藍色的流光，我手腕上的手鐲頓時散發出一股寒意。
難道是我說多了，讓他不高興了？到了這裡後，我察言觀色的本事正不斷升級。
伏色魔耶立刻起身，紅色的披風微微輕揚：「你這是要去哪裡？」
「遛她。」靈川呆呆地抬頭看著他，囑託似的說了起來：「以後她到你們那兒之後，你們也要經常遛她，早晚各一次，能讓她保持好的心情和健康狀態，畢竟死了就沒意思了。這樣還可以每天逗逗她，很解煩悶的。」
「……」
好吧，我就是隻寵物。幸好我及早接受了這個現實，才有現在坦然的心態。
伏色魔耶僵在原地，神情尷尬，靈川的話似乎讓他一時不知該做出怎樣的表情才好。玉音「噗嗤」一聲噴笑而出，涅梵也微微低頭輕笑，隨即起身，單手負到身後：「好，我們一起遛她吧。」說

完，他離開了坐席。

靈川拉著我前行，玉音隨即起身走到伏色魔耶身旁，用手肘輕輕撞了撞他結實的胸甲：「聽見了沒～你以為寵物是這麼好養的嗎？把寵物弄死簡單，但要把她養得健健康康、開開心心可不容易。寵物開心了，才會自己跑回主人身邊，全心全意聽你的話～你看，靈川把她養得多好？」

靈川側頭看向我，我也朝他一望，卻在彼此的目光交會時強烈地感受到自身後射來了蘊含殺氣的陰沉目光，那絕對不是伏色魔耶的，應該是亞夫的。

涅梵走到靈川身旁，邊走邊看垂掛在我們之間的銀鍊：「川，這條寵物鍊能給我嗎？」

「不能。」

靈川一口回絕。涅梵笑了笑，不再看我們，玉音和氣呼呼的伏色魔耶走在我們身後。我隨著幾位王走出聖殿，他們卻突然呆立在門前的台階上，驚詫地看著聖殿前草坪上白猴森立的景象。

「王！」大鬍子士兵看到了伏色魔耶，登時大喊。

「這是怎麼回事？」伏色魔耶驚訝地大步邁出，步步生風，披風飛揚。

白金剛讓出一條道路，伏色魔耶這才與他的士兵會合。涅梵和玉音也從驚訝中回神，對視了一眼。玉音立刻問道：「這是怎麼回事？」

靈川呆呆地看著我，我眨眼一笑。他似乎明白這是我做的，神態平靜地看向前方。

「啟稟王。」玉都士兵上前稟報：「阿修羅王的士兵調戲聖女，惹怒神明，才會出現這些猿兵猿將。」

玉音一愣，接著仰天大笑：「哈哈哈……哈哈哈……真是什麼樣的王帶什麼樣的兵啊～～」

「玉音，你說什麼？」伏色魔耶憤怒地看著他，大鬍子士兵立刻說：「王，是那女人的猴子搗的鬼！」他朝我指來，絲毫不放過打小報告的機會。

「對，是她！我們只是跟聖女們開開玩笑，連碰都沒碰過那些女孩。」

「是她的猴子叫了一聲，然後這些猴子們就來了。」

「王，是她！」

「她還命令白猴，如果我們敢亂走，就把我們從山崖上扔下去！」

「王，這女人根本是在藐視您，完全不把您放在眼裡！」

阿修羅王的士兵紛紛向他們的王告狀。伏色魔耶憤怒地瞪著我，我懶懶地瞄了他一眼，接著朝白金剛們揮揮手，牠們朝我「呼呼」大喊。我笑看著牠們說：「謝啦！」牠們紛紛轉身，齊齊躍起，和白猴們一起躍下山崖，讓一干士兵看傻了眼。

伏色魔耶的神色頓時變得陰沉無比。他瞇起眼，殺意十足地盯著我。

涅梵凝視著我，彷彿我又勾起了他當年的一些回憶——那些關於闍梨香的回憶。我隱約覺得他是這些人王中，與闍梨香淵源最深的一個王。

玉音的臉上難得地流露出平靜的神態。他靜靜地眺望遠方，看著猿猴們在山間自由地擺盪。

「妳這個女人，竟敢看不起本王？」

暴躁的伏色魔耶怒氣沖沖地攥緊了雙拳。我現在總算知道他的脾氣為何如此火爆了，他是火焰的主人，能不容易上火嗎？

伏色魔耶的一頭紅髮豎起，宛如也正熊熊燃燒著。他甩開披風，從大鬍子士兵手上直接奪過斧頭，朝我狠狠劈來。

靈川一怔，卻沒有出手。我還沒反應過來，斧頭早已到了我的面前，夾雜著一絲血腥味的冷風也在那一刻颳過我的面頰，澄亮的斧刃上映出伏色魔耶憤怒的表情。

「如果不是因為本王不殺女人，妳早就死了！」狠狠地說完後，他收回斧頭走了幾步，卻又忽然轉身指向我的鼻尖：「我在伏都等妳！我可不會像妳現在的主人那麼疼愛妳！」說完，他把斧頭扔給了大鬍子士兵，大喝一聲：「走！」伏都的士兵看了我幾眼，立刻跟上他們的王。

「妳倒是有點膽量呢～～」玉音走到我面前，笑咪咪地扭著腰看我：「嗯……看不出妳也有刀架脖子不變色的氣魄，小美人～～我現在對妳倒是……有那麼一絲興趣了～～」他衝我眨眨眼，也走了。

我暗自深吸了一口氣。說實話，我直到現在才反應過來他剛才要砍我，我又不是練武的，哪有那麼快的反應力？伏色魔耶不愧是王，動作快如閃電，我完全來不及反應，斧頭就已經到面前了。

我呆立在風中，卻聽見涅梵在我身旁說：「川，我們想去祭拜河龍。」靈川點點頭，拉著我走上飛艇，引領他們前往河龍的所在之處。

途中，伏色魔耶始終以那雙充滿恨意的眼睛瞪著我，彷彿正在盤算著當我抵達伏都時，要怎麼讓我生不如死，為他的修報仇，也一雪今天的恥辱。玉音時不時會過去招惹他，像是貓咪逗弄著一隻已經被惹毛了的老虎。

不過抵達河龍所在的大湖時，伏色魔耶的態度頓時變得莊嚴肅穆，可見他對河龍心懷崇敬。

祭拜完河龍之後，三位王和靈川一起遛我。靈都沒有娛樂節目，不會有歌姬舞姬為他們跳舞獻

唱，所以他們在傍晚時一起離開，結束這次看似是來靈都祭拜河龍，實則不知何意的拜訪。

伏色魔耶站在聖光之門前，陰沉地盯著我：「妳就趁這段時間想想該怎麼脫身吧，哼！」他轉身甩起紅色的披風，威武離去。他這次前來更像是要確定我沒被靈川養死，好讓他折磨。

玉音笑咪咪地看著他的背影，接著轉身對我眨眨眼：「小美人，別怕，那只是一隻外強中乾的蠢獅子，只要有美酒美人，他就會把要殺妳的事給忘了～～妳可得加油到最後哦！」

我被玉音說得心裡毛毛的，唯一的辦法似乎就是到伏都以後，離伏色魔耶越遠越好，最好別被他找到。

「謝謝玉音王提醒。」接著要到玉音王那裡，我也得好好拍拍他的馬屁。

玉音笑著點頭：「真是乖～～聰明機靈，我都想把凱西換成妳了～～」

此時拴住我手鐲的銀鍊忽然扯緊，靈川拉著我轉身就走：「回去了。」

「嗯～～？小靈這是不樂意了嗎？哈哈哈～～」玉音掩唇大笑。涅梵伸手攔住靈川，目光異常認真地落在他的臉上：「川，那件事還請你考慮一下。」

什麼事？難道他也想拉靈川入夥？

靈川看著他，抿唇低頭：「嗯。」說完，他拉著我回到飛艇上。亞夫上前想攙扶他，他卻避開了亞夫的手，自行上船。

亞夫恨恨地朝我看來。我擰眉望向他——你恨我做什麼？你想殺我的事我可沒跟靈川說！

他撇開了視線，我也不再看著他。

當我們再次回到聖殿時，我在山崖邊高喊：「白白——」

「白白～白白～白白～～～」

回音在夜幕下的山間不斷迴盪，卻不見白白歸來的身影。我開始擔心起來，卻有一隻白猴落到我面前，交給我一張畫紙，隨後靜靜離去。

我拿起畫紙一看，笑了。紙上畫著一隻歪歪扭扭的猴子，一個小圈，四條細線組成四肢，後面長著一條尾巴，我想應該是白白。牠的面前畫著一個大大的三角形，像是山，當中連著一條線，往那座山而去。

白白回家了。

在今天的事件後，白白終於決定回家，讓人感覺欣慰和驚嘆。欣慰的是牠總算放下面子回去了，驚嘆的是這傢伙看我畫畫久了，居然也能畫出這樣一幅圖來。雖然像是三歲小孩的作品，但以一隻猴子來說已經十分厲害了。

不知道今晚牠在爺爺的懷裡，是否會睡得特別溫暖？

晚上，我在凹陷的石床裡重新畫起靈川。由於他的一切已經深深烙印在我的腦中，重畫對我而言並不困難。

「為什麼要重畫？」上方傳來他的聲音。

我隨口說道：「原先那張沒夾好，被風吹走了。」

我可不是個愛打小報告的人，雖然靈川刻意避開亞夫，但他對亞夫是有感情的。儘管不是亞夫所渴求的情感，靈川對他的愛卻也不淺，畢竟從小帶到大，可以說是半個兒子、半個朋友了吧。

「那我再脫一次吧。」

他語氣平緩地說。我原本倒也沒在意，卻忽然瞥見白衣「撲簌」一聲落在石床邊，我頓時一陣僵硬。

他輕輕地走下來，赤裸的雙腳踏在白玉地板上，幾乎都要融為一體了。

「別別別。」我急忙看著他。當下只穿著白色裡衣的靈川緩緩在我身邊抱膝坐下，滿頭銀髮立刻鋪滿整張床。我指著自己的腦袋：「我全記在腦子裡了，你不用再脫啦。」

他沒有說話，只是呆呆地看著我，應了聲：「哦。」接著居然躺下了。

我疑惑地看著他：「你今晚要跟我換回來？」

他眨了眨眼，灰色的眸中流露出呆傻的目光。隨後他從枕頭下挖出了某樣東西——竟然是那個粗得不得了的卷軸！

靈川好厲害，總是能從枕頭下挖出東西。

他在我面前打開卷軸找了找，指向其中一條讓我看。我念道：「聖者不得與他人同眠。」

念完後，我恍然大悟，他要在這裡破戒。

「……」我無語地看著他。他不疾不徐地把卷軸捲好，又塞回枕頭下，側身呆呆地看著我，還拉起薄毯，蓋在我的腿上。

「靈川，你不能找我陪你睡啦……」雖然他很呆，不過畢竟是個男人，我跟他的關係還沒好到能睡在一起的地步。雖然以前我跟伊森也不熟，但因為他蒼蠅般的體型很容易讓人忽略性別，所以那時他睡在我床上，我從沒覺得彆扭過。

靈川抿抿唇，沉思半晌後，忽然抬頭問我：「那我找誰？」

「我……」

我一時語塞。我靈都的人肯定不行，會把別人給嚇壞的；我亞夫他肯定高興，但靈川的貞潔誰來保證？

似乎只有……我……了……

「妳答應過我的。」他再次補充一句，提醒我曾答應協助他叛逆一次，只有一次……

我往角落坐了坐：「好吧，那你睡吧。」我在身邊的石台上擺好了顏料、調色盤和水，打算將畫上色完成。

「妳不睡嗎？」他傻傻地躺著看我。

「嗯。」我拿起畫筆，開始著色：「上面的男孩和女孩也不會隨便睡在一起。」

「只有情侶？」

「嗯……差不多吧。不過如果關係好，露營時也會睡在同一個帳篷裡，和男生睡感覺比較安全，他們也不會毛手毛腳的。」

「思想很純潔。」

「嗯。」我將畫筆在水裡洗了洗。

「像我們現在這樣？」

「嗯。」接著沾上淡淡的藍。

他不再發問，一直呆呆地躺著看我。我偶爾會瞄他一眼，見他雙目圓睜，睫毛閃閃，偶爾會眨眨眼睛，不知道為何不睡？

「你為什麼不睡？」這次輪到我問他了。

他動了動側躺的身體，將右手枕到臉下：「我想看畫。」

我笑了，把畫翻轉給他看：「你看，滿意嗎？」

他眨了眨眼，單手撐在床面坐了起來，銀髮飄逸，在微弱的燈光下美得如同月光。

他從我手中鄭重地接過畫，指尖作勢要撫上畫中的自己。我急忙提醒：「等等，水彩還沒乾！」

那隻手立刻懸在半空中。他面露喜色地收回手指：「這就是我身上的花紋嗎？」

「嗯。」我單手撐在石床邊，曲起單腿，懶懶散散地靠在一旁：「我在想，如果每個人身上都有，闍梨香應該也有。要是它代表著神力，當年的她想必擁有無盡的力量，怎麼可能被你們那麼輕易地殺死了？」

靈川拿著畫的手忽然輕輕顫了顫。我看著他失神的目光：「該不會是她讓你們的吧？」

「睡了。」他忽然把畫放到一旁，倒頭就睡。

他的長腿擺在我的腳邊，絲薄的白色褲腿輕觸在我的腳趾上，輕柔無比。我微微收起腳，望向閉起眼側睡的他：「靈川，我始終不相信你會參加八王之……」

啪！在我還沒說完時，他突然緊緊扣住我的手腕。我疑惑地看著依然閉著眼睛的他，他卻驀然把我扯了過去，我撲倒在他身旁，擦過他冰冷的臉側，摔在他的面前。彼此的鼻尖近在咫尺，可以聞到他身上清新的氣息。

「睡！」他做出了一個命令。

「可是……唔！」他捂住了我的唇。我瞪大眼睛望向他，他卻仍緊閉雙眸：「別說話。」他再次

下了命令，然後緩緩揮起手，屋內燈火驟滅，紗簾緩緩垂落，只剩下溫泉水池中的粼粼波光在寢殿牆壁上閃爍。

我僵直地躺在他身旁。他放開我的手，右手再次枕在臉下，我立刻往後靠，緊貼石壁，在這小小的空間內和他拉出最大的距離。石床本來就大，我們中間再睡兩個人也沒問題。

「那瀾。」幽靜和黑暗中忽然傳來了他的聲音。

「怎麼了？」

「天地陰陽，男歡女愛……」我一愣，靈川怎麼忽然談論起那麼曖昧的話題來？但是因為他的語氣相當平緩，只覺得像是在念聖經：「當我脫衣時，妳明明對我心無邪念，為何男兒之身的亞夫卻對我心懷情欲？」

我頓時僵在石壁前，完全沒想到說了這麼一段文謅謅的話後，他想跟我探討的居然是同性相愛的問題！

好吧，我承認這個問題其實是很嚴肅的，國際上可是一直爭論不斷呢！

「呃……嗯……」照理說我應該會對這件事感到興奮，口若懸河，完全能做一場專題演講，卻因為他呆愣的表情而備感嚴肅，壓力好大。

「連來自上面世界的妳也無法回答嗎？」平日少言寡語的他似乎對於這個問題非常認真，鍥而不捨地追問著我。

我擰了擰眉：「靈川，我問你，如果你愛著的那個人在轉世後變成了男人，你還會愛他嗎？」

「會。」

他毫不猶豫地說。儘管黑暗中看不清他的神情，我卻看到他圓睜的灰眸在隱隱的月光中閃閃發亮。

我笑了：「看吧，你的問題我已經回答了。」

他的表情顯得有些動搖。我將雙手枕在臉下，細細看著他：「或許是因為亞夫從小和你朝夕相處，他崇拜你，敬仰你，然而當他長大後，你的容貌依然不變，他於是對你產生了可能連自己都不知道的感情。曾經，你絕美出塵的容顏只屬於他，現在卻因我而揭下了面紗，他當然會恨我囉！在他的眼裡，你的聖潔不容褻瀆，你是他心中的神，他不允許任何人破壞你的聖潔、你的純淨、你的一切。這全因他對你擁有強烈的保護欲。現在的他就像是你的父親呢……」我在他專注的目光中緩緩閉上眼：「可憐的靈川，我要是走了，你該怎麼辦啊……」

我的呼吸伴隨著最後的話音變得綿長。昏昏欲睡之際，我隱約感覺到一絲冰涼落在我的臉上，輕輕地撫過我的頰畔。

夢中，那厚厚的卷軸出現在我的眼前，上頭的字脫離卷軸，在我的四周旋轉圍繞：「不得大笑，不得大聲喧譁，不得舉止輕浮，不得男歡女愛，不得動心，不得動情，不得動欲！」一條條規定化作枷鎖，朝我撲來，將我緊緊束縛。見它們越纏越緊，我奮力掙扎，睜開雙眼，心跳加速，呼吸急促，眼前的景物因為醒來得太過倉促而有些天旋地轉。那緊縛感依然存在，讓我的四肢無法舒展，像是被人用力箝制住。

我難受地動了動，隨後卻嚇了一跳。我的臉邊是柔軟的髮絲，頸窩旁貼著一張溫熱的臉，而桎梏住我的正是他的手臂！那條有力的手臂越過我的胸口，深深勒緊我，難怪我會這麼不舒服！發現他的

手臂正壓在我的胸脯上，下半身也緊貼在我的腳上，彼此的腿緊緊交纏，我的臉瞬間炸紅。

他像是抱著一根浮木似的將我緊摟在身前，似乎正做著一場惡夢，呼吸宛如溺水般短而急促。

「嗯……嗯……」他發出了痛苦的囈語：「不要……不要！」

「靈川！」我大聲喊他。

「不要……不要……」

「靈川，醒醒！」

我好不容易掙脫出一隻手，狠狠打在他的臉上。要是再不打醒他，我怕別人會以為是我對他做了什麼，誰叫他喊得那麼淒慘？

他愕然坐起，大口喘息，宛如終於浮出水面。我連忙整理了一下衣衫，擔心地看著他：「靈川，你做惡夢了？」

「嗯……」他低下頭：「我溺水了……」

果然沒錯。我有些猶豫地伸出手，輕輕拍上他的後背，卻在撫上後心時感覺到裡頭傳來的劇烈心跳。

「沒事了……沒事了……」

「謝謝。」他長舒了一口氣，轉身望著我，目光恢復平靜，接著卻又忽然朝我伸出雙手。我不解地往後挪了挪，但他向前一湊，再次擁住我，靠在我的肩膀上。

我呆坐在石床裡，雙手不敢碰他。他像是趴在湖邊祭台上的小龍般溫順，宛如身心疲憊的老人，藉著我的肩膀獲得短暫的休息與依靠。

絲滑柔軟的銀髮垂落在我的左手上，我偷偷捏了捏，只覺得有些恍惚，那觸感如水一般，讓人心動不已。這細緻的銀髮、絕美的容貌、聖潔的身體……靈川的一切曾經全屬於亞夫一人所有，現在卻多出了一個我，他怎麼可能不恨？

此時，我忽然瞥見怔立在帳外的黑影，心頭一顫，那陰沉而充滿恨意的目光幾乎要燒穿了紗簾。我立刻明白了一切，心裡浮出被利用的憤怒。

「王！」亞夫掀簾而入，沉痛地趴伏在地，黑眸中溢出憤怒至極的淚水：「請王醒過來！不要再深陷魔女的誘惑之中……亞夫求您了！」

咚！他的頭重重磕在大理石磚上，發出清脆的聲響。

但靈川依然倚著我的肩膀：「亞夫，你天性殘忍，我本以為自己能改變你，然而我錯了……你下山吧。」

「王……」

「走！」靈川坐直了身體，冷漠地說，瞬間威嚴得令人不敢靠近。酷寒的空氣讓周圍結上冰霜，我的呼吸也在這驟降的溫度裡化作水氣。一條冰霜的花紋自床前綻開，直朝亞夫而去，卻又在他的面前倏然停滯。

「王，是不是那個魔女汙蔑我對您心懷邪念？」

靈川抿唇不言，面無表情的臉此刻卻顯得分外冷峻與嚴厲。

「王，亞夫對您從無邪念……」亞夫哽咽而痛苦地跪在地上，輕輕低泣：「亞夫從小待在您的身邊，崇拜您，敬愛您，實在無法看您繼續這樣墮落下去！王！您是聖潔的……」

「住口！」靈川猛然大喝，聲音迴盪在這座瞬間變成冰宮的寢殿內。他冷冷地看著亞夫：「你是在恐懼變化，迂腐陳舊，不思革新！」

「王！所有的規矩都是神明訂下的，您這麼做只會觸怒神明，靈都必會陷入可怕的災難之中……王！」亞夫沉痛地揚起臉。

我驚訝地看著他。他明明這麼年輕，卻異常保守，對於一切變化感到畏懼。

「你是擔心靈都陷入災難，還是害怕失去現在的一切？」靈川淡漠地詢問他。他微微一怔，趴伏在地上，久久不語。

聖殿陷入一片沉靜。靈川再次冷冷地說：「走。」

「王……」亞夫的聲音有些顫抖：「亞夫是在守護您的聖潔，請您相信亞夫的忠心！您可以不要亞夫，但亞夫絕不會讓任何人玷汙您的聖潔！」

他的語氣變得有些陰狠。說完最後一個字後，他轉身離去，黑色的身影消失在聖殿中。

靈川微微皺起眉頭，面色凝重，我立刻起身。他呆呆地朝我看來，神情恢復鎮靜。

「你這樣做只會讓亞夫更恨我！」我生氣地看著他。他絲毫沒有要為自己辯解的意思，只是靜靜地聽我說話。見狀，我也懶得跟他多說，邁步朝外走去。

「妳要去哪裡？」

我轉身看他：「原來你也會關心我，不是把我當成一隻可以隨意利用的寵物？你是不是認為我始終會離開，所以無論對我做什麼都沒有關係？」

靈川的灰瞳頓時流露出一絲急色。他朝我伸出手，但我生氣地拿起地上的包包，背起畫板：「你

不希望亞夫恨你，也別讓他把恨集中在我身上。你真的以為我快走了，所以無論怎麼被恨著都無所謂嗎？你會害死我的！」

我憤然離去。他對亞夫有情，不希望被怨恨，卻轉而把對方的恨意全部集中在我身上，這怎麼可以？

亞夫對我懷抱的殺意越來越明顯，再這樣下去，他遲早會找個方法把我再送上刑台。靈川真的以為自己可以保護得了我？我雖然不會被太陽曬死，但扔到水裡還是會死的，他只是在夢中溺水，我卻真的要被淹死了！

我划船離開聖宮，捫心自問——我對靈川真的很好，既不記他餓我之仇，還協助他破壞各種約定俗成的規矩，我前世根本不欠他啊！對了，我們甚至不是同一個世界的人，前世我在我的世界裡，他在他的世界裡。現在，我已經竭盡所能地幫助他，甚至犧牲色相陪他睡了，他怎能這樣對我？

船駛入山間，穿梭在參天石柱中。見一旁白猴跳躍，鳥兒飛翔，我的心情才漸漸好轉。

雖然我目前是寄人籬下的處境，但靈川這次做得太過分了。不過生氣歸生氣，我最後還是得摸摸鼻子回去……唉。

我漫無目標地在山間飄蕩，一抹火光卻衝過飛翔的鳥兒，朝我射來。這是什麼情況？

「嗷～～」鳥兒們驚飛鳴叫。

砰！火箭落在飛舟前端。我驚愕地看向箭射來的方向，但四周都是高聳的山柱，完全看不到半個人影。

轟！箭上的火熊熊竄起，瞬間沿著銀藍色的花紋遍布整個船身，飛舟像是被汽油淋過般陷入火

海，灼灼熱氣無情地包圍著我。

我率先想到我的畫板，立刻背起它遠離火苗，船底卻突然被燒穿，我頓時掉了下去……

「啊──────」

耳邊是下墜的「呼呼」風聲，如此熟悉，如此驚心！我居然在靈都再度墜落！

這次並非安羽把我從高空中扔下，而是有人燒了我的船。做為飛舟動力的精靈之力顯然有利有弊，它可以讓船在空中飛行，卻也成了最危險的燃料！飛舟的碎片不斷落下，有些砸在我的身上，使我痛得不得了。燒焦的木塊髒了白色的衣裙，崩裂的木板劃破我的大腿手臂，鮮血立刻染紅我的裙子。

忽然有什麼抓住了我的腳踝，我停止驚叫看去，竟然是一隻白猴！牠的身後出現了一長排連成長繩的猴子，牠們似乎試圖要救我！我們開始呈拋物線朝一旁的山壁直直撞去，我將畫板擋在身前，避免受到直接衝擊，和倒吊的白猴們飛速地盪了過去。

我的心跳不斷加速……糟了，要是直接撞上去，我必死無疑。我又沒有白猴們翻飛跳躍的本事，可以在山間像泰山一樣自由來去。

當我提心吊膽，以為自己絕對會命喪此處時，牠們忽然又再次把我扔起，頓時減緩了撞擊的速度。緊接著，又一隻白猴抓住了我的腳踝，開始一個接一個傳遞我，將我朝山壁上一個天然的石窟扔去。

在被扔拋的過程中，我明顯聽到腳踝發出「喀」的一聲，脫臼了。但我現在哪裡還顧得上痛？保命要緊！

我的墜勢隨著猴群們的動作不斷減緩，最後「嗖」一下被扔進了石窟，一隻大金剛正等在那裡。砰！牠成功接住了我，卻被我一頭撞飛。我就這樣被牠抱著飛，過了好一會兒才跌落地面。白金剛暈了過去，趴在牠身上的我卻毫髮無傷！

我呆呆地坐起，白白忽然躍到牠的胸膛上，著急地看著我：「喔喔喔喔！」

「我沒事。」我急忙從金剛身上下來，鮮血染紅了牠雪白的毛髮，整個石窟裡頓時傳來白猴們驚慌的驚叫聲。

「嗚——嗚——」白白呆呆看著我身上的血，寶藍石的眼睛裡也流露出一絲驚嚇。

「喔——喔——」白猴們突然紛紛朝我跪拜，場面一時變得有些混亂。當局勢好不容易平靜下來後，白猴們無不靜靜地蹲在一旁，看起來相當敬畏我，被我撞暈的金剛也醒了過來，並無大礙，我總算放下心。

白白開始察看我身上流血的傷口。正所謂初生之犢不畏虎，牠好奇地扯著被鮮血染紅的白裙，手上沾到了我的血，牠呆呆地看著。那隻脫臼的腳踝痛得我滿頭大汗。

幾隻白猴出了石窟，不久之後，白白的爺爺居然來了！隨侍在一旁的金剛看到我的血，立刻匆匆拜伏在地……這裡的猴子都是悟空的後代嗎？除了不會說話之外，基本上跟人沒兩樣嘛！

白白的爺爺恭敬地站到我面前，以一雙後肢直挺挺地站著，然後握住我的腳踝，一陣用力……喀！我咬牙忍住尖叫，我絕不能在這裡給人類丟臉！然而實在太疼了，我的眼前直冒金星，痛得像是

蛻了層皮，全身冷汗濕淋，無力衰弱。

「呼……呼……」我靠在石壁上吃力地喘息著。這裡的石壁不像靈川宮殿裡的地磚那般溫暖，而是冰涼刺骨。

不久，幾隻白猴拿來了草藥。白白的爺爺準備幫我治傷，我感激而虛弱地說：「不用……我會自癒……」說完，我拉起褲腿，一些細小的傷痕已經不見了。老猿猴頓時又帶著眾猴們朝我拜了起來。

我阻止牠們：「你們救了我，就別拜我了，我承受不起……有水嗎？」

一隻白猴頓時飛奔而出，回來時捧著一片大葉子，裡頭裝著乾淨的水。白白的爺爺接過葉子，恭敬地餵我喝水。喝了一會兒後，我疲倦地昏沉睡去，隱約感覺到有很多白猴圍在身邊替我取暖。我在溫暖柔軟的毛皮中安然入睡。

醒來時，我的精神已經好了許多。身旁的白猴察覺到我的動靜，紛紛朝兩旁退開，只有白白仍窩在我的懷裡。我看了看外面，發現已經是夜晚，清澈明亮的月色直直射入這座石窟，一隻白猴竄了出去，雪白的毛髮在月光下劃過一抹亮眼的銀光。

我檢查了一下自己的傷口，基本上都好了，只剩全身的血汙讓人看著心慌。

「喔喔！」白白擔心地摸上我的臉。我笑了：「我沒事了，謝謝。」我望向映著石窟的月亮，上面的世界可看不到如此皎潔的光芒，李白筆下的「疑是地上霜」在城市裡幾乎是看不到的。

「這裡的月色真美……」我感嘆著，白白和猴群們一起靜靜地聽我說話。「在我住的地方，月亮的光芒已經無法穿透混濁的空氣，以及絢爛刺眼的燈光……記得小時候的天空和這裡一樣是青黑色的，現在……卻總是泛著一種彷彿世界末日來臨般的紅……」

「喔……」白白似懂非懂地看著月亮，開始搔抓自己的腦袋。

離開的白猴和白白的爺爺一起回來了，還帶來了食物，餓壞了的我不顧形象地大快朵頤。雖然我可以自癒，但仍會消耗掉不少能量。

「謝謝你，猴王。」我一邊吃著，一邊感激地看向白白的爺爺，但牠搖了搖頭，恭敬地指向石窟外，似乎是請我過去的意思。

我匆匆咬了兩口水果後爬起來，拿起顏料包和畫板走到石窟前，卻看到一張以樹藤編織而成的大網，大網的兩端各斜背在一隻金剛的身上。

「喔！」白白的爺爺輕輕推了我一下，示意我進去。我毫不遲疑地跳入大網，將兩條腿伸出網外，雙手抓緊兩側，白白也跳了下來。兩隻金剛趴在兩邊的石壁上，像是在等候命令。

「吼！」白白的爺爺驀然從我上方飛躍而出，白色的身影融入如霜般的夜色，金剛也從山壁上躍落。我不由自主地驚叫了一聲，隨後卻感到興奮不已！

兩隻金剛的默契極佳，我像是坐在騰空的鞦韆上，隨牠們一起飛馳。白白在網裡開心地大叫：「吱吱吱吱！」我也在呼嘯的風中大叫起來：「嗷～～嗚～～～」

「嗷……嗷……嗚……嗚……」叫聲在寧靜的山柱之間不斷迴盪。靈川會聽到我的叫聲嗎？他會來找我嗎？他會因為我的失蹤而擔心嗎？

哼，他不會的！所以我也不打算回去了，在靈都最後的日子，我要在這裡做山大王！

白猴們在我的身後飛躍，隨著我喊叫起來，寧靜的夜裡四處是響亮的猿啼。

我們落在一處只有茂林的柱頂山，這裡似乎是猴王的領地，不見任何建築，只有巨大的灌木樹

林。我被放在平地上，白白的爺爺隨手拿起一根木棍，在旁邊一個泥坑裡攪了攪，那黏稠的黑色液體滴落而下。

當我還在疑惑那是什麼時，牠忽然伸手在灌木叢裡撥弄了一下，一群螢火蟲立刻飛出。緊接著，讓人下巴脫臼的事情發生了——牠拿著木棍在那群飛舞的螢火蟲旁揮舞，螢火蟲便一隻隻黏在那黏稠的黑色液體上……

天啊，這裡的猴子聰明到根本就是成精了！

那些螢火蟲和這裡的魚一樣出奇地大，但我不感訝異，聽說亞馬孫森林裡的昆蟲也是非常巨大的，只能說明這裡的原始物種保存得比較完善，生態系統沒有被破壞，所有生物在這裡快樂幸福地長大。

巨大的螢火蟲黏滿木棍，瞬間成了一根螢光棒。

白白的爺爺又撿了一根木棍給我，我立刻開心地接了過來，和牠一樣在那奇怪的液體裡攪了攪，再拿起，然後一腳踹進灌木叢。得不到安寧的螢火蟲再度飛起，我立刻迅速揮舞起木棒起來……太好玩了，哈哈！

白白沾了沾那液體，接著站在我的白裙上，白裙頓時星光點點，遮住了那讓人怵目驚心的血汙。

白白的爺爺溫柔地看著牠，抬手掀開了一片以樹藤構成的掛簾，一條通路出現在我們面前，我驚訝地看著這條路，兩側每隔一段距離就會堆起一些高大的石塊，宛如裝飾在路邊的神像，末端則是一個巨大的山洞。

牠引領我向山洞走去，難道真的要讓我做大王了嗎？

就在我自作多情的當下，白白的爺爺帶我進入山洞，手中的螢光棒照亮了整個山洞，我瞬間驚呆，總算了解白白的爺爺之所以帶我來，不是為了拜我為大王，而是想告訴我一些事情，一些關乎靈都的過去、不為人知的祕密。

眼前的景象壯觀得令人讚嘆。只見石壁上是一幅幅連續的畫作，開始向我緩緩講述關於靈都的美麗傳說，壯觀的壁畫使我久久無法回神。石窟上方似乎有個小洞，一束銀白的月光灑落而下，多少驅散了山洞裡的黑暗。

我驚嘆地走入其中，那些像是以黑木炭畫出來的簡單線條，宛如山頂洞人留下的珍貴歷史。白白的爺爺帶我走到一幅畫前——那是山洞左側石壁上的第一幅畫，似乎是所有故事的開端。畫中是一片沙漠、一座古城和一個和尚，他的身旁站著兩個樓蘭士兵，把他綁在沙漠的一根石柱上。

第二幅圖裡，士兵割開了他的手腕，僧人的血從手腕裡流出，流淌在沙漠中！一幅幅壁畫在我的腦中形成動畫，如同電影般開始播放。僧人鮮紅的血染滿了腳下的沙漠，在烈烈炎日下漸漸蒸發，只留下一片殷紅的沙。

樓蘭士兵放乾了他的血，打算砍下他的頭回去交差。當鋼刀劃過烈日，砍下僧人的頭顱時，他的脖子裡忽然噴出了紅色的細沙，詭異的紅沙瞬間吞沒了行刑的士兵！天地變色，紅沙掀起了翻天覆地的沙暴，轉眼便將整個樓蘭王國吞沒，無數生靈在沙暴中掙扎。他將他們全數吞入口中，帶到地下，他們從此便被囚困在這個地下世界，無法進入世間的輪迴。

看到這裡，我不由得怔立在原地。這裡描繪的狀況和安歌唱的、《因果》裡說的十分相似，但更加詳細，完完全全地把當時的景象呈現而出，我宛如回到兩千年前，站在那片沙漠裡看著一切發生，

如臨其境。

我繼續看向下一幅圖，它描繪的是這裡的世界觀，八個世界成環狀圍繞著一個中心，我想那應該就是連結八扇聖光之門的地方。世界間互有通道，記得扎圖魯曾經說過，很多人想前往別的國家工作以換取食物，但路程非常長，安都那些挨餓的百姓等不起。

在中心的上方還有一個世界，似乎是神都；下方則是與之相對的精靈國，在圖上以黑白對半的方式呈現。神都旁寫著「神王」兩個字，字體跟《因果》絹帛上的字一樣古老。八個世界圍繞的中心寫著「人王」，精靈國旁則寫著「精靈王」，這和《因果》描述的內容是一致的！說明這個世界在創始之初只有三個王，然而隨著時間的流逝與人們的野心，才演變成現在的格局。

接下來的畫裡記錄了一些較為重大的歷史事件，但還沒出現八王叛亂，說明這些事都發生在叛亂之前。終於，我看到了一個留著捲髮、長至腳踝的女人，她拿起了武器，在將士的幫助下用手中的神器打敗了奴役人民，虐待百姓，最終魔化了的人王！

而她的肩膀上……也有一隻……白猴……

我呆呆地站在這幅畫前，終於明白為何涅梵看見我和白白一起出現時會那麼驚訝，露出了猶如看到死人復生的眼神。

白白的爺爺伸出手，輕輕撫過壁畫上的女人，指尖停在那隻白猴身上，然後指向自己。

我驚訝地看著牠：「你的主人是闍梨香？」牠點點頭，湛藍的眼睛裡泛著點點淚光。

「咦……所以你已經五百歲了？」我沒想到牠的年紀居然那麼大了！

牠搖搖頭，用手中沾著黑色液體的木棍在牆壁上寫下了一個「七」字。牠、牠已經七百歲了？

啊，對耶，我真笨，闍梨香已經死了一百五十多年，忘記把它們加上去了。

我不可思議地看著牠：「你怎麼會長生不死？」白白的爺爺指向下一幅畫，闍梨香在殺死人王時，牠也得到了一小股力量。牠指指自己的臉，然後緩緩躺下，閉上了眼睛，同時屏住呼吸。

我恍然大悟：「人王不老不死，但你會老也會死，只是活得特別久。」

牠睜開眼睛坐起來，點點頭，隨手拉過白白，將牠緊緊抱住，溫柔而憐愛地看著牠，發出一聲如同慈父擔憂般的長鳴：「嗚……」

白白回抱牠，在牠的懷裡緊緊閉上了寶藍石似的眼睛，像是在擔憂什麼。

我繼續看下去，看到了闍梨香將白白的爺爺放生到靈都中，一隻又一隻白猴開始出現在山間樹上。時間一晃五百年，猴子猴孫萬萬千，心心思念主恩情，生生不息在山間……外面那些白猴全是老白猴的後代啊！

我在這舉世無雙的壁畫前坐下，一幅又一幅地仔細欣賞，最後卻發現這些畫都是闍梨香繪製的，頓時驚訝不已。這些畫……是她留下來的！她之所以把老白猴留在這裡，正是為了守護這些畫，守護這些歷史，讓未來的人能藉由它們找出方法，解開樓蘭的詛咒！

不知不覺間，我睡著了，在夢中望見一個女人的背影，她身上穿著一件鎧甲，捲髮盤起，正在石壁上畫著什麼。她一直畫，一直畫，白白蹲在她的身邊，安靜地守候她。

不對，那不是白白，應該是白白的爺爺，而那個一直在畫畫的女人則是闍梨香。

「闍梨香？」我喊了一聲，她停下筆，緩緩轉過身來。看到她的臉後，我朝她跑去：「真的是妳！闍梨香，妳能告訴我離開這裡的方法嗎？」

她微笑著對我搖搖頭，抬手指向石壁，那裡出現了另一幅畫——一個人從天上掉下來，摔在地上，死了，靈魂從軀體裡脫離而出，忽然沉入地底，自下方徹底地離開了這個世界。

我茫然地看了一會兒，大腦驟然一片空白！

「不，不！」我一步步後退：「這是什麼意思？活著來，死了走？不！不！我不相信只有死才能離開這個世界！我不相信！」我朝她大喊，不願相信離開這裡的方法只有死！

她愛莫能助地看著我，低頭伸出自己的手臂，挽起衣袖，上面滿是閃耀的花紋。她指指花紋，再指指我，搖了搖手指。

我看向自己的雙手，手上沒有花紋。花紋是神烙印在樓蘭人靈魂上的標籤，一旦有了花紋，他的靈魂便無法離開樓蘭，只能在這裡不斷輪迴。但我的身上沒有，所以我不屬於樓蘭，死後靈魂自然可以離開！過去那些掉下來的人因為漸漸被這個國度同化，最後也變成了樓蘭人，這座詛咒之城裡的人才會越來越多。

闍梨香悄無聲息地走到我的面前，以柔和的目光看著我，轉身又開始在身旁的石壁上畫起圖來。這一次，她把我畫在上面，接著畫上了一把匕首，匕首忽然動了起來，瞬間刺穿我的心臟。我驚悚地站在原地，看著石壁上的自己緩緩倒落，鮮血漸漸染滿身下……

「不，不會只有這個辦法的！」我望向神情無奈的闍梨香：「不會只有這個辦法的！一定還有別的方法，我那瀾是不會死的！」我大叫一聲，從夢中驚醒，額頭上一片汗濕。

陽光自石窟頂端灑落。我匆匆起身察看石壁上的畫，驚醒了躺在一旁的白白。

「沒有……沒有！居然沒有！」我一陣惡寒，夢中闍梨香所指的那幅畫居然不在石壁上！

「吱吱吱！」白白跟著我跳來跳去。

全身的寒毛在陽光下瞬間豎起，我打了個哆嗦，從自己的包裡拿出油畫筆，沾上黑色的油墨，開始還原夢中闍梨香指給我看的那幅畫。

當人從上面的世界墜入這裡，唯有一死才能離開……

畫到最後，我顫抖地扔掉畫筆，跑出石洞，奔向被樹林遮蓋的通道，穿過由藤蔓構成的簾幕，衝向外頭燦爛溫暖的陽光，雙腳有些發軟。

我跪在陽光下，面前正好有一個小小的水池，平靜的水面照出了我蒼白得不帶一絲血色的臉。

闍梨香……妳嚇到我了……昨晚我看見的難道是妳徘徊在這個石洞裡的幽魂？不管怎樣，妳真的嚇到我了……

我抱緊自己的身體蹲在池邊，不斷地吸著明明沒有感冒卻忽然出現的鼻涕。全身即使在陽光下依舊感覺到寒冷，雙手冰涼，手仍顫抖不止。

「吱……」白白出現在水池邊，牠跟夢中闍梨香身邊的猴子長得一模一樣。我立刻閉緊眼睛，心裡菩薩耶穌上帝喊了一輪，才有勇氣再次睜開雙眼，望向目露擔憂的白白。

「喔……」身後傳來了白白爺爺的長吟聲，我轉身看著牠，牠前掌落地，同樣一臉擔憂地盯著我。

我抱緊身體，吸了吸鼻涕，低低地說：「我昨晚見到闍梨香了……」提及這個名字時，我的全身再次起了一層雞皮疙瘩：「我想……那應該是闍梨香的鬼魂……」一種說不清道不明的恐懼迅速竄上我的脊骨，頭皮也一陣發麻。

白白的爺爺立刻驚訝地睜大了眼睛，眸光顫動地看著我。

我指向那座山洞，牠頭也不回地朝那裡奔去。得此忠心耿耿的靈猴，死也瞑目。

「這附近有溫泉嗎？越熱越好。」

我近乎哀求地詢問白白，因為實在太冷了。牠點點頭，朝外面喊了一聲，昨晚運送我的金剛和藤網頓時出現在眼前，我想都不想地撲向藤網，把自己包緊，牠們背起我，再次在山間飛馳。直到整個人浸在溫泉裡時，我才有了活著的感覺。

這裡的溫泉層層疊疊，從上面往下看，像是一個個大蘑菇。我們抵達時，已經有猴子們泡在裡面，露出一副逍遙自在的神情。白白帶我來到最上面的溫泉，這裡應該是「王族」專用的吧？周圍雖然沒有密林，但因為溫泉比較密集，也比較多，升騰的水氣足以遮蓋身體，讓人無法窺視。

送我抵達溫泉後，白白似乎擔心爺爺，時不時地往山洞的方向望去，我於是讓牠去爺爺那兒，這裡不用牠擔心。牠先是要金剛拿些食物給我，接著便和牠們一起往回跑。

金剛送來的食物裡竟然有鳥蛋！一個個鳥蛋跟鵪蛋差不多大，上頭還有黑斑。看到鳥蛋時，我頓時將什麼恐懼害怕都拋到了腦後，撕下衣裙的衣角，忽然發現古人穿那麼多布料實在很有用，無論是受傷還是上廁所、留血書還是上吊，只要撕下一塊便能解決所有問題。旅行在外，多穿點布料絕對是必要的。

我用布包起了幾個鳥蛋，放到溫泉裡，再將腰帶繫在包上，這樣即使它沉到水底，我也能找到。

等待溫泉煮鳥蛋的這段時間，我先吃水果解飢。一方水土養一方人，靈都的人之所以只吃水果還是有些道理的，這裡蘊含豐富地熱，容易使人乾燥，多吃水果不僅可以補充水分，也可以降火氣。

四周非常安靜，偶爾會響起猴子跳水的聲音。我望著朝天空飄散的蒸騰水氣，不由得再次想起闍梨香的那幅畫，總覺得很奇怪，如果她知道這個祕密，為何不在生前畫出來……對了！正因為她死了，才會知道死後的事！

我怎麼那麼笨？正是因為她變成靈魂，去過地下，才會曉得活人不知道的祕密！

但新的疑問又浮現了。這個世界的生靈死後會直接化成靈果，像是那條魚，我沒看見牠的靈魂出來飄蕩，而是直接被暗夜精靈收割了。那麼闍梨香的靈魂為何會遊蕩在世間？難道摩恩他們沒有收割她的靈魂？

看來這個謎題必須等摩恩來解答了。

嗯……時間差不多了，我的蛋應該熟了……呃，這話怎麼說起來那麼奇怪？

我開開心心地拉起布包，敲破一個蛋，粉嫩的蛋白吹彈可破。看來因為蛋太大，似乎還不夠熟，我於是把其他幾顆蛋放回溫泉，嘴住敲開的缺口猛地一吸，也不管蛋是否沒熟。太久沒開葷，我現在連生牛肉都能吞下去。呼嚕！半熟的蛋白和蛋黃全吸到了嘴裡，那沒熟的蛋黃還帶著一絲鮮鹹！好吃，太好吃了！非但不腥，還很鮮美。

呃……我這算不算殺生？

管他的，就算我是壞人，也要做個吃飽喝足的壞人。我將蛋殼一扔，再來一個！

當我再次拉起腰帶時，溫泉的水面忽然出現了一絲波紋，那絲波紋並非因我亂動而起，而是從我對面慢慢蕩漾開來，宛如羽毛輕輕劃過水面，並驅散了瀰漫在溫泉表面的濃濃水氣。一陣涼風掃過我露在溫泉外的肩膀，帶起了一陣雞皮疙瘩。

我莫名地看向前方……怎麼起風了？

就在我疑惑的當下，一個水泡驀然從晃動的水面慢慢浮起，朝我而來，而且越來越大，越來越詭異！我驚恐地看著它，告訴自己要鎮定。那瀾，妳什麼沒見過？連闇梨香的幽魂都見過了，還怕一個水泡？

水泡在我身前半臂長的地方停了下來。我細細打量它，才發現那其實是一團鼓起的水。

它不再靠近，讓我的膽子大了起來。我伸出手，小心翼翼地戳向它，它立刻從水中再次浮起，一張由水構成的人臉漸漸浮現！

我驚詫地看著那深凹的眼睛、高挺的鼻梁、薄得幾不可見的唇和尖尖的下巴……是、是靈川！

他慢慢浮出水面，清澈純淨的水化成他的頭、他的脖子和他的胸膛，眼前的場景宛如《透明人》，連那頭長髮也是由水組成的，在他身後緩緩流淌，白色的水氣繚繞在周圍，整個人看起來似有若無。

「靈、靈川！」我目瞪口呆地看著他……這又是什麼情況？

他沒有說話，只是呆呆地看著我。我忽然意識到情況有些不妙，匆匆將赤裸的身體沉入水中，卻忽然想到他是由水變出來的，如果想看，我豈不是早就被他看光了？一想到這裡，我的臉頓時紅了起來，生氣地看著他：「看什麼看？不准看！」同時揚手打向變成水的他。他沒有躲閃，任由我的手穿透了他的頭。我呆呆看著滿手的水，靈川的本尊似乎不在這裡，而是在遠處控制這裡的水，形成他的影像。

「原來妳在這裡。」輕輕的聲音響起，我抬頭看著他：「那你在哪裡？」

「聖殿。」他真的不在這裡啊。

「我的力量是水，所以我正在利用水尋找妳。」他淡漠地向我解釋。

其實我並不清楚靈川究竟如何運用水、又可以用到什麼樣的程度。看來除了先前的降水化冰外，他還可以用水進行地毯式搜索。

「找我做什麼？」我反問他。

他眨了眨眼睛，低頭沉默了片刻，隨後再次看向我，平淡的目光中多了一分渴求：「回來吧。」

「不要！」我立刻拒絕，隨手拿出水裡的蛋，在他面前晃著：「我在這裡有鳥蛋吃，在你那裡吃得太素，腸子裡都沒油水了。」我剝開鳥蛋：「你看，這鳥蛋多鮮美？你活了一百五十年，已經習慣了聖人的生活，應該不會在乎這最後幾天吧？我可不想再回去被你利用。」我邊吃邊說，大刺刺地攤開雙手，看似逍遙自在地靠在溫泉邊。

他一時語塞，臉上掠過一抹淡淡的憂傷，低下頭，流淌的水髮垂到他的臉邊。

「……妳答應過我的。」他憋了半天，好不容易才委屈地說出這句話，語氣裡帶著傷心與苦悶。

「我是答應過你沒錯！」他不提便罷，一提我就來氣。我在水中坐直：「我之所以答應幫你，是因為我好心！你把我當成寵物養也就算了，畢竟我那瀾寄人籬下，命握在你們手中，尊嚴什麼的早就不要了，但你不能這樣利用我！而且要求也越來越過分……要我陪你睡也睡了，那卷規章裡還提到『聖子聖女不得與他人有肌膚之親，行苟合之事』，這難道也要我幫你破嗎？」

靈川微微一怔，滿臉呆滯。我鬱悶地啃著鳥蛋：「最可惡的是你居然用我來激怒亞夫！你在亞夫面前抱我，可以說是對他最直接的抗拒，也讓他恨我入骨！那枝火箭多半是他放的……」

「什麼火箭？」他倏然仰起頭朝我看來。

我瞥了他一眼：「算了，沒有證據也不能亂說。總之最後這幾天，你就讓我安安穩穩地過完，再跟其他人王說把我弄丟了，這樣我就不用去其他王那裡了。」

他一愣，目光有些動搖，似乎真的在考慮我所說的話，見他又開始發呆，我開始敲起第二個鳥蛋——啪啪！他忽然回過神來，認真地看著我：「那瀾，我沒有利用妳。」然而雖然他說得信誓旦旦，但我不相信他，繼續逕自吃著鳥蛋。

「我不在意亞夫的想法，我想抱誰這點他也無權干涉。」聞言，我不由得一怔。

「我當時是情不自禁地想要擁抱妳，而且抱著妳的感覺很好，讓我不想放開……」

「咳咳咳……咳咳咳……」我咳了起來，蛋黃哽在喉嚨。

「那瀾！」他急忙上前，將食指塞入我的口中，溫熱甘甜的溫泉水立刻化開了堵在我喉嚨裡的蛋黃。我漲紅著臉，在他透明的胸膛前頻頻順氣：「你能不能不要說得那麼直接？」

「對不起……」他低下頭：「我們是朋友吧？我覺得抱著妳相當溫暖，妳的身體也很柔……」

「別說了！」我立刻打斷他的話，轉過身去：「我也是會害羞的好不好？有些感覺你藏在心裡就可以了，別說出來！」

「原來如此……」他恍然大悟：「我第一次說這麼多話，只是想跟妳分享一下當時的感覺。」他低下頭，表情罕見地流露出一絲真摯。沒有人跟在他的身邊，他的神色反而變得比較豐富。

靈川一向說話直接，無論面對什麼話題都是一臉嚴肅，我實在無法想像他會怎麼跟心儀的人表白，會不會也是這樣呆呆地望著她，忽然開口：「我們在一起吧。」沒有任何浪漫動人的鋪陳，更像是命令。

「算了……我知道你這一百五十年來沒什麼跟女孩打交道的機會。」和呆子互動是很無力的，尤其是嚴肅的呆子。「你們男人或許喜歡坦誠面對彼此，但我們女人有時候還是喜歡含蓄一點的，喜歡聽些善意的謊言……」

「為什麼？」他不解地看著我，似乎對於女人喜歡聽謊言這點深感疑惑。

「你不用知道，維持現在這樣就好……」他有他的優點——呆呆的，只會說實話，其實還滿可愛的。

「我想知道。」他忽然傾身湊向我。雖然眼前的他不過是個由水化成的幻象，但我依然下意識地往後靠了靠，溫暖的水讓我感覺不到他的身體，卻又有種……待在他體內的……錯覺……

「你……能不能退一下？」我別開臉，尷尬地說。包覆住我的水輕輕晃動了一下，他緩緩退回原位：「……對不起。」

「沒事……只是感覺有點奇怪……」我鬆了一口氣，回頭看著他，發現他神色坦然，平靜一如往常地說：「我感覺很好。」

嗯？什麼叫做「感覺很好」？莫非是因為隔空聊天而不知道臉紅？你有本事就脫光光下來跟我裸裎相對啊！

算了……我想即使如此，這呆子也不會有半絲表情變化，說不定還會好奇地打量我的身體，以學術性的觀點比較自己跟我有哪裡不同。

「妳快解釋。」他緊緊盯著我，似乎沒等到答案絕不罷休。我隨手拿起一顆水果，單手靠在溫

泉，一邊吃一邊說：「女孩們喜歡聽甜美的話，即使她長得再醜，你也要說她很美……」

「妳很美。」靈川忽然說。

「……」這句話接得真是讓我咬牙切齒，他這是什麼意思？

「是這樣嗎？」他居然還輕悠悠地反問我，是要我怎麼回答？我於是憤怒地看著他：「原本的你就很好了，為什麼要學說謊話？」

「噗嗤。」他低頭輕笑一聲，隱約帶著一絲壞意。

這傢伙居然還有臉笑！我開始大口吃著水果消火。他笑了一會兒，忽然又陷入沉默，神情變得柔和不已，水髮流入溫泉中，融為一體。

「回來吧。」他說。

「不要！」我沒好氣地回答，接著扯掉眼罩甩了甩。因為水氣讓眼罩有些濡濕，戴著不太舒服。

他沒再說話，靜靜地看著我。

我懶懶地瞄了他一眼：「沒事的話，我要走了。」我抓起剩下的幾個鳥蛋，準備當晚餐吃。

「那瀾……結局。」他再次開口。我困惑地看著他：「什麼結局？」

他眨了眨眼：「安都的結局。」

「哦……哦！」我恍然想起自己還欠他一個結局。

「妳忘了嗎？」

他有些低落的嗓音讓我莫名地感到歉疚，像是我背信棄義，讓他空守枯燈，寂寞等候。我的腦海瞬間浮現新嫁娘在房裡枯等不歸花心郎的場景，望向低著頭的他，心裡有些糾結……為什麼我會覺得

自己對不起他？是因為那副失落的模樣使我產生了嚴重的罪惡感嗎？

我調整了一下心情，說了起來：「在我和扎圖魯衝入安都皇宮時，安羽張開了黑色的翅膀，高高飛起！」他在我聲情並茂的講述中緩緩抬頭，視線和先前一樣認真地落在我的臉上。

「……從此安都人民在安歌的帶領下齊心協力，為安都的繁榮富強而努力！」我慷慨激昂地揚起手臂，指向高空，靈川的視線也隨我而上，愣愣地望著天際。

我收回手，發現這呆子還在看：「別看了！」他這才回過神來，慢慢轉過頭望著我。

「故事說完了，你可以走了。」我趕他走。但他沒有動作，依然呆看著我。我著急地說：「快走啊！」

他眨了眨眼，面露不解：「妳為什麼要趕我？」

我鬱悶地翻了個白眼：「你不走我要怎麼起來啊？我泡了快一個小時，再下去都要煮熟了！」這裡的資訊也算是與時俱進，所以「小時」這個單位他應該能聽懂。

他愣怔地看著我，面露一絲尷尬，隨後緩緩下沉，融入溫泉池水之中，終於從我面前消失。

總算安心的我正準備起身，池裡的水卻緩緩流動起來，不疾不徐地滑過我的腿側，捲過我的腰身，像是一條水蛇正游過我的身體，我有些驚訝地看向水中。

靈川再次浮出水面，緩緩伸出一條手臂，橫過我的身前，環住我的肩膀，池水滴滴答答地沿著那條手臂流下，當溫熱的水貼上我的肌膚時，我的呼吸也驟然凝滯。他靜靜地浮到左側環抱著我，我赤裸的肩膀嵌入他溫熱的身體之中，他胸膛的水在我身上流淌。

「那天我之所以抱妳，是因為感激……謝謝妳，那瀾。」他在我耳邊輕悠悠地說著：「現在也

是。」

「不、不客氣……」

我無法描述此時的心情，照理說感激的擁抱應該會讓人感覺溫暖，不會尷尬，可是我現在在水裡泡澡，而他的力量又是水，我總有種被他赤裸裸地抱在懷裡、融入他體內的感覺，心跳因為這種羞臊感而加速，思緒在他放手前始終無法安寧。

他手臂上的水滴落我的胸口，緩緩爬過溝壑，在那裡留下一抹令人臉紅心跳的酥癢感。

「那瀾，我們現在……是不是就是肌膚相親？」他冷靜淡然的聲音讓我更加無言以對，匆匆推開他環在我肩膀上的手，卻只是穿透了它，餘下溫熱的泉水在手心。

「妳不喜歡？」

「當然！」我生氣地說：「你沒經過我的同意抱我就是非禮！」我絕不能留在水裡，立刻轉身大力揮拍靈川。啪啪啪啪！池水化成的靈川被我拍得凌亂破碎，我趁機迅速上岸，在他恢復原形前用衣服裹住自己的身體，將袖管纏緊胸口，站在溫泉邊怨憤地看著他：「我不會再陪你玩這場遊戲了！」說完，我甩裙而去。

「妳喜歡安歌？」身後傳來他篤定的聲音。我一愣，腳步微頓……他怎麼會以為我喜歡安歌？隨即卻又懶得理他，我綁上眼罩，頭也不回地大步離去。

「回來……回來。」

每當我經過一座溫泉，他便會自水中浮現，喚我回去。我氣悶地停下腳步，轉頭望向他：「我又不是寵物，聽你叫喚就會乖乖回去！你那裡沒有我想要的東西，我憑什麼要回去？我在這裡這麼逍遙

自在！你還是照顧好自己吧，我心情好就會回去看看你。」說完後，我愕然發現水在呆呆凝視著我的靈川臉上流淌，如同眼淚般奪眶而出。那落寞的神情讓我的心猛地一揪，像是我拋棄了他這個新嫁娘。

我知道靈川很孤單，希望我能陪在他身邊，甚至想從我身上找回所有因為呆了百餘年而失去的感情。但是……但是……誰知道他這顆傻傻的腦袋瓜裡又在想著什麼亂七八糟的事情！

他靜靜地從水中而起，水流自胸膛滑落，變成結實而毫無贅肉的腹部、窄細但顯然有力的腰身、修長的大腿，以及……沒有下身的下身……

他朝我緩緩伸出手，神情認真而木訥地說：「回來。」

我皺起眉頭，轉過身去，另一側的溫泉裡也出現了他的水影。一條水臂穿透繚繞的水氣，朝我伸來：「回來。」

我呆站在溫泉之間，一道又一道水影從溫泉中站起，驚走了泡溫泉的白猴。我單手扠腰，挑了挑眉：「好，如果你能親自來接我，我就回去。」

「好。」他不帶半點猶豫：「在這裡等我。」說完，所有水影瞬間在水氣中崩潰，「嘩嘩」地墜入水中。

我笑了……白痴才會在這裡等！我才不要回到亞夫的視線範圍裡，給自己找麻煩。再三確認過靈川不在後，我這才穿好衣服，站在崖邊高喊：「白白～～～」

「白白……白白……」當回聲縈繞在山柱間時，遠處飛躍而來兩個白影和運送我的藤網，當我跳入其中後，他們便將我送回山洞。我再也不想靠近任何有水的地方。

在我告訴白白的爺爺闍梨香的鬼魂出現在山洞裡後，牠始終沒有離開，一直靜坐在闍梨香繪製的壁畫前，一遍又一遍地摸著畫壁上的主人，我為此深深感動。人的感情也未必能有牠那麼長久，一個男人說愛妳能堅持多久？一個月？一年？一生一世？

在我們這一代，越來越多男人無法堅持一段長久的情誼，發生關係後反而更加縮短了愛情的效期。沒有信仰的約束讓他們對拋棄女人絲毫不感羞愧，很快便會看見他們抱著另一個女人，快活愜意，閃婚閃離的現象也越來越頻繁，更別說還有父母從中干涉。

我不明白這到底是怎麼一回事，世界明明在進步，人們高談闊論著愛情自由，為什麼我們的情分卻越來越脆弱，禁不住風吹雨打？家人的干擾甚至也能成為戀情無法持續的藉口，彷彿回到了古代的保守體制？

老白猴對闍梨香的忠心與不離之情真的讓我感動得無法言喻，覺得還不如跟猴子在一起比較好。我還是和白白在一起吧！如此一來，七百年後想必也會有一隻白猴坐在這裡，摸著我留在石壁上的畫，而那個口口聲聲說喜歡我的伊森早就不知道娶了多少王妃了！

伊森為什麼還不來找我？難道是摩恩沒有去找他？還是摩恩去找他了，但他依然不肯來見我？

伊森！伊森！

我忽然發現自己對他的思念已經開始轉為怨念，當下實在很想掐死他！為了不再想他，我只能藉闍梨香的壁畫來分散心思。那些壁畫越到後面越精細，也畫得越來越好，可以看出闍梨香的畫技正在不斷增長。也是啦，她畫了足足五百年的歷史，怎麼可能不好？

我待在山洞裡看了三天，依然沒有看完闍梨香的畫，也把靈川想接我回去的事忘得一乾二淨。

此刻映入我的眼簾的是個小男孩。他駕駛飛舟好奇地悄悄跟在闍梨香身後，忽然一群白猴躍過他的船上，他因而受到驚嚇，跌入水中溺水了！

漸漸沉入水中的他怕得不斷掙扎。闍梨香發現了這件事，立刻躍入水中，打算救他。她朝男孩游去，向他伸出手臂，然而小男孩卻失去了力量，緩緩下沉。

就在這時忽然出現了一道巨大的黑影，牠馱起了男孩的身體，也拉起了闍梨香，接著浴水而出，飛向天際。

我愣在石壁前——那個救了小男孩的龐然巨物正是河龍！河龍竟然會飛？

不知道河龍會飛的我有些愣怔。這段時間牠總是待在水裡，我從沒見牠飛過……對了，記得白白跟小龍剛成為朋友時，不是曾朝黑漆漆的崖邊揮了揮手嗎？當時我就覺得奇怪，牠像是在跟誰道別，難道是河龍？

「喔喔！」白白忽然跳到我的肩膀上，提醒我吃晚餐。外頭的月色如水，非常美麗。

我指著壁畫上的河龍問牠：「白白，河龍會飛？」

「喔！」牠點點頭，寶藍石的眼睛圓溜溜地盯著我，像是納悶我居然不知道。

「嗯……」白白的爺爺忽然發出一聲長吟，白白立刻跳下我的肩膀，朝牠跑去。

自從我告訴老白猴關於闍梨香幽靈的事後，牠除了不分日夜地守在這裡，精神也不知怎地變得越來越差，深深的思念似乎讓牠茶不思飯不想。牠原來是坐著的，後來坐不住了，白猴們便幫牠在這裡搭了窩。牠躺在樹藤交織的床上，側著臉望著牠的主人，最後竟然連飯也不吃了。

「嗚……嗚……」白白抱住老白猴的手臂，難過地不停哭泣，一邊拿起水要老白猴喝。

老白猴搖了搖頭，看向了我，我立刻走到牠身邊握住牠的手：「猴王，喝點水吧，你的主人闍梨香就在這裡，她看見你這樣會傷心的。」

「嗚……」老白猴依然搖搖頭，指著石壁上牠和闍梨香在一起的畫面，目露深切的思念。我心中一懍，緊緊握住他的手：「不！你不可以這樣！是我錯了，那只是一個夢，請你不要相信……你不能為了和主人團聚而丟下白白！」

淚水濡濕了我的眼睛，我忽然明白牠是想去陪伴闍梨香，想回到主人身邊。

「嗚……」老白猴再次發出一聲長吟，安心而欣慰地注視著我，接著執起白白的手放到我的手中，宛如一個瀕死的長輩將牠最心愛的孫兒交託給我。我顫顫地握住白白的手，牠傷心得已經哭濕了臉上的猴毛。

老白猴笑了笑，安心地閉上了眼睛，我握住白白的手，一起默哀。隨著老白猴沉沉睡去，我們的心情也變得沉重不已。

「嗚……」白白抱住我，反倒安慰起我來。牠指指老白猴，比出一個「七」的手勢，接著面露無奈地低下頭。我難過地看著牠：「你是說你爺爺活了七百多歲，快到極限了？」

「嗯……」

牠難過地趴到老白猴身上，捲起尾巴，閉上雙眼，窩在仍在起伏的胸口，小小的身體隨著老白猴遲緩的呼吸，也慢慢地上下起伏。

我難過地坐回白猴們幫我鋪好的窩。老白猴可能是感覺自己的大限已至，所以想留在這裡和闍梨香團聚，我的心情頓時變得十分低落。在我心中，牠已經不再只是一隻動物，而是一位慈祥溫和的長

者。牠對我很好，不但照顧我、幫助我，甚至還救了我。牠提供給我一個棲身之所，外加一日三餐，餐點不僅有水果，還有鳥蛋和糕餅，吃得比靈川那裡好多了，我總算胖回了一點。

我拿起牠們從人類那裡得到的碗和水壺，倒上一杯甘露，忽然覺得很想喝酒。我呆呆地看著碗裡的水……要是酒就好了。

碗裡的水在月光中輕輕一顫，忽然晃過靈川的臉，我嚇得倒抽了一口氣，立刻將碗扔掉。幸好它掉在樹藤做的窩上，既沒有摔碎，也沒有發出聲響而驚擾了一旁熟睡的祖孫。

我撫上額頭。我對靈川始終懷著一絲愧疚，答應協助他破戒，最後卻失約了，甚至還說出「如果你來接我，我就跟你回去」的謊言。

白白說他的確有去接我，卻什麼也沒等到，在那裡整整呆站了一天。

讓我不想回去的原因相當複雜，一方面是因為靈川越來越過火的遊戲，二方面也害怕亞夫的明槍暗箭，以及捨不得在這裡的逍遙生活。唯一掛念的是伊森為我做的那個窩，我沒辦法把它帶出來。

我拿起螢光棒，再次細細觀瞧闍梨香的壁畫。河龍救起小男孩後便直接離開了，闍梨香開始替他進行人工呼吸，不一會兒，他吐出一口水，悠悠轉醒。

在此之前的五百年裡，闍梨香也記錄了從上面世界掉下來的人，有的直接摔死了，有的活著成了新的樓蘭人，並幸福地生活下去。但始終沒有出現她在我夢中畫的那幅畫，說明她活著的時候也不知道這些從上面掉下來的人究竟要如何才能離開。她透過這些人瞭解我們的歷史，也學會了人工呼吸。

看到這裡，我不由得往回張望。印象中她似乎只記錄歷史，卻從不畫下自己的事，比方說愛上了誰？憎恨誰？愛做什麼？怎麼處理政務……壁畫上頭從未出現，我甚至無法得知她到底有沒有結婚？

跟誰結婚？跟多少人結婚？有沒有男後宮？眼前的這幅畫算是她首度記錄了自己。然而當我往後看去，卻忽然發現這其實並非她的事，而是關於這個小男孩的。

小男孩和其他童男童女一起抵達聖殿，來到河龍的湖邊，開始進行聖子聖女祭拜河龍的儀式，並由河龍選出下一任靈都王。當時闍梨香還沒死，人王只有一個，所以靈都王不可能長生不老。我曾在靈都的典籍裡看過，聖者只能做到二十五歲，無法長久連任。二十五歲被視為大限之年，身體將會老去，一旦容顏蒼老不堪，又怎麼能面對神明？侍奉河龍的必須是年輕貌美的人，年長的聖者必須在二十歲之前找到下一任繼承者，培育他、教導他成為新的聖者。

儀式進行的當下，闍梨香也來了。年長的靈都王身穿一襲白衣，黑髮直垂，我愣愣地看著他的容貌……怎麼有點像亞夫？

在儀式開始前，小男孩激動地跑到闍梨香的面前叩拜跪謝。闍梨香扶起他，指向了聖湖，就在這時，河龍從聖湖中浮出，牠沒有半點猶豫，直接選擇了那個小男孩。

看到這裡，我徹底怔立在壁畫前，腦海中浮現靈川之前所說過的話：「是闍梨香選我做聖者的繼承人，是她告訴我河龍只是一位又老又孤獨的老人，讓我好好照顧牠……」

當初的謎團在這個山洞裡毫無預兆地全數解開，這幅畫上的小男孩居然是——

「我來接妳了。」靈川的聲音忽然在我身後響起：「原來妳躲在這裡。」身後響起了腳步聲，我在微弱的螢光中回過頭，失望地看著他：「你怎麼可以……怎麼可以恩將仇報？」如果不是顧及白白和牠的爺爺，我肯定會控制不住地大吼出聲。

他呆呆地看著我，一臉不解：「什麼？」

「你自己看吧！」我大步上前，將螢光木棍塞入他的手中，接著把他用力推到壁畫前：「看見了嗎！看得懂嗎！是闍梨香！闍梨香！」

他頓時僵在壁畫前，手中的螢光棒在淡淡的月光下開始顫抖不已。

「你小時候溺水，是闍梨香救了你，如果沒有闍梨香，哪有你現在這個靈都王？」

我憤慨地指向石壁上的畫，靈川灰色的瞳仁在閃爍的螢光中不停地收縮。他輕輕地摸著壁畫上的闍梨香，甚至連呼吸也開始顫抖，淚水忽然從眼眶中滾落，我心裡的憤怒頓時被驚訝取代。

螢光棒「啪噠」一聲掉落在地，他竟然面對壁畫緩緩跪了下來，銀髮垂在地上，開始無聲地啜泣。我怔怔看著他……這是內疚的淚水嗎？無論是什麼，這樣的反應多少讓我感到欣慰，或許他當年殺死闍梨香真的是出於無奈。

「嗚～～～」山洞外忽然傳來了河龍哀傷的悲鳴，牠也來了？

我望向靈川，隱約覺得或許此刻讓他一個人比較好，於是跑了出去。洞外月光如水，灑落之處無不覆上一層明亮的白霜。我奔出樹林，河龍那巨大如同小島的身影頓時映入了我的眼簾，牠青黑的身體與夜色幾乎要融為一體，如果不是那雙清澈晶亮的眼睛在月色中反射著水光，我還一時看不到牠的臉在何方。牠懸浮在崖邊，正遠遠地看著我，和靈川一樣的灰眸中泛著濕潤的淚光。

我的腳程因牠那似乎有苦難言的眼神而逐漸減緩。牠的頭朝我俯來，我抱住了牠冰涼的臉，一串淚水自牠眼中滑落，濡潤了我的手。

「怎麼了？為什麼哭泣？」

「嗚～～～」哀泣的悲鳴讓人心痛。牠望向山洞，我順著他的目光往回看去：「難道是因為感覺

到靈川的悲傷嗎？」

「嗚～～～」牠巨大的臉忽然從我的手中離開，仰天長嘯：「嗚——嗚——」聲音宛如嚎啕大哭一般。

「小龍……」我擔心地緊貼在牠巨大的心口上，雙目濕潤：「對不起，我不該一再逼靈川，讓你也跟著傷心了……對不起，我相信他是有苦衷的，他不是殺害闍梨香的凶手……你別難過了……」

「嗚……」河龍再次垂下巨大的頭，輕輕蹭在我的後背上：「嗚……」

我緊緊抱住牠，河龍的眼淚讓我感到分外哀傷。牠像是想要告訴我什麼，卻和靈川一樣無法開口。然而他們其實是不同的，河龍不會說人話，但靈川更像是不想解釋。我常在他的眼中看到劇烈的動搖，宛如有千言萬語想對我訴說，最後卻會被眸底的那份平靜完全覆蓋，陷入長久的出神。

「嗚……」河龍忽然輕輕銜起我後腰的衣帶，把我提了起來，緩緩飛起，眨眼間，我已經越過了山洞前的小樹林。牠將我輕輕放在山洞口，我愣了愣，洞內已經恢復平靜，沒有半點聲音。

河龍推了推我，巨大的身影覆蓋了整片樹林，灰色的眸中出現了一絲希冀。我看著牠，伸手摸向牠的臉：「你希望我跟他說說話？」牠點了點頭，斗大的眼睛裡水光顫動，宛如不想看見我離開靈川，讓他再次陷入孤獨當中。

「可是他未必想跟我說話。」

我將雙手一攤。如果靈川願意，我的確很想聽他解釋，並不是因為相信他，而是我認為河龍不會選錯人。

「嗚……」河龍又推了我一下，我嘆了口氣：「好吧，給你個面子，我進去陪陪他。」

河龍開心地眨了眨眼睛，收回長長的脖子，越過樹林的上空緩緩離去，將月光再次還給這座小小的山頭。我慢慢走回山洞，從洞頂落下的月光此刻正好斜照在靈川蒼白孤寂的身上，銀髮在清冷的月光中如同一層薄薄的冰霜，覆蓋住他的全身。我走到陷入沉默的靈川身邊，緩緩蹲下：「對不起，也許你是有苦衷的？」

「……是我沒用。」他忽然沉聲說出一句我一時無法理解的話，他為什麼要這麼說？

「我已無憾。」奇怪的詞句再度從他的口中迸出。他已無憾……難道是因為看見了闍梨香的壁畫嗎？但是……為什麼？他所說的這兩句話讓我一時困惑不解。

「我沒殺她。」這句話我總算聽懂了，望著他低垂的側臉，驚訝不已：「你沒殺她？那你為什麼要參加八王之亂？」

「我沒參加。」靈川的回答反而加深了謎團，他所說的每句話都讓我心裡的問號越來越多：「你沒參加？」我驚疑地反問。

他轉頭朝我看來，灰色的瞳仁中湧起了千言萬語，然而他最終還是沒有說出口。他眨了眨眼，望向我放在石壁下的包包，從裡頭摸出了畫筆，起身在他被選為未來靈都聖者的壁畫後畫了起來。他畫得很急，下筆非常用力，宛如要將石壁鑿穿。儘管臉上的神情十分平淡，他的呼吸卻相當沉重，像是心中積蓄了太多的仇恨，以及太多的痛！

他的銀髮在月色下閃爍著光澤，闍梨香的歷史與靈川藏於心底的那個故事，在蒼勁有力的筆觸下得以延續。

當少年被選為未來的靈都聖者後，靈都王收他為徒，悉心教導，他在靈都王的照顧中漸漸成長為

亭亭玉立的美少年。闍梨香每年都會來靈都祭拜河龍，男孩總是跟隨在既是女王、又是恩人的她身邊。闍梨香帶他下水學游泳、帶他爬山摘果子、帶他到山間觀察動物、帶他到市集購買食物……然而隨著少年漸漸長大，他不再偷偷摘下面紗面對她、不再脫衣隨她下水游泳、不再拿她為他帶來的禮物、不再隨她上山採果，或是去市集購物。他長大了，卻也離闍梨香越來越遠……

他們一起站在被月色籠罩的聖湖邊。當河龍出現時，闍梨香上前摸了摸牠，他則靜靜地站在遠處。

靈川的畫筆再次停了下來，太多太多的回憶讓他的眼眶再度濕潤。他是思念闍梨香的，和她相處的每一刻都深深地烙印在他的腦海中。

「她就是在那天跟你說河龍其實又老又孤獨嗎？」我詢問他，他點了點頭，畫筆自石壁上滑落。他緊閉雙眼，低頭忍住了苦澀的淚水。

「為什麼要疏遠她……」

我輕輕握上他的手臂，小心翼翼地問著，深怕過於急迫的態度會驚到這顆恰似柔水的心，讓他再度將一切深埋心底。

他緩緩睜開雙眼，灰眸中滿是無力與無助：「因為聖潔。」

我的心因為這四個字產生了劇烈動搖……聖潔到底是什麼？就字面上的意思來看，它代表的是「神聖純潔」，我看到的卻是它毀了一個人的七情六欲，把一個曾經活潑可愛的小孩變成了一具泥塑木偶！聖潔磨滅了他的天真快樂、喜怒哀樂，摧毀了他的心、他的情，餘下現在這個只會對著聖湖裡的河龍發呆的男人。

我想拯救靈川，想破壞這個毀掉他一切的聖潔！想打碎緊緊鎖住他的所有神規戒律，還他自由人生！

「靈川。」他在我的呼喚中微微抬起呆滯的灰眸。我拉住他的銀髮，拽下他的臉，抬手撫上他的臉龐，吻上了他的唇！

啪！此刻似乎有某種巨大的破碎聲在我耳邊響起，像是冰封他的結界徹底毀滅，又宛如堅不可摧的枷鎖被徹底粉碎。陽光、空氣……世界的一切開始湧入他那單調的白色世界之中。我離開他的唇，他愣愣地看著我，薄唇微啟，露出裡頭整潔晶瑩的貝齒。

我笑了，放開他的銀髮：「我毀掉你的聖潔囉！你可以盡情呼吸這個世界的空氣，享受所有美好的事物，繼續愛你所愛、做你想做的一切。」我抬手放上他的胸口，裡頭的心跳也宛如在這個吻中徹底停擺。那雙灰色的淡眸不住顫動，某種鮮活的存在湧出他無神的雙眼，如同泉水從枯竭已久的泉眼中復甦，開始不斷地噴湧而出。

「告訴我，後來發生了什麼事？」我認真地看著他，從他的手中接過筆：「這一次，我希望你能說出來，我來畫。」

淡淡的笑容溢出了唇角，他點了點頭，轉頭看向石壁，說了起來：「十六歲時，師傅不准我再靠近闍梨香，因為她雖然是女王，但我們畢竟男女有別，再加上我也已經成年……」

我畫出了十六歲的白衣少年。

「此時傳出了只要殺死人王，即可獲得長生不老神力的謠言。我很擔心女王，於是把這番憂慮告訴師傅，師傅卻要我別告訴女王。他說女王事務繁忙，不該為這種謠言分心……」

我沾上油墨，勾勒出靈都王的黑色長直髮，總覺得他實在很像亞夫。

「直到三年後，我才發現師傅跟其他王來往頻繁。師傅很寵愛我，命我寸步不離他，然而當這些王來訪時，他卻總是要我回避。我雖然對此納悶不已，卻從沒抗拒他的命令，也沒想過要去偷聽，因為當時我已經成為一尊只會遵守神規的木偶。如果……如果我曾違反神規去偷聽……闍梨香或許就不會死……」

他再度哽咽，內疚之情滿溢而出，閉上雙眼，努力平復自己的心情。我默默停筆，在一旁靜靜地看著他，隱約覺得八王叛亂的事與靈川無關，反而和前任靈都王有著重大關連。

他深吸了一口氣，睜開灰眸，繼續說了起來：「那一年，闍梨香沒有來，我這才知道八王叛亂了。他們藉著河龍的名義，造謠闍梨香入了魔，是河龍命他們驅除魔女。但事實不是這樣的！我急忙跑去詢問師傅，卻沒想到師傅也是叛王之一……」

我畫下他急急跑上天梯，天梯的末端是渾身透著黑氣的靈都王。

靈川緊皺雙眉，似乎想起了讓他痛苦的回憶。他攥緊雙拳，銀髮在夜風中飄搖，全身宛如散發著殺氣：「我不明白師傅為何要叛亂，他是河龍的使者，我們的任務只是侍奉河龍，地位甚至凌駕於王族之上，要權力又有何用？師傅卻說……」他的聲音有些顫抖，氣息也因為過於憤慨而徹底紊亂。

見他如此動搖，我擔心地握住他冰涼的手：「不想說就不要說了，等你心情好的時候再……」

「不……我要說出來……」他哀傷而痛苦地看向我：「請讓我說出來。」眼神十分堅定。

我看著他眼中終於湧現的萬千情緒，知道這件事是他重生、恢復所有人性的關鍵！它是藥引子，唯有靠它才能激發靈川丟失的所有喜怒哀樂、七情六欲。於是我用力地握住他的手，點了點頭。

他抿緊雙唇，再次努力平復心情。片刻後，那張蒼白緊繃的臉終於稍微放鬆了，灰色的淡眸中也流露出深切的悲痛與自責：「師傅說我是他見過最完美的聖潔之體，千年難遇，我的美和聖潔必須永遠獻於河龍，所以他要得到闍梨香的長生不老神力，讓我青春永駐，永遠侍奉河龍。」

聽他說完最後一個字，我徹底目瞪口呆！完全沒想到靈都王之所以叛亂，是想讓靈川長生不老，永保他的聖潔！

這是何等地變態？前任靈都王對聖潔的要求簡直到了病態的地步！

我的腦中不禁浮現另一個對聖潔也有著強烈偏執的人——亞夫。難道他對靈川的愛不是出自於獨占欲，僅僅只是因為他的美和聖潔，才不允許任何人褻瀆他，甚至包括自己？

原來亞夫也是這樣病態地愛著靈川，與前任靈都王一樣！

「是我沒用，我不知道該如何反抗師傅，因為戒律不准我背叛他、忤逆他……」他哽咽地低下頭，陷入深深的自責之中，銀髮滑落他的鬢邊，遮住了他滿是內疚與懊悔的臉。

是我沒用——原來靈川這四個字是指自己從來沒試著反抗。

「師傅知道我崇敬闍梨香，故意把我鎖在他的身邊，用鐐銬把我和他的手銬在一起，帶著我反叛闍梨香，想讓我親眼看到闍梨香死去，讓我死心。直到涅梵他們衝入王宮，我才如夢初醒！」靈川的聲音顫抖得愈發厲害，灰色的瞳仁劇烈地收縮，宛如再一次親歷那段他不想回憶的痛苦歷史。他做出了拿起什麼東西的動作，雙眼直直地瞪著前方：「我從一具屍體上拔下刀，往師傅的背後一刺！殺死了他……」

他終於像是得到了徹底的解脫，緩緩平靜下來，雙目卻再度變得無神和空洞。他又變回了以往的

他，面無表情地看著前方。

「我砍斷了他和我鎖在一起的手臂，跑向王宮……」他呆呆地再次說了起來：「但還是晚了一步，闍梨香死了，她的神力湧入我的身體。我……再也不能在祭拜河龍的時節見到她，看到她臉上的微笑……」

他的聲音變得越來越無力。說完最後一個字後，他便如同發條轉到盡頭的木偶，垂下了腦袋，傻傻地望著地面。

我拿著畫筆的手在空氣中開始哆嗦。他曾經說自己殺過人，原來是他的師傅……靈川不僅殺了他的師傅，還砍斷了他的手，為的只是從他身邊掙脫，去救自己的恩人……闍梨香的消逝讓他的心也徹底死了，這才是我初遇他時，覺得他只剩一具軀殼的原因……因為他失去了所愛。他知道自己對闍梨香這份感情的真正面目嗎？

「你是不是愛上了闍梨香？」我柔聲問他。

他低頭沉默不語，靠著石壁慢慢坐下，總是乾淨的銀髮染上了青苔的綠色，潔白的衣衫也沾上了泥土的汙跡。

「……我不知道。」他呆呆地說：「她是我的救命恩人，我很崇拜她，而且她很平易近人，從來沒有女王的架子，我一直很懷念她教我游泳的那些日子。她每年只來靈都七天，我很珍惜和她相處的時光……」

每年只能相處七天……當時的靈川才不過十幾歲，還是學徒，不能隨意離開靈都，見到闍梨香的日子加起來也僅有數十天，可能連一百天都不到，最後的那幾年甚至必須隱忍那份強烈想要靠近她的

欲望，逼迫自己疏遠她，這是怎樣的痛楚？那雙硬生生扯斷他們之間緣分的大手，正是「聖潔」。是痛到麻木？還是不想再痛而刻意讓自己變得呆滯，以遺忘那無法在一起的痛？無論原因是什麼，都造就了如今這個只會發呆的靈川。

「她一離開，我就會開始期待隔年相見，這樣的心情足足長達一整年。直到師傅說不可以……」他再度露出痛苦的神情，還有一絲隱隱的恨：「師傅越是讓我遠離闍梨香，我想見她的欲望就越是強烈，隨著我逐漸長大，這份思念也發生了變化。我知道她長生不老，也知道她從未結婚，她對我說過這輩子不會再愛任何一個人，但我還是愛上了她……是的，那瀾，我愛她。」這一次，他十分肯定。然而當他認真地做出結論時，我的心卻因為這份沉重的單戀隱隱作痛。

我緩緩蹲到他的身邊：「你知道她為什麼不再愛別人嗎？」

靈川點了點頭，抬頭凝望著洞外那淡淡的月色：「她說……她沒辦法承受愛人一次次在她身邊死去……」

我怔了怔，放下畫筆，靜靜坐在他身邊，挨著他的手臂，壓住了他沾上青苔的銀髮和滿是泥汙的白衣。

「自己不老不死，愛人卻慢慢老去，最後死在身邊，她只能被迫面臨一次次生離死別。這樣的日子……太痛苦了……」我哀傷地低下臉，闍梨香真是可憐：「即使擁有無上神力，她卻依然無法控制生死，這是最大的悲哀……」

「嗯……」他低下頭，雖然只吐出了一個字，卻帶出心中的沉痛。

微涼的風吹入幽靜的石洞，我緩緩靠在他的肩膀上：「靈川，你有沒有想過闍梨香可能是喜歡你

的？」

聞言，他驚訝地轉過頭來，銀髮隨之晃動，在一陣微風中拂過我的面前，微弱的晨光和月光融在一起，灑上他的銀髮，如同分隔著時光流年的紗簾。

「如果她不喜歡你，又怎麼會對你說這些呢？她對你的感情或許不是男女之愛，但至少是喜歡的，所以她在靈都的七天會來找你，教你游泳、帶你摘果、告訴你她心裡的祕密，甚至在這裡留下和你的壁畫……」睏意漸漸襲來，我在朦朧的晨光中慢慢閉上雙眼。

「我不知道……很多事情都是在我開始刻意疏遠與她的距離時，她說給我聽的……」靈川的聲音漸漸地有些縹緲：「每當她說完時，總是會哀傷地看著我一會兒……見狀，我的心裡非常痛，想問她為何哀傷……卻始終沒有開口……我……真的很後悔當時沒有開口……」

「笨蛋……」我輕聲呢喃：「她是在為你哀傷……好好一個活潑可愛的孩子，變成了沒有表情的木偶……你的成長過程她全看在眼裡，怎麼能不心痛哀傷呢？她眼睜睜看著你進入聖潔的牢籠，自己也深受這個世界的神規戒律限制，無法拯救你……所以她很哀傷，就像我瞭解你之後，也覺得相當難過……幸好我不是這個世界的人，我可以拯救你……哼，你自由了……」

「那瀾……」

「嗯？」

「妳和她……真的很像。不是涅梵的錯覺，我也有了這種感覺……」

「咦……」他又在胡說些什麼？闍梨香可沒有我自由……昏沉入睡之際，我隱約感覺到有人摘掉我的眼罩，輕輕為我整理臉邊凌亂的髮絲。

闍梨香……妳這五百年欠了多少人的情和愛？妳知道嗎？妳一定知道的。因為妳知道還不起，才會在八王叛亂時不做反抗，打算用死來償還一切。拯救靈川是否也是妳的心願？現在，我幫妳完成了，妳能協助我離開嗎？

眼前的陽光漸漸明亮，金色的光芒自洞口射出。我擋住眼睛看去，只見一道朦朧的黑影佇立於其中。

「闍梨香？」一股強烈的感覺讓我驚然起身。她慢慢走出金光，依然披著一襲銀甲，捲髮高高挽起，看起來更像是一位永遠在戰鬥的女戰士。

她對我露出了微笑，走到我的身旁。我看著她彎腰吻落在靈川的額頭上，立刻問她：「妳喜歡靈川嗎？」

她慢慢起身，沒有回答，只是對我淡淡地笑著，然後從我身邊經過，走向了老白猴。

「妳要幹什麼？」我立刻跟了上去。她走到老白猴身邊，輕輕撫過牠的臉。牠在她的撫摸中緩緩醒來，一看到她便立刻雙眸濕潤。

闍梨香握住了牠的手，我驚慌不已：「不……妳不可以帶走老白猴！白白還需要牠，不可以！」但她拍了拍牠，牠緊緊地回握她的手，目光安詳地朝我看來。我含淚地望著牠……牠要走了，牠的大限已到，誰都無法阻止這一切，就像闍梨香只能看著自己所愛的人一次又一次地離開自己的身邊。

淚水滑落我的雙頰。我跪在老白猴的身邊，輕輕握住牠朝我伸出的手，牠揚起了一抹安慰的微笑。我的心好痛，即使老白猴只照顧了我一段短暫的時光，牠的離開對我而言依然心痛，那麼眼睜睜

地看著自己的愛人逝去，又會是如何地痛徹心腑？

我淚眼婆娑地看著她：「妳是怎麼忍受這些疼痛的？」聞言，她的表情頓時變得像是靈川般空洞，微微垂眸陷入沉默……難道她也痛得麻木了？

「對不起，讓妳想起以前傷心的事了……」我擦了擦眼淚，忽然發現她身上的花紋很破碎，斷斷續續的，非常奇怪。這世界每個人的花紋都是連貫的，像是大樹枝葉相連一般，她的卻是斷開的，有很多似乎缺失了，難道缺失的花紋就是那些轉移到八王身上的神力？

她再次抬起頭，微笑地對我搖了搖頭，接著伸出右手按上我的心口。我疑惑地看著她的手：「這是什麼意思？」她隨即指向我的右眼，忽然露出一抹壞笑，朝我的右眼戳來。

我愕然驚醒：「……闍梨香！」外頭的陽光有些刺眼，我右眼上的眼罩不知被誰摘了，一時只覺得天旋地轉。

「那瀾？」靈川似乎被我驚醒了。他輕輕握住我的手臂，我立刻回神：「老白猴！」我連忙起身，將手臂抽離他的手中，朝老白猴急急跑去，靈川也立刻跟了上來。

撲通！我跪在老白猴的身邊。白白還睡在牠的懷裡，而牠的呼吸正緩緩消逝。靈川靜靜蹲在我身邊，撫上老白猴的胸口，淡淡地說：「他似乎快不行了……」

「老白猴……」我哽咽地猛搖頭，淚水瞬間奪眶而出，滴落在牠懷抱白白的手上，白色毛皮上的花紋開始緩緩飄浮起來。不知道是因為淚水模糊了我的視線，還是因為左右兩邊的視野不一樣，我好像看到了兩層花紋。

我立刻擦乾眼淚，閉上左眼，讓視線變得更加清晰——花紋真的有兩層。

不，確切來說，應該是一層閃亮的花紋正從另一層平淡無奇的花紋上剝離，如同我們在底色上再覆蓋其他顏色一般。那層鮮活的花紋順著牠的指尖延伸至白白身上花紋的末端，然後像是活物一般爬了上去，一點一點地相互黏合，融為一體。白白身上的花紋活過來了！

難道這也是闍梨香想讓我看的嗎？是神力傳遞的原理？老白猴把自己的神力傳給白白，總算可以放下一切，安心地離去。而白白則成了下一任猴王！

闍梨香，妳到底想讓我看什麼？到底想要我做什麼！我摸上胸口……她是想讓我用心去做什麼嗎？去看？去感受？還是去愛？然而如果愛上了這裡的人，我豈不是離不開這個世界？

她希望我留在這裡嗎……不可能，她明明也想掙脫這個世界，又那麼善良，怎麼可能讓我留在這裡？用心……用心……闍梨香到底想提示我什麼？

我忽然想起自己初來乍到這個世界時，夜叉王修曾試圖挖出我的心，據說是從上面掉下來的人的心可以解除他們身上的詛咒。但他失敗了，因為先前掉下來的那個人同化了，體內的一切全化作了沙。涅梵當時阻止他挖我的心，也曾表示他們並不清楚神王預言中的「心」指的到底是不是人心。而現在，闍梨香把手放在我的心上，是不是在提示那則預言？

眼前白白身上的光芒和花紋逐漸趨於穩定。現在沒有時間讓我思索這些了，得先把老白猴的後事安排好才行。

靈川伸手握住老白猴的手，靜靜地低下頭：「闍梨香每一年來訪時，總是會去探望一隻白猴，所以我對這裡的白猴感覺非常親切。」

「就是牠。」我看向靈川，他疑惑地微微轉頭望著我。我指向石壁上的其中一幅畫：「牠就是闍梨香的夥伴，那隻白猴。」

靈川微感訝異，再次看向老白猴：「可是牠怎麼能活那麼久？」一如我先前產生的疑惑。我輕輕摸著白白，花紋在溫柔的撫觸中帶有靈性地貼近我的手心，宛如在尋找溫暖一般。

「闍梨香殺死上一任人王時，有一小部分力量進入牠的體內，所以牠才能活了七百多年，今天便是牠的大限。一切都是闍梨香告訴我的……」白白在我的輕撫下動了動，似乎即將醒來。

「闍梨香？」靈川的臉上滿是不可置信。他看著我，猶豫地握住我的手：「妳看到了什麼？」

我低下頭，平靜地說：「我看到闍梨香的鬼魂來接白白的爺爺了……」說完，四周忽然颳起一陣猛烈的陰風，不但吹亂了靈川的銀髮，也將他的衣袍吹得「呼呼」作響。

白白被這陣寒風凍醒，睡眼惺忪地揉著眼睛，靈川卻驚然站起，失聲大喊：「闍梨香……是妳嗎？是妳嗎？」見他四處張望，我連忙指向洞口。他立刻朝洞口急奔而去，銀色的髮絲和沾著泥汙的白袍掠過我的眼前。

「闍梨香——闍梨香——」外頭傳來了靈川的大吼。我低下頭，哀傷地握住老白猴徹底冰涼的手。

「喔……喔喔！」徹底清醒的白白惶急地趴上老白猴的心口聽了聽，隨後悲傷地叫了一聲，開始在牠的胸膛上使勁蹦跳。

「嗚……嗚……嗚……嗚……」一聲聲悲傷的哀鳴揪痛了我的心，我卻只能眼睜睜地看著老白猴在我的面前死去。我抱住白白：「白白，別傷心，爺爺離開得很安詳。牠是跟闍梨香一起走的，所以走得很快樂……還把力量傳給你了呢……」

白白驚訝地揚起臉，我擦去牠眼角的淚水：「所以你要堅強，要讓爺爺看到牠沒有選錯繼承人，讓牠在另一個世界為你驕傲。」牠湛藍的眼睛頓時有些動搖，點點星火開始在裡頭燃燒。牠離開我的懷抱，再次擁住老白猴，閉上雙眼，像是在向老白猴保證著什麼。老白猴身上的花紋開始自指尖緩緩褪去，我看到它們全數縮入了牠的眉心。

當初那條魚因為被靈川埋入土中，我並沒有看見花紋的變化。進入眉心之後，花紋開始發芽生長，茁壯起來！片刻後居然長成一棵兩米高的大樹！不是像之前的小苗，而是真正的靈樹！看來靈樹的大小與生物的體型有很大的關連性。

枝椏開始延伸，樹葉越來越茂密……我驚訝地站在樹下，仰頭看著大樹開花結果。漂亮而碩大的靈果宛如蘋果一般，在我面前散發出溫柔的光芒。

我驀然回過神來——靈果一出，暗夜精靈必至！

正想著，就看見一個黑影自山洞頂端快速飛落……他們還真的是一定要死了人才會出現！

我打算看看眼前的暗夜精靈會不會是摩恩，但他一看見我，便「嗖」一下直接逃走了！我頓時目瞪口呆，他這是不打算摘靈果了是吧？有必要那麼怕我嗎？這只能說明一點——他若不是摩恩，就是那晚跟隨摩恩的隨從。

白白仍在靈樹下抱著老白猴，卻不知道我正因為暗夜精靈怕我怕到連老白猴的靈果都不敢收割而鬱悶不已。牠擦擦眼淚站起來，堅強地獨自走了出去。

「白白，你要去哪裡？」

牠難過地指了指外頭，將雙手放到嘴邊，做出一個昭告的動作。我猜測性地詢問：「是去告訴大家嗎？」

「嗚……」牠點了點頭。白白似乎因為這件事一夕成長，臉上的神情少了當初的頑劣，多了一分領導者的沉穩，轉身邁著有力的腳步走了出去。從今天開始，牠不再是讓老白猴頭痛的頑劣孫子，而是整個猿族的王！

我轉身撓了撓頭，扠著腰看向上空：「我不會抓你，你快下來吧！收割靈果是你的職責，我不會妨礙這裡的生死秩序！」說完這句話後，一個小黑點終於從靈樹上的一片樹葉後方探了出來。

我看向他：「你是不是摩恩？」他立刻搖頭：「不是！」語氣像是怕被我一個不小心殺錯。而且因為擔心我不信，他立刻飛下來掀開斗篷，露出一張有些青紫的臉，果然不是摩恩。由於右眼始終處於開啟的狀態，我看到了他身上的黑色花紋。

「你們的王子呢？」

他打著哆嗦看向我，害怕地說：「他他他他昏迷了。」

我一愣。原來不是摩恩沒去找伊森，也不是他找到了伊森，但伊森不願來……而是他昏迷了。

我這才想起當初吸走伊森的精靈之元時，也有傳聞說他受了重傷，陷入昏迷，直到我抵達安都，他才前來找我，前後經過的時間大約有一個月左右。難怪摩恩一直沒出現，原來是陷入昏迷了啊。看來這件事得先擱著了，希望他能早日醒來……

伊森這個混蛋！想找他居然得依賴他的死敵，真是讓人鬱悶。一旦見到他，我一定要先狠狠拍他一頓！

我看向畏懼我的小精靈：「那請你幫我帶句話給他——『你丟掉的東西在我這裡，我可以還給

你』。」

「是……是……」小精靈渾身發抖，緊抱自己的鐮刀，看他那麼怕我，我心裡也有點彆扭。靈樹上的靈果遲遲沒被收割，我伸手輕輕地撫上它：「你放心吧，白白一定會成為了不起的猴王的。」它頓時在我手中綻放耀眼的光芒。小精靈站在一旁呆呆看我。

我轉過頭，催促著小精靈：「你快收割靈果吧！老白猴是我的好朋友，記得對他的靈果好點！」

「是……是……一定！保護每顆靈果是我們暗夜精靈肩負的神聖使命！神女放心！」

我一愣，這小精靈竟然把我當成神女！不過從他認真負責的態度來看，暗夜精靈真的不壞，精靈之間的戰爭主要應該是由某些既得利益者挑起的吧。

「你叫什麼名字？」見他這麼負責，我忽然想知道他的名字，轉身卻發現靈樹已經悄然枯萎，石洞中只剩下我和寧靜的空氣。我站了片刻才回過神去找眼罩，隨後在靈川坐過的地方看到它。我再次戴起眼罩，緩緩走出石洞，望見靈川站在崖邊，呆呆地看著遠方，銀色的髮絲在風中輕輕飄搖。

「闍梨香知道你對她的愛，你可以放下了。」我站在一旁，將手放在他的肩膀上。為闍梨香的死內疚痛苦了一百五十年的他緩緩回神，銀髮時不時地掠過他面無表情的側臉：「是我沒用。」吐出口的仍是這讓人惋嘆、讓人惆悵的一句話。

「靈川，不要自責了。」他轉過頭來，再度回復到那宛如人偶般的神態。我收回手，認真地看著他：「我覺得闍梨香從來沒有怪你。你們這些王才活了一百多年，便已經覺得痛苦不堪，她卻足足活了五百年，期間不斷地看著自己心愛的人死去，你認為她會快樂嗎？」

聞言，他瞬間有些動搖，緩緩垂下眸，抿唇不語。

「八王叛亂時，其實不是八王殺了她，而是她沒有反抗。她不是說『終於要死了』嗎？一個人如果不想死，是不會說出『終於』兩個字的……」我在風中嘆息著，

靈川呆呆看我：「但妳也說過……」

「所以我才會說那是為了求解脫……」我望著靈川的雙眼：「我一掉到這個世界，才睜開眼就看見夜叉王要解剖我、挖出我的心；後來安歌、安羽出現，我還以為終於得救了，結果卻被他們扛去嚇玉音王，非但不打算醫治我，還用我滿身的血汙去嚇唬玉音王。我被折騰得奄奄一息，當然會希望快點解脫……」

「那瀾……」

「所以對闍梨香來說，當時一定也是如此，你就不必再為她的死自責了，靈川……」我心疼地握住他的手，他靜靜地望著我。「見你這樣，闍梨香反而會心疼的，你還想看到她哀傷的模樣嗎？」

他緩緩轉頭看向遠處那扇聖光之門的方向，似乎在懷念闍梨香每一次從聖光之門中而來，對他露出微笑，開始了每年為期七天的美好時光……

此時，一隻隻白猴輕輕躍過天際，落在我們的身旁，手中拿著一朵朵美麗的白花，白白也是。牠們沉重哀傷而悄無聲息地列隊，一個接一個走向山洞。白白將手裡的花束送到我面前，我將它們分成兩半，一半放到靈川手中，他頓時看向我。

我轉身隨白白回到石洞，手拿花束的靈川也跟在身旁。白猴們把花放到老白猴身上，牠很快就被覆蓋在幽香的白花之下。四大金剛將老白猴輕輕抬到一口以樹藤編織而成的棺材裡，牠全身上下幾乎都堆滿了白花，只露出一張安詳的容顏。

白白再次抱了抱老白猴，接著掩上棺蓋，取樹藤穿過上下兩層棺木，固定住它，一隻金剛背起這口藤棺，離開山洞，其他白猴也隨之躍出。

白白和金剛們飛躍在前方，整個儀式宛如出殯一般，我和靈川也跟在這條隊伍身後。見牠們躍下崖邊，靈川直接邁步跨出山崖。

「靈川！」我疾呼，他的腳下卻忽然綻放出一朵朵美麗的冰花，一側與山崖相連，形似台階。他安安穩穩地站在上面。

我愣愣地看著他。他轉身朝我伸手：「來吧。」我下意識地將手伸了過去，隨即便被他緊緊握住，拉出了崖邊。我站在冰花上，感受到陣陣涼意自腳底湧現……這是真的！

我不禁疑惑地問：「你既然能造冰梯，當初來看我時為什麼不用這個方法回去？」他頓時再度陷入沉思，半晌後才緩緩回過神：「沒想到。」又是這麼理直氣壯的語氣，宛如他笨得天經地義，他當初沒想到，你不能怪他。

我莫可奈何地望著他呆萌中帶了點委屈的神情。他眨了眨眼，開始拉著我一步步往前走。冰花彼此相連，構成一級級冰階，我們加入了這條送葬的隊伍，朝北方邁進。猴群們漸行漸遠，貼近湖邊往前飛躍。靈川腳下的冰花直接綻放在水上，冰凍的湖面化作我們面前的天路。

我們來到了靈川上次帶我折返的地方——靈都的極北之處。寒霧繚繞在兩座參天的大山之間，視野朦朧不清，濕冷的空氣讓我打了個寒顫。

送葬的隊伍停了下來，白白躍到我們面前的冰面上，對我擺擺手。

「我們不用再跟去了嗎？」我看著牠。牠點點頭，目露感激地撲在我身上，緊緊抱住我的脖子，

然後轉身直接躍入那寒冷的濃霧之中。送葬的隊伍繼續前行，一隻又一隻白猴進入濃霧裡，浩浩蕩蕩的隊列轉眼間盡數消失，只剩下我和靈川。我哀傷地望著前方，低下了頭。

「他們要天葬老猴王。」靈川說。

「天葬？」我有些疑惑。他抿唇點點頭：「那裡是離天空最近的地方，但是因為太冷，常人無法踏入，白白才不讓妳跟去。白猴有皮毛保護，所以不怕。」他認真地說，我頓時有些失望。他靜靜地凝視我片刻，忽然說：「我帶妳去。」

我一愣。他抬手放入唇中，吹出了一聲悠揚的口哨，濃霧瞬間如同一道白牆在我們面前分開，出現了一條看似沒有盡頭的通路，隱約傳來清脆空靈的駝鈴聲。

「鈴──鈴──」

遠處出現了當初八王離開玉都時，靈川所騎的那隻潔白的駱駝。靈川再次拉住我的手，不再以銀鍊相連，直接帶著我走進被濃霧籠罩的通路。四周的氣溫驟降，宛如瞬間跨入冰窖，氣溫隨著我們不斷向前邁進而下降，我下意識抱緊全身，不由自主地哆嗦起來，而且又是踩在冰面上，寒氣從腳底直逼頭頂，更加無法抵禦前方的寒冷。

原來當初靈川沒帶我來這裡是為我好，這裡真的不是人能待的地方，才進入霧牆不過五米，我就已經全身發抖。腳下似乎是一片雪原，不像是靈川以神力做出的冰花。他停下腳步，撫上我凍得有些僵硬的臉，似乎是覺得我無法再往前了：「妳在這裡等。」說完，他向前走去。我立刻拉住他：「不不不，我可以的。」

他對我露出一抹微笑：「前面是極寒之地，妳再走一米，全身便會凍僵；再走兩米，頭髮也會結

冰。」

「這麼厲害？」說出口的話瞬間化作霧氣，這真是個神奇的世界。

靈川神態自然地向前邁進，寒冷似乎對他毫無作用……對啊，他的能力是水，冰是水的另一個形態，自然會是他的朋友，又怎麼會傷他呢？

片刻後，他緩緩步出濃霧之中，身後正是那隻高大的白色雪駝，面容祥和地站到我面前，駝鈴在牠停下時再度發出悠揚的聲響。牠的身上馱著一個大包，靈川從包中取出一件毛茸茸的白色斗篷，接著走近我，不再顧忌地將右手繞過我的頭頂，把斗篷蓋在我身上，寒冷瞬間全被隔絕在這件斗篷之外，我只覺得暖和無比。這件斗篷大得能嚴實地遮蓋到我的雙腳，垂落在雪地上。

他替我拉了拉衣領，束緊了斗篷，為我戴上斗篷帽，接著雙手就這麼握著帽簷，停在我的頰邊。由於我們的距離相當近，長長的銀髮飄散在我身前，黏附在斗篷上，宛如萬千小手羞答答地抓著我的身體一般。

「怎麼了？」見他一直凝視著我，我疑惑地問。他眨了眨眼睛，瞥開目光，臉上微露一抹薄紅：「沒什麼。」

我不明所以地點點頭，他忽然伸手環住我的腰，打算將我攔腰抱起。我嚇得心跳漏了一拍，從斗篷中伸出手想阻止。

「別動。」他低頭認真地看著我，我在他的注視下一時呆滯，心跳因為害羞而不受控制地加快。

他眨了眨眼，別開臉：「會凍傷，妳別亂動。」

我一怔，將手和臉縮回斗篷裡：「嗯……」

他毫不費力地將我一把抱起，讓我產生了自己嬌小玲瓏的錯覺，不再是過去那個身材魁梧彪悍的女漢子。原來還是需要一個孔武有力的男人才能襯托出我的「輕巧」。

被斗篷包覆住的我暖和了起來。寒風颳起，將靈川的銀髮吹入了我的帽簷，掠過我的唇瓣，帶來他的氣味和雪的冰涼。我的心莫名慌亂，大腦裡因為不敢胡思亂想而陷入一片空白。

雪駝在我們面前蹲下。靈川抱起我坐上雪駝，一手緊緊環抱住我的身體，把我擁在他的胸前。我靠上他其實相當結實的胸膛，清晰地聽到了裡面的心跳聲，宛如擂鼓一般——咚咚咚咚！他的心跳好快，沒想到在那張平靜呆滯的面容下，居然隱藏著這麼快的心跳？

隨著雪駝緩緩起身，靈川拉下我的帽簷，將我徹底地藏在這件斗篷裡，只有之前隨風而入的幾縷銀髮留在這黝黑的空間中陪伴我，在我的眼前隱隱散發出淡藍色的光芒。我的呼吸頓時凝滯，深怕一呼一吸之間便碰觸到了它們。

雪駝開始前行，我全身僵硬地坐在靈川身前，絲毫不敢放鬆。世界變得幽靜無比，只聽得見外頭寒風的呼嘯聲和叮噹叮噹的駝鈴聲。巨大的風雪重重吹在我的身上，吹動了我掛在雪駝身旁兩側的雙腿，可見其勢之猛烈。但靈川完全不為所動，宛如風雪只是他的僕從，正在溫順地蹭著自己的主人。

路途似乎漫長而遙遠，我只覺得時間過了好久。儘管也想看看外面的極寒世界，但靈川的警告讓我不敢貿然探出頭。不知道走了多久後，他的心跳已經恢復平穩，我貼在他的胸前，感受著他胸膛的起伏，腦中不由自主地想起了他脫下衣衫後不亞於亞夫的健碩身體，臉頓時一陣羞紅……一個人悶在斗篷裡果然只會胡思亂想，看來還是找靈川這呆子說說話吧。

「靈川靈川，那瀾呼叫靈川，那瀾呼叫靈川，靈川請回話。」我在斗篷裡大喊。

「什麼？」外頭傳來了他悶悶的聲音。我笑了，貼在他胸膛上問：「我們到哪裡了？快到了嗎？」

「嗯……」

「靈川靈川，那瀾呼叫靈川，那瀾呼叫靈川，請問你是聖者，照理說應該足不出戶，但為什麼身材健壯得像是常年鍛鍊過……結果卻連一座山也爬不動？」我還是不懂那次攀岩他為何說自己爬不動。

他沒有回話。我以為他沒聽見，繼續追問：「靈川靈川，那瀾呼叫靈川，靈川請回話，請回話。」

「我騙妳的。」這句話讓我一愣。他——騙——我——的！天啊，沒想到這個呆子居然敢騙我？在那副呆萌的模樣下果然藏著讓人猜不透的心思……

「那晚我不想走。」他誠摯地說。我有些疑惑：「你……是故意讓飛船飄走的？」

「不是，我是真的忘了拴了，但或許正因為船走了，我才認為這是天意。老天爺給了我一個改變的機會，要我嘗試去接觸別人，接觸一個女人，接觸妳……」

我低下了頭，那細細的銀髮隨著呼吸飄到了我的唇瓣上：「你真會騙人……還騙了我什麼嗎？」

「很多。」他照實回答，胸膛劇烈地起伏了一下，接著說了起來：「我之所以把妳拴在身邊，是為了觀察妳；聽妳講故事，則是為了瞭解妳如何改變安歌；脫衣服要妳畫畫，只是想試探妳是否心存邪念……」

「……別再說了，你越說我越覺得自己笨……」

「對了，妳說妳們女人喜歡聽謊言……我喜歡妳。」

「……」這四個字接得可真好，跟上次誇我漂亮一樣，完全無法讓人高興起來。「謝謝……」

「不客氣。」可惡，真讓人鬱悶！但靈川坦白直率的態度其實不是不好。他繼續湊在我耳邊說：「妳教會了我很多，也改變了我很多，至少妳是第一個讓我開口說了這麼多話的女人……所以我希望我們能一直在一起。」

「……」他留下我無非是要我替他解解悶。我立刻接口：「那你就跟其他王說我死了吧，反正你把人養死還滿正常的嘛。」

「嗯，我正有此意。」

他還真的這麼打算……第一次我們想法一致。然而儘管他願意協助我擺脫被輪著玩的命運，我卻無法高興起來，因為如果一直待在靈都，我可能找不出離開這個世界的方法。自從看到闍梨香留在石洞裡的壁畫，我隱約覺得別的國度裡可能也有她遺留下來的線索，又或是藏有靈都沒有的古籍。單憑一條線索或許無法揭開真相，但若是找到了一條又一條，一定就能連接起離開的路。

「那瀾……那瀾……靈川……呼喚那瀾……」他有些生疏地學著我的口吻：「請那瀾回話……」

我暫時拋開那些煩惱，做出回應：「那瀾收到，靈川請說話。」

「那瀾，自從妳吻了我之後，我從沒感覺過如此自由，謝謝妳……」他忽然用力抱住我。我瞬間漲紅了臉，趕緊解釋：「你可千萬別誤會啊！」幾乎是用喊的。他的胸膛忽然震顫起來，像是在大笑。

「我只是覺得那個方法最徹底、最有效！你一條一條打破實在太沒效率了！規則那麼厚一卷，什

麼時候才能全部做完啊？但我對你真的沒抱持任何邪念……雖然你不喜歡『聖潔』這兩個字，不過我當初吻你時真的是懷著一顆聖潔之心，純粹只是想協助你解開束縛而已……」我大聲地強調著。

震顫的胸膛慢慢平復，他鬆開了圈住我的手。耳邊傳來他有些低沉的聲音：「所以妳喜歡的人是安歌，是嗎？」

「我不喜歡安歌。」我直截了當地回答。他的胸膛瞬間起伏了一下，像是呼出了一口窒悶在胸口的氣：「也就是說妳沒有喜歡的人？」

「我喜歡伊森。」我的態度相當乾脆磊落，他的手頓時僵硬，久久沒了聲音。我繼續說道：「但我又不能喜歡他。」

「為什麼？」他輕輕地問：「妳不是這個世界的人，也不受這個世界人類不能與精靈通婚的約束，妳可以大膽地去喜歡他……」

「因為我要離開這個世界，我最終還是會離開他。」

他的心跳忽然漏了一拍，久久沒有呼吸：「這麼說……妳也會離開我？」

「嗯。」我心裡也很難過，不但難以割捨跟伊森之間的情愫，也留戀於與安歌、靈川、白白、小龍、扎圖魯、巴赫林，甚至是笑妃之間的感情。我在這個世界忽然不再是一個人，和我建立情誼的人越來越多，他們成了我的戀人、我的朋友、我的寵物、我的夥伴、我的追隨者。如果我拋棄他們獨自離開，的確是有些無情，更別說還有那些將希望寄託在我身上，視我為替這個世界帶來改變和奇蹟的神女的人民。我逍遙地離開了這個世界，他們卻依然在這裡受盡詛咒的折磨，我怎麼對得起他們的崇拜？但我又能怎麼辦？我裝神是為了自保，根本無力去挽救他們……

「那瀾，妳相信自己能離開這個世界？」靈川的語氣似乎有些懷疑。

我堅定地點頭：「嗯，我一定會離開的，而且我覺得自己離出口越來越近了！靈川，你放心，在離開之前，我一定會找到解開你們詛咒的方法！」

「解開詛咒？」靈川胸膛裡的心跳忽然劇烈起來。雖然看不到他的表情，但我知道他此刻的神情絕對沒有變化，只有這心跳無法騙人。

我點了點頭，伸手撫上他的胸口：「我想……這是闍梨香希望我做的事情，我要完成它！」闍梨香按在我心口上的觸感似乎仍存在著，我笑道：「這個任務比我找到離開的路要簡單多了，畢竟就連伊森都說沒人能離開這個世界。」

「即使這樣……妳依然相信妳能離開？」他看起來有些驚訝。

我更加堅定地點了點頭：「嗯！」

他不再說話，我們的世界再次被風雪和駝鈴聲覆蓋，我只能聽到他有些沉重的呼吸聲。

「呼……呼……呼……」他又在想什麼心事呢？

「那瀾那瀾……靈川呼叫那瀾……那瀾請回話……」耳邊再度響起了他低低的嗓音。我動了動身體，調整坐姿，繼續靠在他身上：「那瀾在，靈川請說。」

「在妳離開前，妳是不是會……跟伊森在一起？」

「不會。」我直截了當的回答讓他微微一怔：「妳……不是喜歡伊森嗎？為什麼不跟他在一起？」透著疑惑的聲音隔著斗篷而至，他低下頭，湊在我面前問道。

一抹疼痛頓時掠過我的心頭。我蹙起雙眉，擰緊了拳頭：「如果愛得越深，我一定會被同化，再

也無法離開……」

「妳知道被同化的原因了？」他驚呼了一聲，聲音近得像是只要我掀開斗篷，就可以看到那雙驚訝的灰眸。

「嗯……」我點點頭：「這是個神奇的世界，只要想在這裡生活，或是放棄回去的希望，人便會被同化……」

「原來如此……」他挺起胸膛，再次坐直了身體，有些感嘆地凝望遠方。

「所以我不會為了伊森而留在這個世界，因為我不想看到自己逐漸老去，他卻依然年輕俊美；我仍然活著，卻得看著他移情別戀；他可以長生不老，但我不能……所以我沒有對他說『我喜歡他』，也不打算繼續深陷其中。我會留在靈都，協助你改變靈都，改變這裡的未來。等到我鬢髮花白走不動時，你要記得送食物給我哦！」我開起了玩笑，因為不喜歡看到他總是沉浸在感傷中發呆。

「嗯……」他的聲音裡流露出一絲苦澀，宛如已經看到我年華老去，顫抖著站在湖邊，依然不放棄返家的信念。

「那瀾，妳能繼續呼叫我嗎？我喜歡這樣，感覺很有意思。」

「好啊。」難得他主動要求，我當然要滿足他！於是我再次開始呼叫起來：「靈川靈川，那瀾呼叫靈川……靈川靈川，那瀾呼叫靈川……」我一遍遍地呼叫，耳邊傳來他和緩的心跳和漸趨平穩的呼吸。希望我這聒噪的呼叫聲能打發他路途中的寂寞。

「鈴——鈴——」駝鈴聲漸漸地變得清晰，風雪也慢慢減弱，我隱約聽到了猿啼聲……我們追上白白牠們了！

雪駝緩緩停下腳步，四周再無風雪的聲音。靈川輕輕掀開了我斗篷的帽簷，微弱的光線投射而下，一片冰川世界也映入了我的眼簾。眼前是一座巨大的冰洞，冰柱林立，有的宛如尖刺般突出。藍色像是直接被封凍在這個世界似的，湛然澄澈，透過剔透的冰層可以看到對面白猴前行的身影。

雪駝緩緩伏地，靈川扶我下來，雪白的斗篷覆蓋在冰面上，映出了我的身姿。

「我們到了。」他拉起我的手依然冰涼，我回頭看向來處，發現那是一條深不見底的冰道。厚厚的冰層阻隔了外頭的酷寒，雖然腳底依然有些發冷，但因為斗篷溫暖了我的全身，勉強能撐過去。

「腳冷嗎？」靈川低頭看著我的腳，我立刻搖頭。他先是凝視著我片刻，接著又伸手作勢要來抱我，我立刻擺擺手：「不用不用，我沒那麼柔弱。」

他收回了手，灰色的瞳眸裡掠過一絲落寞：「妳不喜歡我嗎？」

我一愣：「這跟喜歡沒關係吧？」

「我心疼妳。」如此直接的告白令我一驚，呆呆地望著他。他垂下眼：「朋友間理應互相關心，妳不接受讓我很難過。」但他的臉上根本沒有表情變化，我哪看得出他是難過還是高興？

不過聽到他這麼說，我不免有些愧疚，感覺辜負了他的一片好意。我的雙腳被凍得有些發麻，不自覺地往拖地的斗篷上挪了挪，試圖尋求溫暖。

「嗚……雖然不想承認……但是……我很重的……」我不好意思地低下頭。

他沉默了一陣後，問：「妳不好意思讓我抱妳嗎？」我一怔，他講話總是這麼一針見血。

「我背妳。」他轉身單膝跪地，蹲在我的身前，一頭長髮也隨著他的動作鋪滿了我的腳邊。那美麗的銀髮即使沾染了汙跡，依然美得令人眩目，我怎麼好意思踩上去？

我伸手拾起了他的銀髮，他的身體微微一動，似乎想轉頭看我，我立刻說：「別動。」他頓時僵在原地，愣愣地低頭看著地面。

「這麼好看的頭髮，怎麼能被我踩在腳下？我幫你挽起來吧。」我的指尖穿過他的髮絲，握成一把，接著一圈一圈地盤繞而上。我一邊纏著一邊說：「你讓我想起《長髮公主》這個故事。」

「我知道。」他說。

我笑了：「但你一定不知道後面改編的版本，現在出現了很多新編童話哦。」

「改編？所以現在版本的內容是？」

「改編後的長髮公主勇敢機智，充滿冒險精神。她自行離開了那座高塔，在外面的世界遇到心儀的對象，最後一起戰勝了巫婆，幸福地生活在一起。」我把他的長髮固定在腦後，隨即趴上他的背：「以後我繼續說故事給你聽吧，現在的故事不比以前差。」

靈川映在冰面上的臉露出了一抹淺淺的笑容。他背著我起身：「嗯。」腳步不疾不徐。沒過多久，我們便跟上了送葬的隊伍，走入冰洞深處。我在靈川的背上環顧——冰壁是透明的，讓外面的光線得以進入，裡頭並不暗，再加上冰層裡凍著一些會發光的藻類，淡淡的螢光照亮了四周。

前方漸漸地變得寬闊，像是到了出口。我們隨白猴走出冰道，一個巨大的冰坑頓時出現在面前，冰坑的對面是一座巨大的冰瀑，一直向上延伸，看不到源頭。此時我注意到冰瀑裡有一個人——是一位大叔！我驚詫得說不出話來，因為他穿著考古裝，絕對是現代人！難道他就是靈川提到的那個被養死的人？

猴群們輕輕地把老白猴從藤棺中抱了出來，放在冰瀑下。白白忽然舉起小小的拳頭，用力一擊，

冰層瞬間被鑿出一個洞，水自裡頭流出，流淌在老白猴的身上，立刻把牠和身旁的白花就此封凍在寒冰之中。

白白和所有猴群們靜靜跪在冰瀑周圍，齊齊發出悲鳴：「嗚——」

「這是天瀑。」靈川向我解釋。我驚訝地轉身盯著他的側臉：「天瀑？」

「這座冰瀑與天河相連……明大叔相信只要順著天瀑，就可以爬上天河，找到回家的路。」他望向封凍在冰瀑中的人。聞言，我更加驚訝，原來那個大叔相信可以從這裡回家！

靈川背起我繼續前進，冰面在他腳下無限延伸，帶我走過巨大的冰坑。白白在冰瀑下起身對大家揮了揮手，猴群們紛紛轉身離去。牠靜靜站在冰瀑下，獨自看著老白猴被封凍在冰層裡的容顏。

靈川背著我站在天瀑下，微微皺起雙眉：「但他失敗了……一般人無法抵禦上層的寒氣，於是他被凍在冰層中。這裡的冰層會逐漸向下移動，所以他現在流到了這裡。」

「向下移動……」意思是說，大叔原本其實待在更高的地方，只是現在慢慢隨冰層往下降了？

「嗯。」他用一隻手托住我，另一隻手在冰面上畫了起來：「這個世界的水從天河而來，冰瀑與天河相連……」他在大地與天河之間畫上了冰瀑：「天河之水化成冰，冰瀑的末端化成水……」

我驚訝地說：「這麼說從我們穿過霧牆開始，就已經是冰瀑了嗎？」

「是的。」他繼續畫著：「靈都的水會流經每個國度，最後抵達伏色魔耶的伏都，那裡的火山會將水蒸發為水氣，還給天河。」他描繪出縹緲的水氣。他以「還」這個字來形容水的循環，象徵著這裡的人尊重自然，尊敬養育他們的水，讓我感受到一絲羞愧。

我再次仰頭望向被凍在冰層裡的大叔，原來也有人和我一樣，抱著一定要回家的堅定信念，甚至

不惜冒險。我覺得大叔的想法是正確的，從上面摔下來的距離並不遠，不然光是靠幾棵樹怎麼可能救了我的命？但他還是失敗了……也許他摔下來時並沒有遇到寒冷的空氣，覺得可以爬上去，因為我也沒有被凍僵在半空中，然而沒想到這裡的狀況有些不同。如果不是有這位大叔的冒險，我或許也會試圖爬上去。

嗯……慢著，大叔姓明？怎麼會那麼巧，考古隊裡的明洋不是也姓明嗎？

我記得隊上的老博士曾偶然提起明洋的身世，說他的父親是在樓蘭考古時忽然失蹤的，所以他才會立志要來樓蘭考察。不過後來因為明洋來了，老博士不想讓他傷心，也就沒繼續說下去。難道這冰瀑裡的大叔就是……？

我立刻指著上面對靈川說：「你能帶我上去看看嗎？」

他點點頭，腳下頓時出現了冰階，背著我緩緩往上爬。當我們來到大叔面前時，我從靈川身上下來，隔著冰面踩著斗篷，細細窺瞧大叔的臉——他的眉眼五官果然和明洋很像。我同時發現他身上還背著包包。

我轉頭問靈川：「靈川，能幫我把他的包取出來嗎？」

「可以試試看。」靈川按在冰面上，冰面漸漸化開。他將手伸進去，慢慢將那個背包取出來交給我，整個包都散發著一股寒氣。

他靜靜地看著我。我打開背包，發現裡頭的東西很少，只有一個皮夾和一本筆記本。我打開皮夾，皮夾裡夾著一張全家福的照片，上面是一對夫妻和一個十五、六歲的少年，帥氣的模樣和現在的明洋非常神似！

我的心猛然揪緊，再次望向大叔，只覺得百感交集，心神不定。當年他為了揭開樓蘭的祕密而失蹤，而現在明洋繼承了他的志向，來到這裡，卻也死生未卜。

我憶起了那天的景象——明洋和林茵是一起沉入羅布泊的。但在八王抽籤時，我並沒有聽說還有其他人，也不敢貿然詢問是否還有人掉下來，擔心那些變態會去搜尋，反而害了他們。

不過俗話說「沒消息就是好消息」，說不定他們已經平安獲救了。

我雙手合十，在心中默禱——請菩薩一定要保佑明洋他們沒事，不然這張照片裡的阿姨該如何承受失去丈夫、又失去兒子的痛苦？

「怎麼了？」靈川輕輕問我。

我轉頭看著他，覺得此時的他已經是個可以信任的對象，於是開口：「你到玉都抽籤時，是否曾經聽說過還有別的人掉下來？」

他盯著我片刻，搖了搖頭，我的心情頓時有點忐忑不安。我把皮夾放回背包裡，打算回去再認真地檢查一下。

「怎麼了？」他再次詢問。我望著他深邃的灰色眼眸，說：「其實掉下來的有三個人。」他露出了驚詫無比的表情。

我擔心地低下頭：「還有一男一女，不知道他們現在怎樣了……」

靈川站在我面前，久久不語，好一會兒後才說：「以前從來沒有一次掉下三個人過。每次只要有人掉落，天便有異象，但因為都只有一個人，所以當修找到妳之後，我們就沒有再進行其他搜尋。既然至今沒聽說有人發現了外來者的屍體，說明他們應該還活著，而且活在百姓之中。」我望著他認真

的神情，他的話讓我再度燃起希望。

「既然在我靈都不曾發現，而妳在安都也沒聽到消息，他們很有可能待在別國。」

「如果是那樣就好了……」

他緩緩握住我的雙手：「那瀾，如果妳想找他們，我可以幫妳去別的王都打聽。」他嚴肅的神態像是在對我做出重要的承諾。

靈川和別的王不同，靈都的王權也與其他國度不同，靈都是聖域，靈都王是河龍的侍從，所以靈川身邊只有亞夫一個僕使，而亞夫管理著靈都為數不多的侍衛。靈川不像別的王擁有探子或是心腹，如果他想幫我做什麼事情，只能親力親為。

我笑了笑：「沒關係，靈川，我會自己去找他們。」

「妳想去別的王那裡嗎？」他驀然緊緊抓著我的手，灰眸收緊，大概是以為我要跟著別的王去其他王都溜達一圈。

我揚起了唇角：「我有那麼笨嗎？」他頓時放鬆了有些緊張的神情，認真地看著我。我繼續說：「等你告訴他們我死了，他們自然會遺忘我。接著我再扮成流動商人，偷偷去其他國度打聽。」

聞言，他的臉上罕見地浮起了一絲淺淺的笑容。他眨了眨眼睛，牽起我的手：「等到後天涅梵來的時候，我就告訴他妳死了。」

「後天？」沒想到期限不知不覺間即將來臨。或許是因為我打算留在這裡，才沒有去留意時間的流逝吧？

回想當初在安都，安歌雖然喜歡我，卻也無法助我脫困，結果事情鬧得很大，還有安羽來搗亂。

於是我本來對靈都不抱持任何希望，卻得到了大大的驚喜。

靈川「養」死人的經歷讓我死在靈都的這件事變得一點也不可疑。不過我現在知道其實明大叔不是被他養死的，難怪他會對大叔的死懷有一分內疚，一直不願提及這件事，想必是在後悔當初沒有阻止大叔攀爬天瀑吧。

他凝視著我，寧靜而專注的目光讓我一陣愣怔：「怎麼了？」

他眨了眨眼睛，淡淡地笑道：「妳待在我身邊卻沒察覺到時間的流逝，我很高興。」

我頓時有些害羞，匆匆垂下泛紅的臉，抱緊明大叔留下的遺物說：「我們回去吧，這裡太冷了。」

「嗯。」他再次背起我，我們和白白牠們一同走向歸途。我依然被裹在溫暖的白色斗篷裡，心頭也暖暖的。我靠在靈川的胸膛上，聽到有些紊亂的心跳，時而加快，時而漏拍，最後漸漸隨著風雪的再次來臨和駝鈴聲的響起而變得平穩。

我在靈都的日子想必還會繼續延續下去吧。

「那瀾那瀾，靈川呼叫那瀾，那瀾請回話。」

「嗯。」

「那瀾，妳能再陪我回山洞嗎？我想看闍梨香留下的畫。」

「好。」

「謝謝。」說完，他深深擁緊我，我的心緒頓時有些紛亂，不知道自己為靈川帶來了什麼，又能給他留下什麼。我無所顧忌地親近他，和他成為朋友，卻差點忘記了當我離開時將會留下傷痛。難怪

先前我提到自己始終會離開時，他看起來相當低落。

一旦我走了，又有誰能陪伴這個活得又久又孤獨的呆子呢？

我是不是不該讓這份情繼續延續下去？沒有情，就不會有痛，所以闍梨香才不再愛任何人，因為沒有愛，就不會有面對他們離去時的傷……

「靈川靈川，那瀾呼叫靈川，靈川請回話。」

「嗯。」

「靈川，如果我離開，你會傷心嗎？」

「會。」

我頓時陷入沉默，滿懷歉意地伸出雙手抱住他。他微微一怔，我輕聲說：「對不起。」

身體越來越緊繃的他沒有任何回應，只有胸腔裡越來越沉重的心跳……

「鈴——鈴——」我們在駝鈴聲中離開天瀑，走出霧牆。當靈川取下我的斗篷，放回雪駝身上的背囊時，霧牆外忽然走入了一道黑色的身影。

我和靈川一起望去，只見亞夫從雪霧中走出，面無表情地看著我們，隨後單膝跪在靈川面前：「王，請您回到聖殿，您不能忘記服侍河龍的職責！」語氣低沉的程度更像是在警告靈川必須馬上回到聖殿，完成他的責任！

靈川看了他一眼，直接拉著我從他身邊走過。

「王！」情急之下，他伸手拉住靈川的衣襬，牢牢抓在手中：「您不能一錯再錯！您因為這個魔女而忘記自己神聖的職責，已是大錯！您快要失去當一名聖者的資格了！」

「那你來做王。」靈川忽然如此表示。亞夫在他淡然的語氣中驚詫地揚起臉，黑眸之中流露出深沉的痛，抓住靈川的手顫抖了起來：「您怎麼能說出這樣的話來呢？您是靈都最聖潔的人，是前任靈都王的希望，怎麼可以……」

當他提到前任靈都王時，靈川的眸光瞬間變得冰冷無比，拂袖之時，一股銳利的寒氣倏然隔斷了衣襬，只剩下一片碎片在亞夫的手中隨風輕顫。

亞夫面色蒼白地拿著那片破碎的白布，身體晃了一下，跌坐在蒼茫的雪地上，長直的黑髮在風雪中狂亂地飛舞，遮住了他絕望的容顏和失神的雙眼。

靈川牽著我大步離去。我轉頭望向亞夫，風雪揚起他的髮絲和衣衫，讓他如同一團燃燒中的黑色火焰，令人發毛。

「別看他，他入魔了。」亞夫的確是入魔了，他中了「聖潔」的毒，和前任靈都王一樣，瘋狂地執著於它，並用它將靈川牢牢綁住。

我抬頭望向離這裡不遠的聖殿方向，直到此刻我才明白，他們不是要把靈川綁在身邊，而是想將他永遠囚禁在那座潔白的宮殿裡，消磨他的理想，毀滅他的人生，讓他成為那座宮殿裡另一尊聖潔的雕像。

當我們回到山洞時，亞夫也追了過來，卻不再靠近，而是在遠處注視著我們。白白要猴群們站在崖邊，不讓他的飛艇靠近。即使如此，他依舊沒有離去，而是在崖邊等候著靈川，要將他帶回那座宮殿。

靈川在石洞裡認真地窺看闍梨香留下的壁畫。我走到亞夫的飛艇前，他陰戾地注視著我：「妳這個魔女！」看來他真的相當恨我。不過這一次，我不打算尊崇瑪麗蘇女神的教條，去寬容所有厭惡我、憎恨我、陷害我的人。

對不起，瑪麗蘇女神，平時我全聽您的，但這回絕對不行！

我冷冷地望向他，沉聲問：「那枝箭是不是你放的？」

他的眼神依然凜冽，臉上的表情卻恢復了平靜，彷彿視我為路人般敷衍我：「妳說什麼？我聽不懂。」

「哼。」我冷笑一聲看著他：「沒殺死我讓你很不甘心吧，亞夫？我曾以為你喜歡靈川，但我錯了，你只是想把他拴在那座宮殿裡，做你心目中『聖潔』的雕像！」

「照顧河龍是王的職責！」他立刻朝我怒喝，再也不打算隱藏對我的憤怒：「河龍是我們的神，需要世上最聖潔最美麗的人來服侍！」

「你怎麼知道？」我生氣地反問，他陰狠地盯著我。我繼續質問他：「河龍自己說了嗎？你有問過河龍的想法嗎？還有那個什麼溺刑，你有問過河龍想淹死人嗎？」

「河龍是神，自然只有聖潔之人才能服侍！任何人都不能褻瀆聖潔、不能褻瀆王！」他撕心裂肺地朝我大吼：「像妳這種淫蕩的女人怎麼知道什麼是聖潔！妳的身體、妳的一切都那麼骯髒，不知道被多少人碰過！理應接受溺刑，投入聖河洗淨妳滿身的汙穢！」

原來溺刑的目的是「洗乾淨」？

他壓低嗓音，咬牙切齒地說：「我一定會向王證明妳是個淫蕩的賤女人！」

「哈哈！」我大笑：「神諭上說『聖殿之人不得口出穢語』，你卻罵我賤？亞夫，你破戒了，不打算自裁嗎？」

他頓時露出了惶恐的神情，驚懼地指向我：「妳、妳這個魔女……魔女！是妳影響了我！」他倉皇地環顧四周，見只有白猴在場，立刻忿怒地朝我看來：「妳……妳果然是魔女！」

「你真可悲！」此刻的我已不再感到厭惡或憤恨，只覺得他可憐可悲，真是應了那句話——可恨之人必有可憐之處。

他依然在山崖邊徘徊，不肯離去，白猴們設起了一道防線，不讓他靠近。他著急地望著我逐漸走回山洞，目光愈來愈陰狠，像是不僅要燒死我，還要燒掉這整座山！

我回到山洞，看到靈川正站在闍梨香所繪製的壁畫前，便氣呼呼地走過去指向牆上同樣有著一頭黑直髮的前任靈都王，說：「我嚴重懷疑亞夫是前任靈都王轉世而來的，兩個人都對你著了魔！」

他微微一怔。因為銀髮被我全數挽起，讓他的容貌不再被遮掩，男人的英武氣息頓時蓋過了原先

的陰柔之美，如同伸展台上冷酷中帶著一絲野性的銀髮混血模特兒。

他那麼聰明，說不定早就已經察覺到這點了，也許正是因為想彌補殺了前任靈都王的罪過，他才會反過來教導亞夫。我相信他並沒有要求亞夫嚴守神規，他那麼呆，八成是採放任式教育，卻沒想到對方天性如此，轉世了還是纏著他不放。

見他開始神遊太虛，我轉身翻起明大叔的背包，裡頭的東西很少——一支過時的手機、一台似乎是聯絡用的對講機，還有一些簡單的考古用品，刷子、小鏟子之類的。最後，我拿出了他的筆記本，似乎是他的隨筆札記。

他的字很潦草，看得懂樓蘭文的我卻不太懂他的字。上面除了記載著日記、一些奇怪的符號，還夾著一張地圖，好像是他親自繪製的行腳圖。他在圖的末端畫了個叉，旁邊標注這是他進入樓蘭的位置。

他另外還畫了很多圖，有樓蘭世界地圖，以及像是靈川先前繪製的水循環圖表，然後圈起了冰瀑的位置，寫著「回家」。他真的相信可以沿著冰瀑向上回到原來的世界。

可惜他失敗了。

他似乎還做了很多研究，然而字太潦草，看得我有點頭暈，只好放下筆記本，打算下次再來繼續研究。考古學家看到的、聽到的、想到的、思考的觀點想必與我們不同，從這本筆記本裡，我說不定能找出一些蛛絲馬跡。

靈川在石洞裡呆呆地看了一天一夜，外頭的亞夫也在崖邊等了一天一夜，執著地盼他回宮。

第二天傍晚時，摘完水果回來的我望見他站在石洞口，愣愣地看向遠方。

「該走了。」他只說了這三個字，接著朝我伸出手。白白躍下他的肩膀，轉頭看我。我把食物遞給猴群們，在暮光下握住了他的手，他揚起一抹淺笑，與我一同離去。

他似乎想帶我回宮。我雖然不清楚他在盤算些什麼，但想想自己的窩和東西都在宮裡，得去把它們帶到山洞……不錯，我那瀾打算占山為王了！

亞夫看見靈川拉著我走出來，臉色瞬間垮下，既不看我們也不說話，低頭側立在一旁，恭敬地等候他走上飛艇。

白白和猴群們站在崖邊送我們。白白將我的包遞給我，我交代牠：「幫我看好山洞，我還會回來。」

「吱！」牠認真挺胸，我對牠豎起大拇指：「加油！你一定會是個了不起的猴王！」

「吱！吱！」牠在傍晚燦爛的夕陽下顯得神采奕奕，精神抖擻，全身的白毛被餘暉染成金色，如有神光護體，高高在上！

身穿白衣的少女們望見靈川回來後，紛紛退下，我亦步亦趨地跟在他身邊。這次回來只是想拿行李，以後也不打算住在聖宮裡，既然他會向其他王通報我的死訊，我如果仍在聖宮進出未免過於高調。

看到靈川白衣上的汙垢，亞夫緊蹙眉頭快速前行，早我們一步進入宮殿中。當我們回到寢殿時，他已經為靈川準備好沐浴用品，挽起衣袖跪在浴池邊，正在攪動溫泉裡的池水，讓花瓣飄散開來，也讓精油充分溶入水中，花瓣的清香頓時瀰漫在整座浴殿裡。

他收回手，低頭恭敬地跪在池邊：「請王先沐浴更衣。」

「嗯。」靈川淡淡地看了一眼，作勢要開始褪去衣裳。亞夫大吃一驚，連忙起身抓住他的手：「王不可！那個女人還在！」

我也愣住了，沒想到靈川居然趁我還在時就開始脫衣服了？

靈川沒有說話，只是抿唇望向亞夫的雙手，那雙小麥色的手和他雪白的肌膚形成了鮮明的對比。

「放開。」他冷漠地說。亞夫頓時有些動搖，隨後卻用力地握住他的手，死死不放：「王，亞夫不能再放任您繼續墮落下去！」

靈川瞇起灰眸。注意到寒氣開始朝他聚攏，我立刻說：「我會回避的，亞夫你不用催！」說完後，亞夫的神情頓時緩和了不少，卻依然不看我，只是鬆開了靈川的手。我轉身準備離開。

「你走！」靈川忽然惡狠狠地說。我一怔，要叫我走也用不著這麼生氣吧？寒氣卻忽然擦過我身邊，颳起了我的髮絲，伴隨著星星點點的雪。只見亞夫被一隻巨大的冰手抓住直接扔了出去，嘴也被冰封住，不斷在冰手中掙扎，憂傷憤恨地瞪大眼睛。

我僵在原處，回頭望向靈川：「這樣好……」結果「嗎」字還沒出口，他已經褪去了白衣，赤裸的身體瞬間映入我的眼簾。我慌忙轉身欲走，身後卻傳來他淡然的嗓音：「浴池妳我各一半吧。妳也需要梳洗，我沒脫光。」這是邀我共浴，不把我當外人的意思嗎？為了讓我留下，他還刻意強調自己沒脫光，只脫上衣，沒脫內褲。

我眨了眨眼睛，平復了一下情緒。看來如果不接受這番好意，他會生氣的，他是個過於敏感的人，不然我等他洗完再洗吧。

我轉身鎮靜地看著他：「這樣真的好嗎？」他抬手撩起片片花瓣，浸泡在溫水中的雪臂染上了一

層淡淡的粉紅色，花瓣緩緩自他纖長的指尖流下。他有些出神地說：「能幫我洗一下頭髮嗎？」

「哦。」我下意識地做出回應，隨後愣了一會兒……我怎麼成了他的侍婢了？我撓撓頭，算了，洗就洗吧。我把包塞到巢穴裡，接著半蹲到他身後，拆下了他被我挽起的銀髮。然而當銀髮如月光般傾瀉而下時，他忽然冷冷地說：「妳在擔心亞夫會因為我而殺妳吧？」我一愣，銀髮頓時從手裡滑入水中。

我匆匆掬起一捧水，灑上他的頭：「怎麼會呢？亞夫不敢的。」

「我看到飛船的殘骸了。」

我再次一怔，雙手停頓在溫熱的水氣之中。

「那瀾，妳太善良了。」他低下頭：「妳之所以一直沒有告訴我，是不想讓我懲罰亞夫嗎？」

我緩緩垂下手，盤腿坐在他身後的浴池邊：「倒也不是，只是覺得這是我和亞夫的私怨，想自己解決。」

「妳要怎麼解決？」他沉下語氣，似乎在說妳根本解決不了。我笑道：「只要我待在你身邊，他就傷不了我。你可別小看我哦，我還有很多祕密沒告訴你呢，說出來你一定會嚇壞的！」

「什麼祕密？」他轉頭望向我，健碩赤裸的胸膛上沾滿了晶瑩的水滴和五彩的花瓣，剔透的水珠順著肌理一顆顆顫落，滑過他雪白胸膛上的兩顆迷人粉珠，在上頭留下一串串水的痕跡。

我頓時臉紅心跳，看著他沐浴果然很考驗定力。

我立刻把他的頭轉回去，要他繼續盯著前方：「比方說我很會洗頭，保證讓你舒服得以後再也不想叫其他人幫你洗頭。」說完，我開始替他做頭部按摩，指尖插入柔順的銀髮之間，輕輕按上穴位。

我輕柔地說：「王？力道怎麼樣呢？」

「嗯……再重一點。」我微微加重力道，再次學美髮沙龍裡的洗頭小妹問：「那現在呢？」

「可以了。」

我一點一點地按著他的頭部，他舒服地微微後仰靠在溫泉池畔，閉上雙眼。銀色的睫毛上布著一顆顆小小的水珠，隨著他忽然睜眼而紛紛顫落。絲絲長髮蜿蜒地黏附在雪白而赤裸的胸膛上，描繪出銀色的曲線，最後隱沒在腰際的水中，盤繞於漂浮在水面上的花瓣間，隱約可見花瓣下絲薄的白褲在水中已經呈現略微透明的狀態，引人探究。

我緩緩撈起銀髮，他仰躺在水中靜靜看我。我微微一笑：「怎麼了？是不是不太習慣女人服侍你？」

他的神色一如往常，依舊以一雙灰眸認真地注視我：「不，我在看妳的眼睛。」

我咯咯笑著。他眨了眨眼，有些好奇地問：「妳習慣了？」

「嗯。」我點了點頭，取來亞夫為他準備好的淨髮精油：「現在反而覺得用兩隻眼睛看東西有些不習慣。」我將淡綠色的精油抹在手心，緩緩塗上他長長的銀髮，不由得感嘆：「亞夫幫你洗頭髮得花多久的時間啊？這麼長的頭髮光是想全抹上精油就需要一陣子了。」

他垂下眼：「……如果妳覺得累，我可以自己來。」

「好啊。」我手一鬆，直接讓他的一頭頭髮散落水中，他一愣，似乎沒想到我真的打算偷懶。其實在幫他抹精油時，我就已經後悔要幫他洗頭髮了。

他抿了抿唇：「妳……真的不幫我洗了？」

「嗯。」我在水裡洗著手，直截了當地說：「我沒那個耐性。」

他躺在水裡愣了一會兒，隨後緩緩坐起，臉上的神情委屈得像是沒有享受夠：「太快了。」

我蹲在他身邊笑著：「不夠舒服嗎？」

「嗯。」他轉頭看著我，我咧著嘴對他壞笑，他卻忽然朝我伸出手來，帶起了一道迷人的水簾。我微微一愣，他的手拂過我的面頰，輕輕握住了我鬢邊的一縷亂髮：「妳也髒了。」

我呆看著那頭銀髮凌亂地黏附在他俊美的臉上，眼神深邃無比，灰色的瞳仁裡有著盈盈水光，挺拔的鼻梁相當性感，微抿的薄唇則泛著淡淡珠光。

「我幫妳洗。」他順著我的長辮緩緩撫下，握住我的手作勢要將我往下拉。我大吃一驚，立刻抽手，卻一個重心不穩地跌坐在浴池邊，驚慌地望著他依然沒什麼神情變化的臉，總覺得有些像是呆呆的主人對自己的狗說：「該洗澡了。」

「不行嗎？」他有些失望地說，似乎認為我不讓他洗是不信任他。

「當然不行！」我反問他：「你你你只要遮一處，我上上下下要遮好多處呢！你該不會真的把我當成寵物，公的母的都無所謂吧？」一般人不會因為幫異性的寵物洗澡而害羞。但我是人，不是寵物好嗎！

他呆呆地注視著我，皺了皺眉頭：「也是……但我沒看過女人的身體，想看看。」聞言，我徹底啞口無言，臉不知道是該紅還是該黑。

我立刻提起裙子，走到連通溫泉中心石台的大理石徑上，隨後鑽入巢穴，拿出畫紙和畫筆。他慢慢朝我走來，抱膝坐在水中，仰頭看我。

我把褲腳挽到膝蓋上，露出了赤裸的小腿，他愣愣地說：「跟我一樣。」

「……」我一陣無語：「誰給你看我的腿了？我畫給你看。」我席地而坐，雙腳垂入溫熱的池水中，愜意地擺動著。卻沒想到腳尖忽然觸及他的胸膛，我的心跳頓時漏了一拍，慌忙收回腳，但他挨得更緊了，似乎打定主意要面對面看我畫圖。

我定了定心神，幸好靈川呆呆的，可以降低曖昧的氛圍。我開始凝神畫了起來，因為只打算簡單勾勒出女人的線條，描繪出美麗豐滿的乳房以及婀娜曼妙的腰肢，不打算畫出敏感處，兩三筆就解決了。我把畫板轉過去給他看：「看，這就是女人，身體結構上除了胸部比男人大了點之外，其餘沒什麼兩樣。」我完全沒想到自己會有對一個男人解釋女人生理結構的一天。

求學時期裡，大部分的男生都對女生的身體結構瞭若指掌，我的男性好友甚至對我說要是再看下去，他都快對女人的身體失去衝動了，反而覺得男人的身體才美。結果他現在真的開始畫起ＢＬ漫畫，就連擔任漫畫編輯也主動請纓做ＢＬ！只能說世上的男人無奇不有，他倒不是同性戀，還有女朋友，不過我猜測這只是因為他沒遇到理想中的完美男人，如果他來這裡，肯定不愛女人愛男人，亞夫正好是他最喜歡的那型。

當我胡思亂想時，靈川一直來回盯著我和我的畫，視線落在我的胸部上，不過我並不覺得有任何受到騷擾褻瀆的感覺，因為他的目光十分傻氣，傻得讓我忽然覺得自己的胸部沒什麼，不過就跟一尊女性的雕像一樣嘛。

他左顧右盼了一會兒，接著又呆呆地望著自己的胸部，似乎深感困擾，好不容易才抬頭指向畫裡的女人胸部中央：「妳們沒有乳頭，怎麼餵奶？」

我的臉瞬間紅到最高點……好想死……怎麼辦……

臉頰有些抽搐的我實在很想把畫板直接扣在他的腦袋上：「我沒畫不代表沒有！」

他眨了眨眼，臉上浮現出一抹不悅：「妳不認真。」

「…………………」

隨後他有些不開心地在水中轉過身去：「妳洗吧，我不看妳。」

我鬱悶地放下畫板，起身走到巢穴的另一側，那裡他看不到。在我脫衣服的時候，他忽然愣愣地說：「上次妳在山頂溫泉我是可以看的，但我也沒看。」

我的手瞬間頓在半空中。所以真的是我有錯？我不該畫得這麼模糊地敷衍他？這番話聽起來像是我以小人之心度君子之腹，他那麼純潔，從未對女人產生下流的思想，即使擁有無數可以看我的機會，也不會行偷窺之事。

氣悶不已的我甩了甩脫下來的外衣，再次拿起畫板回到他身後開始畫。他在水中轉頭看向我，靜靜地等在我面前。

我在圖上細細打上陰影、畫上乳暈，以及他所說的乳頭……連毛都給畫齊了，接著「嘩啦」一聲甩到他面前：「這次夠仔細了吧？」

他像個美術老師般細細觀瞧起畫作，點了點頭：「嗯。」接著開始仔細研究起來。我直接把筆往旁一扔，回到原位繼續脫衣服。

想想靈川這傢伙雖然看起來很呆，但不代表絕對安全無害，誰知道他腦子裡到底在想什麼？有些宅男一臉單純，腦子裡卻不知道幻想了多少女性後宮。所以我也跟他一樣穿著襯裙下水。花瓣都飄在

靈川那裡，這裡一片也沒有，所以池水清澈地映出白色的襯裙和底下赤裸的腿。襯裙入水之後隨即變得朦朦朧朧，貼上胸部時立刻顯現出我飽滿的雙乳和淡淡的粉蕊。

我拆開兩條大大的辮子，開始清洗自己的長髮，幾縷散髮垂在胸前，恰到好處地遮起了聳起的胸部，讓它們如害羞的白兔躲在叢林之中。裙襬浮在水面上，隨著池水微微蕩漾起伏，白皙的大腿腿根與不可窺視的密區若隱若現。

我撫上毛躁的頭髮，只覺得嫉妒不已，靈川明明是個男人，髮質卻比我好上百倍！不過人家畢竟天天用精油保養，我一個小小的插畫家怎麼可能用得起？即使用得起，那個世界的精油肯定不如這裡來得高級。小氣的亞夫每次都只拿來一瓶，份量給靈川用剛好，等我想用的時候只能以食指抹出那麼一點來。

「妳們女人的身體真奇怪。」靈川在巢穴後方說。我向後白了他一眼：「我們還覺得你們男人身體奇怪呢。」

「嗯……」他輕悠悠地應了一聲，接著沉默不語。我開始努力地分開打結的頭髮，總覺得有些煩躁。

「妳們女人的胸部這麼大，會不會影響呼吸？」後面又傳來了靈川小朋友的問題。

我沒好氣地說：「你們男人的下面會不會影響走路？」他瞬間啞口無言。

我將頭整個沉入水中，把頭髮全部浸濕，屏住呼吸、閉上眼睛，開始搓洗自己的長髮，耳邊頓時只聽得到水的聲音。卻沒想到眼罩的繫帶忽然鬆開了，似乎是被人扯開的。我沒學過浮潛，沒辦法在水中張眼，只能閉著眼睛伸手摸了摸，但沒摸到眼罩，於是浮出水面，抹了抹臉上的水，睜開左眼往

池子裡瞧。

池水清澈見底，眼罩要是沉了下去，絕對能清楚望見，可是我在水中轉了一圈，怎麼樣也找不到。當我再度轉身時，眼前赫然出現了靈川那清澈美麗的水像，他又一次運用人王的神力塑造水分身，顯現在我的眼前，透明的手指上正勾著他送給我的銀藍色眼罩。

「你！」

模糊的水臉微微一歪，傻裡傻氣地看著我：「那瀾，我想跟妳一起洗。」

「我們已經一起洗了！」我瀕臨崩潰地說：「你還想怎樣？」

「妳明明知道我在想什麼的。」他眨了眨水眸：「我們是好朋友，為什麼不能一起洗？」似乎對兩個好朋友不能一起洗澡感到困惑不已！

我扶額說：「我們又不是母子！就算是兄妹，長大了也不能一起洗澡……」

「我對妳沒有邪念。」他愣愣地說：「難道妳有？」

「你才有呢！」我生氣地瞪著他：「我說不行就是不行！」

「為什麼？」他不解地問：「性別不過是一種分類。對我而言，此刻的妳和穿著衣服的妳並無區別……」

「那你為什麼非要跟我一起洗？」我更加不解地反問。為什麼他現在變得那麼黏人……不對，其實從他用銀鍊拴住我的那天起就已經黏上我了吧？只是我一直以為他把我當成寵物，如今看來，他根本是想黏在我身邊。

聞言，他忽然一怔，良久後才緩緩回神，眨了眨眼睛說：「可以互相搓背。亞夫走了，沒人幫我

搓背。」

「…………………」所以真的是我想太多嗎？我還以為他會說「我就想跟妳黏在一起」之類的。

好吧，我認輸了行不行？

我抱著腦袋，徹底沒轍：「好吧，你過來。」

「好。」水像緩緩溶入水中，眼罩卻被一股水流直接沖走，沒有還給我。

我轉身拿起池邊的浴巾，把一些比較私密的部位裹住，轉身時卻差點撞上一堵肉牆，驚得本能地睜開了右眼，銀藍色的冰紋和肌理分明的胸膛瞬間成了疊影，讓我一時暈眩不已。

我皺了皺眉頭，一隻溫熱的手撫上我的臉：「不舒服？」

「……有點。」我低頭揉著眼睛，恍然回神——他已經來到我身前了！我的臉瞬間漲紅，匆匆表示：「你轉身吧，我替你擦背。」

「嗯。」他轉過身去：「妳能像剛才那樣幫我按摩嗎？」

天啊，他真的有夠不客氣！居然把我當成奴隸使喚……我是天生奴才命嗎？

好不容易勉強適應兩個重疊世界的我，望著他後背上一朵一朵綻放的花紋，只覺得如果將眼前的景象畫成漫畫，一定會讓無數少女春心萌動，臉紅心跳地期待後面水花四濺的激情場景。可惜即使連我這個思想不太純潔的色女，此刻在這位呆王的命令下也毫無衝動。

靈川伸手捋起腦後的長髮，全數拂到右肩上，結實精壯的後背與那美麗不已的冰紋頓時完全暴露在我面前。

「這樣很好。」他滿意地說：「我喜歡。」

可是我不喜歡！明明不想跟他一起洗澡，卻被逼得非洗不可。如果一直不願意，他肯定會不斷地追問為什麼……為什麼……為什麼……啊～～真受不了！注意到他的黏人程度後，我反而覺得有些頭痛了。

我將雙手放上他的肩膀，開始替他按摩，一按便立刻感受到他精壯的肌肉，雖然不到硬如岩石的程度，但比伊森來得結實。

唉……我又想起伊森了。摸到了靈川赤裸的身體後，大腦便不受控制地想起了那個夜晚，以及伊森身上同樣迷人的金色花紋，我的臉頓時熱燙不已，幸好靈川背對著我。

「妳為什麼喜歡伊森？」他忽然問。曾經不愛說話的他，這兩天話忽然多了起來，而且彷彿有數不盡的問題積蓄在心裡，想找我一一解答。

「喜歡就是喜歡囉，能有什麼理由？」

「他長得沒我好看。」他呆呆地說。

「喜歡一個人又不是因為他的長相……你喜歡闍梨香是因為她好看？」

他沉思了一會兒，說：「嗯。」

「什麼？」我相當詫異。

「她是我見過最美的女人，在救我時便已經成為我心中的女神。」

我愣愣地站在他身後，看著那片浮動的花紋。我想他可能根本分不清自己口中的美是外表的美，還是心靈的美。不過這正是他的可愛之處，這個呆子有時真的很萌。

「所以你認為我應該喜歡你，而不是伊森，因為你長得比伊森好看？」我半開玩笑地問。

「嗯。」他真的這麼想啊？我頓時大笑：「哈哈哈……哈哈哈……」

他微微轉頭過來，臉上的神情非常認真：「那瀾，妳是不是在笑我？」

「哈哈哈……哈哈哈……」

「呵……」他也笑了出來，轉身靜靜地享受我的按摩。我們不再說話，卻也不覺得彆扭尷尬。

漸漸的，我停下了手。他微微側頭問我：「為什麼停了？」

「按不動了。」我往後靠回池邊坐下，真的好累。他靜靜地站了一會兒，搖搖頭：「不夠。」

「就算不夠也按不動了。我的手是畫畫的，不是用來按摩的。」他的身體結實，按起來比較累。

他先是沉默不語，隨後緩緩轉身，銀髮全垂在右側，遮起了半邊赤裸的身體。他目不轉睛地望著我，眼神澄澈：「我想感謝妳。」

「你也想幫我按摩嗎？」我立刻擺擺手：「不用不用。」

「我不會按摩。」他理直氣壯地說，直接打斷了我想用按摩交換按摩的念頭。本來想說如果他堅持，我就順勢享受一下，結果他居然直截了當地說自己不會按摩。

「那你還說想感謝我……難道你要給我錢？」我朝他猛眨眼睛。

他微微蹙起眉頭，抿了抿唇：「朋友之間講錢不好。」

「……」這是在說談錢傷感情嗎？

「那瀾……」他認真地喚著我，我鬱悶地仰頭望著他：「幹嘛？」他忽然用單手撐在我身邊，俯下了臉，透著粉色珠光的薄唇就這樣偷襲了我的唇。我頓時全身僵硬，說不出話來。

他的胸膛壓在我柔軟的胸部上。沒想到他居然用一個吻來答謝我為他洗髮按摩……可是情況似乎非常不對勁！

他吻著我的唇，怔怔地望著我，似乎屏住了呼吸，隨後灰眸中閃過一抹詫異，離開了我的唇。他呆站在原地，看向水底，疑惑地歪了歪頭：「為什麼會這樣？」

完全石化的我傻傻地看著他，心跳不知何時早已停止，雖然覺得一切都非常詭異，但發生在靈川身上便彷彿都是純潔的。他只是單純想和我一起沐浴，想要我幫他擦背，想以一個吻表達對我的感激，一如先前的擁抱……但這一切在正常世界裡不是完全不行的嗎？

「我想我明白女人和男人為什麼不能一起洗澡了……」呆愣的語氣裡頗有自省的味道。說完後，他有些落寞地轉身，孤單的背影裡透出了一抹惆悵：「原來我真的不是聖人……」他一邊感嘆著，一邊漸漸消失在我的視野中。

我恍然回神，才發現他已經穿上乾淨的衣服，獨自坐在石床上面壁發呆了。此時我才想起必須糾正他的行為，怒斥道：「靈川，你不能這樣！你不可以那樣親我，就算想表達感謝也不行！你聽見了沒有？」我的聲音迴盪在寢殿裡，但他依然發著呆，我只看到他垂在身後的銀髮。

又來了！

我氣悶地爬進巢穴，換好衣服，再出來責備他：「靈川，你到底聽見了沒有！那樣做是不對的！就算你想感謝我，也不能親我的嘴！」我大步走到石床邊……唉，他依然神遊太虛中，只有我在一旁氣得跳腳。這就是呆子的威力，我又能如何？無論怎麼責備他都沒有用嘛。

他白色的衣襬鋪在石床上，濕淋淋的長髮在微弱的燈光下閃爍著華麗的銀光，宛如一尊白玉石

雕，和石床融合為一。他的美令人無法苛責他，無論他做什麼似乎都是聖潔無瑕的。換句話說，如果吻我的不是靈川，我早就一腳踹上去，再把他揍到變成豬頭！

可是，他是傻傻的靈川。

我半放棄地指了指他：「總、總之下次不許這樣，不然我會很生氣的……沒錯，我就不理你了！」雖然感覺自己的這番話像是小孩子鬧彆扭，很幼稚，然而面對呆呆的他，我真的很無力。

儘管我這麼說，他依然沒反應。我徹底放棄了，如果跟他認真，輸的人一定是自己。我鬱悶地回到巢穴，心煩地動起畫筆……靈川居然敢吻我？他會不會是在學我？因為我上次也吻了他，但他應該知道那次我是在幫他吧。

和他相處了一個月，我其實已經領教過他的城府與智慧。他是個極其聰明的男人，我完全無法猜透他的心思，看似簡單的話語背後往往隱藏著更深的寓意，覺得他只是呆呆望著你，但他很有可能是在算計你……就像他向我坦白的那些話，還有其它他尚未從實招來的事……

好煩！我開始在紙上塗鴉，也不知道自己到底想畫些什麼。為什麼我沒辦法痛揍靈川一頓啊？如果能打他發洩，就不用在這裡胡思亂想了。

就在這時，亞夫的身影掠過巢穴門口。這不奇怪，因為進入聖殿得脫鞋，行走時自然不會發出腳步聲。他應該是算準時間來收拾靈川換下來的髒衣服吧。

他冷淡地看了我一眼，難得沒有狠狠地瞪著我，還留下了一盤水果。不過如果不是靈川要求，他根本不會送水果給我，這是以前在聖殿時他每天的職責，他會拿來兩盤水果，一盤給靈川，一盤給我，做為我們的晚餐。之所以不裝在一起，似乎是因為他不想看見我和靈川一起吃同一個金盆裡的水

果。

當他離開巢穴的門口後，我偷偷探出頭望著他。他把另一盆水果放到靈川的床邊，接著靜靜地凝視著靈川。由於以前的靈川時時都在發呆，眼下出神的模樣反倒讓他露出了安心的神情。表情變得和緩的他轉頭開始整理起浴池，模樣相當認真，動作也很輕盈，似乎擔心驚擾了他心目中的這位聖靈。

此時他忽然注意到我，頓時目露不悅，我只好端著果盤慢慢退回巢穴，靜靜聽著他的腳步聲遠去。

因為靈川一直占著巢穴，裡頭的被褥寢具樣樣齊全，甚至還有可以放果盤的小桌。等亞夫離開後，我隨手拿起一個像是楊桃般的黃色水果跑到靈川的石床邊，它叫蜜果，水分又多又甘甜，一直是我的最愛。

亞夫的造訪讓我一時忘記了之前的憤怒，因為我有更重要的事要告訴靈川。見他仍在發呆，我跳下石床，伸手在他面前揮了揮，果然毫無反應，不過這並不影響我說話。其實我覺得他還滿喜歡聽我說話的，就像我們不開心的時候，即使寵物不會說話，但有牠陪在身邊，便會感覺很溫暖。

「靈川，你看見了沒有？亞夫看到你發呆覺得很安心哦！下次你如果讓他著急了，就假裝發呆，演戲哄哄他。」說完，我咬了一口水果，只覺得酸酸苦苦，我疑惑地皺起眉頭，喃喃自語：「奇怪，這果子的味道怪怪的？」

「我嘗嘗。」石雕忽然說話了，嚇了我一跳！他轉頭咬上我手中的果子，表情有些呆傻，像是一隻狗狗咬住我手裡的玩具，然後呆呆地看著我。我瞬間忘了果子的味道不對勁，有些愣怔地盯著他。

喀嚓！他又咬了一口，嚼了嚼，疑惑地望向我：「沒有問題。」

「你……不覺得有點酸苦嗎？」他搖搖頭。

算了，跟這種呆子認真什麼呢？我都懷疑他有沒有味覺了。

我從他的果盤裡拿出一個蜜果，咬了一口……好甜！這邊的就很正常。我知道了，亞夫是想報復我，拿次級品給我吃吧？哼！

我回頭看著靈川，他也轉身凝視著我。既然這呆子覺得我的果子不會不好吃，不然……跟他交換好了！誰叫他剛才沒經過同意就親了我，這是補償！

嗯！不是我心眼壞，是他應該做的。

我端起他的果盤，笑嘻嘻地看著他：「不介意換一下吧？」他搖搖頭。我把手裡的蜜果塞給他：「別發呆了，乖乖吃飯吧。」他接過果子，我笑笑地拍了拍他的臉，稱讚他：「乖。」他乖乖吃了起來。

將果盆互換後，我滿心歡喜地回到巢穴裡吃著。靈川的水果味道果然比較好，他還滿好欺負的嘛！

燈光漸漸熄滅，他依然在皎潔的月光下發著呆，身上的花紋像是想汲取月之精華般飄浮起來，完全開展。此時此刻，我反倒不急著想遮起右眼，我是個插畫家，欣賞一切美的事物，致力於發現它們、畫下它們，將它們的美分享給更多人一起欣賞。

我靜靜地看了一會兒，忽然想起明天就要離開聖殿，於是開始收拾巢穴。伊森留下的淚石散發出淡淡的光芒……他為什麼要哭？真是傻瓜。

我摸上那一顆顆淚石。他是第一個為我落淚的男人……不，以心智年齡來看，他最多只能算是個

男孩。以前從沒有男孩為我哭泣，大腦簡單的他卻內疚得掉淚，真是個大白痴。

我沒打算將靈川的被褥還給他，和伊森為我準備的正好可以輪替著用。再加上安都的氣候較為燥熱，所以原先的毯子在靈都其實不太適用，雖然聖殿裡很溫暖，但那座山洞還是有些濕冷的。

我接著收拾起自己的畫，忽然靈光一閃。靈都這裡有一種叫「沾沾」的果子，果仁切開後會流出黏黏的液體，當地人將它做為膠水使用。我用清剛切出一顆「沾沾」，把完成的畫作一幅幅按著時間順序黏在巢穴裡，宛如連環漫畫一般。

貼上最後一張我最近繪製的、靈川和我站在明大叔面前的畫時，門口忽然掠過一抹白影，衣袂飄飄，如雲似煙。在聖殿裡是不能穿鞋的，所以腳步聲相當輕，我好幾次都被忽然冒出來的人影嚇了一跳。剛剛經過的人應該是靈川，我鑽出去，果然看見他呆站在溫泉邊，眼神迷離地望著池水，宛如喝醉酒一般，臉側的花紋則像是燃燒的火焰般躁動飄搖。

「靈川，你怎麼了？」我鑽出巢穴，擔心地問。

他緩緩地轉過身來，看了我一眼，隨後再次回頭盯著池水：「熱。」說完，他往前一躍，雪白的衣衫和已乾的銀髮隨之墜落溫泉——砰！熱水濺上我的身體。他趴在波光粼粼的池水中，銀髮飄散在水面上，悄無聲息，令人心慌。

「你明明嫌熱，還泡什麼溫泉？」我焦急地蹲到池邊望著他，總覺得有點不對勁。

與我距離不遠的他緩緩自水中站起，呆呆地盯著前方。不知怎地，他的薄唇此刻特別紅潤，染上水後泛出了恰似胭脂的朱光。

「是啊……更熱了……」他低喃著，我立刻伸手摸上他的額頭……好燙！

「靈川，你生病了？」我驚訝地看著他。他轉過身來，目光曖昧地看著我，隨後又回頭望向前方：「好熱。」說完，他忽然「嘩啦嘩啦」地走回池邊，我連忙跟上他。他大步走回石床，濕淋淋的衣襬和長髮在大理石磚上留下一條長長的水漬。

我倉皇地問：「靈川，這裡有沒有醫生？」但他沒有回答我，逕自向前走下石床，我還是第一次看到他如此匆忙。石床被他踢了一腳，頓時裂開，他直直掉了下去——他要去聖湖！

我立刻追了上去，他單膝著地，銀髮與白袍鋪散在四周。燈火隨通道敞開而迅速亮起，打著赤腳的他疾行而去。

「靈川！」我隨手拿起一條毯子，打算等等幫他擦乾。

他大步流星地往前走，我一路小跑跟在後頭。走出祭台時，他忽然停了下來，在涼爽的湖風中撐開雙臂，衣袖立刻被颳起，銀髮在月光中飄搖飛揚，狀似銀紗。我一時愣在祭台上，呆呆地佇立於後。

他如同失去神力的純潔聖靈，在澄澈如水的月光中往前墜落……砰！他又一次落入水裡。聖湖的水在夜晚更為冰涼，那頭銀髮與白衣在漆黑的水中漸漸消失，他沉了下去。

我愣愣地站了一會兒，忽然想到祭台還沒關，於是又回到下面的密室，跑到透明的石壁前，望向幽深的湖水，試圖尋找靈川的身影。水中隱約出現冰藍色的光芒——是他身上的花紋！一抹白影驀然衝破黑暗，游到我面前，露出一臉困惑的表情。

見他漂浮在水中，我抬手放上石壁，擔心地望著他。他先是與我對視一陣，接著也慢慢將手放在石壁外側，與我的手心相對，灰眸中卻忽然掠過一抹痛苦。他擰緊雙眉，捂上小腹，狀似難受地彎下

腰。

「靈川！」我立刻跑出密室，奔上祭台，入口緩緩閉合。我往下一看，平靜的水面看不到半個人影，頓時擔心起來。沒想到亞夫卻在此時出現，我立刻吃驚地轉身，他的手已經狠狠地卡在我的脖子上，讓我無法出聲呼救。

他陰沉地看著我，臉上的冰紋在月光下像是藍色的血管在臉上爆開。同樣是冰紋，靈川的那麼美，亞夫的卻讓人深刻地感受到恐怖，猶如喪屍變異一般。

「沒想到會在這裡遇到妳，那妳就去死吧！」他的眸中掠過一道陰戾的殺氣，右手在黑夜中倏然揮下，有什麼東西就這樣砸在我的額頭上——砰！我頓時頭暈目眩，眼前一陣發黑，昏了過去。

「只有妳死了，王才能恢復正常……」耳邊是他解脫般的輕喃，我感覺到自己正在向下墜。嘩啦！冰涼的水瞬間包裹全身，我的意識頓時陷入黑暗。

一雙溫熱的手臂環住我的身體，我的意識也在精靈之力的修復下緩緩甦醒，隱約感覺到火熱柔軟的唇正覆上我的雙唇，滾燙的氣息也吐入我的唇中。我本能地抗拒著對方，他卻扣住我的下巴，強迫我與他的唇交纏在一起。

我憤怒地睜開雙眼，卻望見靈川迷濛的灰色瞳眸。我嚇得立刻將他推開，身體卻漂浮而出，同時吸入了冰涼的湖水，我頓時在水中陷入慌亂，窒息感使我更加驚懼，身體裡沒有多餘的空氣可以供我

往上游，肺裡又吸入了水而極其難受。

看來是我誤會靈川了，只怪自己被敲暈了，搞不清楚狀況。他再次游了過來，用唇覆蓋住我的嘴，我立刻圈住他熾熱的脖子，拚命吸入他唇中的氧氣。他再次環住我的身體，長長的銀髮飄盪在四周，同時在水中定定地看著我，花紋的光芒映出了他有些迷離的眼神。我終於吸飽了氧氣，準備離開，他的眸中卻忽然出現藍色的冰紋，接著吻住我的雙唇吸吮起來。

我驚詫地看著他，感覺到空氣又被他吸了回去，於是開始用力掙扎。然而越是掙扎，他就抱得越緊，眼神痴迷得像是完全失去了靈魂的控制。他火熱的手開始在我的背上狂亂地撫摸，漸漸無法呼吸的我只能用力地推在他的肩膀上，好不容易才從他的圈抱中滑脫而出。我拚盡全力往上游……靈川不太對勁，到底是怎麼回事？

即將觸及湖面時，我卻眼睜睜看著周圍的水忽然化做冰塊，瞬間被封凍！頓時無法離開，我焦急地往一旁游去，但那裡的水很快地也被冰封，我慌亂地拍打厚厚的冰面，肺裡的空氣越來越少，溺水的恐懼開始侵襲全身。儘管精靈之元能助我傷口再生，卻無法讓我死而復生！

一雙手臂忽然從身後環過我的腰身，緊緊摟住我，火熱的臉貼上我的頸項。我再怎麼使盡全力敲打，也無法擊破冰層。

「咕咚咕咚……」水開始嗆入鼻腔，抱得越來越緊的手幾乎要將我身體裡的空氣擠空。熱燙的手緩緩撫上我的身體，掠過腹部，抵達胸部。當他一把握緊時，冰層下的水忽然降低了一些，我完全無法顧及那隻正準備輕薄我的手，急忙抬頭在淺淺的空氣中咳了起來：「咳咳……咳咳……」因為頭抬得不夠高，鼻腔裡的水依然無法流出。

腳尖忽然碰到了冰面，水開始急速自周圍的空間抽離。我狼狽地趴在地上猛烈咳嗽，圈抱住我的人也隨我一起跪下，銀髮如水簾般滑落身體兩側，冰涼的水從口鼻中噴出。死裡逃生的我感到全身虛脫：「咳咳咳……咳咳咳……」

握著我胸部的手越來越緊，隨著意識逐漸清晰，我也注意到貼在背上的身體相當滾燙。他不停地以臉磨蹭我的後背，我邊咳邊呼喚他：「靈川……清醒點……咳咳……」仍有些昏昏沉沉的我抬頭望向四周，發現我們竟然被四四方方的厚重冰層圍住，外頭的水無法進入，裡頭的人也無法逃脫。

「咳咳……」吐出最後一口水時，我渾身乏力，再也無法支撐自己的身體，卻還得扛著靈川。他完全壓在我的背上，我根本無法負擔一個成年男子的體重，終於不支倒地，嚴寒的冰面凍得我不停地打著哆嗦。儘管他身上的熱度是我此時迫切需要的，但那不同尋常的舉止實在讓我心驚不已。

我無力地拉開他抓住我胸部的手，它們卻開始沿著我的身側緩緩下移，撫過我的後背、我的腰。我吃力地試圖掙脫，沒想到才往前爬出一小段距離，他立刻又貼了上來，宛如一隻章魚牢牢吸附在我身上。當他再次壓在背上時，我忽然驚覺身後已被異常堅硬的物體頂住，瞬間大腦空白，本能地手腳並用，想逃出他的掌握，他卻扣住了我的腳。我轉身面對那張仍有些恍惚的臉，他的眼神混沌，薄唇紅得彷彿能滴出血來，但臉色蒼白如紙，身上冰藍的花紋化作藍色的火焰，自他的脖頸裡竄出。

他緊緊抓住我的腳踝，迷離地凝視著我，深邃的眼神讓人心慌忐忑。他輕輕地喚著我的名字：「那瀾……」雪白的衣衫因為濕透而完全黏附在身上，水滴正從他的銀髮及領口一滴滴地流淌而下，在冰面上綻放出一朵朵雪白的冰花。

我心驚膽跳地望著他，他到底怎麼了？那眼神、那溫度，還有這反常的舉止，宛如有人餵他吃了

世上最強烈的春藥。

我忽然想起亞夫拿來的水果味道有問題……難道……

『我一定會向王證明妳是個淫蕩的賤女人！』他咬牙切齒的聲音言猶在耳，難道他想用這種方法來證明？

天啊……我跟靈川交換了水果！我、我到底做了什麼？

「那瀾……」他忽然把我往身下拉去，我瞬間動搖不已。

「對不起，靈川！」我咬緊牙關，踹向那張俊美無雙的臉。天曉得我有多麼捨不得對那張近乎完美的臉動手，一如畫家永遠無法撕毀一張完美的畫。但在這種非得做出抉擇不可的情況下，我肯定會選擇保全自己，因為他不老不死，有什麼問題熬一下就過去了，我才不想犧牲自己為他解毒！

當初安歌都死而復生了，他只是吃了點春藥，在冰川裡凍凍也就好了吧？

我用盡全力踹向他，卻聽見「啪」一聲，一隻火熱的手牢牢扣住了我的腳踝，我的大腦頓時嗡嗡作響。他緩緩放下我的腳，逐漸欺近我的身體，我的心跳隨著他的靠近而不斷加速。我用力蹬著雙腳掙扎：「靈川，不可以！」然而儘管想喊醒他，他卻置若罔聞，毫不費力地分開我的雙腿，按在冰面上。冰環瞬間在他的手心下形成，化做鐐銬，將我的雙腳牢牢禁錮。

「靈川，你瘋了嗎？」我驚叫起來，不斷地扭動掙扎，他卻如一隻雪豹般沿著我的大腿不斷向上撫去，接著爬到我的身前，雙手環住我的身體，再次將我擁入懷中：「那瀾……」朦朧恍惚的輕喃讓我更加著急地想掙脫桎梏。

他再度蹭上我的臉、我的脖頸……一切可以觸及的赤裸處。我暗自慶幸聖潔的他不諳男女之事，

不懂該如何發洩，只知道緊緊抱住我，將身體牢牢貼著我。但他製造的冰鎖實在太過堅固，我幾乎都想用嘴去咬了！

「靈川，快放開我！」

「不要……」他在我的耳邊輕喃，冰涼的銀髮垂在我的頰畔。他到底是不是清醒的啊！居然還能答話？

他火熱的手撫上我的頸項，像是終於覓得渴望已久的冰涼，流連不去。他變得十分焦躁，抱緊我開始急促地喘息起來：「呼……呼……」高張的體溫熨熱了我的身體，讓整座冰牢的溫度節節攀升，我甚至不再覺得冰層寒冷，彷彿這些冰也染上了他身上不正常的熱度！

他揪住我的衣領，開始焦躁地拉扯，我慌張地握住他的手腕：「靈川，不可以！」但他根本不顧我的反抗，反過來緊緊扣住我的手，再度壓了下來。我無法承受他的體重——砰！後背摔在火熱卻不化的冰面上，雙手也被壓制在頭頂，同樣被冰鎖牢牢禁錮。

「靈川，你快醒醒！」我真的急了，害怕地望著撐在上方的他。他痴痴地看著我，輕輕撫過我的臉，滾燙的溫度留下了驚人的灼痛感。

「不……靈川，求你醒醒……」我的視線開始模糊，他的手沿著我的頸項緩緩而下，再次來到領口處。他忽然皺了皺眉頭，一把扯開我的衣服——嘶啦！隨著胸口被撕開了一個大洞，寒氣也灌入了我的身體。

「嗚…………」冰牢外忽然傳來了小龍的哀鳴。看到牠龐大的身影掠過，我心懷希望地嘶喊著：「小龍——救我——小龍——嗚——」熾熱的手捂上了我的嘴，是靈川！他抬起食指，放到鮮紅欲

滴的唇邊，輕聲表示：「噓……」

「嗚！嗚！」我氣急敗壞地看著他，呼吸顫抖不已，淚珠也在此時滑落眼角。他緩緩俯下，輕輕舔去了我眼角的淚水，我只能無奈地看著小龍巨大的身影在周圍徘徊，卻束手無策。

他伸手掀開撕破的衣領，撫上我赤裸的肌膚，並隔著絲滑的襯裙揉捏著高聳柔軟的胸部，既像是在探究，又像是在感受。他擰了擰眉，伸手拉住襯裙的圓領，用力扯落——嘶！我的胸部徹底暴露在空氣之中。當滾燙的手撫上我的左乳時，我覺得自己的心跳忽然暫停了，難以言喻的苦澀與羞辱感湧上心頭，讓我的喉嚨乾澀不已。

「嗚～～」小龍的悲鳴再次迴盪在外頭。我睨向一旁，發現牠巨大的臉貼在透明的冰層上，灰色的瞳仁裡透出了焦急與哀傷。砰！牠猛力撞上冰牢，但靈川無動於衷地繼續望著我的身體，輕輕地揉捏起我的右乳。我已逐漸陷入絕望。

他緩緩撫上我的腹部，來回游移，接著頓了頓，呆呆看著遮住腰下的衣裙，抓了起來，靜靜的冰牢裡再次響起布料破碎的聲音。我閉上雙眼，潸然淚下。砰！耳邊再次響起一聲巨大的碰撞聲。

「嗚……」小龍傷心不已。牠無法喚醒自己的主人，無法阻止他鑄下無法彌補的大錯。

火熱的手繼續順勢而下，探向我的下身時，我的大腦徹底陷入了空白。纖長火熱的手指在那裡徘徊，撕去了下面的衣褲，大腿徹底暴露在寒氣中，一陣陣抽痛著。

此時此刻，我多麼希望自己能凍死在這座冰牢裡，如此一來便不用面對接下來的事情。

他的手指沿著大腿內側撫向我的下身，打算進入時，我本能地使勁抵抗，他微微一頓，放棄似的再次撫上我的小腹、我的胸部，冰涼的髮絲搔著赤裸的肌膚。他放開了捂住我嘴的手，我立刻作勢要

呼救，然而還沒出聲，他的唇已經堵在我的嘴上。

我憤怒地瞪著他，他依然迷離陶醉地看著我。他不懂深吻，也不會吮咬，只是用自己的嘴代替手堵住我的嘴，不讓我求救。雙手也因此空了出來，順著殘破不已的衣衫撫上我的身體，接著與我十指交扣。

「唔！唔！」我拚命挪著臉躲開他的唇，望向冰牢外，卻發現冰層的範圍擴大了，心瞬間涼到極點。我再也看不到小龍的身影。

「呼……呼……」他在我的耳邊粗重地喘息著，彷彿正在忍受自深處湧上的痛苦，隨後抿了抿唇，焦躁地嘆了一聲：「好熱……」他微微起身抽去腰帶，衣領立刻從他無瑕的臂膀滑落，露出了赤裸的上身。全身上下的冰紋都像是藍色的火焰般燦爛地燃燒著，甚至讓他的長髮染上了一抹銀藍。

我含淚看著他：「靈川，你會後悔的……」

他凝視著我，跪坐在我的腿間停頓了片刻，倏地再次蹙起雙眉，難以忍受地彎腰抱住自己衣衫半褪的身體。「呼……呼……」吃力地喘息了一會兒後，他緩緩起身，愣愣地看著手裡的腰帶，隨後再度望向我。

我對他搖搖頭：「靈川，我知道你不想的……不可以……」他卻垂下目光，開始捲起手裡的腰帶。

「靈川，你到底有沒有聽見？快收手！靈川——」他突然將捲好的腰帶塞入我的口中，我登時驚詫地盯著他泛著潮紅的臉。他再次俯到我面前，對我豎起食指：「噓……」

我又急又怕地搖著頭，他痴痴地凝視我沾滿濕髮的臉。我深吸一口氣，哭了出來，卻不知道自己

為什麼會哭。是對他之後的後悔感到痛苦？還是為自己此刻被人褻玩的命運感到哀憐？

「唔！唔！」我拚命掙扎。隨著他挺起上身，衣衫褪至腰間，露出肌理分明的結實胸膛，胸口微微凸起的粉色茱萸在銀髮間若隱若現。

「好熱……」他在我的腿間慢慢站了起來，灰眸無神地看著前方，雪白的衣衫連著長褲徹底滑落他修長如玉的雙腿，及地的長髮垂在身前化做一件銀裙，巧妙地遮掩了他精壯的身軀，卻藏不住那讓人心驚膽跳的昂揚。

淚水徹底模糊了我的雙眼，濡濕了臉邊的捲髮，我卻只能消極地搖頭制止他，渾身發顫不已。我不知道該如何停下這一切，更不知道之後該如何面對彼此。這也算是自作自受吧？如果我沒有把那盆水果換過來，亞夫肯定會算準時間出現以證明我的「淫蕩」。或許他剛才就是想來找我的，結果看見我落單在湖邊，索性直接敲暈了溺死。但他萬萬沒想到我和靈川交換了水果，也沒想到我有自癒的能力，能在水中甦醒。結果靈川現在反而中毒了……

為什麼神王不老不死，卻無法抵禦這小小的毒藥？之前的安歌也是，那麼脆弱，甚至還會染上疾病！神到底想讓他們參透什麼？

靈川跨過我的腿，緊緊挨著我躺下，身下火熱的硬物抵在我的腿側。他以那依然迷離的目光掃過我的身體，宛如用視線撫過我的每一寸肌膚，我產生了從未有過的羞恥感，覺得自己是件待價而沽的商品。

他撫上我的眉毛、我含淚的眼睛、我的鼻梁和我的唇，靜靜地注視了一會兒，繼續往下輕柔地撫去，如同把玩著一只珍愛的花瓶，摸過我的脖子、鎖骨、胸部，像是要記住我身體的一切，最後來到

我的玉乳上，火熱的指腹一圈圈撫過我的粉暈，頓時讓蓓蕊綻放挺立。我羞恥地轉過頭，無法面對難以抗拒本能欲望的自己。

察覺到什麼的他忽然頓了頓，愈發溫柔地揉搓那凸起的敏感，我的小腹瞬間血脈賁張，流遍全身，身體開始不受控制地發紅發熱，呼吸急促。當他輕輕按壓那裡時，呻吟也從我被堵住的口中溢出：「嗯……」

他將手心覆蓋在我劇烈起伏的胸部上，裡頭的心臟彷彿快要爆炸，開始沿著我的腹部緩緩而下。宛如探究般的溫柔觸摸成為明目張膽的愛撫，我身體深處的情欲也難以抵抗這一切，只能在羞恥心和欲望的激烈碰撞中痛苦掙扎，大腦也在理智與情潮的對抗下徘徊不定。

他的手再次探向我的下身，我的雙腳因為被銬住而完全分開。我強迫自己不再去想身體有多麼地赤裸與羞恥，否則只會瞬間崩潰。當他的手指像是在研究我與男人的身體究竟有何不同而伸進來時，我的大腦瞬間響起一陣嗡鳴，徹底空白。

手指不經意地擦過敏感禁區，我不受控制地繃緊身體，隨即發出嬌吟：「嗯……」好想咬舌自盡！我最終卻只能咬著他塞在我嘴裡，充滿清新香味的腰帶上。

他的手先是微微一頓，接著像是發現新大陸般緩緩挺進，我的眼前頓時陷入一片黑暗，然而身體最終還是在這溫柔的挑弄下起了反應。他鑽得很深，接著緩緩抽出手指，看了一會兒，放入唇中含著，迷濛的眸光望著前方，顫動不已。

他慢慢地將手指自口中抽出，牽出了一縷銀絲，也帶出了輕喃：「好甜……」是精靈之力的關係吧？它讓我的身體充滿花香，體液則化做蜜汁瓊漿。

我完全無法承受這幅淫穢的畫面，真希望此刻自己能昏迷不醒，什麼都不知道，什麼都沒看到，不會感受到被情欲操控的血脈賁張，以及身體深處傳來的渴望吶喊。我為什麼要清醒？要如此痛苦地感受這讓人羞恥的一切？我再次閉上雙眼，不想再看。

他驀然貼上我的身體，像是愛犬為討主人歡心般抱緊我蹭了起來，火熱的胸膛擦過我的挺立，帶來的刺激感讓我的心臟瞬間收緊，並將雙腿伸入我分開的腿間，與此同時，熱鐵也抵在下身入口處。我的身體最終還是墮入了欲海深淵，炙熱滾燙。

他磨蹭了一會兒，接著以濕軟的舌舔上我的胸部，像嬰兒喝奶般吸吮起來，呼吸也跟著變得急促不已，從喉嚨裡發出了男人的低吟：「嗯……嗯……」他焦躁地不斷頂撞我的下身，並在幾番試探後忽然用力，瞬間擠入，我的眼淚也在此刻沾濕了臉龐，身體徹底淪陷，那份火熱和巨大的質量讓我頓感疼痛。

但他沒有貿然躁進，而是小心翼翼地緩緩挺入。當末端完全隱沒在我的體內時，他忽然將臉埋在我的頰側，發出了長長的呻吟：「呃……」他似乎不知道該如何進行，只是抱緊我，繼續以唇輕柔地蹭過我的臉、我的身體。注意到自己的下身忽然躁動了一下，他先是一怔，隨後像是察覺了什麼，開始輕輕抽離，帶起的電流瞬間讓我的貼上他的胸膛，也讓他低吟出聲：「嗯……」

他以雙手圈緊我，胸膛劇烈起伏，不斷發出粗重的喘息聲，銀髮化作一條被毯蓋在我們的身上，我的腿間甚至也隱隱感覺到那垂下的髮絲散發著無比驚人的熱意。他終於藉由本能找到了如何成為一個真男人的方法，再度挺進，有條不紊的節奏一如他呆傻的性格般緩慢而長久，親密的碰撞卻讓人更加煎熬。我沁出了汗絲，呼吸也變得更加急促吃力。

漸漸的，他似乎覺得體內的熱量仍舊無法宣洩，於是開始加快了速度，形成令人歡愉不已的律動，伴隨著不絕於耳的喘息，讓整座冰牢的氛圍更加淫靡。不像伊森呻吟連連，幽靜的冰牢裡只有他低啞的嗓音和我努力抑制的嬌吟。

「唔……………」

「嗯……嗯……嗯……」

持久的律動讓我的身體晃蕩不已。我呆滯地望向冰牆，他緩緩摸著我的臉，眼神深邃地注視著我，那雙灰眸中滿是灼熱的情欲。接著他低下頭，咬去我嘴中的腰帶，輕輕吻上我的唇，沉浸地閉上雙眼。我在他的吻中急促地喘息著，欲火被徹底點燃，甚至掀起了一波又一波的情潮，徹底吞沒了我的理智，我的眼前只有那一片淺藍色的冰牆和他身上熊熊燃燒的藍色花紋。

木已成舟，我再也沒有掙扎的必要了。

「靈川……放開我……」我輕輕說著。

「嗯……」他火熱的手再次撫上我衣衫破碎的手臂，與我十指相扣，冰鎖漸漸化去。我抓緊他的手，抬起雙腿貼近他滾燙的身軀，隨著他持續挺進而闔上了眼。

他像是在發洩這一個多世紀以來的憋悶。聽著他迷人的喘息聲，我的意識有些朦朧。輕柔的吻啄落在我的臉上、身上，他始終緊抱著我，像是怕我離他而去。

在他的懷抱中昏沉欲睡之際，我自嘲而笑。這下真的不能再愛伊森了……不過……這樣也好……

第二天醒來時，我發現自己躺在密室的石榻上，愣愣地看著碧綠的石壁，渾身的痠痛告訴我昨晚的一切不是夢。過了好久，我才坐起身來，下身不知被索求了幾次，帶著宛如初夜般的疼痛。我擰了擰眉，深吸一口氣，全身泛起一層冷汗。

密室內不見靈川，但入口是打開的，陽光正從那裡傾瀉而下，如同金色的晨霧，可以清楚地看到裡頭浮游的微塵。我盯著那些微塵，又開始發呆，什麼也不想去想。

「嗚～～」耳邊傳來了小龍的叫聲，我朝聖湖的方向一看，果然望見牠的胸口正貼在石壁上，但不見上半身，這代表靈川應該在上頭。我的胸口一陣劇痛，只覺得有些頭昏腦脹，撫上額頭，發現手臂也痠痛不已，破碎的衣衫只剩幾條掛著，模樣異常狼狽。我將它們鋪平裹在胸口，那裡也脹痛不已，柔嫩的玉蕊更不知被愛撫了幾次，光是輕輕碰觸便痛苦難耐。

靈川！

我咬牙起身，床上散布著我破碎的衣裙和靈川完好的衣物。我用破布做成底褲穿上，再套上他的衣服，束緊腰帶，鬆垮的衣領微垂至雙肩，像是露肩的連身裙。隨即又在衣堆中發現了眼罩，趕緊拿起來遮住右眼，感覺世界終於回到了正軌。

下床時雙腿仍有些發軟，我稍稍停頓後才走了出去，全身的不適驀然消逝，我像是聖光精靈般在

陽光中汲取能量，身體總算有些力氣。我打著赤腳走上斜坡，靈川銀色的背影漸漸映入了眼簾。

我站在他的身後，努力隱忍想殺他的衝動。他只穿著一條長褲，在和煦的朝陽下愛憐地撫摸小龍的臉：「我愛闍梨香，但對她從沒產生情欲……」他輕悠悠的聲音飄蕩在空氣裡，點燃了我心中的熊熊怒火：「我不愛妳，卻對妳產生了情欲……那瀾，這是為什麼？」他轉頭看著我。

他居然還好意思問我？我毫不猶豫地抬手往他的臉一搧——啪！小龍驚呆在湖中，整個世界頓時變得安靜無比，連風都凝滯在我們之間……我再也不想聽到靈川的聲音！

他怔怔地坐在祭台上，銀色的髮絲隨風輕揚。我收回有些火辣疼痛的手，轉身就走！

「那瀾！別走！」他急忙起身，自身後一把抱住我。我奮力掙扎：「你最好在我想殺你之前放開我！你這個混蛋！放開我！放開我——」然而無論我怎麼踩、怎麼掙扎，他依然緊緊地抱住我。我和他的頭髮在一陣混亂中糾纏在一起。

「對不起，那瀾。」他扣住了我的雙手。我忽然感覺到有什麼東西套上了我的無名指，於是連忙看去……是那個從一開始就拴住我的戒指！我頓時有些歇斯底里：「不要！不要——我不要——我不要——」可惜最後還是徒勞無功，就這樣眼睜睜看著他把另一端的手鐲戴在自己的腕上，再也無法從他身邊逃離。

我絕望地佇立在原地，不再掙扎，大腦陷入一片空白。他怎麼可以這樣？他怎麼可以對我做了那種事情後還強迫我去面對他，甚至要求我留在他身邊？他把我當成什麼？從寵物變成欲奴了嗎？

他緩緩走到我身旁，輕輕執起了我的手：「那瀾，妳已經是我的人了，我會對妳負責的。」語氣平淡依舊，卻擅自決定了我的命運。

我憤怒得顫抖不已，狠狠地斜睨著他，但他的臉上仍然沒有任何表情。我用力地甩開他的手：「我不要你負責行不行？要不是我跟你換了水果……一切都是我自作自受……哼！你還不知道那水果有問題吧？」

「我知道。」他忽然打斷了我的話，我頓時有些驚訝。他眨了眨眼睛，抿了抿唇，面露一絲落寞與哀傷：「我知道那水果有問題，以為亞夫想殺妳，所以……」

「你……」他的話讓我忘記了憤怒，不解地望著他：「那你為什麼還要吃？」

「我想死。」淡漠的三個字帶出了深沉的痛苦：「我聽了安歌的故事，想到妳說他死了一段時間，覺得也許這麼一來，亞夫便會以為我真的死了，然後……我就可以從聖殿裡解脫。」

我啞口無言。他的腦子裡到底在想什麼？

他再次輕輕牽起我的手：「那瀾，如果我說自己現在已經是妳的人了，請妳對我負責……妳會不會好受點？」他略帶哀求地看著我。我已經不知道究竟是該殺他、打他，還是罵他了，只能怪自己好端端的，幹嘛交換水果。

我掙脫了他的手，趔趄地後退，無力地抱頭蹲下。他佇立在原地望著我：「妳說自己不能和伊森在一起，那能不能跟我在一起呢？我會一直陪著妳到老，並在妳死後好好安葬妳，然後和妳一起離開。」

「和我一起離開……」我笑了：「是要跟我一起死嗎？」

「嗯。」他毫無猶豫地回答。我微微一怔，望著地上的長長投影，只覺得可笑至極：「你不愛我，卻願意與我生死相隨，果然是活太久了吧？」

「因為……」幽靜的湖風中傳來他輕悠悠的聲音：「我只有妳……」

沁涼的湖風掠過，帶起了那條將我們緊緊相繫的銀鍊，劃過一抹冰藍色的流光，宛如再也切不斷的羈絆。

「妳曾問我是不是愛上了闍梨香，我原本以為是……」他輕輕走到我身前，單膝下跪，閃耀的銀髮鋪在地上：「因為當時我心裡只有她一個。現在，我不知道對妳的感情是不是愛，只知道我不想離開妳，也不想讓妳離開我的身邊，腦中所想的一直都是妳。那瀾，我想和妳永遠在一起，無論妳願不願意，我都會一直陪在妳身邊，即使妳將來和別的男人在一起，我也想留在身邊聽妳說話。」他環抱住我的身體，像是磁石般牢牢吸附在我的身上，態度非常堅決，即使我打他、罵他，他也不打算離開我，要永遠和我在一起。我該怎麼辦？拂袖而去，不帶走一片雲彩？

今天只要跨過那扇聖光之門，涅梵就在另一頭等著我，然而想到他對闍梨香的恨，想到他把我視為闍梨香，我的心便已經涼了半截。但要是留在靈都，即使刻意避開靈川，他依然能以水的力量找到我，畢竟這裡是他的世界。

既然如此，那我只能……

「王！」亞夫忽然出現，伴隨著近乎嘶吼的驚呼，像是看到世界末日到來一般：「您在做什麼？快放開那個魔女！」他倉皇跑來，試圖從靈川的手中拽開我，靈川卻忽然抱起我轉身飛旋，銀髮在陽光中飛舞。望見他認真守護我的容顏，我心底的某處開始動搖。

他把我護在身後，擋在我和亞夫之間。亞夫惶恐地看著他赤條條的身體：「王！您怎麼沒穿衣服？您的衣服怎麼穿在那個女人身上？我從昨晚就開始找您，您到底去了哪裡？您真的不能再跟這個

淫蕩的女人……」

「亞夫！」靈川忽然厲喝，四周頓時掀起一陣猛烈的寒風，瞬間打斷了亞夫的話。天空烏雲密布，遮起了燦爛的陽光，整個世界頓時陷入陰暗之中。亞夫驚詫地看著他的王，黑色的直髮在狂風中亂舞，小麥色的臉上流露出一絲惶恐。

靈川緩緩向亞夫走去，直挺挺地站在身材健碩的亞夫身前，略高的個頭讓他足以俯視亞夫。兩人相對而立，亞夫的眸中溢出了深深的傷心與憎恨。

靈川淡漠地看著他：「那瀾的船是你燒的。」異常篤定的語氣已不容他解釋辯駁。

亞夫瞬間一愣。

「水果裡的藥也是你放的……亞夫，你已被心魔控制，我很心痛！」靈川蹙緊雙眉，對他的一切作為感到失望。亞夫繃緊身體，緊握雙拳，狠狠朝我瞪來，隨即又瞇了瞇眼，強忍恨意，緩緩跪在靈面前：「亞夫所做的一切都是為了王。」

靈川靜靜地望著他，像是在回憶他在自己身邊的成長歷程，接著喟然長嘆：「從今天開始，你自由了。」

「王！」他慌亂失措地看向靈川。靈川緩緩俯下身，輕輕撫上了他的臉龐，目光柔和得像是在看自己的孩子，他頓時激動得顫抖不已。靈川低頭凝視著他，銀色的長髮隨風輕揚：「亞夫，告訴我，你是否對我心存邪念？」

他的視線頓時逡巡不定，不自覺地咬緊紅唇，隨後忽然撲向靈川，緊緊抱住他赤裸的身體，貼在他的胸膛上急語：「王，您可以回頭的……請跟亞夫回聖殿！亞夫發誓不再加害那瀾姑娘，只求王讓

亞夫繼續服侍您、陪伴您、守護您，不會對王再有任何褻瀆的行為！亞夫懇求王！」他緊緊地摟住靈川，哽咽地哀求著。

靈川深吸了一口氣，閉上雙眼，藏起裡頭浮現的一絲痛心與惋惜。此刻的他恰似一位孤寂的百歲老人，看淡了一切，卻又心疼著萬物蒼生。當他再次緩緩睜眼時，神情已恢復如昔：「亞夫，我吃了那水果。」聞言，亞夫瞬間僵在他身前。我驚詫地看向靈川，他為何要說出來？他到底在想些什麼？亞夫對聖潔懷抱著異常的偏執，難道他想遭受日刑嗎？

「所以我沒有資格再做聖使，以及你的王。」他望著亞夫，露出一絲解脫般的輕鬆微笑。

「不……」亞夫的聲音開始顫抖：「不……王！您一定是被那個魔女勾引的！請您不要離開亞夫！」

「你回去吧。」靈川長嘆：「不要再繼續執迷不悟了。」

「不！王，請您不要逼亞夫……」亞夫痛苦地哭了起來：「不要逼亞夫……」

靈川漠然地看著他：「就算你要將我處刑，我也不會怪你……但我的心已經不在這裡了。」他輕輕撫摸著亞夫的黑色長髮，像是一個長輩在與晚輩做最後的告別。

「不……」亞夫痛苦地蜷起身體，嚎啕大哭：「……請您不要逼我——」他突然伸出右手，直直刺向靈川的胸口，靈川頓時像是遭受重創般僵在原地，狂風颳起了他的銀髮，遮住了他驚詫的表情，我頓時感覺不對勁。天色在此時驟變，陰雲籠罩在上空，聖湖的水面也開始猛烈翻湧。

「嗚～～」小龍忽然躍出湖面，隨後又痛苦地再次墜入水中，激起了巨大的水浪，浪潮凶猛地拍打上岸，直到我的腳邊。

靈川趔趄後退。亞夫跪坐在地上，愣愣輕喃：「請您不要逼我……不要逼我……殺您……」

咦？

我的心立刻涼了，慌忙跑去扶住緩緩癱倒的靈川，驚慌地大喊：「靈川！」他倒在我的懷裡，右手捂在心口上。我顫抖地挪開他的手，赫然看到了一枝我們世界的鋼筆！筆尖已經完全沒入他的身體！見狀，我稍感安心……只是一枝鋼筆，死不了人的。靈川不老不死，鋼筆想必無法傷他絲毫。

然而就在此時，那枝鋼筆忽然迸發出耀眼的金光，金色的細沙開始從他的身體不斷湧出。我的大腦瞬間空白，整個人像是被抽空了一般無力發軟、徹底呆滯……怎麼會？怎麼會！

銀色的髮絲狂亂飄搖，他在猛烈的風中緩緩握住我的手，微笑著撫上我的臉：「那瀾……你們世界的東西對我們來說……是致命的……」

「不……不……」我渾身顫抖，心像是被刺穿般疼痛，痛得無法呼吸，眼淚瞬間湧出，淌落在頰邊：「不……不可能……你又在騙我了……」

他溫柔地拭去我的淚水，臉上露出了一絲憐惜：「我記得妳的淚水，昨晚妳明明那麼不願意……對不起，都是我強迫了妳……因為我真的想要妳……我知道那是妳，那瀾……不是闍梨香……」

「你不要再說了，我不會讓你死的……你還要對我負責，記得嗎？」我急急拔去那枝鋼筆，淚水模糊了我的雙眼。他淡淡地笑著說：「沒用的……你們世界的東西對我們而言是神器，我的傷口無法癒合……」

我猛烈搖頭：「不、不！我不相信！我不相信！只要拔出來就好了……一定可以的！你明明說過要跟我在一起的！」

「噓……噓……讓我再好好瞧瞧妳的臉……」靈川伸手解開了我的眼罩，臉上露出了滿足的微笑，眼淚卻滴落而下，手緩緩垂放在心口上，視線開始朦朧恍惚：「那瀾……那瀾……靈川……呼叫那瀾……那瀾……請回話……」他虛弱不已地說著。我抱住他的頭，痛苦回應：「那瀾……聽到……靈川……請說……」

他的眸光散亂，無法聚焦在我的臉上：「那瀾……請妳……告訴我……我對妳的……感情……」他緩緩閉上眼睛：「是……不是……」氣息自半張的口中徹底消失，他始終沒能說完這些話。

我痛哭流涕地抱住他：「是什麼？是什麼？那瀾沒有聽到……靈川，你聽到了沒有？那瀾沒有聽到——」

啪！手鐲從他的手腕脫落，銀鍊漸漸縮短。我倉皇地想將它戴回他的手上，卻再也無法打開……他失約了！他明明說過要跟我永遠在一起、要與我生死相隨的！怎麼可以耍賴，先我而去？

淚眼婆娑的我看見他身上的冰花正一朵接一朵凋謝，連忙匆匆擦去眼淚。藍色的神光不斷地從他的心口湧出，流向別處，順著那道流光，我看到了亞夫！他像是受到了某種巨大力量衝擊，正展臂跪地，仰天張嘴，那道神光就這樣流入他的心口、他的手、他的脖子……冰紋浮動而起，化作活物，從他的頸項上張牙舞爪地鑽出！

「不！不——」我失聲大叫，驚惶地看著那道光芒。我知道不能讓它從靈川身上流盡，不然他真的會死！

我胡亂拽住了那道流光，亞夫頓時痛苦地捂住心口，靈川的身體也一陣痙攣，向上弓起。見他有了反應，我立刻咬緊牙關，毫不猶豫地強行拉扯那道神光。「啊——」我發瘋似的怒吼，亞夫

也發出了痛苦的呻吟：「啊——啊——」結果神光被我扯斷了！我一陣愣怔，立刻放開亞夫那一側的流光，他痛苦地癱倒在地，大口大口地喘息著。

我急忙拿起靈川這邊所剩無幾的神光，它們仍不斷流逝，但我的身上沒有花紋，無法讓它們寄宿在身上。我咬著嘴唇，含淚將流光強行按在傷口上，金沙流出我的指尖：「給我回去！給我回去！我命令你們給我回去——」淚水奪眶而出，不斷滴在靈川的身上。我心痛不已地吼著，卻只能眼睜睜看著神光自無法癒合的傷口不斷流逝。

我顫抖著告訴自己——那瀾，妳必須冷靜，想想正常人都是怎麼止血的……對了，凍起來！凍起來一定可以阻止傷口繼續流血！他的神力是水，冰凍對他無害，反而可能會成為最好的保護！

我的心裡頓時燃起希望。只要替他止血，神力或許就會停止流逝；一旦身上仍殘留著神力，他一定可以死而復生！在靈果未結的此刻，依然還有辦法！

「魔女——」耳邊忽然傳來亞夫憤恨的嘶吼，他倏然朝我推出雙手，可怕的冰錐頓時一根根朝我疾速射來，我驚得抬手，這下意識的遮擋卻讓那些冰錐在靠近我身前時倏然消散，他頓時怔立在原地。我看看自己的雙手……對了，他不知道這裡的神力攻擊對我無效。

我立刻大喊：「小龍——」

「嗚——」小龍自湖水中躍出，飄浮在上空，哀傷地看著氣息奄奄的靈川，灰色的眸中流出了大滴的淚水，濡濕了他的身體，隨後瞬間凝固，化成了冰。我驚訝地發現神光和金沙之血被封凍在他的傷口處，不再流逝！

太好了！我的猜想果然是對的，靈川還有救！

我立刻對小龍低聲說：「帶靈川去冰瀑藏好，別讓亞夫發現他！」

「嗚——」牠點了點頭，銜起靈川。

「河龍，放下王！」亞夫騰空躍起，作勢要搶靈川的身體，河龍立刻一個甩尾重重打在他身上，他頓時從空中落下，摔倒在我的身前。小龍迅速飛起，他憤怒地起身打算發動神力，我立刻撲上去，抓起手中的鋼筆刺向他的心口：「把神力還給靈川！」

他卻扣住我的手腕，瞬間用力，殺氣掠過那雙黑眸，骨頭斷裂的劇痛傳來，痛得我眼冒金星，手中的鋼筆掉落。他迅速撿起，大聲咆哮：「妳這個魔女！」接著抓起鋼筆劃向我，我立刻用手臂擋住，卻覺得一陣刺痛，鮮血瞬間染紅了白色的衣袖。亞夫一怔，我趁機想去搶那枝鋼筆，他驀然回神把我用力推開，看了看鋼筆，再看看我身上的血，像是明白了什麼，眸光更顯陰戾：「原來只是神力對妳沒用啊？哼！」他露出了猙獰的笑容，殺死靈川讓他被心魔徹底吞沒！

察覺到危險的我轉身拔腿就跑，巨大的冰浪卻鋪天蓋地襲來，將我罩在昏暗的冰層下。亞夫轉眼間已經躍到我身前，獲得神力的他似乎比靈川還要強大！

「想跑？」人影自冰浪上躍下，伸手扣住了我的脖子，緊緊掐著，痛得我無法呼吸。亞夫狠狠地瞪著我：「妳害死了我的靈兒，我要妳償命！」

「靈……兒？」我艱難地發出聲音：「你是不是想起前世了，靈都王？」

亞夫一怔，黑眸猛烈收縮，臉頰也抽搐了幾下，忽然抱住自己的頭：「我是誰？我怎麼能這樣稱呼王？不，這是褻瀆！王是聖潔的，任何人都不能褻瀆他！靈兒……不……我不能這麼叫……你到底是誰？是誰？從我的腦子裡滾出去！滾出去——」他痛苦地嘶喊著。

見他陷入混亂，我小心翼翼地往後退。祕密洩漏後，我現在絕非亞夫的對手，我必須活下去才能替靈川報仇，才能救他！可是該怎麼脫身？亞夫擁有神力，我肯定跑不過他。

砰！巨大的白色身影忽然落到我身邊，將我攔腰抱起。我迅速地離開地面，躍向黑雲翻騰、宛如世界末日降臨的天空。亞夫頓時回神，仰天大喊：「我不會讓妳跑的——」凜冽的狂風揚起了他黑色的長髮，讓他宛如黑暗世界的魔王般恐怖！

抱著我的大白猴直直躍入高空，像是真的飛了起來，這樣的高度絕非普通白猴可以辦到的。我忽然看到了牠手臂上耀眼的花紋。

「白白？」我訝異看著牠。牠點了點頭，高大的身材使牠愈顯威武，湛藍的眼眸清澈透亮，頭部的白色皮毛格外細長，宛如一頭白髮，在牠躍起時四散飛揚。我驚訝地看著牠……難道是神力讓牠變身的？

牠突然托起我的身體，讓我能正對著牠，我立刻圈住了牠的脖子，像是無尾熊般抱在牠的身上，讓牠得以騰出雙手抓住樹藤，交替跳躍，在山間擺盪，速度之快，讓我的長髮也飄揚起來。我立刻改變主意：「快帶我去聖光之門！還有讓白猴們把我的巢藏到山洞裡！」

「喔！」白白立刻朝著聖光之門飛躍而去，同時大喊著：「喔！喔喔！喔——」周圍傳來了一片猿聲，牠們聽到了白白的指示。

就在這時，身後忽然飛來一道黑色的人影，他腳踏冰浪、手執弓箭，在我們身後急追。看來亞夫知道神力對我沒用，回去拿武器，才沒有即時追上來。

「白白小心，亞夫追上來了，他手裡有弓箭！」正說著，一枝箭已然射出。我心驚膽顫地看著那

枝箭，想提醒白白躲開，忽然一隻白猴從旁飛躍而出，箭頭就這樣扎入牠的手臂。受到衝擊的我心痛不已，淚水瞬間奪眶而出，只聽見自己的哭喊：「不——不——」

一隻又一隻白猴躍出，為我們擋下一枝又一枝箭，我眼睜睜看著牠們不斷地從空中墜落，痛苦地拍打著白白：「快叫牠們停下來……快叫牠們停下來！不！不——亞夫！你要殺的是我——住手——不——白白，拜託你讓我到你的背上好嗎？求你……求你了……讓箭射我……求你了……求你了——」

然而無論我如何哭喊、拍打、揪著牠的毛皮，牠依舊緊緊抱住我往前疾行，不讓我成為亞夫的目標。接著，牠把我重重扔出。

在被大力拋向聖光之門的那一刻，我看到白白的後背被箭無情射中，身影逐漸縮小，墜落而下。

「白白——」

我哭著朝牠伸出手，牠圓睜著藍寶石般的眼睛，也朝我伸出手，但我們離得是那麼地遠。當我墜入聖光之門的同時，牠也消失在懸崖的邊際，我只望見牠安心的眼神和淚水……

「白白——」

砰！被聖光之門吞沒的我重重摔在地上，只覺得頭暈目眩，耳鳴陣陣，全身痛得根本無法起身。

我無力地咳著，感覺都要吐出血來了。

「怎麼又這麼狼狽？難道靈川玩膩了，把妳給扔了出來？」意識朦朧間，我隱約聽到了伏色魔耶的調笑聲……怎麼會是他？不是該輪到涅梵嗎？

我吃力地抬頭一看，卻看到了似乎是安歌的模糊身影，他正靠立在一輛火紅的車旁，但我無法看

清他的五官和身上的神紋光芒。我朝他顫顫地伸出手，無力地呻吟：「安歌……救我……」他頓時一怔，愣愣地看著我。

「終於抓到妳了！」我的身體忽然被狠狠踩住，耳邊傳來了亞夫陰狠的聲音。我無力地垂落手臂，勉強睜開雙眼一看，面前正是寒光森然的箭尖，亞夫已經張滿弓，將箭矢直直對準了我的眉心。

「住手！」紅色的披風掠過眼前，伏色魔耶站在我的身側，扣住了他的箭。與此同時，安歌躍到身邊扶起我，我虛弱地靠在他的胸膛上，看著亞夫。

臉色瞬間變得陰沉的亞夫看向伏色魔耶，伏色魔耶站在一旁傲視著他：「這個女人只能死在我的手上！我要為修報仇，好好折磨她！」

亞夫瞇了瞇眼，立刻收起弓箭，態度忽然變得恭敬無比，垂首退到一旁：「是。」

伏色魔耶滿意地笑了，目露嫌惡地看著我：「怎麼又是全身血淋淋的？安歌，你來抱她。」

「好。」安歌應了聲。真的是他……我徹底安心地閉上雙眼，終於……安全了……

安歌輕輕抱起我。我左手的戒指依然還在上頭，也還能清晰地感覺到垂掛在戒指上的銀鍊和手鐲，手鐲離開了主人的手腕，變得空蕩寂寞……

靈川……等我回來。

等我找到神醫……回來救你！

昏昏沉沉間，我只覺得有些悶熱。熱氣中伸出了一隻手，緩緩撫過我的大腿，在我的腿上留下有些灼痛的熱度。火熱的手伸入了我的裙襬，在我的腿側來回游移。

「你真變態，她半死不活你也有興趣……」帶著回音的聲音模糊不清，似乎是伏色魔耶。

「哼，你懂什麼？這女人能自癒……」同樣模糊不清的聲音則像安歌的。我感覺手被人提起，接著傳來伏色魔耶變得清晰的驚呼：「真的！怎麼會？這女人怎麼會自癒？難道是新的人王誕生了？」

火辣辣的手指輕輕撫過我被亞夫以鋼筆劃開的手臂，酥癢得像是有人用舌緩緩舔過：「我覺得她應該快醒了……」火熱的唇忽然堵在我的唇上，充滿了少年的柔嫩觸感。那隻熱燙的手也從我的大腿撫上了我變瘦的腰，扯開那裡的衣衫開始揉捏輕掐。

越來越熾烈的吻讓我漸漸無法呼吸，越來越粗重的喘息帶出了火熱的激情，恰似年輕氣盛的少年那永遠發洩不盡的旺盛精力。

「呼呼呼呼……」

他在我的唇中深深吸著，像是只能從我的體內汲取他需要的氧氣。我從這火熱的吻中緩緩醒來，眼中映入了對方左眼下的美人痣和在燈光中閃爍不定的雪髮。

安歌？

我的雙唇發麻發熱，被吸吮得泛出了一絲疼。他完全沉浸在這個吻中，雙眸緊閉，睫毛在我眼前輕顫，那如霜的顏色純潔無瑕。火舌正狂猛地清掃我唇內的一切，吸取我蜜津的同時也吸取了所有的空氣。我難受得掙扎起來：「嗯……」並推上他火熱的胸膛，赫然發現手心下是一片赤裸！

雖然安歌曾經說愛我，眼前的一切也有可能是出於情不自禁，但我認識的他感覺不會做出這種

事，至少不會趁我昏迷時做。我立刻轉頭躲開他的吻，用力推開他赤裸的胸膛。他的身體微微一頓，貼在我的耳邊輕語：「醒了？」如癡如醉的聲音讓人著迷。

我回頭望向他，赫然看見他頸邊黑色的妖嬈花紋，瞬間全身戰慄，不敢相信眼前的神印居然是黑色的！可是安羽的美人痣不是在右眼角嗎，怎麼會這樣？

「那瀾，妳都不知道我有多麼想妳。」他突然以擔心而焦急的目光看著我，與安歌一模一樣的眼神和語氣讓人完全無法分辨他到底是安歌還是安羽。「看見妳受傷時，我的心都碎了，所以我幫妳殺了亞夫……妳開不開心？」他睜大了滿溢情欲的銀瞳，露出與安歌毫無二致的清澈笑容：「我再殺了靈川好嗎？妳看看妳，都被他養瘦了。」他萬分疼惜地撫上我的臉，手指卻慢慢移到了我紅腫的唇上。

靈川……自心底湧現的痛頓時讓我回神。我緊緊抓住了他赤裸的手臂，黑色的神印纏上我的手背，在上頭游來游去。如果不是他身上的神印，我想自己也無法認出此刻與安歌幾乎完全相同的少年，其實是安羽！

顧不得此刻的自己正被他壓在身下，我急急道：「安羽，你真的殺了亞夫嗎！」對我而言，眼下沒有什麼比殺死亞夫為靈川報仇更重要了！

銀光瞬間掠過安羽的銀瞳，但他依然掛著純良的笑容看我：「那瀾，妳認錯人了，我是安歌啊。妳要是把我錯認成小羽，我會傷心哦。」

「胡說什麼？你就是安羽！」我立刻伸手抓上他的左眼角，那顆美人痣「刷」的一聲被撕離，白嫩的肌膚頓時有些泛紅。他的目光瞬間變得陰沉不已，銀瞳裡的情欲在怒火的催化下顯得更加濃郁。

「所以妳只喜歡小安，是不是？」這句氣憤的話完全暴露了他的身分，帶著一絲邪氣的目光裡充滿對我和安歌之間的妒火。

「哈哈哈！安羽，你的易容術不行嘛——」身旁驀然傳來了伏色魔耶的大笑聲：「居然被這個女人認出來了。」

我驚訝地看向一旁，只見距離這張寬大的華床不遠處，一張金色華貴的臥榻倚牆而放，伏色魔耶正斜靠在上頭，依然穿著鎧甲和紅色的披風……他剛才是在旁邊一直觀看嗎？

我的心頓時狂跳起來，拚命掙扎：「放開我！你們這兩個變態！」

「哼！我的衣服都已經脫了，要是放開妳豈不是白脫了？」此時我才發現安羽月牙色的胡服已經褪到纖細的腰間，纖柔白皙的身體暴露在空氣中，胸前的粉蕊完全挺立，似乎相當渴求愛撫，泛著誘人的珠光。

我染上血汙的裙襬也被掀到了腿根。他正壓在我赤裸的腿間，一手彎起我赤裸的腿緊貼在身側，強迫我配合他侵入我的身體。

「安羽！放開我！」我雙腿蹬踹，用力掙扎。

他瞇了瞇眼，毫不費力地將我的雙手扣在床頭，水潤的銀瞳瞥向一旁的伏色魔耶，流露出一絲少年特有的冷豔氣息，傲慢地說：「你還想看到什麼時候？」

「聽說你們兩兄弟經常這樣，一個在床上做，一個在一旁看，所以今天我也想欣賞一下。等你盡興了，我再把這個女人拖到廣場上曝曬，為修報仇。」

「哼。」安羽勾唇而笑，帶出了一股邪魅，並媚眼如絲地睨了他一眼，回頭騰出一隻手來，緩

緩撕開右眼角下的一塊人造皮，露出了那妖豔的美人痣：「既然被妳認出來了，妳就清清楚楚地看著我，知道是誰在跟妳恩愛，是誰在親吻妳的嘴唇、撫摸妳的肌膚、進入妳的身體，讓妳快樂地呻吟！」這番話是那麼地下流和直接！安羽倏然挺起身體，我的下身頓時被硬物狠狠頂住。他像是要將我徹底穿透般定定地俯瞰我，宛如正在等我求饒，哀求他安羽王別侵犯我的身體。

「呸！」我憤怒地啐了一口，他立刻瞇起銀瞳，揚起紅潤的雙唇，倏然吻上了我的頸項。粗暴而猛烈的吻猶如暴雨似的落在我赤裸的肩膀上，吸吮啃咬，帶出了陣陣疼痛，火熱的手也扯開我寬鬆的衣領，讓我的身體徹底赤裸！我大叫出聲：「啊，我的月事又來了！」

滿目情潮的他驟然停下動作，起身憤怒地看著我：「怎麼又來了？」

我好笑地看著他：「女人一個月都得來一次，難道你不知道嗎？上個月你也是在這個時候襲擊我的，你忘了嗎？」

他頓時緊繃著臉，咬了咬鮮紅欲滴的唇，一臉嫌惡地下床：「真讓我噁心！」同時穿上腰間的衣服，但沒有束緊衣領，鬆鬆垮垮地恣意套上。他鬱悶地靠在床柱邊，絲柔的衣領從一側肩膀微微滑落，露出半抹纖柔光滑的肩膀，窄細的腰身和柔軟的軀體如女子般珠光誘人。

「怎麼？不玩了嗎？」

伏色魔耶站了起來。我匆匆坐起，拉好自己的衣服，自散亂的長髮下冷冷看著他。他的鎧甲裡穿著一套緊身的黑衣黑褲，火紅神紋宛如烈焰般在他的頸項裡燃燒。

他走到安羽身旁，魁梧的身材比安羽整整大了一圈，相較之下，安羽反倒像是小鳥依人的少女。紅髮在燈光照射下映出了一絲橘紅的他走到我床邊，一會兒看著我，一會兒半瞇起眼望向鬱悶至極的安羽，接著挑了挑眉說：「安羽，我改變主意了，在旁邊看了那麼久，還真的讓我有些興奮。既然這女人橫豎都得死，不如先享用一下。」說完，他伸手欲解自己紅色的披風。

「你還真是變態！」安羽嫌惡地看著伏色魔耶，甩手指向床上的我：「沒聽見她說月事來了嗎？」

卻見伏色魔耶揮開紅色披風，扠腰大笑：「哈哈哈哈哈——那更好！其實我非常喜歡沙子摩擦的觸感——」他仰頭呈四十五度角，神情流露出一絲陶醉：「如果用涅梵他們漢人的話說，就是欲仙欲死……」

什麼？這裡的女人即使月事來了也會化作沙子嗎？我嚇呆了，簡直無法想像那到底有難受。

「而且女人也很喜歡。」

他低頭勾唇壞笑，歐洲混血的臉上毫不掩藏對肉欲的沉溺，碧綠的眼睛泛出炯炯火光。回味了片刻後，他朝床而來，單腿屈膝準備上床，讓我心驚不已，安羽卻突然出現在一旁，猛力一推——砰！頓時只見身形龐大的伏色魔耶橫飛出去，撞上了床邊的牆壁。我坐在床上愣愣看著，忽然注意到自己的小腹真的有些鼓脹，看來月事真的快來了。

伏色魔耶先是愣了愣，隨即憤怒地看著安羽：「你這是什麼意思？」

安羽狠狠白了他一眼，氣惱地大聲說：「你這個沒腦袋的傢伙！她明明沒被同化好嗎？」手指再次指向我：「她流出來的是血，不是沙！你真的有夠變態！」

伏色魔耶因為他的這番怒罵而顯得惱怒不已，不尋常的熱流開始在房間裡流竄，溫度也驟然升高！那頭紅髮更因為憤怒而飛揚飄搖：「你這副不可一世的態度讓我非常不愉快！我們出去！我要好

好教訓你！」

什麼？這樣就要開打了？明明剛才還稱兄道弟，一個在床上做，一個在床邊看，沒想到片刻後就要開打。安羽個性傲嬌，伏色魔耶脾氣火爆，這兩人到底是怎麼走到一起的？我還是靜觀事態發展比較好。

「好啊！」安羽瞇起銀瞳，拉起衣領，繫緊腰帶：「剛才的精力正好無處發洩。既然你想要，我就給你！」說完，一陣狂風颳過，他直接從旁邊歐風的陽台躍了出去——刷！黑色的翅膀開展飛落。

「哼！我這就來滿足你！」伏色魔耶的手猛然砸向地面，火焰頓時在床邊升騰而起，隨著熱浪撲面而至，床邊赫然出現了一頭正熊熊燃燒的猛獸。伏色魔耶跨上牠，轉頭傲視我：「等我回來再收拾妳！去把自己洗乾淨等我！」火焰掠過床邊，猛獸一躍而出，衝向黑暗的夜色，也捲走了房內那忽然升高的溫度。

我呆坐在床上片刻。他們到底是要打架，還是……？而且伏色魔耶真的很變態，明明要殺我還叫我洗乾淨，有潔癖嗎？

好不容易回神後，我開始在這個歐風的房間裡翻找起來——精美雕花的金色床柱、化妝鏡、燈檯，每一樣都相當奢華精美，我卻來不及好好欣賞。我打開所有抽屜和衣櫃，翻出了一套西式的白色襯裙，匆匆脫下靈川的衣服換上。看外面火光陣陣，那兩人真的打起來了……他們都是變態，再加上修，應該可以組成變態三賤客。

當我套上衣服時，看到靈川留下來的戒指，另一端還連著原本扣在他腕上的銀鐲，心口猛然揪

緊。此時此刻，我多麼希望手鐲不要空著，永遠環在靈川的手腕上。由於銀鍊已經縮短，我將手鐲套上手腕，短短的銀鍊落在手背上。我的淚水再次滑落。

是我錯了，沒能好好理解他的內心，感受他的苦悶。

我匆匆擦去眼淚。現在不是哭的時候，靈川還在等我，白白也在等我！希望牠沒事，牠身上畢竟有著神力，我想那一箭應該傷不了牠。

我從衣櫃裡翻出一件裙襬貼身的禮服——墨綠色的呢絨布料，領口點綴著精美閃亮的珍珠，倒沒有很深，下襬處蓋著一層綠紗，紗上有著鏤空的美麗花紋，腰圍很細。幸好我瘦了，不然衣櫃裡的裙子一件也穿不上。

該死，這到底是哪位公主的房間？櫃子裡幾乎沒有一件是方便外出穿的，太累贅了！

我繫緊腰帶，再翻出一條絲巾綁住右眼，讓自己的世界恢復正常，跑起來不至於頭暈，雖然裙襬直拖腳踝，但這已經是這裡最輕便的裙子了。衣櫃裡的用品很齊全，我找到了女人月事時的衣物並換上，再穿上一雙短靴——儘管尺寸有點大，不太合腳，但總比光腳好——披上一條黑色頭巾，拉開房門往外跑。

一出房門，歐洲古典宮廷式的走廊頓時映入我的眼簾。淡金色描花的壁紙讓牆壁變得金碧輝煌又饒富浪漫的藝術氣息，上頭掛著的油畫尤讓人喜愛不已，然而眼前情況緊急，我只能咬牙忽視。

頭戴白色花邊帽、身穿女僕裝的侍女正匆匆跑著，邊跑邊激動地說：「王正在大戰安羽王，快去看！」

她們身形豐腴，臉也有些嬰兒肥，猶如十八世紀的仕女油畫般豐滿而迷人。藉由她們的舉動也可

看出伏都王宮的宮規並不嚴謹，帶著西方人的自由奔放。

接著，侍衛也跑了出來，和侍女們往同一個方向移動。我混在裡面往外跑，一路跑下樓梯，眼前出現了宛如《灰姑娘》裡王子舉辦舞會的富麗大廳，又像是《美女與野獸》裡野獸與貝兒翩翩起舞的浪漫殿堂。宏大奢華的水晶燈高高懸掛在上空，鎏金的扶手質感滑溜，從兩邊而下的樓梯上鋪有紅色繡金的絨毯，我站在上面，只覺得自己猶如公主般尊貴。舞池繪著精美的圓形花紋，大理石光滑得像是可以在上面溜冰……寬敞靡麗的大廳裡處處是我渴求多時的素材，比靈都的山水更具誘惑力，因為這裡的色彩是如此地豐富，花紋是如此地絢爛。

然而我只能無視它們，繼續逃命。

大殿外是個寬闊的廣場，似乎是用來訓練士兵的，此時周圍已經擠滿了人潮，中央則出現了戰鬥中的安羽與伏色魔耶。坐在巨大火獸上的伏色魔耶揮舞手臂，朝空中的安羽扔出火球；安羽身後的黑翅頓時扇起，瞬間將它們扇了回去，引來陣陣驚呼。人王們的力量是相生相剋的，非常神奇，我實在很難想像當這些神力集中在一個人身上時，會是多麼地強大。這也再次證明闍梨香絕對是自己求死，否則這些凡人怎麼可能傷得了她？

在周圍的人群裡，我還看見了先前造訪過靈都的伏都衛兵。他們揮舞著手中的武器，正在為自己的王吶喊助陣。我低頭自圍觀人群中竄出，眼前已是宮殿大門，兩旁分別站著侍衛，但此時他們的注意力正聚焦在廣場的戰鬥上，完全沒留意跑過去的我。

然而此時已是夜晚，大門緊閉，我無法出去。我一時心急去拉門閘，沒想到卻被侍衛發現了！他們紛紛大喝：「妳幹什麼？」

我低下頭，不讓他們看見我被絲巾包住的右眼，一陣胡言亂語：「兩位王打起來了，我要去外面找人！」他們一愣。我的心怦怦亂跳，根本無法繼續思考如果他們追問起我要找誰，我該怎麼說。

但他們忽然笑了：「是去找塞月公主吧。」咦，塞月公主？總之不管她是誰，我立刻點頭：「是是是！」

「快去快去，要是錯過王的戰鬥，塞月公主一定會生氣的。」說完，他們居然拉開了宮門。眼見門扉在我面前緩緩開啟，護城河上的石橋映入眼簾，我還不相信自己居然那麼順利地獲得了自由！

果然是西方宮廷比較好逃嗎？

「給妳馬。」另一個侍衛居然還牽來了馬：「公主正在巡城，沒馬不好找！」

天啊！我還是第一次遇到逃跑送馬的。幸好我騎過馬，儘管騎術不佳，卻也知道怎麼讓牠跑起來。我立刻對他們說：「謝謝，我一定會儘快找到公主，通知她回來觀戰的！」說完，我躍上了棗紅色的大馬，墨綠色的裙襬隨風飄揚，鋪蓋在馬臀後方。

「走好！」侍衛在馬臀上輕輕一拍，牠立刻飛奔而出，尚未完全做好準備的我一陣東倒西歪，好不容易才穩定下來急勒韁繩：「慢、慢點！」馬兒被我拽住，瞬間放慢了腳步，看來是匹訓練有素的馬。

一離開宮殿，濃郁的歐洲古典氣息頓時撲面而至。土牆及石牆的建築高矮林立，燈光自裡頭透出，照亮了街道，狹窄的路上人來人往，異常繁華，我騎馬走在中央，只覺得有些擁擠。大漢的叫聲、鋼琴聲、歌女的歌唱聲、喝酒的撞杯聲紛紛從兩側的酒館和小店裡傳出，放眼望去，整條街道幾乎二分為酒館及妓館，穿著暴露、打扮冶豔的捲髮西方女子站在自家妓館門前揮動香帕，招攬路人。

我下了馬，像隻無頭蒼蠅般在街上亂走著，身邊到處都是跌跌撞撞喝醉酒的酒鬼，不是撞在我的身上，就是色瞇瞇地上下打量我，蒸騰的空氣裡瀰漫著酒味和男人身上的汗臭味，令人作嘔。

有些受不了的我眉頭深鎖，伏都的環境實在讓我不怎麼喜歡，相當悶熱，不過才走了一會兒，我就已經滿身大汗了。此時，經過身邊的男人紛紛朝我看來，有的甚至還會伸手作勢要拉我：「小姐好香啊！」

「是哪家妓館的？」

「這香味可真誘人啊。」

該死的精靈之力，讓我連汗都是香的。我甩開那些拉拽我的手臂，繼續向前走，卻聽見那些人在身後調笑：

「究竟是哪家的小姐啊？居然敢來這裡，不怕被我們吃了嗎？」

「哈哈哈！小姐難道是來這裡會情郎的？」

「哈哈哈——」四處都是哄笑。

走了一段路後，我終於在街邊看到一些攤販，立刻上前詢問：「請問這裡最好的醫生在哪兒？」

賣餅的胖女人看了我兩眼，視線卻忽然落在我領口的珍珠上：「是真的嗎？」她似乎只關心那幾顆珍珠的真假。我恍然大悟，她是要情報費吧，於是立刻扯下珍珠給她：「是真的，給妳！」

她懷疑地接了過去，對著一旁的油燈看了看，又用手擦了擦，發現它不掉色也不褪光，頓時露出滿嘴黑牙，笑了，然後遞出一個餅給我。當我接過餅後，她開始說了起來：「最好的醫生在東區貴族區，姑娘走錯方向了，不過妳走到街尾往東也可以過去。但那醫生是御醫，平時不給我們這種老百姓看病。」

我點點頭：「知道了，謝謝。」她對著我笑了笑。我立刻騎上馬，往她所指的方向疾奔而去。

跑出滿是酒氣和脂粉味的小街，愈往東行，人口便愈顯稀少，但街景依然不失繁華，房屋不但越來越大，也越來越精緻，漸漸變成了獨棟的私人宅邸，黑色的巨大鐵門、繁多的園藝花草，綺麗的噴泉和路燈……偶爾還會看到相當高級的馬車進出。宅邸裡流瀉出歡樂輕快的音樂聲，像是在舉辦著舞會。

靈都和伏都的景象可以說是截然不同，一邊幽靜無人，一邊熱鬧繁華。靈都的百姓時時活在對於神明的敬畏之中，臉上笑容罕見，直到我讓大家摘下了面紗，大人們才隨著孩子們歡笑起來，現在卻遭到亞夫統治……我真的相當擔心他們。伏都則充滿歡歌笑語，男人大口喝酒，女人翩翩起舞，無論是方才的坊間還是此刻的豪宅，處處都能聽到音樂聲。

街道越來越寬敞，馬兒總算可以恣意奔行，街道上也開始出現巡邏的衛兵。經過他們時，我小心地低下頭，以頭巾掩住自己的臉，再加上我的頭髮長又有點蓬捲，恰到好處地遮起了右半邊的臉。或許是因為我所穿的裙子質地上乘，像是貴族的服飾，衛兵們只是看了我兩眼便緩緩走過。

再往前一段後，我終於看到了醫院，上頭標誌相當明顯，雖然不像我們的世界是以紅色的十字表現，但立在牆上的木牌上有著一道盤繞草藥的十字，上面寫著「醫院」兩個字。

我立刻下馬，醫院還開著門，裡面傳來老人的喝罵聲：「尤里那小子又到哪裡去了？你們這些好吃懶做的傢伙們，個個都對我毫無感恩之心，只知道偷懶……還不快去切藥！」

屋內的小藥童忙碌進出，最小的看起來只有十二、三歲，大一點的則是十七歲左右，每個都是一

頭短髮，身穿圓領的白色麻布連帽衣，腰間繫有腰帶，腳上套著草鞋。儘管他們看起來已經累得快睜不開眼，自醫院裡傳來的喝罵聲依然連綿不絕。我順著聲音看去，發現正使喚著他們的是個身穿褐色長袍的老頭，年約五十歲上下，頭髮花白還有點禿頂，圓臉上滿是不悅，彷彿這些孩子欠了他一輩子人情。

他正在桌子上整理醫藥箱，看起來似乎是個醫生。我立刻上前詢問：「請問是醫生嗎？」

聞言，他朝我看來，上下打量了一番，臉上立刻堆起笑容：「是位小姐啊！請問小姐有什麼需求？」

「我需要你隨我去給一個人縫傷口。」

「沒問題啊，我這就來準備。」他迅速整理好醫藥箱，整理時，還特意看了看針線，然後合上醫藥箱看我：「請問病人在哪兒？」

「靈都。」見他頓時一愣。我立刻著急地問：「有問題嗎？」

老醫生皺起了眉：「問題倒是沒有……但是走聖光之門需要王的特令啊……」

「特令……」我的心頓時懸了起來。我才剛從王宮裡逃出來，怎麼可能再回去送死？我於是著急地看著他：「醫生有辦法嗎？我沒辦法拿到特令。」

他故作沉思地想了一會兒：「這個嘛……因為本醫生是御醫，所以是有特令的……」

「太好了！」原來這老頭有，那之前幹嘛賣關子？

「不過和妳去靈都醫治最起碼要一百塊金幣，妳有嗎？」果然，他的下文來了。看著他精光閃閃的眼睛，我只覺得一陣窩火。由於我這次是從靈都逃出來的，別說之前安歌送我的金銀財寶，就連自己的畫與鄯善給我防身用的清剛都沒帶出來，我還想回去取呢！

「原來沒錢啊……」這老頭不愧是個老江湖，我這片刻的沉默已讓他看出了端倪。他掃了掃我的身體：「如果妳有什麼特別的東西可以給我，我也不是不能考慮啦……」他的話讓一旁忙碌的少年們紛紛停下手，噁心地看著他。他瞪向他們：「看什麼看！還不幹活？」少年們不服氣地癟癟嘴，低下頭繼續工作。

一個少年經過我身邊，輕聲提醒：「小姐，您還是回去吧。」我當然知道那老頭指的是什麼……色老頭！這就是伏色魔耶下面的臣！他色，下面的人也色！果真是上梁不正下梁歪！

「怎麼樣？姑娘？」老頭不再尊稱我為小姐了，色瞇瞇地看著我：「如果沒有，還請不要浪費我的時間，我可是御醫，時時要聽王的召喚的。」他開始不耐煩起來。

我擰了擰眉，握緊雙拳，深沉地看著他：「你要血嗎？」他在我倏然深沉的目光中一愣：「血？我要血來做什麼？」

「是人血。」

「人血？」他一愣，哈哈大笑：「我要人血做什麼？大家都有。」

我頓了片刻後說：「我的不一樣，是真正鮮紅的、溫熱的、可以喝的血。」

聞言，周圍瞬間陷入死寂。老頭驚詫得目瞪口呆，所有的少年們也轉頭驚疑地看我。

「不可能！」他大聲地搖搖頭：「那是神明之血，妳怎麼可能會有？拿出來給我看看！」

我沉默了片刻，見他直愣愣地盯著我，便打開了他的醫藥箱，從裡頭取出了一枚針，看著他：

「把手伸出來。」他狐疑地伸出手，我將手抬到他的手心上方……靈川，堅持住，我這就來救你。

銀針毫不猶豫地刺入指腹，一滴鮮紅的血珠伴隨著疼痛自指腹裡流出，緩緩滴落在老頭的手心上。他頓時全身顫抖，身旁的少年們也驚訝出聲：

「是神血！」

「啊！是真正的血！」

「她她她……」

老頭渾身顫抖地接住我的血，臉色驟然變得蒼白。雙目圓睜的他似乎受到了極大的驚嚇，忽然惶恐地大叫，還不斷揮舞著雙手：「啊——啊——女巫——妳一定是可怕的女巫——啊——侍衛——侍衛——」他驚慌失措地推開我，往外面趔趄跑去。我傻傻地看著他，這老頭的膽子怎麼那麼小？

「醫生！我不是女巫！」我急忙追了出去，少年們卻突然圍了上來，焦急地看著我：「小姐，您還是快跑吧，沃森醫生去叫侍衛了，您這樣的惡作劇會招來牢獄之災的。」

「惡作劇？」我不解地看著他們，他們卻開心地笑了起來：「不過從沒見過他嚇成這樣，真是大快人心。」

「是啊，小姐是用了朱砂嗎？」

「哎呀，別說了，快讓小姐跑啊！」少年們七手八腳地把我推到外面。沃森醫生仍在街上驚恐地大叫：「女巫——快來抓女巫——衛兵——衛兵——」

就在此時，衛兵和一支馬隊朝這裡疾奔而至，少年們見狀便害怕得不敢再幫我，匆匆跑到屋裡躲藏。我立刻去牽馬，卻被一隊衛兵攔住。

「沃森醫生，女巫在哪裡？」馬隊裡一位英姿颯爽的士官問。他身上衣服的款式和伏色魔耶差不多，還披著一件紅色的披風。

沃森醫生朝我指來，士官立刻大喝：「抓起來！」衛兵頓時圍上來抓住我的手臂。我拚命掙扎：「我不是女巫！」但他們牢牢抓住我，不讓我逃脫。

啪啪啪啪！一陣馬蹄聲忽然傳來，一匹毛色如月光般美麗的白馬掠過我的身前，飛揚的紅色披風與白色馬尾同時映入我的眼簾。當白馬安穩地落地後，傳來了分外有力的女聲：「怎麼回事？」

原來是個女人！我抬頭一看，發現坐在白馬上的她身穿銀色鎧甲及紅衣，線條凹凸有致，英氣逼人，而且看起來非常性感，凹眼高鼻，雙唇火紅，一頭酒紅色的長捲髮讓她更多了幾分妖嬈美豔，一雙碧綠的眼睛分外有神，整個人看起來像是西方畫匠筆下的歐洲公主，同時讓人產生了一種想征服她的強烈欲望！

腰佩寶劍的她低下頭，視線落在我身穿的裙子上，神情顯得有些困惑。望著原本有珍珠的領口良久後，她眨了眨眼，不再看我。

「啟稟塞月公主，沃森醫生說這個女人是女巫。」那名士官說。此時沃森醫生早已嚇得臉色蒼白，滿頭冷汗。

「女巫？」性感的女人再次看著我。原來她就是城門守衛口中的塞月公主？她的神情相當鎮定，流露出了一種特殊的沉穩：「這個世界哪有那麼多女巫？沃森醫生是不是看錯了？」

「沒有……哦！太可怕了！」沃森醫生完全不敢看我：「我親眼看見她刺破自己的手指，裡頭流出的根本不是血……哦不不不，我的意思是那並非我們世界的血，而是傳聞中的神血！神血只有神明才有，怎麼會在她身上？她一定是用可怕的女巫之力迷惑了我的雙眼……」

「你才瞎了眼呢！」我憤怒地大喊，不斷掙扎：「我才是個正常人！」來到這個盲目的世界，無論在安都還是靈都，百姓們都視我為神明，敬畏不已，沒想到這裡的人居然把我當成女巫！伏色魔耶四肢發達、頭腦簡單，看來下面的人也一樣蠢！

「你說她流的是神血？」塞月有些好笑地揚起唇角，瞥向我身邊的衛兵：「把她的手拿出來。」說完，她從腰間抽出了雪亮的寶劍。

「是！」

什麼？她要當眾切我的手嗎？我雖然能自癒，但很怕疼的啊！那又不是針扎，而是刀砍！我立刻掙扎起來：「放開我！不要！」

衛兵強行拉出了我的右手，見我攥緊拳頭，便粗暴地試圖掰開它。忽然寒光落下，在還沒感覺任何疼痛時，我的手心已經被利器劃開，鮮血瞬間湧出，染紅了右手，隨後我才感受到劇烈的疼痛自手心，痛得我咬緊牙關：「嘶……」這女的太狠了！

「啊！」

「女巫——」衛兵們和沃森同時放聲驚叫，甚至連抓住我的士兵也嚇得退開。我望著被自己劃開的手心，隨後抬頭看向端坐在馬上、同樣也驚呆了的塞月公主，憤怒的火焰頓時燒遍全身。

「有病……」我大聲咆哮：「你們全部有病！都回去好好看醫生吧！」

我憤慨地指向所有人，他們立刻驚恐地退開一圈。不久後，裂開的傷口緩緩癒合，我騎上自己的馬，冷冷地平視塞月公主。她依舊驚詫地看著我。哼！我還要救人，沒工夫跟妳算帳！

「塞月，抓住她！」伏色魔耶的喊聲突然傳來，我愕然回頭，發現他正策馬朝我快速奔來，火紅的頭髮在月色下飛揚，碧綠的眼中充滿捕獵的興奮與喜悅。塞月一時有些愣怔，我立刻回頭拍在馬臀上，牠嘶鳴了一聲，立刻急起狂奔。卻沒想到身後襲來一陣熱浪，一隻巨大的火獸猛然躍過我的身旁，瞬間在前方形成一堵高大的火牆，照亮了夜空！

我咬牙拉緊韁繩，大喝一聲：「別怕！我帶你衝過去！」牠像是聽懂了我的話，四蹄驟然躍起，我們在夜空下飛揚，頭巾驀然飛離，使我的長髮和裙襬一同隨風飛揚。

當馬兒貼近火牆時，我伸出右手，試圖發動自己在這個世界幾乎無敵的力量，高喊：「給我分開！」火牆頓時真的在我們面前分開。噠噠噠噠！我和馬兒長驅直入，往前繼續奔跑，前方再無他人，只有茫茫黑夜。我要回到聖光之門，我要救靈川，救白白！我一定要跑出去……

沒想到我的身體在這時突然被人從馬上直接抱起。他緊緊箍住我的腋下、我的胸口，我只能眼睜睜看著自己的雙腳離開馬，擺盪在夜空中。那匹馬兒在黑夜下慢慢停步，衛兵追了上來，拉走了牠。

這一刻，我眼前的黑夜忽然變得無比幽深，看不見半絲光明……

「放開我！放開我——」我扯著對方有力的手臂，他湊在我耳邊邪笑：「小怪怪～妳以為你逃得掉嗎？」他扣住我的脖子，強迫我歪下頭，讓頸項完全暴露在他面前。濕軟的舌落下，他輕輕舔過了我的脖子：「該怎麼懲罰妳呢？嗯……我原本不想跟伏色魔耶分享妳，可是妳那麼不乖，而且也快死了，不如讓他也來……」

淚水開始模糊了我的視線，我深覺自己既沒用又無力：「你知道什麼……知道什麼！」眼淚滑落我的頰畔，滴在他扣住我下巴的手上。「靈川死了……靈川死了！你知不知道——嗚啊——」我失聲慟哭，他在我身後一怔。

「妳說什麼？」他頓時抱著我落地，轉過我的身體，難以置信地看著我。伏色魔耶策馬而至，疑惑地俯瞰我們。

「靈川死了……」我望見了安羽驚愕的表情：「他被亞夫用神器殺死了……沒辦法重生……傷口無法癒合……你知道嗎……」我一邊顫抖，一邊斷斷續續地說：「嗚嗚嗚……他不會再像安歌那樣復活了……雖然我很努力地想留住他的神力……可是……可是我沒辦法……我沒辦法……」此時他才似乎回過神來，抓住我顫抖的肩膀，雙眉緊皺。

「妳說什麼？靈川被亞夫殺死了？」伏色魔耶立刻下馬，驚訝地作勢要抓向我的胳膊，卻被安羽扣住。他先是沉著臉看向他，又轉過來問我：「那靈川的神力呢？是不是已經到了亞夫身上？」我恨恨地點點頭。

「哼！伏色魔耶，你只關心靈川的神力嗎？」安羽輕鄙地看著他：「你難道一點都不關心他的死活嗎？」

「哈哈！」伏色魔耶甩開安羽的手，更加不屑地看著他：「你少裝了，你心裡明明比誰都想得到靈川的神力，畢竟……」他冷冷地笑了笑：「靈川的神力比你強！」

安羽的銀瞳裡劃過陰邪的銳光。

「而且靈川也該活夠了，看他那樣，好像活著比死了更痛苦。」伏色魔耶毫無半絲悲傷地說著。

安羽的臉越來越陰沉，忽然開口：「那你怎麼還不死？你也應該活夠了吧！」

伏色魔耶立刻收聲看著他，緩緩瞇起雙眸。

安羽哼了一聲，倏然抱起我。我匆匆擦去眼淚，陷入戒備，卻曉得此時反抗也沒用。伏色魔耶伸

手攔住他：「你想把她帶去哪兒？」安羽冷睨他一眼，沉聲道：「她帶來這個消息，你還會留她嗎？我要帶她離開！」

「帶她離開？哼，我可是好不容易從涅梵那裡劫來的，他說不定到現在都還沒察覺究竟是誰搶在他之前奪了這女人，我怎麼可能讓你這麼輕易帶她離開？」伏色魔耶笑著走到安羽身前，碧綠的眸光在紅髮下閃耀：「我知道你愛安歌，不希望讓她死，想留著給他做玩具。這樣吧，屆時靈川神力歸我，你們兄弟倆助我統一八國，這女人就歸你們如何？」

原來安羽打算把我帶回去給安歌？雖然安羽壞壞的，但他確實很愛安歌，再加上他如此聰明，怎麼可能沒有注意到安歌對我懷抱著微妙的感情？

但安歌之所以有意疏遠我，正是因為知道安羽會強求與他共享我，他不希望讓我成為他們兄弟間的共有物，才把我推遠。如今我卻又被安羽帶回，想起他在我昏迷時所做的事，實在很難不擔心。

安羽這邊已苦無對策，伏色魔耶又想吞掉靈川的神力……我忽然感到有些矛盾掙扎。如果靈川拿回神力，豈不是又回到了不老不死的狀態？我明明見過他對此感到多麼痛苦，實在無法殘忍地讓他再次陷入萬劫不復的深淵。他現在也許算是解脫了，往後要如何又一次面對那樣殘酷的生活？

眼下伏色魔耶打算出戰靈都，他如果能殺死亞夫，不就等於是為靈川報了仇？以我現在的力量，要殺死亞夫是不可能的。但若讓伏色魔耶白吞了靈川的神力，我又覺得很不甘心！這下該怎麼辦？

「哼……」安羽勾唇一笑，銀瞳睨向伏色魔耶，再度拋出那嫵媚的秋波：「讓我考慮考慮吧。不過這女人先讓我保管，以免你趁我不注意時殺了她。」說完，他高高躍起，黑色的羽翅在夜空中「刷」一聲張開，伏色魔耶笑望著我們飛向王宮的方向。

安羽橫抱著我在月色下飛翔，挑眉看向我，神情裡流露出一絲邪氣：「說，妳是不是喜歡靈川？」我立刻回答：「不、不喜歡。」心中卻忽然感到一絲刺痛，眼前浮現出靈川淡淡微笑的臉龐。為什麼？為什麼說出這句話時，我的心會這麼痛？

「很好。」他沉下臉，冷冷地盯著我：「如果妳敢對安歌有異心，我就馬上殺了妳！」那雙銀瞳寒光森森，隨後望向遠方：「記住，妳只是個玩具，小安不過是貪圖新鮮感，妳別得意忘形！」儘管他渾身燃燒著傲然的氣焰，語氣卻似冰霜般凜冽。

我低下頭：「是……」此時此刻，我能依靠的人似乎只有安羽了……雖然他很危險，但他應該能暫時保護我。

「妳的伊森呢？」他忽然又問。我無法再做隱瞞，畢竟如果有伊森在，他根本無法靠近我。見我一陣沉默，他得意地揚起唇角：「看來小怪怪的保護傘都沒了，現在只有我了……妳可要讓我開心哦！不然即使小安喜歡妳，我也會把妳扔給伏色魔耶的。」他湊近我被淚水染濕的臉：「居然為靈川哭得那麼傷心，小安要是看見一定會傷心的，下次可不許再為別的男人哭哦！不然……」他的目光逐漸變得狠戾：「我會挖掉妳的眼睛！」

我瞪大眼睛看著他。他冷笑一聲，勾起了唇，轉頭望向前方。

下面的燈光忽然明亮了起來，我往下一看，發現我們已經回到伏色魔耶的王宮。安羽飛回我一開始待著的房間陽台，毫不溫柔地像是丟棄垃圾般直接把我扔下去——砰！摔倒在陽台上的我慢慢爬起來，他狀似黑夜的死神般蹲在欄杆上看著我，衣襬垂掛而下：「多虧了妳，伏色魔耶終於有理由開戰了。不過……」他伸手挑起我的下巴，見我冷冷地斜睨著他，壞壞一笑：「這樣妳也不用去別的王

那裡了，開不開心啊？」他的指腹輕輕擦過我的紅唇，半瞇的銀瞳裡浮現出淺淺的熱度。

我躲開他的手，凌亂的長髮遮住了半張臉：「打不打仗隨便你們，我只想救靈川！」

「救靈川？他還活著嗎？」安羽的語氣頓時有些驚訝。我回頭瞪著他：「他的神力隨你們拿去吧。伏色魔耶說的對，靈川活著確實比死了更痛苦，但我不想看著他死在我面前，讓我像是掃把星，走到哪兒人就死到哪兒，所以我保住了他的一口氣，想找神醫回去救他！」

「神醫？」他的嘴角抽搐了一下，忽然仰天大笑：「哈哈哈……神醫妳不是見過嗎？居然還去找別人？哈哈哈——」

我一愣：「是誰？沃森御醫？」他冷笑著躍下陽台，走進房間，坐在那張凌亂的床上，雙手撐在身後，百無聊賴地看著自己擺動的腳：「妳最怕的那個人就是這個世界最好的神醫。」

我的大腦瞬間嗡嗡作響……我怎麼會沒想到他？

「哼，笨死了！」安羽像是看到白痴般白了我一眼：「不過肯不肯醫就得看他心情了。我看他還滿喜歡妳的，只要給他兩滴血，他說不定連命也會給妳。」他蹺起二郎腿，漫不經心地說。

那個人是一見面就想解剖我並挖心吸血的變態夜叉王，修。

我緩緩回神——這說不定是條路！伏色魔耶打算攻打靈都，而他跟夜叉王的感情似乎很好，夜叉王說不定會一起行動，於是我只要等伏色魔耶殺死亞夫，便可以請夜叉王拯救靈川。以身上殘留的神力來看，他應該可以活下來，但會像白白的爺爺一樣有生老病死，恢復成一個正常人！

「還不進來？」安羽傲然地抬起下巴指指四周：「快整理好，房間亂得像豬窩一樣，要怎麼睡？」我只能乖乖入內。現在的情況急不來，得等夜叉王來才能救靈川，於是我開始收拾先前被我翻

亂的房間。收拾到安羽腳下時，他腳一抬：「小怪怪～幫我脫鞋。」我瞪了他一眼：「你今晚也要睡這兒？」

「當然囉。」他好笑地看著我：「要是伏色魔耶趁我不在，偷偷殺了妳該怎麼辦？我怎麼把妳送給小安？妳又要怎麼救靈川？」

我鬱悶地低下頭，替他脫去靴子，露出了穿著白襪的腳。他卻忽然用腳點著我的右額：「妳的眼睛怎麼了？還沒好？」

「別用腳碰我！」我憤怒地拍開他的腳，他的身上瞬間籠罩著一股殺氣，驀然伸出一隻手抓住我的手腕一把拉起，一陣天旋地轉，我被壓制在床上。他陰沉地邪邪笑著，一手抓著我的手，一手扣住我的下巴：「看來妳很喜歡我用手碰妳呢？一想到妳能自癒，還真想看看妳被捏碎的樣子……」他鬆開我的下巴，往脖子掐去。

「王，那個女人是誰？」沒有完全掩上的房門外傳來塞月生氣的聲音：「您現在開始玩起女巫了嗎？」安羽瞥向門外，唇角揚起了一絲惡作劇的笑。他突然拉起我，捂住了試圖掙扎的我的嘴，表情有些淘氣：「噓……來看好戲。」

我愣愣地看著他。他穿起鞋子站到一旁，讓我獨自坐在床上，像是等待伏色魔耶歸來的女人。與此同時，大步甩著紅色披風的伏色魔耶已來到房前，看見我在床上，綠眸中頓時劃過一抹宛如捕獲獵物般的笑意。跟在他身後的則是英姿颯爽的塞月公主。

塞月正想繼續追問伏色魔耶，目光卻被滿室的凌亂吸引，登時火冒三丈地高喊：「這是誰幹的好事——」她憤怒地抬起頭，忽然注意到了我，頓時瞪大雙眼：「妳怎麼會在我的房裡？」

伏色魔耶按下她的手說：「塞月，這個房間以後就給那瀾住。」

「為什麼？」塞月沉下臉色，不悅地看著伏色魔耶，挑了挑眉：「王最近又要換女人了嗎？」他凝視著我片刻，瞇了瞇碧眸說：「不是的，這房間是妳放舊衣服的房間，只是騰出來讓她暫住。安羽，出來，我想跟你商量怎麼攻打靈都。」

「好啊～～」安羽懶懶地站起來，轉身勾起我的下巴：「小怪怪，妳可別亂跑哦！我一不在，可就沒人能保護妳了～～」

「哼。」我轉過頭。伏色魔耶雙手環胸，從鼻子裡發出一聲冷哼，安羽「啪啪」地拍了拍我的臉，之後便隨著他離去。我坐在床上，揪緊了原本應該是塞月的衣裙裙襬……可惡！這種被人壓制的感覺很！不！好！

「既然王把我的房間賜給了妳，就請妳維持整潔乾淨！」

塞月在床邊沉聲道，我低頭不說話，房間裡頓時陷入寂靜。但她依然站在床邊不肯走，似乎仍有話要問我。

「妳還有什麼事嗎？」我疑惑地問她。她凝視著我好一陣子，低低地說：「妳就是陛下大清早起來去搶回來的女人？」

「嗯。」看來伏色魔耶是刻意搶在涅梵前抵達聖光之門，打算從他手上劫走我，迫不及待地想折磨我。

「陛下為什麼想要妳？」

「他想殺我！」

在局勢如此不利的情況下，我不能再多出一個「情敵」。不過塞月跟伏色魔耶到底是什麼關係？她是公主，難道是伏色魔耶的女兒？呃……應該是孫女？

「妳是女巫，當然要殺妳。但是陛下為什麼沒把妳關到地牢裡，反而讓妳住在我的房間？」

「因為我是一件禮物，他要把我送給安羽王。」我看向自己的右手，上頭的傷口已經癒合，只留下鮮紅的血漬。「妳沒聽說過從上面來的人嗎？」我望著她。吃驚不已的她不自覺地握住了長劍劍柄：「難道妳就是……」

「沒錯。」我抬起頭來，她水靈靈的大眼睛頓時圓睜，捲翹的睫毛在燈光下閃閃發亮。房間陷入了一片沉默，半晌後，她才激動地回過神來，大步走到床柱邊，不可思議地看著我：「可、可是掉下來的人不是都會被同化嗎？流出來不都是血沙嗎？」

「妳見過？」我反問她。她點了點頭：「雖然這件事一般是會對平民保密的，我一開始也不知道，但來到陛下身邊後，我才曉得有個老頭也是從你們的世界來的，而且就生活在伏都裡。」

「什麼？」結果換成我驚訝不已。我從床上跳下來，拉住她的胳膊：「還有人活著嗎？在哪裡？是誰？」

她搖了搖頭：「我不知道是誰，但王知道。王說那個人喜歡伏都，最終選擇留在這裡生活，現在應該是個老頭了。」

我驚訝地鬆開塞月的手臂……原來、原來還有人活著！說的也是，假設這個人目前六、七十歲，三、四十多年前掉下來，的確是有可能的。

「之前砍傷妳真是對不起，我馬上叫御醫來幫妳醫治。」塞月抬起了我的手：「咦，怎麼回事？

妳的傷怎麼好了？」我回過神望向她，發現她的神情中流露出一絲驚恐，綠眸顫顫地看著我：「妳到底是什麼鬼東西？」說完，她惶然地轉身就走，慌張的背影像是遇到了可怕的女巫。

我恍惚地坐回床上。沒想到居然有個同命人住在這裡，我忽然焦急地想盡快找到他。即使不是家人，或者應該說我們根本不認識，但同樣掉落異世界讓我對他產生了強烈的親切感，並為此悸動不已，無法安睡。

我在床上輾轉反側，怎麼樣都睡不著，於是下床徘徊。我才不管明天這個世界會不是陷入戰亂，不管明天的天空是不是會被伏色魔耶的火染紅，我只想見到那個據說還活著的人！

從床上到地上，從房間到陽台，再從陽台回到床上……我不停地在皎潔的月色下來回走著。靈川、白白、那個活著的同命人，以及伏都悶熱的空氣，一切都讓我躁動不已，身上汗水淋漓。

聽見外面響起了腳步聲，我立刻躺回床上，用薄薄的絲毯裹緊自己。我不明白伏都明明那麼熱，為什麼還要鋪床單？可能是貪圖那份柔軟的感覺吧。

門被人重重推開又再度關上，我緊閉雙眼，心跳加速。

「小怪怪～～」重量伴隨著聲音壓在我的身上，我故意裝睡。

「咦～～小怪怪居然能睡著？」安羽趴在我身上，宛如小孩子般扒開我的眼皮，我看到了月光下他壞笑的臉，像是在惡作劇：「小怪怪～～明天就要攻打靈都了哦！我們會以謀殺人王之罪捉拿亞夫，並對他執行死刑，妳不開心嗎～～」我瞪著死魚眼不說話。他挑了挑眉，銀瞳裡掠過一絲無聊，鬆開了我的眼皮，我立刻閉上。

他從我身上翻落，躺在一旁，開始捏起我的手臂：「小怪怪瘦了，壓著一點都不舒服。我還記得當初在安都時，胖胖的小怪怪軟綿綿的，抱起來的感覺特別好……」原來安羽喜歡胖女人，我可得使勁減肥才行。

「還有小怪怪身上像是精靈族女人的香味……」他貼上我的頸項，我掙扎了一下，他卻毫不費力地將我圈緊。我像是被鐵箍綁在床上，無法動彈。

他短短的雪髮搔著我的脖子，癢癢的。我擰了擰眉，只聽見他不斷嗅著：「嗯——更香了……小怪怪，妳身上怎麼會有精靈族的香味？這樣可不好哦～～」他拉住絲毯，忽然一把揪緊了我的脖子，我差點被勒死！

「這樣才對，得包好不讓男人聞到，才不會讓他們發情。妳可是小安的玩具，怎麼能讓別的男人先碰？啊……真想快點看到小安想抱妳，卻又不能抱妳的痛苦模樣……哈哈哈……可愛的小安總是讓人想欺負……」他的聲音漸漸流露出一絲睏意。原來安羽之所以要把我抓回去，純粹是打算刺激安歌，看他既想靠近我，卻又不得不疏遠我的矛盾模樣？怎麼這麼過分！

安歌以為瞞過了安羽，但他其實什麼都知道，還反過來隱瞞安歌，只為看著他的小安著急糾結。安羽……你贏了……你果然比安歌更聰明。

「小安……」他的腿橫在我身上，一條手臂也壓在我的腰上，完全把我當成抱枕。我睜開眼睛，耳邊響起他含糊的聲音：「別亂動～～雖然妳是小安的，但我沒說要把妳完好無缺地給他……啊～～從來沒抱過上面的女人，不知道是什麼味道……啊～～」他呵欠連連，語氣裡卻透出了一絲孩童般的純真：「總之先把妳養胖再說……瘦了連胸都小了，摸起來真沒勁……」我愣愣地看著上方有小天使壁畫的屋頂。這孩子從小缺奶吧！這麼喜歡胸部大的女人？

聽著他漸漸平穩的呼吸聲，我試探性地問：「安羽，你不回羽都治理了嗎？我們的賭約就這麼不

了了之了？」

「嗯……」他動了動身體，整個人更貼近我：「已經處理好了……治國無非就是會用人……羽都現在不知道有多好……」

我眨了眨眼睛，安羽還滿清楚的嘛。

「呼……呼……」他很快進入了夢鄉，卻像是因為太熱而翻了個身，一條腿猛地踹在我身上，頓時把我踹下床。砰！我摔在地上，還好踹到的是屁股，倒不是特別疼。

嗚嗚……安羽這睡相……還好他沒用全力，否則我豈不是會像伏色魔耶那樣橫飛而出，再嵌到牆裡去？跟他睡覺有性命之憂啊！

「小安……」他發出了囈語：「快看……我把……小怪怪……給你搶過來……@！#￥#……笑一下嘛……」

我挪到臥榻上遠遠望著他。他真的很愛安歌，儘管對其他人的態度不好，但對他的小安絕對不會變心。

想起安歌提到的那段過去——安歌願意為安羽死，安羽則為他……殺死了他們貪心的父親……他真的願意為安歌做出任何事，這段手足之情至親至深。他們在這個世上相依為命，只有彼此。

有安羽在房裡，我根本不敢深眠。在我好不容易快要睡著時，床上忽然又傳來安羽的大喊：「不！不！不！」我立刻驚醒，這次的夢話裡流露出明顯的恐懼和害怕。我再次望著他，只見他的手在黑夜中慌亂地揮舞：「不要！不要！不！不！你為什麼要殺我們？是你的錯！你的錯！你才是魔鬼！我不是！不是！你是我們的父親！為什麼要殺我們——」他瞬間自痛苦的嘶喊中驚醒，直直坐起，月光下的銀瞳是那麼地哀傷、那麼地沉痛和畏懼，以至於顯得無神呆滯，宛如僵硬的死人一般。

他似乎做了惡夢，又像是被惡鬼纏身般無法安眠，額頭上汗水淋漓。他緩緩回神，瞇細的銀瞳裡燃起了仇恨的火焰，胸膛大幅度地起伏，呼吸急促，好一陣子後，他總算恢復了鎮靜。我愣愣地看著他，他睡覺怎麼這麼不安穩？

他伸手摸摸身旁，先是一怔，隨後立刻朝臥榻這邊狠狠地看來，發現我正在看著他，又是一愣，銀瞳閃爍了一下，寒氣四射地望著我：「看什麼看？」

「我沒看，是你大呼小叫把我吵醒的。」

「妳居然敢離開我！」他狠狠抓起了身邊的床單。我立刻說：「我才沒有想下床好嗎，是你把我踹下來的。」

他一怔，神情出現了片刻的呆滯，坐在床上開始慢慢回憶。

「還好你沒用力，我真怕自己被你踹死。」我故做恐懼地說，心底倒還真的有那麼一點害怕。他帥氣的容顏漸漸變得沉靜，下巴微微抬起，那張臉要是頂著一頭長髮，還真有些雌雄莫辨。

他再次揚起邪邪的笑：「有什麼關係呢？妳會自癒嘛。」我驚呆了：「這麼說……真的有女人被你踹死？」

「哼！」他別過頭，銀髮在空氣中晃蕩，月光描繪著那張小臉的精緻弧線：「那是她們運氣不好。」

「！」我頓時僵在臥榻上……他這算是承認了？

「還不過來？」他回頭命令著我，語氣相當惡劣。他這是吃定我踹不死嗎？

我拉緊絲毯，指指陽台：「不然……睡陽台吧？免得等一下你覺得熱，又把我踹走了。」他挑了挑眉，看看外頭晚風徐徐，於是躍下了床走到陽台上，背靠扶手，雙手環胸，帥氣地側著臉望向寧靜的夜色，銀瞳裡的目光漸漸得有些失焦。

我把軟墊挪到陽台。我的月事來了，可不能睡硬地板。孤零零地在這裡，要是自己不心疼自己，還能有誰疼你？

當我鋪好時，卻忽然看到東南方一片火紅。

「那是什麼？」我驚奇地問。安羽回頭一看，隨意地說：「是火山。」說完，他躺上我鋪好的軟墊，雙手枕在腦後，煩躁表示：「這裡連風都是熱的，真讓人受不了。」

「那為什麼還睡墊子？」我坐到他身邊，疑惑地問。他睨了我一眼：「舒服吧，硬硬的床誰要睡？而且伏都的人從小生長在這兒，習慣這裡的溫度了，到靈都反而還會覺得冷……快躺下！」他又是一聲命令。

我裹好毯子，睡在他身旁。他白了我兩眼：「手臂伸出來，我要睡！」枕在我手臂上的他動來動去的，像是想調整出一個舒服的角度，一邊抱怨：「瘦了就是不舒服。」說著，他枕到了我肩膀附近，似乎終於找到了滿意之處，再次把我當成抱枕抱著睡。

我依然不敢睡著。有點熱的風拂起了他的絲絲雪髮，他的呼吸在我的肩膀上漸漸變得平穩，神情顯得十分安詳。那張臉與安歌極為相似，不老不死將他們這對雙胞胎兄弟固定在少年的形態，身材尚未完全開展，臉型也相當小。不像靈川已經是成年男子，身形勻稱穩健，給人格外的安全感，他與安

歌是比較纖瘦的，身上也沒有靈川那麼清晰的肌理、沒有那麼寬闊的胸膛和肩膀，卻為當年的安歌撐起了一片天。

我一直看著他，想起了安歌的囑託——他希望我也能改變安羽，讓安羽回到曾經快樂的時光……可是我覺得自己愛莫能助，因為我畢竟不是神。

「不，不！」枕在肩膀上的安羽忽然又驚恐地喊著，我嚇了一跳，難道他每個晚上都會被惡夢糾纏，無法安眠？

「不！我沒錯！是你錯！你錯！」他的臉痛苦地扭曲，紅唇裡吐出痛苦的反駁，宛如在向整個世界控訴當年的事：「是你錯……是你逼我的……」

我的心瞬間被揪緊，眼前浮現出亞夫抱住靈川時的痛苦神情，以及哽咽的聲音：「別逼我……求你別再逼我……」

我不自覺地抬起手，輕輕拍上他不住輕顫的身體，難過地看著上方微紅的天空：「沒事了……沒有人會怪你……沒事了……」

「母親……」他緊緊揪住了我的衣領，聲音變得哽咽：「母親……我害怕……」

「不怕……不怕……我在……」

「母親……咳……」他居然哭了？他在我肩膀上不停抽泣，溫熱淚水染濕了我的衣服，隨後逐漸變涼。

「我錯了……我錯了……我害怕……我害怕……」不久後，他在我的輕拍中再次睡去。我環抱他纖瘦的身體，恍然大悟他之所以要我睡在身邊，是因為不想獨自睡在黑暗中，他也許認為只要身邊有

人，便能驅走他身上的惡靈和那連綿不斷的惡夢……

想必他在自己的寢宮裡，身邊也一定睡滿了女人，女人柔軟的身體可以助他入睡，如同睡在母親溫暖的懷抱中。

當年的事，給只有十七歲的他帶來了怎樣的精神創傷？這些傷又該如何撫平？安歌知道他心裡的傷卻無力治癒，我忽然能體會到他的焦急，他愛安羽，所以不想看著他繼續墮落下去。

儘管我一直不敢入睡，但最終仍敵不過倦意。意識朦朧間，我看見一抹金光劃過眼前。

「伊森！」我警覺地驚醒，卻只看見宛如伊森髮絲的淡金色晨光。伊森……

我對他的等待從期待轉為焦急，從焦急轉為憤怒，從憤怒……變得有些失落。伊森或許真的不會回來找我了。

那一晚，我還來不及說喜歡；那一晚，我還來不及對他傾訴真正的心意……我們徹底地分開了。這樣……或許也不錯吧？至少我不用再埋藏自己的心意，不用欺騙他或是欺騙自己，因為他不會再出現。

枕在肩上的安羽依然熟睡著，皮膚和衣領處的眼淚已乾，只留下澀澀的感覺。他的心宛如輕輕一碰就會破碎的捲縮枯葉，千瘡百孔。

我垂下眼皮，在淡淡的晨光中再次沉沉睡去。半夢半醒間，我隱約聽到了對話聲。

「你必須回去，不然我該怎麼辦？」

「我……」

「就算她身邊躺著別的男人，你也得給我回去！」

是誰？我想試圖聽清楚他們在說什麼，卻怎麼也辨不到，醒都醒不來。

「起來！」我忽然被安羽粗暴地扯了起來，還有些懵懵然站不穩，精神恍惚不已。

「快起來！伏色魔耶那隻豬已經列隊了，妳想親眼看著亞夫死就最好快點！」我被他毫不溫柔地壓在陽台扶手上，漸漸清晰的視野裡出現了一片火紅！紅色的披風在燦爛的陽光下飛揚，如火焰般熊熊燃燒！他們身上銀色的鎧甲金光閃閃，光彩奪目——下方的巨大廣場上，正站滿威武整齊的騎兵們！

穿戴鐵甲的馬更加雄糾糾氣昂昂！時不時抬頭跺腳，「呼呼」地噴吐氣息，似乎也迫切期待著接下來的大戰。

「走了！」安羽忽然扔下一件黑色的披風，直接從扶手上躍了下去。我把披風圍在身上，見他直接躍上一匹馬，疾奔至陽台下朝我伸出雙手，不耐煩地大喊：「快下來！」

我提裙爬上扶手，望著下面的安羽……為什麼我今天會跟他在一起？命運總是愛亂發牌，明明現在應該輪到涅梵的回合，等不及想滅了我的伏色魔耶卻把我從他那裡劫了過來，還把我當成結盟的禮物交給安羽，遊戲就此錯亂……不，應該說是提前結束？畢竟本來的最後一站就是要面對安羽。

我毫不猶豫地跳了下去，只為親眼看著亞夫死！

曾幾何時，我居然也變得如此凶殘冷酷……若是以前的那瀾肯定會對死亡大呼小叫，還會像聖母一樣勸慰別人「死不能解決任何問題」。但現在的我只想看到亞夫為靈川的死付出代價，這是他逼我的。

想到這裡，我忽然一愣……自己是不是錯了？再這樣下去，我會不會變得和亞夫、安羽一樣？

大腦裡開始了一場正邪交戰，我從來沒這麼混亂過，因為以前我的腦子裡只想著兩件事——一是吃，二是畫美男。

那瀾，妳不能變成像亞夫和安羽那樣，妳不能墮入黑暗，在這個世界被黑化……

手心忽然傳來一陣刺痛，吃痛收手的我頓時從扶手上摔了下去，並看見自己的手裡正開出一朵絢爛的金色花朵。怎麼會這樣？這次我根本沒想過要留在這裡，或是想變成這個世界的人，為什麼也會開始同化？

難道是因為恨？

衣裙在空中飛揚，我愣愣地摔向安羽。他一把接住我，讓我側坐在他身前，雙手環過我的身體，直接拉起轠繩、沿著騎兵隊往前奔馳。我望著自己的手心，發現那朵花正逐漸萎縮，化作一顆小小的金痣，宛如一種警告。

我百思不得其解。難道是因為「恨」會讓那個對象在自己的心裡深深扎根，反而讓我跟這個世界的聯繫更加緊密，因此慢慢同化了？可是我明明還愛著伊森，為什麼沒有出現這樣的反應？

對了！當時我強烈克制著對他的感情，時時告訴自己終究要離開這個世界，所以我們之間的情感聯繫其實是薄弱的。但這兩天，我的腦子裡只想著要為靈川及自己報仇，深深地恨著亞夫，恨他追殺我、恨他殺死了靈川、恨他傷了白白和白猴們！深深的恨讓我時時刻刻想著他，一刻不停地期望他快點死去！難道正是因為這樣，反而加強了我跟他之間的情感聯繫？因為恨也是一種情感。

天啊，這個世界彷彿是活的！它能感應到我這個外人和它之間的聯繫。伊森不知道我其實愛著他，於是離開了我，讓我成為他生命裡的一個過客，這個世界並未從他身上感應到我在這裡的存在感。但它從亞夫身上感應到了，因為他深深恨著我，一如我此刻深深恨著他！

一想到這裡，我的全身不由得起了雞皮疙瘩——這個世界是活的！所以我更該像個路人般活在這裡，既不去愛也不去恨，一旦無視了這個世界，它才會無視我？如果真的是這樣，這個世界實在太可怕了，所謂的「同化」反而更像是吞噬，被它不知不覺地啃盡！無論是返家的信念、對自己世界的聯繫、內心的感情，還是自身的靈魂……最後便會成了它的人，被印上各種花紋，成為永遭禁錮的靈魂，無法離開。

我的額頭瞬間冒出了冷汗，心跳也猛然加速，無法順暢地呼吸。

「哼，紅頭豬真是小題大做……」耳邊忽然傳來了安羽輕蔑的聲音：「攻打一個靈都居然帶了那麼多兵，我看他是去占領靈都的。」這番話忽然把我帶出了被同化的恐懼。既然這個世界想吞噬我，那我更該保持一顆平和的心，像個局外人般看著它。一想到這裡，我的心情頓時平靜了許多，再度看向手心時，發現那顆金痣漸漸地變得暗淡……真的起作用了。

我深吸了一口氣，打算分散對自身仇恨的關注。眼前整齊劃一的騎兵比我在上面觀看時感覺更多更壯觀，跑在他們身邊的我們完全看不到邊際。安羽抱著我不斷向前奔馳，出了城門後，便見在熱風中飛揚的火紅旗幟，宛如一團燃燒的火焰。旗幟上印著一頭猛獸，齜牙咧嘴，看起來格外凶猛，像是要從火焰中一躍而出，燒盡整個世界！

很快地，我看到了站在騎兵隊伍前方的伏色魔耶，一身金甲的他威風凜凜。王宮外大道的兩側已經站滿了伏都百姓，個個表情興奮不已，彷彿王宣誓開戰是他們的驕傲！

安羽帶著我來到伏色魔耶身旁，他手握巨劍劍柄，輕蔑地看向我們：「再晚來一點我就要走了，

年紀小就是做不成大事。」他的視線落在安羽身上。但同樣自負的安羽更加傲慢地望著伏色魔耶：「打仗講求的是時機，不是貪快就能贏的。」

「哼。」伏色魔耶轉頭打量著我：「小孩就是小孩，打仗居然還要帶個玩偶？」

安羽白了他一眼，像是嘲笑著白痴似的勾起唇角：「她的用處可大了，你懂什麼？」

「用處？」伏色魔耶好笑地看著安羽：「難道是等你餓了時給你餵奶嗎？哈哈哈哈哈——哈哈哈哈哈——」他狂笑起來。

我一聲不吭地坐在馬上……伏色魔耶和安羽的嘴賤程度真是不相上下。

「哼。」安羽斜睨了一眼伏色魔耶。

與此同時，塞月自前方策馬而至，那頭酒紅迷人的捲髮隨著白馬奔馳而飛揚，雪白的馬和伏色魔耶身下的黑馬形成了強烈的對比。她跑回伏色魔耶身前，一手執著轠繩，一手握著劍柄，神色非常正經：「王，前方步兵已經列隊完畢，隨時可以出發！」渾厚有力的聲音讓她宛如聖女貞德般英姿煥發！

伏色魔耶點點頭。塞月看到我，顯得有些驚訝：「王，您為什麼要帶著這個女巫？」唉，她真的認定我是女巫了。

聽到她提起我，他再度大笑出聲：「她是安羽的奶媽，要是不帶著他，安羽就會餓得沒力氣打仗，哈哈哈——」塞月在他不正經的話中依然不解地望著我，眸中雖然沒有了之前對女巫懷抱的厭惡和害怕，但依然充斥著滿滿的嫌棄。

「前進——」伏色魔耶忽然抽出巨劍高喊，整支馬隊頓時飛馳起來，馬蹄聲如同擂鼓一般。

「王！王！王！王！」

兩旁的百姓激動地大喊，為這支隊伍送行。妓女們也紛紛湧出人群，扭腰擺臀，歡呼尖叫，以自身的性感和熱情直接表達對王和這支隊伍的祝福，宛如暗示著一旦將士們歸來，她們便會獻上最上乘的服務。

我坐在安羽身前，身上的披風隨風飛揚，轉眼間便來到了一扇巨大的城門前，整齊的騎兵隊飛快奔過寬闊的吊橋，發出隆隆聲響，橋身不住震顫。當我們跑過護城河後，蒼茫的天地和整齊劃一的步兵瞬間映入眼簾。面前的大地沒有半棵作物或是植物，只有一望無際的沙地，不遠處沙丘此起彼伏，到處可見營房和馬房，廣袤的沙地完全成了伏都的軍營！我再次回頭望向城池，巍峨的城牆一如中世紀的城堡，高高的塔樓上依稀可見把守的衛兵，整個伏都是一座牢不可破的城池，任何人都無法進入！

與步兵會合後，伏色魔耶帶領所有士兵繼續向前奔馳，沙地後方是一條寬闊的淺灘，水深不高，只到馬匹的膝蓋。河的對岸有著草坪和稀稀疏疏的樹木，卻不見莊稼地，這個方向的土地似乎是完全做為軍事用途，看不到半個尋常百姓，倒是有一些牛群羊群在吃草。當伏色魔耶的馬隊跑過時，牠們紛紛跑開避讓，一時塵土飛揚，有種古羅馬軍隊進軍，大漠飛沙的磅礴氣勢。

過了不久後，紅色的聖光之門頂天立地地出現在我們面前，巨大得足以讓這支龐大的軍隊穿過。伏色魔耶帶領塞月躍向聖光之門，那一刻，我看到塞月的臉上充滿了興奮和激動，她在渴望戰爭，或是……更加渴望能與伏色魔耶並肩戰鬥。

有一種女人喜歡站在自己的男人身邊。

我開始有點羨慕塞月了，也深恨自己的無能！我為什麼沒有學個跆拳道或是柔道護身？閒暇時間就只知道吃！吃！吃！吃這個技能在這裡毫無作用啊！

「塞月是伏色魔耶的什麼人？」我問安羽。

「嗯？小怪怪喜歡那頭紅毛豬嗎？」他的唇邊掛著邪氣的笑容，語氣裡卻流露出一絲寒意。

我搖搖頭：「不是，只是因為聽大家叫她公主，有些好奇她是不是伏色魔耶的孫女。」

「孫女？哈哈哈——」安羽頓了頓，大笑出聲：「人王不能生育，這才是真正的詛咒……」忽然嚴肅的神色讓人感受到了他對詛咒的一絲恐懼。

「人王只能永遠孤獨而寂寞地活在這個世上……」他勒緊韁繩，目視前方。

人王……不能生育！也就是說人王不會有子嗣！他們長生不老，卻得眼睜睜看著自己身邊的親人一個接一個老去死去，這是多麼地殘忍？

「塞月的公主頭銜是封的，伏色魔耶很欣賞會打仗的女人，封她們為公主，讓她們住在王宮裡，享受尊貴的待遇。」隨意地說完後，安羽也帶著我越過聖光之門。

這麼說來，伏色魔耶其實也是想找個能陪他的夥伴？

闍梨香，妳的報復實在太狠了！妳索性將力量給了那些虎視眈眈的人們，並讓他們在漫長的歲月中體會妳曾經遭受的痛苦，這真的可以說是震撼教育。

急於宣戰的伏色魔耶在跨過聖光之門後就直接往對面奔去，那裡是靈都的方向，卻忽然像是看到了什麼而驚詫不已地停下了馬，目光瞪著前方。我順著他的視線一看，發現那扇聖光之門變了——由於聖光之門非常巨大，宛如天柱般矗立，所以即使我們離那裡還很遠，依然能清楚地看到靈都的聖

光之門不再發光，而是變成了一堵真正的石門！淡青色的石門上烙印著入睡的圖騰，宛如一道緊緊關閉的古老神殿大門，任何人都無法進入。

「怎麼回事？」我疑惑地看著眼前的情景，周圍其餘七扇聖光之門卻依然閃爍著光芒。隱隱的怒火自伏色魔耶身上散發，塞月和將士們也面露疑惑，似乎從未遇過這種情況。

「看來亞夫真的殺了靈川……」

安羽的聲音從我身後傳來。我困惑地看著他，發現他也跟伏色魔耶一樣緊盯著失去光輝的石門，面色異常沉凝，整個人倏地成熟起來，不再像平日那樣嬉笑調侃，自詡高傲。

「你們留在這裡。」

伏色魔耶沉聲說道，接著對安羽使了個眼色，策馬朝靈都的聖光之門奔去，安羽立刻跟上，兩匹馬並駕齊驅，疾速前進。

我們終於抵達了靈都的聖光之門。伏色魔耶掀起紅色披風下馬，安羽也跟著躍下，順手抱下了我。他們伸手摸向石門，伏色魔耶頓時皺起眉頭，一拳砸在上頭：「混蛋！他居然把聖光之門關了！」

安羽輕笑了一聲，倚在門上望著伏色魔耶：「這是做賊心虛。亞夫比靈川聰明，知道我們遲早會來，所以關閉了聖光之門。」

「關門？」我驚訝地看著他們：「聖光之門也能關閉？」兩人頓時看向我，伏色魔耶的臉色比我殺了修時還要難看：「聖光之門也有鑰匙，鑰匙在每個人王手中，如果發生戰事，便能關閉聖光之門保護自己的國家，並暫緩攻勢，其他王只能從別的國家繞過去。」

「那、那就繞吧？」我看向周圍：「其他的門不都開著嗎？」

「才沒有那麼容易呢。」安羽睨了我一眼：「離靈都最近的是夜叉王的修都，那裡叢林茂密，如同迷宮，就算有我帶路穿過叢林，還有一片大海相隔。每個國度都有自己的天險防禦，即使我能飛過去，伏色魔耶和他的兵也沒那麼容易過去。」

「這是什麼破世界？」我無語地大喊，讓他們一陣愣怔。我指著這個世界：「明明只是個迷你世界，居然還有什麼大海和叢林？不就是個破牢籠嗎？需要這麼壯大嗎？」

安羽和伏色魔耶傻傻地望著我，一個銀瞳大張，一個目瞪口呆。我拍向石門：「打破它行不行？」

「妳瘋了嗎？」伏色魔耶忽然朝我大吼：「聖光之門是這個世界的支柱，一旦被擊毀，這個世界就會塌陷。妳想讓我們所有人給靈川陪葬嗎？」他惱火地一拳砸在石門上。

我怔怔站在聖光之門前。原來只要聖光之門被毀，這個世界便會塌陷……

「哼。」安羽輕輕笑了，伏色魔耶怒不可遏地望著他，他媚波流轉的銀瞳瞥向伏色魔耶：「就算今天聖光之門開著，你也沒辦法進靈都。」

「你說什麼？」伏色魔耶冷冷地看著安羽，安羽訕笑道：「你會飛嗎？靈都全是山柱，沒有飛船的話要怎麼到聖殿？」

伏色魔耶一怔，碧綠的瞳仁中頓時升起熊熊火焰：「你昨晚之所以不說，是為了看我現在的笑話嗎？」

安羽咧嘴大笑：「是～～的～～哈哈哈哈——哈哈哈——伏色魔耶，你真的是白活這一百五十年了！哈哈哈——哈哈哈——」

伏色魔耶憤怒地握緊拳頭，火焰在上頭旺盛燃燒：「你這隻破鳥！」

「你說什麼？」安羽立刻瞇起銀瞳，黑色的羽翅自身後迅速展開。

「我今天一定要拔光你的鳥毛！」伏色魔耶赫然揮出拳頭，一隻火獸再次從他身前躍出。安羽則飛了起來：「哼！就憑你？」羽翅扇起黑色的龍捲風，化作巨大的飛鳥朝猛獸撲去。眼見他們即將在聖光之門前開戰，我終於忍無可忍地跑到火獸和飛鳥中央，嚇得伏色魔耶和安羽大喊：

「醜八怪，妳是要找死嗎？」

「滾開！」

伴隨著兩人的厲喝傳來，我向兩側撐開雙手，憤怒地大喊：「夠了————」火獸和飛鳥撞上我的手心時，頓時化為烏有。伏色魔耶一愣。

我生氣地看著他們：「不是說聖光之門不能破壞嗎？你們在這裡打架是想讓這個世界毀滅嗎？」

安羽皺了皺眉，「嘖！」一聲別開臉。回過神來的伏色魔耶大步走向我，抓起我的手臂左瞧右看：「妳是用了什麼巫術？」

「我沒用巫術！」我用力想甩開伏色魔耶的手，萬分地不甘心，明明神力和神器都傷不了我，我卻又脆弱得像隻螻蟻！如果我有塞月的一身本事，又何須畏懼他們呢！

「白痴，你居然到今天才發現。」安羽瞪著伏色魔耶：「放開她！只是神力對她無效，你這樣捏她骨頭會碎的。」

伏色魔耶真的像是怕把我捏碎，頓時收回手，奇怪地望著安羽：「神力怎麼會對她無效？」

「我怎麼知道？」

備感煩躁的安羽走到我身邊，作勢要來扯我。周圍卻忽然掀起一股猛烈的氣流，揚起了他的銀髮，他立刻抽身往後退避，同時瞇起銀瞳。我跟伏色魔耶吃驚地往右側看去，看到了端坐在飛毯上的涅梵和玉音！

咦，是飛毯！

華美的飛毯緩緩降落，但依然懸浮在地面上。涅梵起身俯視伏色魔耶：「有人是不是插隊了？」

「嗨～～小美人，我們又見面了～～」雌雄莫辨的玉音朝我揮手，左腿盤在身前，右腿曲起，右手肘撐在膝蓋上托腮笑看我。他們還不知道靈川的事，如果他們知道，就有人能幫我制約伏色魔耶和安羽了！

伏色魔耶回過神來笑了笑：「涅梵啊，這有什麼關係呢？我本來想告訴你的。知道你那天要去接她，我便想去看看你，卻看見這個女人被亞夫追殺受傷，於是順道救了她。如果你真的很在乎這一兩天，不然我跟你調換順序？」

涅梵面露疑惑，接著看向聖光之門：「追殺？對了，靈川為什麼要關門？那天我過來時，這道門就已經關上了。」

「因為亞夫弒君，把靈川殺了。」安羽的話立刻讓站在飛毯上的涅梵和坐在他身邊的玉音大感吃驚，玉音甚至起身與涅梵對視了一眼，轉頭看向我：「這是真的嗎？」

「哼。」身邊的伏色魔耶冷哼一聲，斜眼睨著安羽，大概是恨他多嘴，這下靈川的神力要被人瓜分了。

看來時機到了！我恨恨地點了點頭：「沒錯，亞夫殺死了靈川，接著便將聖光之門關了起來。」我頓了頓，看向總是想殺我、甚至擅自將我當成禮物送人的伏色魔耶，他依舊瞪著安羽，絲毫不把別人放在眼裡。

「亞夫……」涅梵倏然握緊雙拳，負到身後，一身黑漆漆的長袍讓他顯得更加陰沉可佈，憤怒在黑眸裡熊熊燃燒，遠比伏色魔耶和安羽聽到靈川的事來得更加震怒！

「梵，冷靜。聖光之門既然已經關上了，我們無法捉拿亞夫。」玉音難得地認真起來，半信半疑地看著我：「而且這件事只是這個女人的片面之詞……」

我頓時冷冷地望著他：「你認為我在說謊？」他那中性的波斯混血面容顯得猶豫不已。我指向遠處伏色魔耶的軍隊：「信不信隨你們，但伏色魔耶信了，還巴不得不讓你們知道，好獨吞靈川的神力！」

「……妳！」伏色魔耶粗聲大喊，作勢想要抓我。飛毯忽然滑翔而下，逼退伏色魔耶的同時也擋在我的身前，上頭的玉音冷哼了一聲：「你就這麼急著想統一八國？」伏色魔耶握緊拳頭。我慢慢拉好頭巾，緩緩轉身側向他們——這些人的關係越亂對我越有利——卻忽然對上了安羽半瞇的雙眼。

他瞥向涅梵等人：「我現在覺得玉音的話或許有點道理。」

我一愣，他是覺得玉音的懷疑有道理嗎？

安羽朝我邪邪一笑，玉音的飛毯也隨之轉向，涅梵深沉的目光落在我身上，伏色魔耶則走到一旁認真地打量我。

玉音再次恢復他那迷人嫵媚的笑容：「這個女人一直不甘受制於我們。」他伸手挑起我的下巴，

我轉過頭，他輕笑了一聲：「我看她可是恨我們恨得牙癢癢呢！巴不得看到八王內亂，剛才這是不是想挑撥我們四王之間的關係？」

「噗嗤，我們的關係還需要挑撥嗎？」安羽在旁邊輕笑。玉音抽了抽眉。

伏色魔耶一陣沉思：「這麼說來確實很可疑。那天我雖然看到亞夫追殺她，但他用的是弓箭，並沒有用神力。而這個女人……卻有了人王可以自癒的能力，難道是她殺了靈川？」

什麼？怎麼一群人在一起，智商反而降低了？我都要暈過去了！

「什麼？」涅梵和玉音同時驚呼。玉音有些難以置信地看著我：「妳居然有自癒能力？難道妳真的……」

「我沒有！」我憤怒地瞪著他們：「我有沒有說謊，你們到了靈都不就都知道了？你們如果攻擊亞夫，他自然會以神力來反抗。而且如果是我殺了靈川，靈都為什麼要關門？」

我指向緊緊合上的聖光之門。這群人真是讓人焦急得不得了，大概是因為人老了會逐漸退化，腦力大不如前了吧！

我看看玉音的飛毯：「看！玉音王有飛毯，伏色魔耶你不是正好為穿越叢林大海發愁嗎？現在你們四個人可以好好商量一下怎麼攻打靈都了！」我在四人彼此交錯的目光中大步回到馬邊，翻身躍上，沉臉看著他們：「你們去搶你們的神力，我只想救靈川。」

「川還活著？」涅梵驚訝地看著我，我點了點頭。伏色魔耶面露疑惑：「可是神力到了亞夫身上，靈川要怎麼活？」

玉音嫵媚的雙眸再次瞇起：「嗯——？看來小美人說謊的能力不夠好哦～」我正想解釋，安羽

卻說了起來：「這件事她倒是跟我提過。她用冰凍住了靈川的肉身，靈川的力量來自於水，冰凍似乎對他有效，保住了他一口氣，她現在急著找修替他治傷。」

我有些吃驚地看向安羽，總覺得以他的性格應該會站在旁邊看好戲，而非替我說話。

「真是稀奇啊。」玉音也以狐眸望著他，若有所思地撫摸自己嫣紅微翹的雙唇：「黑天使安羽也會為玩具說話？」果然他也這麼覺得啊。

安羽邪笑起來，雙手環胸掃視眾人：「我這是在為自己考慮，如果能保靈川不死，那麼……我們今後是不是就沒有罩門了？」涅梵、玉音和伏色魔耶的臉上頓時不約而同地掠過一抹深沉。

原來安羽是想讓自己再也沒有罩門！人王是可以殺死的，但如果這次靈川不死，反而等於是給了他們一個提示，或者說是方法。看來在這些人王裡，只有靈川失去了活下去的信念，其他人都活得很有精神……真是惡人活千年！

聞言，這些人雖然沉默不語，但似乎已經達成了某種共識，一同返回伏都商討攻打靈都的事宜。

伏都的百姓見他們的王歸來，目露疑惑，似乎沒想到這場仗會打得那麼快，還有人高聲歡呼，慶祝他們凱旋而歸，卻在看到伏色魔耶陰沉的臉色後縮起了腦袋。

他們沒有再通知其他王……應該說是鄯善王。

回到王宮後，塞月拿來了一捲舊黃的羊皮地圖，地圖上滿是塵灰，像是幾百年沒使用過了。當她一打開，灰塵揚起，那頭酒紅的捲髮頓時失去了一抹豔麗的光澤。

「咳咳咳！」

她為四王夾好地圖，伏色魔耶，涅梵，玉音和安羽紛紛站在圖前。那是一張世界地圖，八個國度

一字排開，從左到右分別是靈都、修都、梵都、羽都、玉都、安都、鄯都和伏都，涅梵和玉音站在地圖左側。來到伏都後，涅梵已經脫了好幾件衣服，繁重的漢服讓他無法忍受伏都的炎熱，長髮也全部挽起，用髮簪固定，身上只穿著黑色的綢衣綢褲。玉音向來打赤膊，只戴首飾，所以比涅梵好一些。

我現在只關心他們要怎麼去靈都，地圖上果然每個國度相鄰之處都有天險，難怪當初扎圖魯說安都百姓去別的國家謀生，來回也要月餘。只見修都和靈都之間是一片汪洋，和梵都之間是一片沼澤；梵都和羽都間是險峻入雲的山脊，形成天然的長城；羽都和玉都間是一條寬闊的峽谷，讓整個世界一分為二，徹底分開；玉都和安都間是一片如同迷宮的霧林；安都和鄯都之間是一片沙漠……什麼啊！這個破世界居然還有沙漠？不過這麼看來，這個地下世界其實是個巨大的空間，不是我所想像的局限於樓蘭沙漠之下。最後，鄯都與伏都間是可怕的火山地形，地面上有著一個個凸起的噴嘴，間歇噴出足以致命的炙熱岩漿和熱氣。

此時此刻，我才明白自己對這個世界的認識是那麼地淺薄，之前完全走錯方向了。所謂「知己知彼，百戰百勝」，這麼簡單的道理我居然忘了！要想離開這個世界，脫離它對我的掌控，我應該先去深入瞭解它，才能循著它的成因找到出口。闍梨香山洞裡的壁畫不正是提示我要去瞭解這個世界、熟知這個世界？還有……我暗暗掃視著站在地圖前研究的四王。

我錯了。之前我只求在這個陌生的世界自保，但現在我更應該想的是如何在這個世界生存下去。

靈川突然的死和因為憎恨亞夫而莫名被同化的這些事讓我心慌意亂，徹底失去了方向，只知道要衝去靈都找亞夫報仇，再請修拯救靈川。被仇恨沖掉理智的我完全亂了方寸，歇斯底里地只想快點回到靈都。

我再看看在地圖前鎮定的四個男人，涅梵和玉音看得出對靈川也有情誼，也想為他報仇，卻顯得十分冷靜，不像我那麼衝動。我現在需要的正是冷靜，必須鎮定下來好好思考！

他們正站在地圖前認真看著修都的叢林和大海。在還沒抵達大海前，叢林也是個很大的挑戰。

「安羽，你不通知安歌嗎？」站在地圖右側的伏色魔耶問安羽，安羽笑了笑：「打仗這種血腥危險的事怎麼能讓我的小安去？我可不想看到他潔白的雙手染上噁心的血沙，滿手滑膩膩的。」

他似乎相當厭惡那種感覺，噁心地搓了搓手。這裡的血沙很特殊，格外地細膩，宛如沙漏裡的沙，甚至比它們更加滑溜。

「那修呢？」他接著反問伏色魔耶：「有人還想找他醫治靈川呢。」

我猛然抬頭，卻發現玉音正看著安羽：「我們都知道修那傢伙一般想找是找不到的，除非他自己出現。」

咦，夜叉王來去無蹤嗎？這下我該怎麼找到他？不行不行，我怎麼又急躁了？要冷靜！冷靜！

涅梵看了我一眼，繼續研究地圖，神情鎮定從容：「靈川既然被冰封了，待在冰川裡才是最安全的，眼下不急於找修，等捉獲亞夫後再讓修前來醫治他，把神力還給他。」

「我不同意！」伏色魔耶立刻大喊起來：「我們擒獲了亞夫，憑什麼要將神力還給靈川？他明明一心求死，根本不想要神力啊！」

忽然，涅梵黑色的衣袖掠過地圖前，一把揪住了伏色魔耶露在鎧甲外的衣領，直接拽到自己面前。氣勁震得地圖不斷晃動，候在一旁的塞月立刻抽劍指向涅梵，卻被玉音輕巧地單手拿住！地圖前的四人頓時劍拔弩張，只有安羽靠在一旁，像是看著白痴般望向所有人。

「你敢再侮辱靈川，就別怪我踏平你的火山！」他低沉的嗓音不像是在開玩笑，一字一句都噴吐在近在咫尺的伏色魔耶臉上。伏色魔耶也瞇起碧眸，伸手同樣揪住了他的黑色衣領：「你要是敢再碰我一下，我也會讓你的梵都陷入一片火海！」

兩個人的身上同時散發出殺氣，羊皮地圖也因此不停地晃動，整個房間顯得蒸騰不已。涅梵的氣場範圍越來越大，連我的裙襬也在他的殺氣中輕輕擺盪，清晰地感受到一陣陣熱浪掀過我的雙腳。

「少假惺惺了，涅梵，我就不相信你對神力沒興趣！」伏色魔耶的臉幾乎都要貼上涅梵深沉的東方面孔。涅梵咬緊牙關，揪住他的衣領，眼角抽了抽：「我看你更希望我們所有王都自殺，把神力全給你！」

「哈哈！這樣更好，至少百姓們不會為戰火所苦！」伏色魔耶咬牙切齒地說，聽起來像是他之所以遲遲不發動戰爭，是因為考慮到百姓……伏色魔耶居然也會考慮到百姓？

「你這個蠢貨！」涅梵捏緊了拳頭。伏色魔耶的紅髮立刻燃起紅光，靠近地圖的手緩緩抬起，燃起了火焰：「你有種就再說一遍！」我突然聞到了燒焦味，發現地圖著了火，立刻大喊：「燒起來了！地圖燒起來了！」

安羽馬上跳離地圖，塞月慌忙收劍找水，玉音挑眉看眼前燃燒的圖片，伏色魔耶和涅梵卻依然揪著彼此的衣領，絲毫不受火光的影響，熊熊燃燒的火光照亮了他們的雙眸，像是裡頭也竄起了熾茂的火苗。

他們打算深情對視到什麼時候？

塞月最後沒能找到水，地圖就這樣在伏色魔耶和涅梵的對視中燒成灰燼。他們同時放開對方，涅

梵整理了一下衣領：「地圖沒了，改日再議。」說完，他拂袖轉身大步離去，步履帶風。玉音笑呵呵地看著伏色魔耶：「小伏～如果沒有我們的飛毯，你要怎麼過海？」說完，他也隨涅梵離開了。

伏色魔耶站在地圖架前，憤怒地凝視著涅梵和玉音的背影，倏地轉身推倒地圖架，忿忿地甩了甩紅色披風，往另一個出口走去。塞月看了看倒地的架子，立刻跟隨伏色魔耶而去。最後，整個議事大廳裡只剩下我和安羽，他笑了笑，像是欣賞了一齣鬧劇，雙手環胸走到架子旁踢了踢，隨即哼了一聲看向我：「還待在這裡做什麼？妳不累嗎？」

聞言，我轉頭往涅梵他們離開的門走去，那裡通往我的房間。這裡還真的沒有一個正常人，待久了只會跟著他們一起有病。

當我走出門口時，意外地看到玉音正慵懶地斜靠在門邊，看向安羽：「小羽，現在是涅梵的回合，所以他才是這隻小貓咪的主人，請你離他的寵物遠一點。」說完，他伸手攔住了安羽，並示意我離開。

看來我想利用涅梵制約安羽和伏色魔耶的目的達成了！我立刻加快腳步從玉音身前走過。安羽瞪著玉音，玉音嫵媚地笑看著他，當兩人也陷入「深情」對視時，我毫不猶豫地提裙小跑，最後演變成大步奔馳，衝向自己的房間，披在身上的披風在奔跑中滑落。我停下腳步，打算回頭去撿，卻看到涅梵從走廊旁的一間房間走出，緩緩撿起了那件披風。我一邊喘息，一邊凝視著他，那張東方面孔讓我覺得有些親切，卻不敢靠近。他跟伏色魔耶一樣對這個世界有企圖，卻不想得到靈川的神力，難道是因為他和靈川是摯友？

他深沉地望著我，手持披風來到我面前，目光和他身上黑色的綢衣一樣漆黑，彷彿視我為一個奴

婥：「亞夫為什麼要殺川？」

嚴厲的語氣與審問無異。當他得知靈川的死訊後，便不斷地追問我事情的真相，不像伏色魔耶對靈川的一切毫不在意，只想快點殺死亞夫，好獲得原本屬於他的神力。

「如果有半句謊言，妳知道結果是什麼的。」他深沉地警告著我，散發出一股帝王威嚴。

我皺了皺眉頭，深吸一口氣，實在是受夠了這些王動不動就要曬死我、溺死我、砍死我，讓我每天都活在陰影中！只是因為我弱小，就得任他們揉捏嗎？真的很不甘心！

這個世界想逼我接受它，徹底吞噬我的靈魂。但我要變強，要強到可以把這些人王全部踩在腳下！

我握緊拳頭說：「如果你不相信，現在就可以殺了我，但如果你殺了我，也就沒人能救靈川了！」說完，我用左眼直直瞪著他。他看了我片刻後，皺了皺眉，雙手忽然甩開披風，一條手臂繞過我的頭頂，黑色的披風頓時遮住了我的視線。當它從我眼前消失時，涅梵的雙手落在我的肩膀上，為我穿好了披風。

我依然戒備地瞪著他。他看著我：「在見到靈川之前，我會保護妳不受安羽和伏色魔耶騷擾。」

我一怔，卻見他的目光在下一刻收緊：「但是如果發現妳騙我，我會立刻殺了妳！」

我冷冷地回敬了一句：「哼，等你能殺我再說！」

他頓時一愣。我抓緊披風，轉身就走。不能再這樣下去了！好不容易脫離一個王，又受制於另一個。我不可以再只想著依靠別人，或是找尋一處庇蔭，必須要找到方法強化自己的弱點，徹底擺脫他們對我的威脅，才能獲得真正的自由。

跑著跑著，周圍的燈光忽然閃爍起來，前方的走廊陷入無盡的混沌，一盞接一盞的燈火熄滅，黑暗開始朝我一步步靠近。我愣了愣，停下腳步，氣氛頓時變得有些詭異，我像是闖入了似夢非夢的夢魘之中。

呼！呼！呼！呼！壁燈無風自滅，黑暗宛如可怕的黑洞般朝我吞噬而來。我害怕得步步後退，腳卻忽然踩上了什麼，僵硬地轉身一看，卻看到了亞夫！

只見他凶狠地看著我，手裡拿著一把匕首：「對……害怕是對的……妳應該怕我……妳應該畏懼我……畏懼這裡的一切……畏懼所有王……妳就是那麼地懦弱……妳就是那麼地膽小……妳最終不是被我殺死……就是被黑暗吞噬……」

為什麼我一定要怕你？

為什麼我一定要怕這裡的王？

為什麼我一定要怕這個世界？

不……不！

「不——我不會再怕你們了，因為你只是個夢——」當我吶喊出這番話時，金光驀然自我身上爆發，耀眼的光芒逼退了身後的黑暗，也吞沒了亞夫。

「啊——不——」他在光芒中漸漸消融，我忽然獲得了從未有過的輕鬆。

從和靈川發生關係那一晚後，我一直處在混亂中，我想恨他，之前的相處卻讓我根本無法這麼做，即使打他、殺他也無濟於事。

當我決定不再對他心軟，準備離開他、不想再見他時，他卻偏偏……被亞夫殺了……

我的心陷入了更大的混亂，直到此刻才重歸平靜。

點點散落的金光中出現了一道身影，我愣愣地看著她。她的身上穿著美麗的金色宮廷禮裙，寬大的裙襬像一層層金色的蛋糕，長長的捲髮用淡金色的髮帶纏繞，直垂身後——是闍梨香！

「闍梨香？妳又來這裡了？」我驚訝地看著她，她的穿著跟我在靈都時看到的大不相同。在這裡，她更像一位純良美麗的公主殿下。

她站在走廊裡，雙手規矩地交疊在蓬蓬的裙襬上，對我微笑。

我立刻問：「為什麼恨一個人會讓我同化？」她沒有說話，只是靜靜地看著我一會兒，轉身走了。她是不是想帶我去什麼地方？

我立刻跟上，她走到一間鎖住的房門前，手指輕觸鎖孔。門開了，她走了進去，房間頓時變得明亮不已。我邁步進入，發現裡頭似乎是一間書房，書桌上擺著很多未處理的檔案，一旁還有畫架，架上是只畫了一半的闍梨香畫像，穿著一如我眼前的她。

闍梨香站到房間中央，抬手指向前方，我順著她的手看去，發現又是一幅畫！

那幅畫很大，幾乎占滿了整面牆，畫風十分陰鬱，有些類似梵谷，畫著一個世界被一片黑暗的混沌包裹，像是兩隻手緊緊捏住這八個世界，而在那片混沌中有著一雙仇恨的眼睛。那雙眼睛是那麼地可怕，無邊無際的恨化作黑暗，吞噬了這個世界，讓人怵目驚心，彷彿也在仇視著我。黑暗自那幅畫開始蔓延，化作一雙巨大的手朝我狠狠抓來！

「啊！」我頓時驚醒，暖暖的橘色夕陽灑滿了房間，原來真的是個夢。

我遇到涅梵後就回房休息了。由於昨晚幾乎沒睡，又來來回回折騰，再加上月事襲來，讓我一沾

床就昏昏沉沉地睡著了。結果夢見自己在走廊裡奔跑，而且畫面是如此地真實。

世界就是那麼奇妙，有時做的一些夢像是真的。

闇梨香！

我立刻跳下床，又開始在走廊上跑了起來，差點撞到那些侍女，她們不悅地嘀咕：「真是個瘋女人。」

「噓……別人說她是女巫，妳要小心點。」

「女巫？太可怕了！」

我一路奔跑，經過一間間房間，玉音和涅梵正好從房裡走出來。

「那瀾？妳又要去哪裡？」玉音在我身後喊。

我繼續往前跑，循著闇梨香的提示找到了那條走廊，緩緩停下腳步。眼前的走廊是那麼地幽靜，沒有半個侍女經過，兩邊的壁燈也無人點燃，顯得非常幽暗，似乎沒有人會來這裡。

我慢慢走到那個被鎖住的房間前，闇梨香給我的提示就在裡面，我要進去。

我看向追我而來的涅梵和玉音：「我要進去！」涅梵怔了怔。玉音驚訝地看著我：「妳怎麼會知道這個房間？」

我伸手按在門上，垂下目光：「我不會再退縮了，之前我很怕你們，因為你們動不動就說要殺我，我便想用圓滑的辦法來討好你們，讓自己存活下去。可是我錯了，害怕和畏懼只會讓問題越來越嚴重，唯有面對內心的恐懼……才能無所畏懼！」

我抬頭看向那扇深鎖的大門，緩緩提起裙子後退，收緊目光，用盡全力踹在那扇門上。

鏗！門被踹開了。這一刻，陽光倏然從門內傾斜而出，灑落在我身上的同時，也讓我看到了希望。我轉頭看向涅梵和玉音，見他們怔怔地看著我，便對他們揚起輕鬆的微笑：「謝謝你們老是嚇我，我現在真的覺得沒什麼好怕的了。」說完，我邁入那溫暖的金色陽光之中。

房間保存得很乾淨，每一樣家具都被白布遮蓋，讓它們不受灰塵的侵擾。窗戶關著，窗簾倒是沒有拉上，採光極佳。我打開了窗戶——啪啦啦啦！一群火紅的鳥飛向了天空。

我回到桌邊，涅梵和玉音站在門口，沒有進來，只是環視著房間。一直不正經的玉音難得露出了些許凝重的神色。我掀開了桌上的白布，果然和夢境裡的畫面一樣，是一些沒有處理的檔案；再走到畫架邊掀開白布，正是那幅沒有畫完的畫。畫架邊畫具齊全。

我轉身一看，眼中果然映入了那幅可怕的畫，這是闍梨香給我的又一個提示，每一次提示都與畫有關，而且絕對不會出錯。

她一定是在告訴我為什麼我的恨念會導致我被同化的原因。

我緩緩坐在畫架前的凳子上，望著那幅充滿了恨的畫，感覺彷彿在看著之前的自己。我對這個世界充滿了恨，對自己倒楣的命運充滿了恨，對捉弄我、玩弄我、迫害我的王充滿了恨，對殺死靈川、傷了白白的亞夫充滿了恨……和畫裡的那雙眼睛一樣恨著所有的一切。

闍梨香想告訴我什麼？我開始對著畫深深思考。

「這到底是怎麼回事？」門外傳來了伏色魔耶的怒吼聲：「是誰准許你們打開這個房間的！」

「噓……不要吵到我們的小美人看畫～～」玉音在外面說著。

「小美人？小怪怪！」安羽闖入了房間，卻隨即變得安靜。

「是誰帶她來的？涅梵，是你嗎？」伏色魔耶問涅梵。

「不是，是她自己找來的。」他的語氣似乎有些懷念。

「她自己？怎麼可能？你難道又想說她是闍梨香嗎？涅梵，你真的是被闍梨香逼瘋了！」

聞言，我不由得微微一怔，隨後緩緩起身，將畫架轉過朝向身後一字排開的四個男人。那一刻，他們的目光全數集中在畫上，伏色魔耶率先轉過頭去，涅梵動搖的目光中流露出一絲複雜的痛，玉音蹙起眉看著我：「小美人，有話直說，別拿死人的畫對著我們。」安羽勾唇一笑，瞥向其他三人，似乎又想看好戲。

我指向闍梨香：「我跟她哪裡像了？請告訴我。」

涅梵沉默不言，單手負到身後，看向了別處。

玉音連連揮手：「不像，充其量也只是髮型有點雷同吧。」

「頭髮嗎……」我抓過自己的長捲髮，要是留長的話的確應該很像，無論是髮色還是捲曲度。

然而如果只是因為我與闍梨香有些相似，便被這些男人當成替身報復玩弄，那我今天就要告訴他們，我是那瀾！是那瀾！不是闍梨香！

我看到了伏色魔耶的佩劍，於是走到他身前，他高大的身軀宛如一堵牆。他莫名其妙地看著我：「妳想做什麼？」但我沒有回答他，直接抽出他的劍。

鏗啷！森然的巨劍在陽光中掠過一抹寒光，我勉強抬起它。與此同時，四個男人驚訝地朝我看來，我在他們還沒回神時一劍削去了自己乾枯的長髮，接著隨手扔下伏色魔耶的劍，太沉了，又粗又大。

我走到玉音面前，在他驚訝的目光中將頭髮放入他的手：「謝謝你讓我終於可以徹底地跟以前的那濫告別了。」

他愣愣地看了片刻，忽然做作而害怕地將我的頭髮放到身後的書桌上：「不要給我這麼噁心的東西！真讓人受不了！嗚～～」他縮緊身體，一邊有點娘地扭著身體跑出去。

「真是個瘋女人！」伏色魔耶撿起地上的劍：「古里古怪的，你們確定她沒瘋？以前掉下來的人不是瘋就是死，難得有幾個活下來的。」

我看向伏色魔耶，他受不了地作勢要扯下我的眼罩：「整天蒙住右眼，裝什麼神祕！」失去眼罩的遮蓋後，我的視野微微有些暈眩，並看到了他身上宛如火焰般燃燒的紅色花紋。

「既然妳喜歡這裡，就待在這裡吧！」他受不了地走到門口，回頭環顧整個房間：「陰陽怪氣的，正好適合這個瘋女人。涅梵，我是給你面子，不然我早就殺了她了，你看看她那副鬼樣子，真該綁在神柱上曬曬！」

既然他嫌我陰陽怪氣，我就乾脆以陰陽怪氣的目光看著他：「你曬晚了，我在靈都已經被亞夫曬過了。」

「什麼？」伏色魔耶驚訝地大叫。涅梵走到我身邊看著我：「妳確定是日刑？」

「當然。」我像是看到了一群白痴：「我到靈都沒幾天就惹亞夫生氣了，說要曬我，把我綁在一根石柱上，哼哼唧唧的也不知道念了什麼，陽光照下來，但是我、沒、化。」

「怎麼可能？」

「哼，白痴。」安羽比我更像看白痴地看伏色魔耶和涅梵：「就說她沒被同化了，日刑怎麼可能

會有用？要殺她只能靠手。」

說完，他勾起唇角，作勢朝我的脖子伸來……又想掐我！

我忍無可忍，在他掐住我脖子的同時扣住了他的手，那黑色的花紋在我的手背上蠕動。

「看見了沒，要像這樣～～」

安羽的目光倏然變得陰冷，嘴唇咧到最大，如同我是他手中的玩具，他可以待我極好，但也可以任性地殺死我。

「放開她！」涅梵上前阻止。他曾說會保護我，但我不想再仰賴任何人，再過著那種依附別人的生活。我不是寄生蟲！我是這個世界的異類！我是那瀾！所以我直接揪住了安羽手腕上的花紋，狠狠一扯，他的手臂頓時像是失去了力量般鬆開。

「嗚！」

疼痛的呻吟自從他口中溢出，他握住了宛如脫臼般垂落而下的右臂。

涅梵和伏色魔耶吃驚地呆立在遠處。

這是我第一次正式地對他們的花紋做出攻擊。先前因為不知道後果如何，我一直不敢隨便出手，雖然他們變態，但我可不是殺人狂。

「啊！啊！」

安羽痛苦地在我面前單膝跪下。我捏著那劇烈蠕動的花紋，高高俯視跪在裙下的安羽。哼！之所以不傷你們，不是因為本人純真聖潔，而是我也畏懼這份力量，不知道該怎麼掌控，害怕會對自己有什麼可怕的副作用，然而現在我已無所畏懼，再也無法回頭，可以陪你們好好玩玩了。

「安羽！安羽！」伏色魔耶立刻上前：「你怎麼了？走，我帶你去看御醫！」

我放開了手中的神紋。伏色魔耶橫抱起安羽，安羽的右手臂直直垂落在他的身前，臉在他有力的臂彎中向後倒落，銀瞳渙散，像是經歷了被人活生生扯斷手臂的痛苦。他一直以那雙無神的眼睛看著我，隨後慢慢閉起。

夜色漸漸吞沒了這個房間，最後只剩下涅梵一人。

我撿起被伏色魔耶丟棄在地上的絲巾，再次把眼睛蒙起來，手卻忽然被扣住，身旁出現了比黑夜暗沉的涅梵。

「妳的右眼到底能看到什麼？」他察覺到了？

寧靜如水的月光灑入這個房間。我甩開他的手，綁起右眼，提裙走了出去：「你不餓嗎？我可是很餓了。」

身後沒有任何聲音。我往前昂首而去，輕輕哼唱：

隨它吧

隨它吧～

回頭已沒有辦法

隨它吧

隨它吧～

一轉身不再牽掛……

闇梨香，謝謝妳告訴我要直視內心深處的恐懼，我將無所畏懼。我已經知道自己要做什麼了。

謝謝妳。

從這天起，我住在闇梨香曾經待過的宮殿裡。

女僕們為我一間間打開房門，塵封已久的走廊和房間再次點上了燈，原來這一整條走廊全是屬於闇梨香的。

不，確切地說起來，在她被殺死之前，整座王宮都是她的。

走廊上不只有我看到的被鎖住的書房，還有臥房、衣物房、雜物間，光是衣物和首飾就占去了四個大房間。女僕們將白布一塊接著一塊掀去，也徹底打開了她原本被封鎖起來的世界。

我在那些衣裙裡看到了很多男裝，都是適合闇梨香的尺寸，顯然她有時也喜歡扮作男人，或是覺得女裝累贅。還記得當初在山洞裡看到的她像是個女將，一身銀甲，乾淨俐落。

我開始翻看她書桌上留下的檔案，試圖更瞭解她，熟悉她的過去。

在闇梨香統治的五百年裡，整個世界相當和平，沒想到最後卻是人的貪念和欲望打破了這長久以來的平靜。意外的是，長生不老其實是個詛咒。

我從闇梨香的衣櫃裡找出了一些布，開始縫製眼罩。這是我第二次在這個世界做手工藝，第一次獻給了伊森，不知道他現在是否還穿著我給他做的內褲？不知道他在換洗內褲時是否曾想起過我？

我越想越氣，腦海裡卻忽然浮現出另一個男人——靈川。

他曾送給我一個精緻得宛如工藝品般的眼罩，卻在跟亞夫糾纏時不知落在了何處。那是靈川留給我的……唯一的東西……

現在細細回想，靈川所擁有的東西很少，他的生活範圍是那麼地單調——聖殿、聖湖、聖殿；吃的水果永遠是那麼幾樣，年復一年，日復一日。如果是我，再吃上一個月肯定吐了，他卻吃了一百五十多年……

戴上自己做的粗糙眼罩，我站在鏡子前。裡頭的我蓄著短髮，讓裸露在外的脖子更加修長白淨，身穿高領暗紫色連衣裙，這是我所能找到的最樸素簡便的一件裙子，但裙身上縫有立體的絳紅色花朵，讓它顯得格外精美。

這些都是闍梨香的衣服。累積了五百年，可想而知數量有多麼龐大了。

安羽被我扯了花紋後一直沒有醒來。見沃森醫生進了他的房間，我站在門外靜靜看著他無奈的臉。

雖然伏色魔耶和安羽總是動不動開打，但此刻他倒是面露憂急，反倒是玉音和涅梵二人無動於衷。玉音靠在窗邊漫不經心地撥著指甲，涅梵則朝我看來，燈火映入他漆黑的瞳眸，目光如炬，像是知道安羽的突然昏迷與我有關。

我轉身倚在走廊上，這份力量會對安羽造成怎樣的傷害？

雖然我不喜歡安羽，但他畢竟是安歌的弟弟，我如果讓他受了重傷，該怎麼跟安歌交代？胸口不禁有些窒悶，雙胞胎偏偏成了天使與魔鬼。

「沃森醫生，羽王怎麼樣了？」房內傳來伏色魔耶關切的聲音。總覺得他的同伴老是被我搞到昏

迷，無論是先前的修還是現在的安羽……
「王，羽王十分虛弱，看樣子很像重傷虛脫，但我實在找不到傷處。人王因為擁有神力，所以我也不知道該怎麼醫治，因為王……從沒生過病。」
「知道了，你走吧。」
沃森醫生退了出來，看到我時驚了一下，臉色蒼白地指著我：「女、女巫！」
我狠狠瞪了他一眼，他立刻狼狽地逃離，在燈火閃耀的走廊裡跌跌撞撞。我摸了摸自己的短髮，揚唇而笑。
「不會有事的。」玉音雌雄莫辨的聲音響起，顯得有些無聊：「我們是人王，只要不是致命傷，躺一會兒就好。上次你的小修被小美人刺中心臟，不是也在七天後醒了嗎？我看他今晚睡個一覺，明天就會醒了。」
「我們人王從不生病，安羽怎麼會突然變成這樣？」聞言，我在外喊道：「你可以找修來啊，他對醫治人王似乎很有經驗。」
「妳也會關心安羽的安危？」裡頭傳來伏色魔耶冷嘲熱諷的聲音：「妳是想找修來救靈川吧？」
我看著牆面上精美的掛畫：「這樣一舉兩得。」
「她說得對，我們遲早要找修。不如讓修來看看安羽到底怎麼回事，儘快找出原因！」涅梵的最後幾個字說得尤為深沉，我甚至能感受到他穿過石牆盯視我的目光。
「那也得找得到修！你們也知道他住在叢林深處，居無定所，除非他主動來找我們，否則我們很難找到他。」伏色魔耶的這番話讓我吃驚不已，修沒有王宮嗎？

他也是人王，怎麼會沒有王宮？

「我去找！」我轉身站在門前，決定自行擺脫眼前這種被動的狀態。房內三個男人的目光朝我看來，玉音挑起了彎彎纖眉，涅梵望著我沉思。

「哈哈哈——就憑妳？」伏色魔耶張狂大笑：「叢林裡到處都是猛獸毒蟲，還有食人的植物……哼！怎麼，妳就那麼想死嗎？」

我看著他們三人：「你們要為攻打靈都做準備，只有我最有空。這個世界的東西傷不了我，還是你們怕我逃跑？」

伏色魔耶瞇起眼，忽然沉下臉色：「好大的口氣，居然敢說這個世界沒有東西能傷妳？怎麼？妳還以為安羽在妳面前倒下是因為妳嗎？妳的想像力真是太豐富了！」他訕笑著，伸手要來捏我的臉。

「別碰她！」強大的氣流忽然自我面前掠過，揚起我短髮的同時，伏色魔耶也從我面前消失，橫飛出去——砰！他撞在走廊的牆上。我愣了一會兒，看到涅梵深沉的身影自門內而出。

「涅梵！」伏色魔耶憤怒地從牆上離開，紅髮再度燃燒起來：「你這是想開戰嗎？」

涅梵氣勢凜然地站在他的正前方，兩人的胸膛只隔了一層薄薄的空氣，咫尺相近的鼻尖幾乎快要碰在一起。

「這是為你好。」他一字一句吐在伏色魔耶惱怒的臉上，深沉地望著他怒火燃燒的雙眼：「你這衝動的脾氣要好好改改，否則下一個躺在床上的就是你。」這樣的對話配上眼前四目相對的男男畫面，總覺得有哪裡不太對勁。

「哼。」伏色魔耶不甘示弱，將染上火燄溫度的灼熱氣息噴吐在涅梵耳邊：「她早晚都是我的，

屆時你又能拿我怎樣？」

「是嗎？」涅梵淡淡地看了他一眼，忽然後退了一步，轉頭看我，唇角揚起一道淺淺的幅度：「那我真的要為你擔心了。」他頓了頓，接著對我說：「別離開這座王宮，外面的世界不會對妳留情，它的可怕是妳想像不到的。」我一怔，這番話多麼像父母對孩子說的話？外面的世界是多麼地可怕，妳還是乖乖待在妳的象牙塔裡。

他轉身直接離去。伏色魔耶如火的目光緊盯著他的背影，還以為涅梵是在跟他「搶」我，殊不知對方是好心地告誡他。看來涅梵多半察覺到了，卻不知道我到底是怎麼做到的，最好的方法便是不碰我。

玉音懶懶地走出房門，一邊打呵欠一邊伸懶腰：「你們走吧，今晚我會看著安羽，要是他醒了會通知你們～～我不在的時候你們可不許打架哦～～」他嫵媚地笑著，口氣像是在哄騙幼稚園小朋友一般。

當玉音關上房門後，我看向伏色魔耶，發現他仍盯著涅梵離開的方向。

「我不想打擾你看涅梵，但是聽說有一個我們世界的人還活著，而且住在這裡，我想知道他現在在哪兒？」那個倖存的人在這個世界裡住了那麼久，一定對這個世界有著比較詳盡的瞭解。

伏色魔耶回頭，那雙眼睛裡的灼意一時沒有消退，看起來格外凶狠。「妳從哪兒知道的？」那雙碧眸不耐煩地上下打量我：「我沒衣服給妳穿嗎！為什麼一定要穿那個女人的衣服？」

我轉頭對他一笑：「哼……我讓你們不舒服了嗎？」

他擰擰眉，煩躁地甩開臉：「瘋瘋癲癲的，隨便妳！」

「請告訴我，那個人在哪裡？」我再次問。

他煩躁地轉身側對我，似乎完全不想看到我：「告訴妳也無妨，他在圖書館。不過我很久沒見到他，不知死了沒。」他那無謂的語氣讓我大為光火，真是個無情的人。但我對這些王又能有什麼期待呢？他們不就是把我們當玩具、當收藏品嗎？難道我還能指望他們好好愛護我們？他們連自己都不愛惜了，又怎麼會愛惜別人？

伏色魔耶再次看著我的衣服：「下次別讓我看見妳穿那女人的衣服。雖然妳現在有涅梵保護，但別忘了妳始終要回到我的王宮的！」他狠狠指向腳下。

我淡淡地看著他，不禁輕笑：「是闍梨香的王宮。」

「妳想找死嗎？」他伸手又要來抓我，一旁的門卻忽然開了，露出玉音笑咪咪的臉：「都說了不要打架啊～～小伏你最不乖了～～」

伏色魔耶立刻憤懣地收回手，狠狠瞪了笑得像隻狐狸的玉音一眼，轉身就走！一團火自他手中而出，飛向走廊的壁燈，壁燈頓時熊熊地燃燒起來。

「嗯……」玉音眺望著他的背影：「小伏以前的脾氣可沒那麼火爆，獲得神力後倒是性格大變了，真怕他哪天燒了這座宮殿～～」他接著環顧四周：「闍梨香設計的宮殿還滿漂亮的，真捨不得它被破壞……小美人，妳說呢？」我看著他雌雄莫辨的臉，他很美，讓人總會模糊了他的性別。

他嘛起粉嫩的紅唇：「小美人削短頭髮後就變得不完美了～～妳的頭髮我讓人做成假髮了，下個月到我那裡，妳可要戴起來哦！長髮的妳才最完美。」他像是個造型設計師般對我嬌滴滴地提出要求。

我靜靜地看著他，他瞇起了那雙嫵媚妖嬈的眼睛，上身的首飾隨著他的靠近而晃得我眼前光彩迷離，他的身影在滿身首飾的閃耀下變得有些朦朧。

「難道～～小美人今晚想留下來陪我？」他俯下臉，慢慢貼近我的鼻尖：「吸～～～果然好香啊，小美人用的是什麼香料，怎麼那麼迷人？」

我淡淡地問：「你也想躺在那張床上嗎？」同時瞥了一眼床上的安羽。

玉音瞇了瞇眼，微翹的紅唇揚起，看起來似乎並不在意我的警告。「嗯……」他慵懶地回頭望向躺在床上的安羽，單手軟綿綿地撐著門框，腰肢微彎，頓時顯露出纖柔靈活的舞者線條，如同一條美男蛇纏繞在門框上：「嗯……我還沒死在女人身上過，倒是想試試呢～」他朝我舔舔唇，鮮紅的舌頭宛如妖蛇的舌信。

我皺起眉頭，受不了地看著他：「你確定是在女人身上而不是身下？」望著他那副彷彿連上床都嫌累的模樣，多半是躺在床上的吧。

玉音愣了愣，忽然掩唇大笑：「哈哈哈……哈哈哈……」笑得花枝亂顫，漂亮的捲髮也隨著他的笑聲而饒富彈性地顫動。

熱風拂進安羽的房間，揚起了床邊收起的火紅色紗帳。

「安羽不喜歡太熱。」聞言，玉音頓時停下笑聲，瞇眸細細看我，我轉身離開。人真是複雜。安羽欺負我時我恨他恨得要死，現在看他躺在床上半死不活，卻又湧現出一絲內疚了。

這或許就是我跟這些王唯一的不同之處，他們不會對傷害我的事感到慚愧，但是我會。除了自保，我不會隨意出手去傷害別人，然而他們會。

王宮的圖書館在後面的宮殿裡，途中會穿過一座很大的庭院，大得能放下一座有著薔薇花牆的綠色迷宮，迷宮外有草坪、各式園藝，以及西式的涼亭。

當我經過迷宮的外牆時，裡頭正好傳出了伏色魔耶的聲音：「塞月，我不是要妳把舊衣服給那個女人穿嗎？」

我停下了腳步。伏色魔耶是個嫌麻煩的人，所以他要塞月打包了她不要穿的衣服，讓女僕送來給我。這對他來說已經是莫大的恩賜，畢竟我又不是他的女人，更何況他恨我恨得要死。

但我無法去穿一個拿劍砍我的女人的衣服。

「我讓艾米收拾給她啦。」塞月有些莫名地回答：「怎麼了？王？」

「給她了？那她怎麼還穿著那個女人的衣服？」伏色魔耶的語氣忽然變得有些彆扭。我知道我穿著闍梨香的衣服出現在這些男人面前，讓他們非常不舒服，一半其實是出於故意的，另一半則是因為闍梨香的衣服太多了，很多可以看出是全新的，沒穿過。

「難道是嫌我的衣服難看？」她頓時相當不滿：「她有什麼資格不滿？王給她衣服穿，而且還是我的衣服，已經是對她最大的恩賜了！」果然……我就知道。

「不知道有多少女僕想穿上我的衣服，她怎麼可以嫌東嫌西？」那倒是，對於僕人來說，能穿上公主的裙子確實是一件很榮幸的事。

「王，您為什麼還要將那個女巫留在身邊？」塞月的語氣裡流露出一絲醋意：「您為什麼對她那麼好？還要去在意她穿什麼？」

這也算對我好？妳是沒被男人真正寵過吧？我家伊森對我可是言聽計從的，即使是呆瓜靈川也總

是把最好的東西給我。

靈川……是啊，他活著的時候雖然老愛發呆，但王宮裡無論什麼東西我都可以隨意取用。在他死去之後，我才發現這是他對我的好。我看向手腕上的銀鐲和戒指，雖然曾經很討厭這東西，因為像拴寵物的繩子，現在看到它卻只有親切之感。

我心中頓時覺得有些溫暖，怔立在薔薇花牆邊。難道我對靈川……

「因為……」花牆的另一邊傳來伏色魔耶遲疑的聲音。我回過神退後一步，透過交錯的花徑隱隱看到他發愣的臉。

「王？王！」塞月忽然變得有些歇斯底里，隱約可以看見她發沉的臉色。見自己的呼喚沒有作用，她忽然撲上伏色魔耶結實的胸膛，勾住他的脖子，吻上了他的唇。

我一愣，好主動！

伏色魔耶出神的雙眸閃爍了一下，火苗倏然竄起，也低下頭吻住了塞月嫣然的紅唇。

我再一愣，好激情。

他摟住了她的纖腰。現在的她穿的是一件暗紅色的低胸長裙，從領子到手臂，外加半個胸脯幾乎裸露在外，露出她極其誘人的深深溝壑，傲然的胸部此刻貼在他的胸膛上，被擠壓得變了形，鼓出一側。

塞月揚起臉，緊緊抱住伏色魔耶，一條腿已經圈在了他有力的腰上，雙手緊緊抓住他的紅髮，挺起高聳的胸部，好讓他更深地享受她胸前的美味。

染上熱意的月光灑落在這對格外激情的男女身上。伏色魔耶扒開了她的衣領，一側傲乳立刻直接

彈跳而出，比漢人更加碩大的粉蕊深深吸引男人的目光。

「王，在我尚未年華老去之前，您只能愛我一個。」她霸道地抱緊伏色魔耶，躍上他的身體，用雙腿圈緊了他的腰，大口吮吻著伏色魔耶的耳垂。

我心中暗想……伏色魔耶懂愛嗎？

「呵！呵！」伏色魔耶一手圈緊她的腰，碧綠的眼眸染上了火焰的顏色，側臉看向她：「塞月，妳知道我不會愛任何一個女人的，我可以給妳一切，給妳至高無上的公主地位，唯獨不能給妳愛，妳應該知道這個規則。」

塞月低下頭，氣喘吁吁地看著伏色魔耶，酒紅色的捲髮沾染上汗水，服貼在她的臉邊，讓她看起來異常性感：「我知道……那我現在就要您，您快給我！」她迫不及待地嘶啞吼出，同樣碧綠的眼瞳裡燃起渴望和對時光逝去的痛。

她能擁有這個男人的時間頂多二十年，這短暫的光陰讓她更加渴望與伏色魔耶身體上的契合。我看得出塞月很愛伏色魔耶，但是……她會老。

伏色魔耶的眸光立刻收緊：「好！現在就給妳！」

我愣了一會兒，想著西方女人果然夠直接！敢愛敢恨，想要就說，要是換作我肯定說不出那樣的話。還有……我看向自己的手心，她想砍人就真的會砍人！

伏色魔耶一轉身，將塞月放到了我面前的花牆上，卻不知道是不是因為用力過度，花牆朝我傾斜倒下。我往後驚跳：「啊！」

砰！我的眼前出現了伏色魔耶僵硬的神情和塞月潮紅的臉。塞月一個翻身，絲毫不打算遮掩自己

性感的身體，憤懣地看著我。伏色魔耶自她身上起身，狠狠地瞪著我，裡頭的情欲還沒有完全褪去。

我尷尬地眨了眨眼，轉身說：「我什麼都沒看見……什麼都沒聽見……我去圖書館！」隨後僵硬地往前走了幾步，跑了起來。

「居然撞到這個女人，真掃興！」身後只聽見伏色魔耶不悅的聲音。

「王！等等我。」

我在兩人的奔跑聲中快步走向圖書館緊閉的大門，淡紅色的月光隨著我推開大門，和我一起闖入這座安靜的大殿，我的心開始「撲通撲通」狂跳。都這麼晚了，那位老人還在嗎？然而塞月身為伏色魔耶的女人，卻也沒見過這位老人，可見他應該是住在這深不見底的圖書館裡的。

整棟建築物裡沒有別的房間，只有一扇繪有華麗圖紋的大門出現在我眼前，周圍彩色的玻璃窗讓月光顯得光怪陸離，整個大殿染上了一種陰鬱感，卻又透著一絲夢幻的童話氛圍。

我往前走去，月光拉長了我映在地面上的身影，腳步越來越快，最後開始跑起來，宛如那裡正有什麼召喚著我。我一口氣跑到門前，直接推開了那扇大門。

「吱——嘎——」

門終於打開，裡面一片黑暗，我的心也劃過一絲失落，看來老人不住在這裡。

忽然一抹綠光在黑暗世界裡閃起，以非常快的速度閃耀著，一閃一閃，就像是螢火蟲停落在黑夜裡，點亮一盞神奇的信號燈。那綠色的亮點始終不動，我於是緩緩走近，卻看到了一張書桌，上頭整齊地疊放著書，而那光點就在書桌的中央，我越看……越覺得熟悉。

好不容易終於看清楚時，我驚呆了！這不是手機嗎？型號跟我的還是一樣的！那綠光正是通知電

力充滿的信號！咦，慢著，那不正是我的太陽能萬能充電器嗎？

我徹底驚呆了，傻傻地看著那閃爍的綠燈良久後，才伸手去拿。

拔掉充電器的那一刻，手機信號燈便不再閃亮。我立刻點開螢幕……真、真、真的是我的手機！螢幕上的背景是樓蘭的照片，還有我自己裝文藝悶騷的照片。我立刻看向四周，倖存者呢？他現在應該是一位老爺爺了。

我打開手機的手電筒，眼前出現了一排又一排的書架，深不見底，光源完全無法照出它們；再往上看，高高的書架幾乎和宮殿一樣高，也是燈光無法觸及的區域。

我回到書桌旁，卻在上頭看到一封以英文寫的信！信封上寫著「請將這封信轉交給最近掉下來的女孩」。最近掉下來的不就是我嗎？

原來老爺爺留了一封信給我！他一定是從手機的先進程度和螢幕上的照片，判斷我是最近掉下來的人。

混蛋！伏色魔耶居然私藏我的信……不對，以他的個性來說，可能壓根兒不知道這封信的存在。油黃色的信封用這裡的紅泥封得很好，拿起來時沉甸甸的。我立刻打開，裡面是一疊厚厚的紙，顯示主人留下了千言萬語給我。在這個世界，英語也是一種語言，仰仗著精靈之力，我終於看懂了人生中第一封英文信！

我的心跳加速，就連雙手也有些顫抖。我深吸了幾口氣，努力讓自己平靜下來，一手拿起手機，一手握著信，輕輕念了出來：

親愛的女孩妳好，如果妳看到這封信，說明我已經死了……

我頓時感到晴天霹靂，信紙一張張從手中滑落回桌面，老爺爺……居然死了？所以……我跟他錯過了嗎？我在黑暗中呆坐了許久，才再次拿起他留給我的信，繼續看了起來。

我不知道該怎麼稱呼妳，但是當我看到妳的東西，內心是非常激動的，因為我沒有想到現在上面世界的科技是如此發達！很抱歉翻了妳的包包……

我的包包！原來我的包包掉在這裡了！在哪裡？裡面有衛生棉！

我開始左顧右盼，發現書桌沒有可以放包包的地方，或許老爺爺把它放在別的地方了。我平復了一下心情，繼續看下去。

我從妳隨身的物品裡看到了現代的科技，這些東西太振奮人心了！讓我重新燃起了想回去的欲望。哦，對了，我先介紹一下自己，我是環球時報的地理記者老麥克，至於掉落下來的日期已經忘了，因為我曾一度失去了希望，之所以會寫這封信，就是希望姑娘妳要堅持下去，不要氣餒。

在我之後也有其他掉下來的人，他們多半不是瘋了，就是草率地結束了自己的生命。有的則是掉落的地方不對，摔死在這個世界裡。

哦，對了，我要告訴妳，活在這個世界的並不只有我一個人，還有一位你們中國的考古學家，他

姓明，他說他覺得靈都的冰瀑可以找到回家的路，決定去試一試。

我當時沒有他那樣的勇氣，我退縮了，躲在這個圖書館裡，然後再也沒見過他。我真心希望他是回家了……是的，我這麼希望……

不……爺爺，他死了……唉……

很抱歉讓妳看我這個老頭絮叨了那麼多無關的事，接下來，我想告訴妳關於這個世界的一些事情，希望能對妳有所幫助。

我的精神更加集中，目光被這封信深深吸住。

這個世界的出現是因為神對世人的復仇……

出現是因為復仇？我的眼前浮現出那幅畫，那雙充滿仇恨的眼睛，用祂的恨包裹了這個世界。所以……這個世界的成因是「恨」？正因為這個世界是由恨而生，所以當我心裡充滿強烈仇恨時，它感應到了，把我當成了同類，所以我的身體才會出現同化現象？就像撒旦感應到了人內心的邪惡，想要誘惑你成為他的魔鬼，從而吞噬你的靈魂，成為他永世的奴隸。這不就像這個世界？一旦被同化，便會印上那些花紋，從此再也無法逃出這裡。

心中的疑惑終於被解開。我因為想回家而時時忌憚著同化，現在總算完全放下憂慮了。人的七情六欲是可以隱藏的，愛、恨、厭、惡都可以深深隱藏在心底。只要沒有什麼事情激發我心底強烈的恨意，那麼這個世界也就不會感應到。

這才是闍梨香給我的真正提示。

找出了答案，我更加冷靜了不少，繼續往下看去：

當年神被當成妖僧曬死，因為憤怒而製造了這個世界，但我認為祂還是愛著世人的，所以讓這個世界變得如此美麗，祂或許也還在愛與恨之間徘徊吧？神將這個世界分成……

之後便是我在山洞裡看到的那些關於這個世界的資訊。老爺爺似乎在這裡看了很多書，做了很多研究，但依然沒有闍梨香知道的來得詳細。

……如果妳覺得我的這些訊息對妳有所幫助，我希望妳在八王輪選之後，選擇伏都留下來……

什麼？老爺爺建議我留在伏都？這是要我選擇伏色魔耶嗎？

雖然伏都氣候讓人很不舒服，但妳會非常自由。在我看來，伏色魔耶是八王中最單純的一位王。他不會關注妳在做什麼……聽起來像是被他忽視，但我認為這是最大的自由。我住在這裡的時候，他

很快就忘記了我的存在，從不來圖書館，反而給了我很好的環境去研究這個世界，我可以自由地出入王宮，也可以在餐廳裡用餐。我的房間就在圖書館後方，妳之後可以去看看。在那裡，我收集了很多我們世界的物品，其中也有妳的包包……

我的包包果然在別的地方！我立刻回頭看向身後巨大的圖書館，漆黑幽深，我的包包就在這黑暗的盡頭。儘管起先開門進來時還覺得有點可怕，現在卻完全不怕了，只覺得激動和欣喜。

這正是我選擇住在這裡的原因，除了這裡的人像是我們世界的西方人之外，最重要的是，伏王不會關注我在黑市偷偷收集我們世界的物品，其他王則不然，一旦聽我解釋完原因後，妳或許就會明白伏都的自由。其餘的七王裡，安歌和安羽喜歡捉弄人，希望妳此刻沒有落在他們手上，他們真是可怕的孩子……

看來老爺爺被欺負過了，而且可能還被欺負得挺慘。

請原諒我沒有到伏王那裡打探妳的消息，因為我無法解釋自己是如何知道妳的，不想讓他們拿走妳的東西。我覺得這些東西對妳很重要，它們或許能為妳帶來慰藉，讓妳更有勇氣和力量去面對這個世界……

老爺爺真好，謝謝你對我的關心。

我從妳的包包裡看到了一台相機，那是我最喜愛的東西……哦，沒想到我還能觸摸到鏡頭！我的相機不知道掉到哪裡去了。我好不容易才摸清楚妳的相機怎麼用，它真是太神奇了，居然不需要底片！我在相機裡看見妳拍了很多圖書館的照片，以及別人看書的照片，所以猜想妳一定是個喜歡去圖書館看書的女孩兒，來到伏都時一定會覺得無聊而到圖書館看書，於是我把這封信留在這裡。這裡幾乎沒有人會來，可以說是最安全的……

爺爺觀察得真是細膩，不愧是個記者。如果沒在靈都發生那些事，按照原來的抽籤順序，伏色魔耶最後無視我，我確實會無聊地找書看，就像我總是喜歡到靈川那間密室裡看書一樣。但密室裡的書太少了，而且大多的是前人立下的規矩。

我似乎又離題了，再來說說別的王吧。靈川不怎麼愛說話，靈都規矩也很繁多，他喜歡安靜，所以妳必須始終保持安靜，不能說話實在太痛苦了……

爺爺，你知道嗎？靈川之所以不喜歡說話，只是因為沒有找到共同的話題，他其實是喜歡聽人說話的，而且說得越多越好。

玉音每天笙歌豔舞，特別喜歡教人唱歌跳舞，直到他滿意為止，這是一種相當可怕的折磨。而涅梵……他實在是個過於深沉的人，我彷彿永遠在他的監視下，對我的研究產生了很大的阻礙，我覺得他太提防別人了，彷彿總是擔心我們找到方法殺死他們，讓我十分懼怕他……

沒想到爺爺怕涅梵王。

鄯都是佛都，但我是基督教徒，所以我最後沒有選擇那裡，儘管鄯善是個極其仁慈善良的王。最後是夜叉王，我相信妳也會知道他的可怕的，我在那裡看到了不少我們這個世界的人的屍體……

「咻」一聲，一股陰風掃過我的桌面，手中的信紙揚了揚，我全身頓時起了雞皮疙瘩。明明伏都吹的是熱風，此刻拂人的卻是實實在在的陰風。我嚥了口口水，不知道爺爺是什麼時候離開的？在這三個月裡，這個世界的王已經發生了很多變化。

我在對這個世界的研究中發現了一件十分重要的事情，希望妳能牢記……

重點來了！爺爺到底發現了什麼？

我發現我們世界的東西會成為特殊的神器！

我的心中頓時有些失落……這點我也知道了，靈川曾在死前告訴我，我們世界的東西可以殺死他們人王。

一旦拿尖銳的器物刺中人王的心臟，就可以殺死他們。當然，我之所以告訴妳這項情報，並不是希望妳殺死他們，只是教妳自保。我無法解釋其中的原因，但如果把這個世界視為虛幻的，將我們世界的東西看成現實，那麼即使虛幻的世界再完美，也會被現實世界輕易擊碎。或許正是因為如此，我們從上面世界帶來的鉛筆也會成為這個世界裡最致命的武器。相反的，我發現我們世界的醫療用品可以醫治這些東西所造成的傷害……

什麼？我終於看到了一條對我而言相當重要的訊息！也就是說，靈川的傷只要用我們世界的ＯＫ繃就能止血！

ＯＫ繃，ＯＫ繃，哪裡有ＯＫ繃？我繼續看向爺爺的留言：

聽說夜叉王收集了很多我們世界的醫療用品和器具，我想他可能已經知道了這個祕密……

夜、夜叉王……果然還是要去找修那個變態……

不過，如果我受到致命傷，寧可死了也不想找他醫治……因為我不想成為他的試驗品……

看來爺爺也是打死都不肯去找修啊。

而這個世界的兵器如果用我們的血煉造過，也會成為半件神器，能夠傷害人王……

半件神器……也就是說清剛曾用人血煉製過？

說到人血，我忘記了一件更重要的事情！

更重要的是什麼？我立刻緊張起來。

那就是我們來到這個世界後會漸漸被同化！

我看著信紙愣了好一會兒，隨即嘆了口氣……老爺爺啊，這件事我也已經知道了。

我們的血會慢慢變成沙子，這真是太可怕了！這種變化會在不知不覺間發生，自己完全無法察覺。如果妳現在身邊有利器，請快點戳破自己的手指檢查……哦！上帝保佑妳還沒有被同化！

爺爺你放心，我會努力不被同化，找到回家的路。

我已經被同化了。當下我很害怕，不明白這麼可怕的事為什麼會發生在自己身上，當我接觸到真正的陽光時，會像被火灼燒般疼痛，那真是一次可怕的經歷，我不想再經歷第二次。我徹底感受到了「詛咒」這個詞，我們就像是吸血鬼，無法再去面對真正的陽光，我第一次發現自己是那麼地渴望著它。我曾經想著一死百了，卻沒有勇氣結束自己的生命，有很長一段時間，我總是和靈川一樣坐著發呆……

爺爺被同化了……從字裡行間可以感覺到他內心的恐懼與掙扎，還有同化後的痛苦及迷茫，讓我想起自己對同化這件事的害怕，那是一種發自內心的抗拒。幸好我現在已經揭開它的面具，知道了真相，可以說是比爺爺幸運上許多。

好在我挺過來了。孩子，很抱歉讓妳看我說了那麼多無關的事，因為我實在好久沒有遇到一個可以訴說自己真實心情的人，從上面掉下來的人在伏都只能停留一個月，有的甚至沒有來到這裡就死了，這幾十年掉下來的人也屈指可數，畢竟樓蘭地處沙漠，不會像菜市場那麼熱鬧的。可想而知，當我從黑市上買到妳的包包、發現妳的時候，內心有多麼地激動！

對了，我偷偷收集了不少我們世界的東西，希望對妳會有幫助。我們世界的東西被視為危險物

品，通常是會被人王直接收繳的，幸好我選擇留在伏都，伏色魔耶只喜歡打仗、女人和酒，對其他的事完全不關心，所以我還是再次建議妳留在伏都。當然，妳也許會擔心伏色魔耶好色……

爺爺……我不擔心這點，只擔心他殺我啊……

這點妳完全不必擔心，伏王不喜歡強迫女人，那會讓他非常掃興，在這一點上他尊重女性的選擇，而且他覺得東方女孩胸部太小……呵呵，請原諒我這麼形容東方女性，同為男人，我其實也比較喜歡伏都的女人……

……老爺爺是多久沒找人說話了？什麼都寫在信裡，難怪我怎麼看也看不完。眼睛開始發痠，我趴在書桌上繼續讀著信。

我是在上個月從黑市買到妳的東西的。當我拿到妳的包包時，我以為又是個普通的倒楣遊客，從材質上看也只是個普通的布包，所以我當時並不在意，心想它可能是以前掉下來的人的。然而當我看到那台先進的相機和奇怪的機器之後，我驚覺到這可能是最近才掉下來的，於是花了很長一段時間學會使用妳的相機，裡頭的照片上經常能看到那台奇怪的機器，人們總是拿在手裡，不管是在餐廳裡、商店裡、走路時，甚至連等廁所都……

那台機器……是手機吧……我忽然感覺自己像是個偷窺狂。我是個插畫家，會將相機時時帶在身邊，把一些特別的設計、景色或是服裝搭配全都攝入其中，當然還有很多帥哥……爺爺只關注他們手裡的手機，卻沒注意到他們全是帥哥嗎？

至於廁所那張則是因為實在太多人在玩手機了，我覺得非常壯觀才拍了下來。一長排人等廁所，每個人手裡都拿著手機，可見現代人有多麼地離不開它。

然後我看到妳的太陽能充電器。在我們那個年代已經開始研究太陽能的運用，當我看到那個寫著「太陽能充電器」的機器時，激動得失眠了好幾天……

我的眼皮漸漸垂落。我好像……也需要充電了……

我的手垂在桌面，面前的紙上寫著他激動的話語：

我發覺充電器上連接的黑線可以插入那台機器，於是嘗試了一下，我成功了……

呵呵，爺爺……你真的好可愛……我真的……好希望……能見你一面……

我趴在信紙上沉沉睡去，並在睡夢中看到了一個模糊的人影，激動地操作著我的手機和充電器，然後站在陽光下傻愣愣地等著手機的電力充滿。

爺爺是個極其聰明的人。換做是普通人，在完全沒見過太陽能充電器和手機的情況下，我看未必

能研究出來怎麼用。

「你也看見了！她根本不喜歡安羽！」朦朦朧朧中，我聽到了男性的聲音。「她如果喜歡安羽，就不會把他弄成那個樣子了。這樣你還不敢見她？」

吵死了，我好不容易睡了個舒服覺耶！是說這聲音總覺得挺熟悉的。

「你必須見她……」

似夢非夢間，我的眼前是一片淡淡的金色，隱約可見兩個小人在裡面拉扯。

「放開我！」忽然，我好像聽到了伊森的聲音。其中一個小人把另一個用力推倒，消失在金光之中。

「伊森！」

我猛然驚醒，眼前是淡淡的晨光，卻有個黑影宛如巨大的飛蟲般朝我的臉飛來。

「啊！」

我驚得幾乎是本能反應地拿起手裡的信紙朝它拍去——啪！

我徹底醒了，同時也注意到手心下那軟綿綿的東西……長長軟軟的，像是精靈！我愣了一會兒，立刻拿起那疊信紙，果然看到一灘黑色的東西被我拍扁在書桌上。他那泛著一絲黑紫色的長髮散亂地鋪開，與髮色相同的透明小翅膀左右對稱拍動，略帶古銅色的四肢大大攤開，像是被人釘在板上的標本，腰間繫著一條土黃色的牛皮小腰帶，有著紫色花紋的黑色長袍垂至腿根，被拍得有些掀起，微微露出裡面黑色的底褲。淡淡的晨光照在他的身上，我往上一看，原來上面有一扇天窗，陽光正好落在昨天太陽能充電器的位置，難怪我的手機電力當時是滿格的，我也因此漸漸充滿了能量。

我看著他好一陣子，感覺很眼熟……該不會是——

我小心翼翼地用拇指和食指捏起一條手臂，將他翻了過來，摩恩稜角分明的臉和他的王子小金冠頓時映入眼簾。

「摩恩？」我高聲驚呼，看著眼前毫無聲息的摩恩，他的臉側在一邊，身體沒有起伏，似乎完全沒了呼吸。我吃驚地壓向他的肚子，也是陷下去一塊，好久沒有彈起。

「糟了！被拍死了！」我的第一個反應是要幫他做人工呼吸，可是他太小了，要怎麼替一隻蝴蝶做人工呼吸？光是我的手指就比他的嘴大，無法打開那有些泛紫的雙唇，只能以小拇指的指甲小心翼翼地挑開。「摩恩，堅持住！你可不能死，我還要靠你找伊森呢！」我往那張小嘴俯去。

「不准親他！」

隨著一聲著急的大喊，一隻手從旁橫插入，我的唇就這樣吻落在他白皙通透的肌膚上。看到這隻手和聽到那焦急的聲音，我胸口壓抑許久的思念、憤怒、著急與放棄一股腦兒地湧出。我立刻張開嘴，狠狠咬在面前的手背上。

「啊！瘋女人，啊啊啊！」

他痛得抽手。我憤然起身，恨恨地看著終於在我面前出現、尊貴無比、不知道是在裝傻還是真的無比單純的精靈王子，伊森！

他痛得眼角泛淚，不停地呵著被我咬的手背，金色的髮辮垂在依然精巧的臉旁，在陽光中閃閃發亮。只是他的臉龐似乎更小了，下巴顯得有些削尖。覺得光是咬他一口還無法消氣，我揚手又狠狠打在他的手臂上：「你終於知道要回來了？」

「啊！啊！啊！啊！別打別打。」他匆匆用手遮擋，我拍在他的手臂和胸口上：「你怎麼可以走？怎麼可以不守信用？你答應要永遠留在我身邊的！」

「夠了！」他忽然大喊一聲，放下手臂，鼓起臉看著我，可是一看到我的臉，他又心虛及痛苦地撇開臉：「我不敢來見妳。那晚……」

我終於抑制不住對他的思念，勾著他的脖子吻住了他的唇。他驚詫地瞪大金瞳，清澈的水光如晨光般灑落在水面上，泛出波光。好不容易強忍住心中的愛意，我閉上眼睛，呼吸有些顫抖。當他摟住我的腰時，我離開了他的唇，靠在他的胸膛上。

——撲通撲通撲通！

胸膛裡是他激烈的心跳，我不能傾訴這份感情，卻也不想離開他，頓時陷入天人交戰而心亂如麻。他漸漸收緊摟住我腰的手臂，用力地擁抱我，懷著一絲愧疚、自責，以及深深的愛意。

「瘋女人……」他將臉埋在我的頸窩，呼吸同樣有些顫抖：「妳把頭髮削了，我好心疼……」

「那你為什麼不出現？」我的心裡無比難受。

「我沒臉見妳……那晚……」

「那晚我們都喝醉了，我從沒怪過你……」

「咦……！」他吃驚地想後退看我，但我強行抱住他，將臉埋在他的胸膛上：「我氣的是你怎麼可以事後逃跑！怎麼可以就這樣把我一個人丟在那個巢穴裡！」我真的很生氣！真的真的很生氣！就算他內疚得哭了，也不該為了逃避而獨自逃跑。

「我怕妳打我……」他委屈地說出了真相：「我怕聽到妳說再也不要看見我……我對妳做了那種

事，其實是想對妳負責的……」他更加用力地抱緊我，我的腦海裡倏然浮現靈川哀傷的臉龐。

他哀傷地看著我，拉住我的手，苦苦哀求：「我會對妳負責的……」

我的心忽然一陣刺痛……為什麼？為什麼我明明待在伊森懷裡，卻因為他的話想起了靈川？這是怎麼回事？難道我的心裡已經留下了靈川的影子？

我吃驚地推開伊森，我是喜歡他的，卻為什麼放不開靈川？

「瘋女人……妳怎麼了……」伊森小心翼翼地拉住我的手指：「讓我對妳負責好不好……我、我一定會娶妳的！」

我一定會娶妳的——靈川當時也是這樣對我說的，甚至反過來說他是我的人，求我對他負責。

伊森要對我負責，靈川則要我對他負責，我……我……

「瘋女人！」

眼前出現了伊森焦急的臉，我回過神來。我不想傷害伊森，卻也不想讓自己後悔。

我凝視著他擔憂而困惑的臉，不想再像之前那樣，在面臨死亡和危險時連一句「我喜歡你」都來不及對他說，更不想說出傷人的話，讓他以為我不喜歡他、討厭他而讓他遠離。他的心是那麼地純潔，他的愛是那麼地真摯，我怎麼忍心去踐踏，去捨棄？所以，我決定說出藏在心底的祕密，所有的實話。

「伊森！」我抓住了他的雙手，認真地看著那雙金色的瞳眸，他依然只穿著那件白色的長袍，聖潔無瑕。

「瘋女人……」他也緊緊握住了我的雙手。

「我……我有話對你說！」

「我也是！」他目光灼灼地看著我。我愈發握緊他的手，從他的身上獲得了勇氣：「你先說吧。」他點點頭，神情忽然認真起來：「我想跟妳在一起，想對妳負責……我對妳說的每句話都是真的！瘋女人，嫁給我好不好？」

「不好。」我回答得非常直接，他好不容易鼓足的勁勢瞬間洩去，在陽光中失落地垂下頭，整個人像是枯萎的曇花般萎靡不振：「我就知道妳不喜歡我……妳嫌我笨……嫌我蠢……嫌我傻……」

「不，伊森，我喜歡你。」

「是朋友之間的喜歡吧……」他低著臉嘟囔。

「不，我是真的愛你！」

聞言，他立刻揚起臉，金瞳閃爍，握住我的雙手也顫抖不已：「瘋女人，妳說什麼？」狂喜讓他的臉瞬間變得通紅：「瘋女人，妳說什麼？妳是在騙我嗎？」

我認真地看著他：「伊森，那晚我雖然喝醉了，但其實我的意識是清醒的，當時你並沒有強迫我，我其實也是主動地愛著你……」

「瘋女人……」他激動地呼喚著我。當他低下頭抱住我時，我的雙唇已經被他瞬間奪去，一個激動得有些顫抖的吻落在我的唇上，溫熱的呼吸吐在我的頰畔，眼淚卻忽然滴落。他匆匆別開臉，擦起眼淚：「對不起……我太高興了……」

看到他那麼高興，我更加猶豫了。然而正因為他如此愛我，我當然不應該對他有所隱瞞：「但是，我不敢愛你。」

「為什麼？」他回頭困惑地看著我。我心境複雜地看著他，低頭長長地嘆了一聲：「我不想被同化……」

「瘋女人……」

「如果我墜入了情網，便會越來越捨不得離開你，會因此失去回家的信念而被這個世界同化……伊森，對不起，我愛你……但是我更想回家。你長生不死，我無論和你在一起多久，都只會是你生命裡的一個過客……」

「不，那瀾！我伊森會永遠愛妳，從今以後的每一天，我伊森將會只愛妳一個人，直到我死為止！」

他焦急地一口氣說出了這句話，我感動地看著他，眼眶開始發熱。我相信他說的話是真的，即使知道亙古至今，女人總是容易死在男人這種老土的誓言上，但是今天，我那瀾願意死一次。

「伊森！」我撲到他的懷裡，緊緊抱住他：「別這樣……這樣我會真的不想離開……」

「那瀾，妳說得對，我長生不老，所以我不想眼睜睜看著妳老去、死去，那樣我會更加痛苦，更加生不如死！屆時妳老了，而我卻沒老，看到妳哀傷的眼神我會很痛苦，會後悔當初為什麼沒有讓妳回到原本的世界，不能和妳一起變老對我而言是最大的孤獨和痛苦……那瀾，我雖然非常不希望我們相隔異世，卻更希望看到妳幸福，看到能有個男人可以陪妳慢慢變老，如此一來妳便不會孤獨痛苦，我也會在這裡默默地獻上祝福。那瀾，我會協助妳回家，希望妳回家後能記得我，記得在這個世界裡有個叫伊森的精靈，會一直……一直……愛著妳……」

「伊森……」沒想到他能明白獨自老去的孤獨與痛苦，讓我相當慶幸自己今天鼓起勇氣說出了一切，不再故意疏遠他，讓彼此陷入深深的痛苦中。

「那瀾……」

徹底坦白心聲後，我獲得了最大的解脫和幸福。無論將來我們是否會分開，此時此刻，我只想一直和他感受著彼此的存在。我們在溫暖的陽光中相擁良久，誰都不想放開。

「瘋女人……」他親暱地磨蹭著我的頭頂：「從這一刻起，我再也不會放開妳了，直到妳離開這個世界的那一刻。」

「嗯。」

「……糟了，摩恩！」

我們終於想起了摩恩。伊森輕輕地放開我，我們一起回到桌邊，發現摩恩仍昏死在書桌上。他盯著摩恩，面露歉意：「都是我不好……他把我拉來的那天，我看見安羽抱著妳入睡，以為……結果反而耽誤了他，害他越來越虛弱……」他的語氣漸漸地泛出酸味，委屈地望著我。

「你以為我喜歡安羽？」我有些鬱悶地看著他，原來那天我感覺到他的氣息是真的。

他紅著臉點點頭。我生氣地說：「還不是因為你不在，安羽就脅迫我跟他睡一起。」他的金瞳裡立刻掠過怒意，舉起右拳：「瘋女人妳放心，現在既然有我在，他們沒一個能靠近妳！」

我看著他：「那……我幫你做的那條內褲，你還穿著嗎？」

他忽然羞澀地咧嘴笑了：「一直穿著呢！要看嗎？」說著作勢要去掀衣襬。我立刻擺擺手：「不用不用！不過你怎麼能一直穿著？我幫你多做兩條替換著穿吧。」

「真的嗎？」伊森激動地再次瞪大金瞳，我再次感覺他真的很好哄。「妳又要幫我做內褲嗎？好

好好！我一定一輩子都穿著！」我開心地笑了，心底湧起絲絲甜蜜。

我再次看向摩恩：「不過他該怎麼辦呢？我要怎麼把精靈之元給他？」

伊森慢慢地露出了無奈的表情：「他現在會變成這樣都是因為我……如果我一直保護妳而沒有逃跑，妳也不會跟他產生了這段聯繫。其實我心裡很嫉妒，妳吸他精靈之元的時候一定是用嘴……」

他不開心地噘起嘴看著我的嘴，目光灼灼，露出一副恨不得想將我的嘴徹底洗乾淨的模樣！

我也沉下臉：「是啊，的確是要怪你！所以你得負、全、責！」伊森不再說話，站在書桌邊長吁短嘆。我看著他，心裡忽然有些困惑：「伊森，你現在不用找我充電也能維持人形了嗎？」以前他明明不充電就會縮小，這次見到他卻顯得格外有精神。

聞言，他忽然漲紅了臉，精緻的小臉露出相當羞澀的神情，完全不敢直視我，一直用手指在桌面上畫圈圈：「那個……如果我說實話，妳不能打我哦……」

我奇怪地看著他：「為什麼要打你？」伊森偷偷地看了我一眼，低下頭咕噥著：「我發現……在那晚之後……我拿回了大部分的精靈之元……」我一愣，那晚……我瞬間明白了，臉也立刻炸紅，害臊地看向一旁。

「但因為我的精靈之元在妳的身體裡待久了，還是有一小部分已經融合，導致即使我拿回了大部分的力量，妳身上的精靈之力依然沒有消失，甚至還會自行從陽光中補充力量，成為妳自已的精靈之元……」

「原來如此……」

我一直以為精靈之元還在我體內，所以精靈之力並沒有消失。沒想到已經有一部分跟我融合了。

那我現在是什麼？半人半妖？

「不過……那真的只是一小部分，怎麼能反向吸走摩恩的精靈之元呢？」他深感不解：「除非妳體內的精靈之元夠大，最起碼也要跟他的差不多才行啊……」

我疑惑地回頭看著伊森，發現他同樣不解地看著我。這番話聽起來跟修仙故事裡大元丹吸小元丹的概念挺相似。「就算妳每天曬太陽，能量也不會忽然變得那麼大……」

「那如果是真正的陽光呢？」我腦中忽然憶起了那件事。伊森大吃一驚：「真正的陽光？妳的意思是說……」

「嗯。」我點點頭：「我到靈都時遭受了一次日刑！」

伊森的金瞳圓睜，椎心蝕骨的痛自裡頭湧出，淚光閃爍。他哽咽地撫著我的臉：「疼嗎……都怪我沒有在身邊好好保護妳……」

我無語地看著他：「我沒被同化，所以沒感覺。但當時感覺到精靈之元像是在充電般增加力量。」伊森一怔，眨了眨金瞳：「對啊，妳沒有被同化，所以不怕真正的陽光，那麼真的很有可能是因為日刑而讓妳增加能量了！我們誰都沒有接觸過真正的陽光，因為它可以瞬間讓我們灰飛煙滅，由此可見其可怕之處。如果沒有我們精靈之力的層層過濾，它甚至能直接燒毀這個世界！」

伊森的話讓我想起三昧真火！悟空從三昧真火中重生，獲得了火眼金睛與更高的法力，我想眼下的情況應該是差不多的。

「以前有過傳說。」伊森又開始娓娓道來：「據說經過日刑的洗禮可以成神！但這個世界的人肯定無法承受日刑，而你們世界的人就算曬太陽沒事，可是因為沒有精靈之元，自然也無法獲得神力，

所以瘋女人，妳成了一個奇蹟！我開始相信妳或許真的可以解開這個世界之謎、找到回家的路了。可是……」

他忽然傷心地握住我的手，心情表露無遺：「如此一來，我終將會與妳分開……這個世界無論什麼東西拿到外面都會沙化，我無法給妳留下任何紀念，只能和這個世界一樣像個夢似的，在妳的生命裡無法留下半點證據……」他的情緒變得低落不已，清澈的金瞳中也泛出了傷心的淚光，宛如他已經面臨與我分離的一刻。

我忽然也覺得傷心不已。原來這裡的所有東西都會在外面的世界裡沙化，我無法帶走任何東西證明它的存在，無法證明我曾經來過這個世界、遇到十王，並和伊森相愛、與靈川產生了難以言明的糾葛，還有與安歌、扎圖魯、巴赫林之間建立的情誼。我雖然來過這個世界，它卻無法留下半點痕跡，宛如夢一般虛幻無影。

氣氛因為他的哀傷而變得低落。我回握住了他的手：「至少你留在我的心裡，我的心裡住著一位精靈王子，他的名字叫伊森。」

伊森的臉上浮起淡淡的微笑，卻難以看出他是否釋懷。他深情地撫上我的臉，似乎覺得下一刻我就會消失在他面前。我噗嗤一笑：「雖然你無法留下東西給我，我倒是可以留下一堆內褲給你。」

「哈哈。」他也笑了。我們低下頭去，卻突然看到摩恩而一愣……哎呀，又把他給忘了！

可憐的摩恩，誰叫他昏死的不是時候？我和伊森好不容易相遇，正在互相傾訴心中感情，自然容易忘記他。我尷尬地看向伊森：「那……摩恩的精靈之元怎麼辦？」

伊森也有些煩惱，一雙細眉擰得緊緊的：「的確要還，但妳絕對不能親他！」

「那該怎麼做？」

伊森想了想，開始翻找抽屜，最後終於像是發現了什麼而開心地一笑，從抽屜裡拿出了一枝鵝毛筆，並忽然縮小身軀，扛著它到我面前：「用這個！」見他一下子縮小，我有些不太習慣，原本在他手中的鵝毛筆忽然被扛在肩上，好有趣。

看到縮小的伊森，我總有種想去拍他的衝動。我好不容易忍住，接過鵝毛筆，他忽然變出權杖在空氣中揮了揮，筆的頭尾瞬間被兩道金光削去變成了鵝毛管，我恍然大悟。

我拿起鵝毛管，伊森飛到摩恩身邊，用手掰開他的嘴：「這樣就可以了。我不准妳再抱別的男人、摸別的男人、親別的男人！」他孩子氣地鼓起臉，霸道地說。我連連點頭，將鵝毛管插入摩恩的嘴，忽然又有些疑惑：「但這樣只能幫他充電吧，我要怎麼還給他精靈之元？」

「妳必須真心地想還給他。」他認真地說了起來：「所以妳得跟他做朋友，唯有真心視他為朋友，才能還給他精靈之元。但是……」他忽然加重語氣強調：「你們只能是朋友！妳不能愛上他！」

「哦～～我明白了，因為我真心地愛上了你，才能把精靈之元還給你，但你不准我愛摩恩，因為你會吃醋，對不對？」我故意這樣問他。

單純的伊森瞬間臉紅起來，金瞳圓睜，忽然尷尬地低下臉，手扶鵝毛管：「妳快給他一點精靈之力，不然他快熬不住了。唉……說起來他還是我堂弟呢，如果他真的死了，我父王他們兄弟之間的感情真的無法和好了。」

我吃驚地看著他：「原來你跟摩恩有血緣關係？」他點了點頭：「我想妳對這個世界已經有所瞭解了……當年的精靈王只有一人，後來我爺爺將王位傳給我父王，我的叔叔相當生氣，就叛變了。由

於父王對叔叔有感情，所以一直沒有真正地去討伐他……總之這是一段複雜的過去，父王一直想統一精靈國，因為精靈國是在他手上分裂的。」

好萌的關係！讓我想起了《雷神索爾》裡的索爾和洛基。真希望統一精靈國的願望能在伊森身上實現！對了，如果我救了摩恩，讓他跟伊森重修舊好，統一不就有望了？

我立刻準備將精靈之元的力量還給摩恩。含住鵝毛管一端時，我想起了一件事情：「伊森，摩恩的精靈之力跟你一樣嗎？我這樣給沒問題嗎？」

「啊，有問題！」伊森忽然大喊，神情顯得緊張無比：「妳需要給摩恩自己的暗夜精靈之力。」伊森的表情忽然嚴肅起來：「平常給他我的力量是沒有問題啦，但他現在失去了精靈之元，要是吸收了聖光精靈之力，會對他身體有害。」

聽起來好麻煩！現在我的身體裡像是有了正負兩種電流。但最讓我煩惱的是：「我要怎麼提供暗夜精靈之力？」伊森想了想，同樣有些煩惱地撓頭：「是啊，妳不是精靈族，無法區分兩種力量，不過也許可以試試『憤怒』？暗夜精靈的力量源於黑暗能量，雖然他們本身並不邪惡，但是在這個世界裡，人類的負面情緒可以化作這種力量，因為親人離世時，人類肯定會傷心悲痛，這便是暗夜精靈的能量來源。那瀾，妳可以試試憤怒。」

「憤怒？我得醞釀一下。」

「好！」

站在桌面上的伊森異常緊張地盯著我。我看著他小小的臉和身體，忽然回想起他離開我的那一刻，之前的憤怒再次被挑起。

「如果不是你這個傻瓜離開我，我也不會到靈都挨餓！」我生氣地瞪著伊森，他小小的金瞳裡再次浮現出深深的愧疚：「瘋女人，妳挨餓了嗎？」

「何止如此？靈川身邊的亞夫更是恨我入骨！」

提到亞夫時，潛藏在我心裡的憤怒終於不受控制地溢出胸口，深沉的恨在片刻間侵占了大腦，凸顯出它足以在頃刻間摧毀理智的驚人力量！

「我一到靈都，亞夫就看我不順眼，認為我是異類，故意不送飯給我吃。當靈川發現了這件事後，他更決定要將我處以日刑，說我不戴面紗就是淫蕩的女人！」

我激動了起來，這種憤怒像火山一樣瞬間爆發，之前的平靜完全不堪一擊，腦中現在只充滿對亞夫深深的憤怒和憎恨！

「瘋女人……」

伊森擔心的呼喚無法阻止我繼續仇恨亞夫：「之後他屢次想殺我！在我好不容易入住靈都聖宮、到靈川身邊時，他更是用箭射殺我！伊森，你知道嗎？如果不是念在他是靈川的人，他和靈川之間像是父子、師徒、朋友，我當時真的很想殺了他！」手心忽然一陣刺痛，我的憤怒卻無法在此刻馬上熄滅。

「瘋女人，妳沒事吧？」此刻伊森已經不像是在擔心我的安危，而是擔心我失控的情緒。他急急飛到我面前，我感覺到自己的怒火即將自雙眸裡噴射而出：「發現殺我不成後，他又設計陷害我！居然在我的水果裡下毒！」

「瘋女人！」伊森焦急地捧住我的臉：「妳沒事吧？」

「我沒事！我嘗出水果味道古怪，就跟靈川換了！結果他……」

我的思緒突然出現了片刻的中斷——那件事……那件事！我突然發覺自己已經沒有資格愛伊森了，頓時感到一陣鼻酸，突然湧出的淚水模糊了雙眼的視線，胸口一團悶悶的氣體開始流動……

「瘋女人……瘋女人……那瀾！那瀾！妳怎麼了？妳到底怎麼了？」他擔心的呼喚讓我緩緩回神，淚水又收了回去。第一次，我的眼淚沒有滑落，而是被強行嚥回。

「靈川死了……」我閉上雙眼說出這句話，和靈川之間太多太多的回憶再次被伊森喚起，揪痛了我的心。

從素不相識到朝夕相處，我一點一滴地看著他的改變，他逐漸靠近我、進入我的世界。我們成為心有靈犀的朋友，彼此幫助，以為關係會變得更加親密，卻發生了那件事……我一邊感受著悲痛與憤怒糾纏的力量，胸口的力量快要脫口而出。我俯下身，捏住了插在摩恩嘴裡的鵝毛管，把屬於他的精靈之力吐了進去。

為什麼我在和伊森重逢甜蜜之際，卻要硬生生再次面對靈川的死，殘酷地提醒我已經失去了愛伊森與被他愛的資格。然而他是這麼單純直接而真摯地愛著我，我又怎能對他有所欺瞞？這件事他遲早都會知道的，與其從別人口中聽聞，不如由我自己來說。我不想活在心虛和欺瞞的內疚之中。

長痛不如短痛，如果他不能原諒我，我也不會怪他。

當精靈之力緩緩從我口中吐出後，摩恩扁扁的肚子鼓脹起來，臉上也開始有了精神和血色。我吐出最後一口氣，伊森從我面前落下，收起小小的金色翅膀，半蹲在桌面上扶起摩恩，讓他靠在自己的肩膀上，金髮絲絲滑落白袍，垂在他黑色的衣衫上。

心情平復下來的我看著摩恩，發現他的肚子像是吹足了氣的小球，隨後漸漸地扁了下去，胸膛開始起伏，睫毛在陽光中顫了顫。他緩緩睜開眼睛，一對黑紫色的瞳仁在陽光中像是最純正的紫寶石般閃耀。

忽然間，他的眸中掠過一抹殺氣，和亞夫所散發出來的是那麼地相似，我本能地揚起手。與此同時，摩恩垂在一旁的手中也出現了一把縮小的鐮刀，他瞇起紫瞳：「伊森你去死……」

「伊森你讓開！」

他還沒來得及說完，我已經一掌拍落。伊森為了閃避我的手掌而立刻放開他，展開金翅往後疾退！

唉！這群人怎麼都一樣忘恩負義？亞夫是這樣！摩恩也是這樣！

啪！摩恩再次被我拍在手心下，手腳從我的手掌下攤開，手中的小鐮刀也在空氣裡慢慢消失。我正想挪開手，門外卻忽然傳來了說話聲。這裡是一座非常寧靜的圖書館，連窗外的鳥啼聲也能聽得一清二楚，更別說是說話聲了。

「王，麥克大叔上個月就離開了，他說過如果三天後他沒有回來，就不用再找他……他可能已經死了。」

「什麼？老麥克死了？」

「是的，王。麥克大叔說您不會想起他，所以交代我不用通知您他的死訊。」我抬頭一望，看到了伏色魔耶和一個侍從的身影。伊森像以前一樣飛到我的肩膀上：「瘋女人別怕，妳現在有我了。」

說實在的，自從我豁出去後，還真的就不怎麼怕伏色魔耶了，只是驚訝他怎麼會突然想起老麥克

爺爺。他的突然到來打斷了我教訓摩恩，摩恩真該感謝他啊。

我一把抓起了摩恩，他在我手心裡拚命掙扎，不斷拍打我的手，儘管抓得我有點痛，但還可以忍受，有點像小時候抓金龜子，被牠用小腳抓的感覺。

「妳這個放肆的女人！快放開我！放開我！」他憤怒地大喊著，看來是吸飽了精靈之力，有精神了。

伊森忽然飛到我手邊，擔心地看著摩恩掙扎的四肢：「瘋女人，輕一點。他畢竟是我的堂弟，請妳對他溫柔一點，可別把他捏壞了。」那張純潔和善的臉上滿是對摩恩的真誠關心。沒想到他還挺疼愛這個堂弟的。

「不用你假好心！伊森你這個臭娘娘腔！就是因為你的行為舉止像個女人，這種粗暴得不像女人的女人正好適合你！」手掌裡傳出摩恩含糊不清的嘲諷。

什麼叫不像女人的女人？我們這種女人是有專有名詞形容的好不好！叫「女漢子」！你不知道我們女漢子有多麼厲害！伊森聽見「女人」兩個字，臉色也瞬間變了，拍動金翅飛到我面前：「瘋女人，隨便妳怎麼對他吧，我不管了！」說完，他生氣地再次飛到我的臉邊，坐在肩膀上那個他稱為伊森王子寶座的位置上。

伊森不是娘！而是單純、善良、不愛打架！喜歡打架的男人就是有男子漢氣概？那叫暴力、野蠻！

伊森拽住了我耳邊的短髮：「瘋女人，妳頭髮短了，我都抓不住了。」

我摸了摸現在長度只到耳邊的短髮。我一點也不後悔削掉頭髮，要想重新開始、煥然一新，自然得從頭開始！過去的生活太過安逸，鬥爭的潛能因為無用武之地而被遺忘，我現在要將它挖掘出來，狠狠發揮！

見伏色魔耶朝圖書館看來，我鎮定地坐下，將老麥克爺爺留給我的信收起來，卻忽然看見最後幾頁的信紙上畫著一個熱氣球飛越火山的畫面。我愣了愣，難道他想坐熱氣球上天？

「這個老麥克……那他有沒有說去了哪裡？」外面再次傳來伏色魔耶的聲音。我隨手拿了本書豎在自己面前，視線則越過書的上方看向伏色魔耶，難得他也會關心別人。

侍從嘆了口氣：「老麥克去火山口了。」果然是去火山了。

「什麼？他的膽子有那麼大嗎？」伏色魔耶雙手扠腰，顯得非常煩躁，看來老麥克爺爺去火山似乎是件極其棘手的事。他抬手撩了撩自己的一頭紅髮：「他不知道那裡是魔族的領域嗎？真是找死！不老老實實地待在圖書館裡，跑到那裡去做什麼？」他隨後看向我面前的書桌：「他不在，我要怎麼找地圖？」看來是我誤會了，還以為他會關心別人，原來是希望老麥克爺爺幫他找地圖啊。

他煩躁地佇立在原地好一陣子，似乎相當猶豫到底要不要走上前；片刻後，他怒氣沖沖地邁步而至，侍從慌忙低頭逃離。伏色魔耶看了我一眼，直接從我身邊走過，來到一個書架旁，開始心煩地翻找著卷軸。

「伏色魔耶救我！」摩恩忽然在我的手心下含糊地大喊，我一怔，立刻捏緊手掌，他的聲音頓時消失。精靈是可以在人類面前顯形的，只要他們願意。

伏色魔耶一愣，頓時警戒地朝我的方向望來：「什麼人？」

「嗯？」我看看身後：「這裡只有我一個人。」他疑惑地說：「我好像聽到……」那雙碧眸閃了閃，神情流露出一絲彷彿見到鬼般的僵硬。他匆匆收回目光，繼續尋找卷軸。

這裡的人很少用紙，喜歡用羊皮來保存重要的東西，讓這裡的卷軸增添了神祕古老的氣息，也是這個世界的迷人之處。

我走到窗邊，攤開手心，發現摩恩被我捏暈了。我輕聲說：「伊森，看好他。」

「嗯。」他從我肩膀上飛落，小小權杖現於手心，揮舞了一下，一縷金線便像是從陽光中抽離出來般捆上摩恩的身體，從頭到腳把他包成了金色的木乃伊。我再次抓起摩恩，現在的他像是個人形吊飾。

我看向那顆太陽，如果曬了就能增強我的力量……

「瘋女人，妳在看什麼？」伊森抱住我的側臉問。以前他喜歡將我的一綹頭髮綁成藤，方便他坐在上面，但現在不行了。

我想了想，直接起身走到高大的伏色魔耶身旁，他正煩躁地不停翻找著地圖。

「伏色魔耶，你快將我處以日刑吧。」他愣了很久，驚詫地以一雙碧綠的眼睛看著我：「妳還沒瘋夠？」說完，他心煩意亂地扔掉手裡的卷軸，往另一側的書架找去。

伊森摸了摸我的臉：「瘋女人，妳想做什麼？想曬曬太陽嗎？但那個方法我還不是很確定，萬一有害怎麼辦？」有什麼關係呢？反正我曬不化，就當作來一場日光浴。我沒有回應他，只是不斷糾纏著伏色魔耶：「我知道你很想曬我……曬我一次嘛！也可以讓你消消氣。」

「曬妳有用嗎？」他忽然停下腳步大吼，同時氣惱難平地瞪著我，我差點撞上他健壯的胸膛。

「妳以為我不想曬化妳嗎？妳可是傷了我的修！而且他康復後又變得瘋瘋癲癲，整天都在叨念著一定有什麼存在困住了我們的靈魂，情況越來越惡化了！」

「他不是一直瘋瘋癲癲的嗎？」夜叉王什麼時候正常過？

「至少他原來是神智清醒的！」他再度提高了嗓門，也不管我是個女人，直接一把揪起我的洋裝領口，伊森立刻從我的肩膀站起，我伸出左手阻止，示意他別管。伏色魔耶憤怒地說：「他在遇到妳之前還能正常地說幾句人話，現在卻整天發癲，也聽不見我跟他說話。我擔心他出事，只好把他關在王宮裡，結果他撂倒了我的衛兵，跑回他的森林，再度失去了蹤跡……如果他有什麼不測，我看妳的靈川也活不了！」

我一愣。聽起來修好像瘋得更嚴重了，如此一來還能治病嗎？雖然我知道用ＯＫ繃能救靈川，但還是希望能請修幫靈川縫合傷口，而且也不知道有沒有大片的ＯＫ繃。

「靈川……活不了？」耳邊傳來伊森困惑的聲音：「他不是人王嗎？人王應該不會死啊？到底發生了什麼事？」看來伊森似乎還不了解眼下的情況，大概是因為他怕被我發現，躲在遠處，結果沒聽到我和伏色魔耶他們的對話，因為我看得見精靈。

「就算殺了妳十次也難以消氣！」伏色魔耶不甘心地說著：「可是妳不會被曬化，日刑對妳毫無作用……妳現在要我對妳施以日刑，難道是在羞辱我的智商嗎？」我看著他憤怒的表情，第一次後悔自己多嘴，告訴他我之前在靈都沒被曬化的事，不然現在我說不定已經舒舒服服地享受著日光浴，成神了！唉，以前不喜歡日刑，現在想充電卻不行了。

「瘋女人，伏色魔耶怎麼知道妳矖不化？」伊森捏住我的耳朵，我咬牙低語：「都怪我自己當初多嘴……」

「妳又在嘀嘀咕咕些什麼？」伏色魔耶沒好氣地看著我，我一挑眉：「沒什麼。」

「哼，古裡古怪的！妳也是個瘋子，自從妳來了之後，這裡的瘋子便越來越多。涅梵也是！成天把妳當成那個女人的轉世，靈川甚至還因妳而死……這個世界真是越來越混亂了！不過妳放心，等到妳同化的那一天，我一定會好好地矖矖妳，完成妳的心願，也好讓我的修、涅梵，還有這個世界恢復正常！」說完，他抽起一個巨大的卷軸，從我身邊大步離去。

我看著他如風的背影，那頭紅髮在陽光下宛如火焰般晃動。他把我說得像是一顆災星，我的到來讓這個世界出現了從未有過的動盪，如同浪濤一般，波及的範圍越來越大，對這個世界產生的影響也越來越強烈。不過他其實還漏提了一個人——掌握死亡的暗夜精靈王子也被我捏得半死不活。但要不是知道擁有神力的他們捏個兩下死不了，我也沒那麼大的膽子就是了。

「沒想到矖不成了。」我有些失落地說，一邊望著整座圖書館。昨晚它隱跡在黑暗之中，今天終於被陽光揭開了神祕面紗，展現出它的雄偉與壯觀，使人心境豁然開朗。

好吧，我想我還有機會。

一排又一排的書架頂天立地矗立著，整座圖書館的設計呈圓形，被嵌在牆上的書架團團包圍，每個書架前都有滑動的梯子供人爬上去拿書，一共分成三層。

我似乎在窄窄的走廊上看到老麥克爺爺翻書的身影。在這個圖書館裡，我和他產生了奇妙的聯繫。

「瘋女人，靈川到底怎麼了？」伏色魔耶一走，伊森立刻上前詢問我靈川的事。我的心情再次變得沉重不已：「靈川被亞夫用我們世界的鋼筆刺中心臟……」

「什麼？你們世界的東西？這下靈川真的要死了……」

「嗚！唔！」此時我手裡的木乃伊忽然扭動個不停，似乎有話要說。我走回書桌旁，將他扔在桌上，他費力地坐起來，宛如一條金色的毛毛蟲。伊森飛了下來，揮了揮手中的小小權杖，摩恩臉上的金線頓時融化在空氣中，表情陰沉可怕。

「妳胡說！那麼大的事情，本殿下怎麼可能不知道？人王一死，死靈之心必有震盪，但本殿下從沒收到死靈指引！」他黑紫色的瞳仁裡充滿了對我的不信任。我淡淡地看了他一眼：「因為我阻止了他的死亡。」

「不可能！」他又扭了扭身體，蹦起來站在桌上：「妳以為妳是誰？居然還能阻止死亡？說什麼大話！」

「這個世界沒有什麼是不可能的！你這個掌管死亡的精靈王子不是也被我抓在手裡了嗎？」我大聲的反問讓他頓時石化在桌上，成了一座雕像。不過他的話倒是提醒了我一件事：「是說你們精靈是怎麼來到人類世界的？即使聖光之門關閉，你們也能進去嗎？」

「聖光之門怎麼可能關閉？」他再度狐疑地看著我。削尖的臉型讓他的眼睛顯得更加細長，尖尖的耳朵從黑紫色的長髮裡微露而出，流露出一絲豔麗，邪魅的他和伊森的純淨形成了強烈的對比，站在我面前的兩人像是童話裡的花仙子和邪惡的小妖精。

「你們不是一直跟著我嗎？」我總算確定他們沒有全程尾隨我了，竟然連聖光之門關閉這麼大的

事情也不知道。

聞言，摩恩斜睨伊森，伊森眨了眨眼，內疚地低下頭。

「他沒膽見妳～～一看到妳就躲得遠遠的。」摩恩嫌惡地說：「我真不明白，你現在既然這麼黏她，當初為什麼要躲她？」他扭扭蹦蹦地來到伊森身邊，一副受不了的模樣：「你為什麼要一直躲在樹林裡？我真的不懂耶！明明那個時候彆扭地搞失蹤，現在見到她卻又這麼黏膩，當時來見她不就好了？我最討厭你這副不乾不脆的模樣，既不像個王子，更不像個男人！所以大家才會叫你伊森公主！如果不是因為我失去了精靈之元，暫時打不過你，早就把你拖出去見她了！你們是不是在我昏迷時發生了什麼事……對了，我怎麼忽然有力氣了？」他驀然一愣。伊森白了他一眼：「你現在才發現？我的那瀾把精靈之力還給你了！不然你怎麼可能那麼有精神？」

摩恩閉起那雙妖媚的眼睛，感覺了一下，再度睜開眼：「不對啊，我的精靈之元還沒回來……喂！」他蹦著轉身朝我瞪來，態度相當囂張：「快把精靈之元還給本殿下！」可惜此時我對他的好感度依然不足，只能抱歉地看著他：「對不起，我暫時沒辦法還給你。」

他眨了眨細長的雙眼，像是想起了什麼而喃喃自語：「對了……傳說中精靈之元如果被別人吸去，便必須雙方心靈相通才能吸回精靈之元。要是能身體結合會更快……」

「你怎麼知道這種傳說？」伊森的臉登時炸紅，緊張地看向摩恩：「我怎麼不知道有這樣的方法？」

摩恩不屑地看著他：「你以為只有你們聖光精靈掌握著古老傳說嗎？當年我的父王被趕出精靈國時，也帶走了一批古卷，裡面就有提到這件事。如果傳說是真的，我就得和這個壞女人……」

「想都別想！」伊森的權杖倏地指在他的胸口，打斷了他的話，純潔的小臉失去了平日的天真和笑容，只存殺氣和怒意。儘管我曾在他和艾德沃爭論精靈族戰爭時見識過他的王者威嚴，卻還是第一次看到這樣的他，不容許別人任意靠近我。

摩恩看著他手中的權杖，勾起了唇角，小麥色的臉上頓時露出狡黠的笑容：「我明白了，她是你的女人，所以你才會不讓我碰……可是如果她不碰我，又要怎麼將精靈之力送到我嘴裡？」他一邊說著，一邊故意舔了舔自己的嘴唇，像是挑釁，伊森身上的殺氣更盛了。我隨手撿起了鵝毛管：「用這個。」

他看到我手中的鵝毛管，立刻跳了起來：「你們居然用這個！乾不乾淨？有沒有洗過啊？嘔！嘔！嘔！」說完，他彎下腰一陣乾嘔……沒想到他有潔癖啊？

我無奈地搖搖頭：「說了那麼久還是沒說到重點，你們到底是怎麼到別的世界去的？」

「我們精靈族無法隨意進出人類世界。」伊森這麼說，摩恩也停下乾嘔接著道：「除了我們，妳是不是很少看見別的精靈族？」我點了點頭。「因為我們也有大門。」兩人忽然異口同聲，隨即愣了愣，對視一眼後便各自別開臉，伊森的臉上是生氣，摩恩的臉上是鄙夷。

「精靈之門不能隨便開啟。」伊森拍動金翅飛了起來：「這是這個世界的條約之一。我們聖光精靈維護這裡的自然，一旦自然失去了平衡，便會由精靈王打開精靈之門，允許精靈族人前來修復。比方說上回我在安都就打開了精靈之門，我的權杖是鑰匙之一。」

「原來如此……」

「而我們暗夜精靈更不能自由出入人類世界～～」摩恩回頭表示：「只有人死了才會開啟精靈之

門，讓我們進入人類的世界接收靈果。只要有人死亡，死靈之心便會發出訊號，為我們指引收割靈果之路，稱為死靈的指引。」

「所以……你們現在也無法進入靈都？」

他們一起點點頭。伊森飛到我的面前，嚴肅地說：「那瀾，精靈之門與其他世界的連結是單向的，我們只能在精靈世界裡打開大門前往靈都，或是在靈都打開大門和精靈世界建立通道。至於摩恩那邊則更困難，只能等到靈都死了人才能藉著收割靈果前往。那瀾，妳有急事去靈都嗎？」

我默默地低下臉：「我想救靈川……」伊森一怔。摩恩在桌面上蹦蹦跳跳，臉上掛著一絲壞笑：「伊森～～你的女人似乎惦記著別的男人啊～～她知道你喜歡她嗎？」

「當然知道！」伊森生氣地飛了下來，飄浮在摩恩身前：「她喜歡的是我，不是靈川！她只是想去救他！這是人之常情，你不要亂說！」

「伊森，其實……」伊森轉過身來，擔憂地看著我：「怎麼了？瘋女人？」

我看著滿懷關心及擔心的他，心跳開始加速，但到了嘴邊的話怎麼也說不出來。明明是自己做出的決定，也做好了心理準備，然而眼下面對他，我的勇氣卻開始動搖。再加上摩恩也在場，這種事當著外人的面說多不好……

我看著伊森，見他還在等我繼續說下去，只好說：「其實當時亞夫殺死靈川後曾試圖追殺我，我落荒而逃，把畫畫的用具都丟在靈都了。不過想想反正伏色魔耶準備攻打靈都，我到時候再去拿吧。」

伊森飛到我的肩上，小小的身體貼上我的臉：「瘋女人，如果妳想要，我可以幫妳去拿，只是怕

一回到精靈族，我又會被父王關起來……我好想妳……」

「嘔！」一個不和諧的聲音打斷了伊森對我訴說的綿綿情話。摩恩受不了地翻了個白眼：「還得感謝我呢！不然你根本出不來！」

「原來你之所以不來見我是因為被關起來了？」我誤會他了，原因原來是那麼地單純。

伊森無奈地低下頭，小小的髮辮垂在頰畔：「父王從涅埃爾和璐璐那裡知道我喜歡妳，所以我逃回精靈國後就被軟禁了，因為精靈和人類是不能相愛的。他已經決定要我跟涅埃爾結婚，如果不是叔叔來找我父王，我很有可能……」

「跟涅埃爾完婚了～」摩恩不屑地瞪著他，再看向我：「妳確定喜歡這種口是心非的男人？在這邊說喜歡的是妳，在那邊又要跟別的女人結婚……」

所以……伊森決定順從他父王的命令嗎？我的心裡有些失落，不過以他的性格，這樣的結果其實不意外。

「摩恩！」他立刻憤怒地飛過去拿小小的權杖打摩恩，摩恩靈敏地躲開：「心虛了是吧？要是我愛著一個女人，就算父王哭著求我娶別人，我肯定也不會同意！」

「不是這樣的！」他繼續追打摩恩：「當時我以為那瀾不喜歡我！」他的大喊立刻讓我的惆悵煙消雲散，原來一切都只是因為誤會，因為我們沒有對彼此坦白心意……好險，我們差點因為這狗血的猶豫而誤會彼此一生。有花堪摘直需折，女人也要勇敢地說出來，大聲地告訴對方「我愛你」！

伊森轉過頭來，表情痛苦地看著我：「我當時真的以為妳根本不愛我、討厭我、生我的氣，再加上……」臉瞬間漲紅的他尷尬地停頓片刻，有些失落地輕喃：「我當時心灰意冷，什麼都不在乎了。

但是……」他的目光漸漸地變得堅定而灼烈。一陣金光四射，他慢慢地變大跪在書桌上，伸手捧起我的臉，深情地注視著我的雙眸：「現在我知道了，我不會再離開妳……我的……瘋女人……」一個吻輕輕地落在我的唇上，我的呼吸因為這個深情的吻而顫抖不已，心裡愈發內疚和痛苦，這個吻成了一個讓我窒息的吻，我像是深深沉入湖底，脖子被人緊緊扼住，無法呼吸……

「嘔！」又是那不和諧的聲音。伊森放開我，對我天真爛漫地微笑，隨即再次變小，拿小權杖點在摩恩身上的金線上。我一時有些恍神。

「如果你想要回精靈之元，就給我老實點。」伊森盛氣凌人地說著。摩恩白了他一眼，開始活動自己的筋骨和翅膀。「你應該知道精靈之元一旦到了別人體內，是無法強行取出的，我的那瀾如果死了，你也完了。摩恩，從今以後你就跟著我的那瀾，把她哄高興了，讓她喜歡你，才能把精靈之元還給你……」

「哄女人開心？」摩恩面露壞笑看向伊森：「這可是我的強項，如果我出手，你的那瀾到時……可就成了我的那瀾了……」

「不可能！」伊森雙手扠腰，金翅「啪」一聲完全展開：「她是不會喜歡你這種人的！」

我緩緩回神，心裡因為自己沒能對伊森坦白而有些煩躁，又看到摩恩還在那裡抬槓，於是對他說：「去幫我拿點早飯來。」

他一愣：「妳居然敢命令本殿下做事？妳把本殿下當做什麼了？妳實在是……」

「精靈之元還要不要？」我懶懶地扔出這句話，摩恩的身體瞬間僵硬。隨後我掏出老麥克爺爺留給我的信，一邊看一邊隨意地說：「精靈之元在我體內越久便會與我越融合，到時候即使你想拿也拿

不回去了。」咻！一道黑影瞬間掠過眼前，摩恩飛走了，翅膀帶起的風微微扇起了我手中的信紙。伊森開心地飛到我的肩上，繼續靠在我的頸邊坐著，安靜地陪我看信。

老麥克爺爺的信寫得非常詳盡，提到了各個國家的生活習慣，涅梵的梵都是最貼近中國的，但感覺上比較接近古代，上面世界的文化沒有完全帶動這裡的風俗發展，畢竟掉下來的人還是太少；羽都和安都類似，伏都則像西方國家，飲食及習慣比較接近老麥克爺爺的喜好；玉都宛如古波斯，鄯都則像古印度；至於夜叉王的修都嘛……雖然「夜叉王」這個名號聽起來很可怕，那裡卻是唯一一個由普通人類自行掌管的王都，因為夜叉王雖然貴為人王，但並不關心王都的事情，所以修都很早以前便已被普通人類統治，所有建築都深處於密林中，像是古代的瑪雅城。這封信對我的幫助非常大，讓我對各個王都有了更詳細的瞭解。

終於，我翻到了畫著熱氣球的地方。

看到妳那些神奇的用品後，堅定了我想回家的信念，我也想像老明那樣嘗試回家。雖然知道自己可能被曬化，但是我想回家……這個念頭在我的大腦裡不斷地出現，即使面臨死亡，我也想死在自己世界的土地上，化作飛沙那片沙漠裡，所以我做了熱氣球。前面我曾提到靈都的冰瀑與天河相連，水從那裡流到這個世界，而伏都火山裡的熱氣就是將水送回天河之處，我要藉著那徐徐向上的熱氣回到自己的家！願上帝保佑我！

原來是老麥克爺爺認為熱氣球可以飛到上面的世界！他的方法說不定真的能行！

冰瀑因為極寒，人類的身體無法適應，導致明洋的父親凍死在冰瀑中。回想起明大叔的那個模樣，當時或許更接近於瞬間冰凍，他的表情、神態還有動作都永遠封凍在那個時刻。相較之下，火山熱氣似乎安全得多，隨著熱空氣上升，熱氣球會慢慢往上飛去。老麥克爺爺對自己太沒信心了，他說不定已經回到上面世界了呢！我真心希望他能成功。

信紙的最後一頁寫著：

在這個圖書館的盡頭，有一間單獨的房間，鑰匙在抽屜下面，那是我的寶庫，我現在把它留給妳，希望裡面的東西能夠幫助妳在這個世界生存下去。

麥克菲爾

圖書館的盡頭……我立刻拉開抽屜，果然在下面看到了一把銅製鑰匙。伊森飛到信紙旁，看著上面的熱氣球：「這個爺爺的膽子真大，火山那邊是魔族的地盤，沒人敢踏入呢。」

「魔族？」我拿起鑰匙，疑惑地看著他。他點了點頭：「對，魔族。傳說世界創始時他們並沒有形態，是這個世界的怨氣積聚後孕育而出的，有點像你們中國古神話裡的刑天。」刑天據說也是由人類的怨氣化成的魔神。世界是平衡的，有正就有邪，看來這個世界也不例外。

他繼續解釋：「漸漸有了形態的他們依靠人類的怨氣生存，就像我們精靈族依靠陽光一樣。隨著怨氣逐年累積，到了兩千年後的現在，他們已經成為一個可怕而龐大的種族，時不時會侵犯這個世界，所以伏都是守護這個世界、不讓魔族侵犯的關卡。當年闍梨香也常住在此處，一有魔族侵擾就會

帶兵鎮壓。」

沒想到伏都還有這麼重要的作用，難怪這裡會有闍梨香生活的痕跡。我還以為她會在每個國家輪流居住，不過仔細回想起來，在安都和靈都就很少發現她的東西。

「沒有人敢進魔域，會被魔族殺死的……」他看著信上的熱氣球，再次感嘆。

我因為他的話而開始擔心起來，但老麥克爺爺已經離開了一個多月，只希望他能平平安安地回到我們的世界。我將信收好，從抽屜中拿出手機和充電器。

我早上醒來的地方正好有陽光曬到，手機與充電器也正好是在那個位置。老麥克爺爺很聰明，將機器一直放在陽光下保持充電狀態，讓手機可以能量滿滿地等待我這個主人的到來。

「那是什麼？」伊森好奇地看著我的手機。我拿起鑰匙說：「稍後再告訴你。」接著起身開始往圖書館深處走去，巨大的圖書館像是一座迷宮，伊森飛在我的身邊。他不喜歡變大，因為他沒有鞋子，不喜歡光腳走路。但是……靈川喜歡赤腳走路……

我恍惚了一下，趕緊收回心神。經過一段漫長的通道後，我終於站在那扇寶庫的門前，心裡有點緊張。

銅製的鑰匙插入門鎖中——啪！門開了。我輕輕推開門，包包頓時映入眼簾。它被整齊地擺放在一個單獨的陳列台上，狀態保存得非常好，上頭還有著細小的沙粒。我立刻上前翻開它……東西都在！我將它拿到書桌上，開始把東西一樣一樣拿出來，伊森好奇地飛到一旁觀看。

餐巾紙、皮夾、鑰匙、濕巾、水壺、墨鏡、ＳＤ卡、防曬霜、折疊傘、一小塊巧克力，還有我吃剩的一小塊乾麵包。更重要的是裡頭還有備用的衛生棉！只可惜我忘了帶ＯＫ繃。考古隊裡的每個人

包裡都會有一兩片，因為他們總是一個不小心就受傷了，像是明洋的包裡就有。

明洋……

我開始環視四周，老麥克爺爺的收藏品實在是琳琅滿目，那邊有一枝古代的髮簪，這邊有一本毛主席語錄，左邊有一頂清朝人的帽子，右邊有一台古董收音機。其他還有勺子、筷子、水壺、藥罐等等，可說是應有盡有。

「好多神器啊……」伊森驚嘆地飛到那些東西旁：「這些東西可不能給別人看見，尤其是那些利器，都是可以做為神器的。」

伊森的提醒很及時，我匆匆收好我的包包，將手機和充電器一起塞了進去，準備出門。即將關上門時，左眼忽然看到了一隻眼熟的鞋子，我立刻轉頭看去——是一隻李寧牌的鞋子！

我大吃一驚，急忙走到鞋子前面仔細查看……沒錯，是明洋的！這款式是今年的新款，這裡前一個掉下來的人少說也有十來年了，當時有「李寧」這個牌子嗎？即使有，我想也不可能做得那麼新潮吧。

所以這證明明洋一定也掉下來了！可是他掉到了哪裡去？還有林茵呢？

「瘋女人，這鞋子怎麼了？」伊森細細看了一會兒，忽然沉下臉：「這應該是男人的鞋子吧？」

沒錯，這正是男人的鞋子。如果他的鞋子在這兒，人會不會也在伏都？一切都很難說。因為我的東西像是天女散花般分散在這個世界裡，現在才一件一件找回。明洋的車還掉在安都呢！

我要找到明洋，因為他和我是同一個世界的人，我一定要找到他。

我放下鞋子，卻見伊森雙手環胸，鼓起臉死死瞪著我。這傢伙……好小氣！如果他知道我和靈川

的事，會不會氣得當場走人？我忽然又開始擔心他離我而去，想和他多相處一會兒。

「這是我同伴的鞋子，他的確是個男人。」

「哦……所以妳喜歡他？」他繼續沉著臉問。

我立刻解釋：「我不喜歡他，他和林茵還有我是一起掉到這個世界裡的，我們是同一個世界的人，所以……」

「我明白了。」他一下子又開心起來，飛到我的面前：「我能理解，這就像是萬里尋親。妳放心，我會幫妳留意的。」他瞇眼笑著，但那笑容可不像平時那麼純真良善。伊森……好會吃醋……

當我匆匆鎖好門出來時，摩恩已經不滿地飛過來了，黑色的小小身影在書架間沒有伊森的金色那麼明顯。

「本殿下給妳送早餐，妳不好好在原地恭候，居然還讓本殿下來找妳，是想找死嗎？」他扠腰懸停在我面前。我懶懶地看了他一眼：「想要回精靈之元嗎？」摩恩頓時再度石化在空中，喪氣地垂下頭，宛如徹底臣服般跟在我的身邊。我微微揚起嘴角，今天我又多了一隻精靈寵物啦！有了摩恩跟在身邊，做起事來想必會更加方便。

但是晚上……

「瘋女人瘋女人，我像以前一樣睡在妳身邊好嗎？」伊森雙手握拳頭，期待地看著我。

「好。」我笑著在枕頭邊放上一張小涼蓆，繡花的涼蓆非常漂亮。才剛放平，眼前卻忽然掠過一道黑影，只見摩恩雙手放在腦後，舒服自在地睡在涼蓆上。

「好舒服啊~~這地方歸本殿下了！」他躺在涼蓆上，一副不想離開的模樣。

「你不准給我睡在床上！」伊森金色的身影隨即落下，揮舞小權杖沉沉地說。

「為什麼不能？」摩恩翻了個身，小手摸上我的枕頭，肉麻地說：「我要是不靠近那瀾，怎麼跟她做好朋友？為了能儘快與她拉近關係，我當然要睡在我親愛的那瀾身邊囉～」

「不准你叫我的那瀾『親愛的』！給我起來！」金光驀然落下，直擊摩恩。

他迅速飛起，手中瞬間出現鐮刀，陰沉地看向伊森：「伊森，你不要太過分！你害我差點虛脫而死！我告訴你，只要有我在，你就別想跟你的小情人親熱！我要賴在這裡，擠在你們中間！」

「摩恩！」伊森咬牙切齒地舉起權杖，朝他揮舞而至。

我無語地扶額，不管是不是因為我，為什麼身邊的男人總是動不動就開戰？先前是伏色魔耶和安羽，現在又換成伊森和摩恩。

璀璨的金光不經意地射向我，卻頓時消散，無影無蹤。摩恩因為沒有精靈之元而漸漸不支，倏然退到我的肩膀上，伊森的金光無法攻擊到摩恩，反而像是被一層結界阻擋。

我愣了一下，保護壁範圍好像有點擴大了，所以無意間保護了站在我肩膀上的摩恩。

「摩恩，你給我下來！那是我的位置！」伊森握緊權杖，憤怒地大喝。摩恩忽然貼了上來，雙手環抱我的脖子：「你來呀？現在那瀾是我的了～」這個……欠揍的……摩恩！

「摩恩！」伊森殺氣四散，金髮在燈光中飛揚。但我淡然地揚起手——啪！像拍蚊子般拍在脖子上，只聽見「啊！」的一聲，摩恩立刻癱軟在我的手裡。

伊森的殺氣因為我的這一拍而徹底消失。他像是回憶起當初的自己，同情地看著被我抓住脖子的摩恩。

我環顧四周，發現了一個首飾盒，立刻打開把摩恩丟了進去，接著蓋上：「吵死了！我最討厭的就是有人在我要睡覺的時候吵。你也是！」銳利的目光射向伊森，他立刻低下頭，小心翼翼地瞄了我一眼，隨後老實地飛回我的枕邊。

我躺到已經換上了涼蓆的床上：「熄燈。」

「是。」伊森飛去熄燈，我閉上眼睛。

「瘋女人……我……能不能變大……」他小聲地問。我擰了擰眉——伊森，對不起，這件事我實在做不到……

「不行。」我強迫自己以低沉的語氣說出，並轉身背對他，睜開左眼望著照入房內的月光，眼前浮現出靈川那雙了無生氣的眼眸。

「瘋女人……我們已經……所以……」他斷斷續續地在我頸後說著，並以小手輕輕搔撓我的後頸。

我故意裝作不悅地說：「所以你跟我在一起只是想跟我做那件事嗎？」

「不不不，可是……想想總可以吧……如果妳不高興，我不說就是了……」他的語氣顯得很委屈。我知道他想做什麼，但我實在沒有心情，如果我和他在一起，會覺得對不起靈川。他生命垂危，我卻在這裡和伊森歡愛，這實在……太讓人心煩意亂了……更別提那件事我依然沒有說出口。如果說出來，伊森八成會再次離我而去，然後跟涅埃爾結婚。

好不甘心啊！但情況又是那麼地無奈。

身後再也聽不到伊森的聲音。我輕輕轉身看著他，發現他並沒有睡在我鋪好的小蓆子上，而是緊

貼著我的後背入眠。我看著他小小的身體……伊森，對不起，如果你知道實情後要離開、要跟別的女人結婚，我不會怪你。請你一定要……幸福……

那晚之後，摩恩和伊森再也沒在我睡前吵鬧。摩恩老老實實地睡在那個首飾盒裡，我把小蓆子給了他；伊森則睡在我的枕邊，緊緊貼著我一覺到天明。

伏色魔耶重新換上了一張地圖，和涅梵等人開始計劃攻打靈都。安羽還沒有醒來，由玉音一直看顧著，他昏迷的時間越長，我心裡就越內疚。我從未傷害過別人，這還是第一次……雖說是自保，也覺得這是安羽活該，但心裡多少還是有種罪惡感。

趁著三王忙碌而無暇顧及我，我也開始做起離開的準備，這次我必須設想周全，不能再莽莽撞撞。雖然找回了手機，但它在這個世界毫無作用，如果是相機還可能比較有幫助，然而我找遍了整個收藏室，就是沒找到相機。

唉……看來身為記者的麥克大叔把我的相機拿走了，可惜我尚未備份裡頭的照片……

既然要尋人，得先找地圖，伏色魔耶說過修待在森林裡，蹤跡難覓。我先在圖書館裡找到了修都的地圖，果然是面積相當廣大的一片原始森林，其中還有沼澤和湖泊，森林的中央是一座王都，周圍茂密的森林成了它天然的屏障，可以成為補給站，我再往周圍擴散搜尋找到修。伊森這種精靈在樹林裡是不會迷路的，就算真的不幸迷路，我還有指南針。

老麥克爺爺收集的東西裡有指南針，可惜沒有帳篷這類大型物品。森林裡有很多蚊蟲，雖然伊森可以幫我驅蟲，但樹枝、荊棘防不勝防，所以我開始研發適合在叢林裡走路的衣服和鞋子。由於我的手藝不精，只好畫了設計圖讓王宮裡的侍女做。那些侍女們一開始以為我是女巫而不敢幫我，我只好拿出闍梨香漂亮的禮服賄賂她們，她們才大膽地替我縫製衣服和靴子。既然做了，我又多設計了幾套原本世界的衣服，請她們一起縫製，順便再多做幾個眼罩。

當然，帳篷也是需要準備的，沒有它便無法露營。我一直在思考著還需要什麼、補充什麼……由於沒有探險的經驗，很多東西實在無法馬上聯想到。不過在老麥克爺爺的寶庫裡有一頂考古學家的小圓帽，大小剛好適合我，戴上後還真的有種成為探險家的感覺，覺得身體裡湧起了一股神奇的力量，宛如這頂帽子的主人也在鼓勵我向前邁進。

當我正在如火如荼準備這些東西時，伏色魔耶那邊進行得似乎並不順利。

前往靈都需要飛行器，飛毯雖然可以飛行，但在風雨中非常危險。別看伏色魔耶好像很厲害，他其實有個極大的弱點——不會游泳，宛如水是他火屬性能力的天敵，所以他如果掉進海裡，只有淹死的份。而涅梵那邊據說有會飛的龍，但必須經過訓練才能學會乘坐和駕駛，需要一段時間。

飛越大海不是一天兩天的事，他們還得儲備一些乾糧，人王雖然不老不死，但依然會感到飢餓，人類有的需求他們依然會有。而無論是飛毯還是飛龍都無法帶大批的軍隊過去，伏色魔耶只能忍痛割愛，將引以為傲的軍隊留在伏都，自己獨自前往。正因為飛越大海的時間漫長，不像聖光之門瞬息可回，必須顧及火山魔域裡的魔族來襲，於是他把軍隊留給塞月統領，抵禦魔族的入侵。

今天，涅梵終於從梵都拉了飛龍過來，我也很好奇，想見識一下。

我這裡進行得比他們順利多了，只是帳篷和衣服還沒有做好，再加上最近忽然想起還有大型的背包沒做，所以又追加了一個背包。

我戴著新做的眼罩坐在闍梨香的書桌旁，在修都地圖上描繪自己的路線。因為伊森說這張地圖其實相當古老，現在的修都在人類的建設下已經有很多通路修築而出，王都也在森林裡不斷地擴大，所以我即將造訪的土地面貌與現在地圖上的已經不再一樣。

在離開這裡前，要是能再曬一曬就更好了。

劈劈啪啪！面前傳來兩隻精靈正在玩手機的聲音。伊森自從學會操作後，徹底淪陷在手機遊戲裡，這也是它在這個世界裡的唯一用途——讓我的男人打發無聊時間。儘管這裡沒有訊號和網路，但我的手機裡有很多遊戲是單機版的，所以不受影響。

每次他一開始玩，摩恩都會立刻湊到他身邊……瞧，他們現在又站在手機前研究小鳥該怎麼打到豬。

「你剛才那個角度不行啦！」摩恩生氣地說，他每次看伊森玩遊戲都會看到生氣：「你笨死了，讓我來！」

「不准碰我的那瀾的手機！」伊森把他趕開：「我剛才只是手滑了。你看好了。」伊森彎下腰，將右手放在螢幕的彈弓上，模樣還挺滑稽。這兩人玩手機時從不變大，總愛用小手在超大的螢幕上觸摸，看起來真的有種費力拉彈弓的感覺。

伊森跨到手機的另一邊，只為拉滿弓。摩恩緊張地指指點點：「不行不行！再低一點！再低一點！等等！」他趴到螢幕上翹著屁股，儘管黑色的衣襬很短，但他絲毫不介意露出自己的小小黑色底

褲。他認真地測量了一下，對伊森點點頭：「現在可以放了！」

伊森立刻放手，手機那裡傳來小鳥的歡叫聲：「啾————」

——啪！

登！登！登！我聽到了三顆星的聲音。

「哼，如果沒有我，你能行嗎？」摩恩得意地仰起頭。我抬頭一看……天啊！那不是第一關嗎？

「我成功了！」伊森激動地跳起來

這兩人竟然玩得這麼累？

我望著那兩隻激動的精靈：「你們在這種時候倒是挺合拍的啊。」聞言，伊森和摩恩愣了一下，隨即各自撇開臉，誰也不看誰，我忽然覺得有些好笑。他們兩個能和好在我看來是件好事，伊森和伊森的父王不是一直想再次統一精靈國嗎？

「你們還要不要玩？不玩我就收起來囉。」我作勢要去拿手機，伊森和摩恩同時轉身齊呼：「等等！」兩人站在手機兩側同時伸手阻止我。

我笑了，忽然想到有個遊戲需要左右手相互配合控制主角前進，揮舞武器攻打敵人，有點像以前的街機遊戲。既然他們都不打算變大，這個遊戲不就正好成了雙人合作遊戲嗎？

於是我說：「我這裡還有個很好玩的遊戲，不過需要兩個人配合。」聽到遊戲，兩個小傢伙的眼睛都亮了。

「快打開看看。」伊森迫不及待地說。我點開手機，他們分別飛到我的左右手旁，伊森將小手放在我的左手腕上，摩恩則探出腦袋在我右手邊觀看。

「你們看，這是上下左右鍵，控制這個小人前進；這個按鈕是發招，如果配合得不好，小人就會被怪物打死……看懂了沒？」我望向伊森，再調整角度看著摩恩，因為我沒有右側的視野。

「嗯。」兩隻小精靈格外認真地點點頭，我看他們就算讀書都沒那麼認真。

呼！巨大的黑影忽然從窗前掠過，完全遮住了陽光，整個房間頓時變得陰暗無比。我疑惑地往外頭看去，手中的手機被伊森和摩恩搬回了桌面。

黑影不斷移動，我好奇地跑到窗邊往上看，發現一條巨大的尾巴正從宮殿上方離開，陽光再次傾瀉而下，隨後黑影卻又再次出現，再次掩蔽了上方的陽光！牠巨大得像一艘快速移動的航空母艦……不，應該說更加巨大，簡直像是科幻片裡才會出現的太空母艦！青黃色的肚皮近似蟒蛇，一片片鱗片覆蓋在牠的肚皮上，中央是白色的，往兩側逐漸變成黃色，再轉為青灰。

牠蜿蜒如蛇地游過。一陣颶風猛然颳起，吹亂了我的短髮，牠也在此刻直衝雲霄，等到飛到高空時，我才看到了牠的全貌——那是一條長著翅膀的飛龍！有著龍頭、龍鬚、龍爪、龍尾，以及翅膀，在中國古代神話裡叫做翼龍。傳說當龍長出翅膀，便可成神成仙。而龍頭上隱約可見站著一道黑色的身影，站得穩如泰山、傲然挺拔、器宇軒昂。

飛龍忽然又乘風而下，再次掠過王宮上方，驚得下方驚叫連連。我往下一看，只見下面的女僕們雙手捂臉，嚇得不敢看那條龍，士兵們則激動地揮舞手中的兵器，大聲呼喝。

「呼……」面前忽然噴來一陣熱氣，我一怔，緩緩抬頭，正對著巨龍的兩個鼻孔！

龐然怪獸我並非沒見過，像靈都的河龍跟我的關係就很好。小龍呆呆的，一看就很好欺負，但眼前的傢伙顯然來者不善，巨大的身體在後方游動，翅膀似乎已經收起，巨大的金色蛇瞳明亮得可以映

出我的臉。我驚訝地看著牠，不自覺地拉下眼罩，發現牠有著宛如風般近乎無色的透明絲帶似的盤繞在青黑色的身體上。

「妳的那隻眼睛到底能看到什麼？」涅梵沉聲問道。我抬頭一看，發現他正站在巨大的龍頭及龍角間！身上居然也是幾近透明的淡青色花紋，薄薄的青色如煙如霧般繚繞在他的身上，環繞在四周，帶出仙氣裊裊的感覺。他的黑髮今日沒有挽起，披散在身後，於亂流中飛揚，神幻的姿態與這裡的歐洲宮廷感格格不入。

「妳的那隻眼睛到底能看到什麼！」他忽然加重語氣再次逼問，似乎非常不滿我遲遲未答。我收回打量的目光，平靜地看著他。飛龍的觸鬚在面前晃動，與皮鞭差不多粗。

「沒什麼，只是當初摔傷了眼睛，看久了會流眼淚。」我正說著，房間裡傳來了遊戲的聲音：「嘿！嘿！哈！哈！」

他的目光頓時凜冽地射入書房：「有什麼？」我立刻大聲說：「沒什麼！涅梵你的疑心太重了！」

我的大喊終於引起那兩隻精靈的注意，伊森立刻朝我看來，並在看到涅梵時臉色一沉，快速拍動金翅飛來；摩恩也關閉手機，不讓它再發出聲音。

巨龍一看到眼前的伊森，「呼」的一聲噴吐出氣息，目光再也沒有離開他。他不開心地飛到我面前：「涅梵怎麼會突然來看妳？我不喜歡他。」

涅梵注意到身下巨龍的反應，問道：「風鼇，是不是發現了什麼？」

「呼——」見龍頭在我面前擺動，他頓時以深邃的目光看向我的房間：「風鼇，你今天很反常，帶我下來到底是想讓我看什麼？」

是這條龍把麻煩的涅梵帶到我這兒的？難道牠感覺到了精靈的存在？看牠的目光，很明顯地能看見伊森。

「你快把你的主人帶走！」伊森像是在抗議：「別讓他靠近我的那瀾。」說完，他上前驅趕風鼇。

「呼——」牠從鼻孔裡噴出一口氣，有些不開心地轉頭。

「風鼇，你在跟誰說話？」涅梵疑惑地問牠。寵物與主人之間似乎總是有一些特殊感應，之前靈川和小龍能心靈相通，現在涅梵也感應得到風鼇像是在跟誰說話。

「快走快走！」伊森連連揮手：「涅梵最麻煩了，別讓他盯上我的那瀾。」

「呼——」風鼇不悅地扭了扭巨大的龍頭。

「難道是精靈？」涅梵的這句話讓我頓時一驚，只見他正盯著風鼇所看之處，的確是伊森身上。

「是誰？」他大聲喝問道。

伊森皺著眉別開頭，臉上露出無奈的神情：「所以說涅梵最麻煩了。」

「哼……」摩恩也帶著一臉看好戲的神情飛了下來，雙手環胸懸停在風鼇的頭前，輕撫那條觸鬚：「這下可有意思了。」風鼇的眼睛也朝他看去……牠真的能看到精靈！

我立刻說：「是我。」由於伊森身後就是我，說風鼇是在看我也不為過。

涅梵的視線疑惑地落在我身上，我淡淡地望著他：「我吸了精靈的一口氣，這點你們當初都知道，所以我看得懂這裡的文字、聽得懂你們的話、可以跟你們溝通……你的龍可能以為我是精靈

吧？」其實他們只知道我吸了精靈一口氣，卻不知道我吸的不僅僅是氣，而是精靈之元，所以身上擁有精靈之力。

聞言，他默默地看了我半晌，再次盯著我的右眼：「我覺得妳的右眼藏了祕密。」我對他眨眨眼，他隨即拂袖轉身，巨龍從窗前抬起頭，龐大的身體宛如巨蟒般在我面前爬升。我抓住窗沿往上看，沒想到涅梵這麼快就把他的龍帶來了，給人一種大戰在即的緊迫感，我這裡也要加快速度了。

「沒想到就這樣被妳糊弄過去了，真不知道是他們太蠢還是妳太聰明？」摩恩瞇起狹長的眼睛看著我，眼線因此拉得更長。伊森飛到面前為我拉好眼罩：「瘋女人，以後離涅梵遠點，他不像別的人王那麼好騙。」

記得老麥克爺爺曾經說過涅梵是人王裡城府最深的王，沒想到連伊森也這麼說。

「剛才……」摩恩飛繞到前方，壞壞地打量我：「妳說自己曾經吸了一口精靈之氣？上次我也曾在妳身上發現了精靈之力，難道妳的這口氣……是他的？」他嘲弄地指向伊森。伊森的臉登時紅了起來，昂首看向摩恩：「沒錯，就是我的！所以你最好有點自覺，別想打我瘋女人的主意！」

「哈哈哈……」摩恩大笑起來，扇動黑紫色的小翅膀飛到我的肩上：「喂！伊森公主不適合妳，妳還是跟我……」

「摩——恩！你找死！」金光倏然閃起，只見伊森已經撲向他！他急忙飛離：「有種就別拿你的權杖，使用你的精靈之力！」

「好！」伊森真的收起權杖，金光隨之斂起，扇動金色的翅膀直追摩恩。摩恩則彷彿蜻蜓般滑過我的面前，和伊森在空中追逐了起來。我搖搖頭……這兩隻蒼蠅又開始了！只要摩恩一提到「伊森公

主」，伊森就會抓狂。

我看看窗外，今天的天氣特別好。我心念一動，翻出防曬霜、太陽眼鏡以及探險帽，打算曬太陽去。可惜這裡沒泳衣，不然可以全面性地曬，說不定效果更好。

我扔下還在追逐的伊森和摩恩，換上女僕為我縫製的T恤和短褲，穿著拖鞋走出了王宮。裡頭甚至還穿著最原始的布製胸罩，畢竟有總比沒有好嘛。

一路上，女僕們都好奇地望著我。儘管她們起先對我設計的衣服頗有微詞，然而當我挺胸昂首地穿在身上時，短袖的T恤瞬間變得十分吸睛，尤其這些衣服都是用這裡華麗的布料製作的，特別有復古的時尚感。再搭配短褲，女性的曲線和身材展露無遺，這是一種性感，走到大門時就連侍衛的眼睛也為之一亮，不但多看我兩眼，還吹了幾聲口哨，因為我的穿著從來沒有在這裡出現過。

時尚可以說是瞬息萬變的，昨天還流行龐克，今天可能就會變成復古，明天甚至會改成不穿。最近一次掉下來的女人距離現在應該也有十幾年了，我想她應該不會穿著短袖短褲進沙漠，就像我掉下來時也是穿著長袖長裙。

而且她最後死了……所以這裡應該沒人見過短袖短褲這種款式。

侍衛們呆呆地看著我，我昂首挺胸地穿梭其中。好一陣子後他們才回過神來，突然用兵器將我攔住。

我推高墨鏡看著他們：「我要出去。」

侍衛笑了起來：「那瀾姑娘，妳還是別出去比較好，外面的人都視妳為女巫，妳離開王宮才危險呢。」他們倒是好心。我讓墨鏡滑落鼻梁，伸手點在他的胸膛上，侍衛頓時全身僵硬。

我對他說：「我倒想看看外面的人怎麼處置女巫。」說完用手輕輕一推，就見他輕飄飄地後退了一步，我則走出王宮大門。

「那瀾姑娘，妳真的不能出去！」另一個侍衛跑上來攔住我。與此同時，塞月騎著馬威風凜凜地回來了。她面露十二萬分驚訝地看著我：「妳怎麼穿得像個妓女？」

「妳才是妓女呢！」我推了推墨鏡；「這叫短袖！那叫熱褲！該遮的地方都遮了。妳看看自己穿的，每次都露一半的胸部，還敢說我是妓女？」塞月被我說得一時語塞，半天沒能找到話來反駁我。

她憤怒地摸了摸頭，做了個深呼吸：「妳居然敢說我是妓女……好！很好！今天我要是不把妳這個女巫曬化，我就不是塞月公主！來人啊！」

「在！公主殿下！」

「把她帶到祭壇！」

「是！」

見士兵蜂擁而上，我立刻揚揚手：「不用你們抓，我自己會走。」他們似乎也忌憚我是女巫，不願碰觸我的身體，只敢在一旁對我呼喝。

塞月沉著臉對其他士兵說：「去稟告王，我要曬了這個女巫！」我立刻攔住她：「別跟伏色魔耶說，他可捨不得曬我。」我刻意說得曖昧難明，同時在她面前搔首弄姿：「他明明知道我是女巫，卻一直都不肯曬我，妳說這是為什麼呢？」女人吃醋時會徹底失去理智。聽我說完這句後，她毫不猶豫地將我押往祭壇，完全沒有想到伏色魔耶看見我時有多麼地憤怒。

街道兩邊很快就圍滿了人，對我指指點點，既恐懼又好奇。自我感覺良好的我見前方有塞月開

道，兩側有士兵護衛，他們覺得是在押送我，但我反而感覺像是在護送我，我是今天的貴賓。

「那就是女巫——」我聽到了沃森醫生害怕的喊聲，於是對他揚揚手：「沃森醫生，沒想到您還活著啊……如果今天曬不死我，希望您能對孩子們好一點，不然我可要詛咒你哦！」

他頓時嚇得臉色發白：「妳、妳……」雙眼一翻，居然暈死過去了！立刻引起巨大的騷動。

「女巫施巫術啦～」

「女巫殺死沃森醫生啦～」

「啊——」

人群們頓時驚慌不已。塞月坐在馬上高喝：「都給本公主安靜！本公主現在就要對這個女巫施以日刑，你們不要驚慌！」聞言，百姓們漸漸安下心來，四周陷入寂靜，可見她在伏都百姓間的威望很高，是他們心目中的女神。

不久之後，塞月帶我走出大街、走出城門，空氣越來越炎熱，我赫然發現這裡是前往火山的方向。隨著我們不斷前行，地面也變得更加滾燙，火山越來越近，面前的土地開始龜裂，寸草不生。但百姓們還是遠遠地跟在兩旁，想要看我被處以日刑。

漸漸的，龜裂的土地前方出現了斷層，邊緣延伸出一塊圓形的石台，和靈都一模一樣的祭台頓時映入我的眼簾，無論是那根參天石柱，或是祭壇上那熟悉的圖騰。

士兵用兵器戳我，要我走上祭壇。塞月從馬上下來，威風凜凜地站在祭壇旁，美麗的捲髮在熱氣中飛揚，銳利的目光牢牢盯著我的一舉一動。我走上祭台，士兵不敢再上前一步，宛如那才是他們最害怕的存在，連靠近都不想。熾烈的熱氣沖了上來，只見斷層深淵下是滾滾流淌的火紅岩漿！

我驚訝地看向對面，發現那裡的大地也龜裂成一塊塊焦土，縫隙之中滿布岩漿，焦土深處則瀰漫著迷霧，神祕莫測，宛如隱藏了無數可怕的魔怪，要衝出來占領這片美麗的土地。老麥克爺爺說火山的熱氣上升、直通天河，他就是從那裡回家的嗎？但伊森說那裡是魔族的領域。

「準備日刑！」塞月高喝一聲。我轉過身，看到士兵拿來了繩子，立刻揚手阻止：「不用綁我，我自願接受日刑，但得等我一下。」說完，我匆匆拿出防曬霜在身上塗抹起來，看得祭台外的人莫名其妙。

「那一定是女巫的藥水。」

「太可怕了，不知道又有什麼邪惡的功用……」塞月看著人們驚恐地竊竊私語，立刻朝我厲喝：「不准塗了！」

「知道了知道了，別催嘛。」我收好防曬霜，戴著墨鏡在原地躺下，將帽子往臉上一遮，豎起「ＯＫ」的手勢，躺平接受日刑。她有些受不了地撇開臉。

我從帽簷的縫隙裡隱約看見她走到祭台邊，和亞夫一樣跪在邊緣，所有人隨即跟著她一起跪下，從她的口中傳出了和當時相同的吟唱：「啈——啈——」

我緩緩移開帽子，墨鏡外的天空開始清晰地裂開，陽光瞬間從那裡落下，沖刷在我身上。我想起了很多事情……很多在靈都的事。

還記得當時亞夫要曬死我，結果靈川來了，本來以為他會救我，但他沒有，而是用日刑證明了我的特別之處，讓我成為靈都百姓心目中的神女，後來又要我協助打開神在他和靈都百姓上施加的一道道枷鎖……

今天的陽光比那天要灼熱許多，像是正午的豔陽，又彷彿是因為伏都火焰山般的氣候而加熱了溫度，曬在身上有點火辣辣地疼。這樣的疼痛讓我想起去年夏天那異常的天氣，居然能讓放在地面上的雞蛋在五分鐘內變熟，甚至還曬死了很多人。

這就是大自然給予人類的警告和懲罰，只不過在這個世界體現得更加直接，成為最可怕的刑法，讓這裡的所有生命都畏懼不已。

我在陽光中伸出了手，引來了一片驚呼。

「天哪！她怎麼曬不化？」

「這太可怕了！她到底在做什麼？」

「太可怕了！哦……我的神，這真是太可怕了……」

「塞月！快停下！」遠方忽然傳來伏色魔耶的怒吼聲，天空中也出現了一條巨龍，盤旋在陽光之外，不敢靠近這裡半分。涅梵坐在上頭俯視我，儘管我看不清他的神情，卻彷彿已經感覺到了他深沉銳利的目光。

「咦～她真的曬不化～」騷亂之中還傳來了玉音的聲音。

地面因為陽光的直曬而越來越熱，我胸口也開始有團氣翻湧而起，我清晰地感覺到它在旋轉、在膨脹。我緩緩坐起來，帽子掉在腿上，摸著胸口，感覺很不舒服……好想吐！汗水不斷地往外冒，花香在我身上變得濃郁無比。

「瘋女人！瘋女人！」我聽到了伊森焦急的呼喊。轉頭一看，只見他金色的身影在陽光外焦急地打轉。他就在我身邊，那層稀薄的陽光卻讓他無法繼續前進。

「瘋女人，妳還好嗎？」他慌亂地上下翻飛。摩恩則愣愣地飛下來看著我：「真的是瘋了！」

「呼……呼……」我的喘息變得相當吃力，感覺有什麼東西即將衝口而出。

「快關上！」

伏色魔耶的黑馬出現在祭台邊，高高地抬起前蹄，顯得非常焦躁，不敢貿然踏入。牠的前蹄在踩上祭台邊緣時擦到了陽光，頓時化作一縷金沙，牠立刻後退。

塞月呆呆地看著我，眼中滿是驚恐與害怕，傻傻地跪在我的面前。

「好香啊，是花香！」

「怎麼會有花香？」

「是她身上的嗎？」

「天哪，我們到底做了什麼？」百姓開始惶恐起來，不停地磕頭。

「請神明寬恕我們……」

「請神明寬恕我們……」

「快關閉——」

伏色魔耶迅速地躍下馬，強行拉開塞月。就在此時，我的身體像上次在靈都那樣開始閃現金光，胸口的那股氣流一下子衝出喉嚨，我撐開雙臂，揚起了臉。

金光突然自我身上迸射而出，彷彿有股強大的氣流從我身上炸開，掃起祭台上的塵土，也把站在台邊的伏色魔耶撞飛出去。伊森和摩恩用手擋住前方，在氣流中搖晃。

我緩緩放下手臂，只覺得這輩子從來沒有這麼疲憊過，身體晃了晃，眼前一黑，就這樣往前栽倒

而下……

砰！

感覺……好像……充電充過頭……電池……爆了……

我整個人像是用盡了力氣般趴在地上，黑暗自眼前消散，視野裡的景物卻天旋地轉、模糊不清，似乎很快又要被黑暗吞沒。

「那瀾！那瀾——」眼前隱約可見伊森作勢撲來的小小身影。

「伊森！你瘋了嗎？天門還沒關閉！」摩恩黑色的身影和他糾纏在一起。

「我不管，我要到我的那瀾身邊去！她快被曬死了！你給我滾開！」

金光開始慢慢從滿是圖騰的地面上退卻，耳邊傳來刺耳的馬蹄聲，黑馬躍入祭台，站在我的身邊。

「那瀾——」我看見伊森金色的身影從馬蹄之間飛來。

「伊森！一旦你暴露了行蹤，會被押回精靈國的啊！」摩恩又抱住他，不讓他靠近。

沒錯……伊森……你不能暴露自己……我不想……再也看不到你……

呼！一陣狂風拂過，巨大的陰影投落在我身上，一隻巨爪伸到面前，黑色的衣袍映入我模糊的視野。對方忽然一把將我抱起，躍上了飛龍，隨後我的意識再度被黑暗吞沒。

昏迷了一會兒後，我感覺自己被人重重地扔上床，於是皺著眉頭睜開眼睛，腦袋依然有些昏沉。

我看見涅梵憤怒的臉。他毫不溫柔地一把揪起我，失控地朝我大吼：「妳到底在做什麼？到底有什麼目的？為什麼要接受日刑？妳說！妳說！」他又像最初見到我時那樣發狂似的用力搖晃我，如炬的眸光像是要將我徹底看穿，整具身軀緊繃不已，長髮披散，反而比我更像個瘋子。

「梵，冷靜。」玉音小心翼翼地握住他的手，他總算漸漸鬆開我的衣領放下我，他深吸了一口氣，轉過身去。玉音半垂眼簾，深沉地俯瞰我：「那瀾，我們希望妳能老實點……如果妳想利用日刑來讓百姓以為妳是神女，繼而擁戴妳、崇拜妳、動搖我們的地位，那我們……」他蹲下身，目光中隱隱透出殺氣，手背輕輕劃過我的臉：「可是不會憐香惜玉的……」

他這是在警告我如果有任何人想動搖人王的地位，他們絕對是除之後快。我昏沉地看著他，冷笑了一聲：「哼……這個世界不是你們這些男人說了算的……」他的雙眸瞇了起來。

「這句話……闍梨香可不會說吧……」我疲倦地閉上雙眼，整個人不像是充飽了電，反而更像虛脫。

「如果妳真的有什麼神力，就去救活安羽，不要在這裡給我們添亂！」涅梵低沉地說。我聽著他離去的腳步聲，再次陷入疲憊的黑暗。

不知道昏睡了多久，我隱約聽到伊森的聲音：「那個混帳玉音，居然敢碰我的那瀾？我要擦乾淨！一定要擦乾淨！」感覺有人正在使勁拿布擦我的臉。

「有什麼關係啊？真受不了你耶……你只有這個女人嗎？拜託～～我們長生不老，女人多得是！等她死了之後，你很快就會忘記她，愛上另一個女人的～～」

「不會的！我的心裡只有我的瘋女人！」

「……喂，有人來了。」擦著我的臉的動作終於停了下來。其實還滿痛的。

「塞月，妳知道妳在做什麼嗎？」是伏色魔耶：「妳中了這個女人的詭計！」

「對不起，王，是塞月衝動了……她當時說自己跟王……」

「跟我什麼？」伏色魔耶的語氣聽起來有些凝重。

「她說王捨不得曬她，說得像是王喜歡她！」

「胡說八道！」他的怒吼震得房間的空氣晃蕩不已。砰！似乎有人重重地捶著我的床：「漢人就是那麼狡猾陰險！光是一個涅梵已經很麻煩了，沒想到這個女人也一樣。」

「王……對不起……可是我真的想不通，既然您那麼討厭她，為什麼不曬死她？」唉，我發現自己真的很惹人厭，不止一個人想曬死我。

「因為她根本曬不死！」

「什麼？」

「塞月，對不起，是我沒有跟妳說清楚。這個女人來自上面的世界，卻不知道為什麼沒有像以前的人一樣被同化，所以曬不死。無論這女人將來如何激妳，都有她的目的，妳不能再上當，必須時時提防著這個女人。之前我們真的都低估她了，『小心漢人』這句話說得一點都沒錯！」

「塞月知道了。」

「妳回房吧，我要等這個女人醒來審問她。」

「是。」我聽到塞月離開的腳步聲，於是睜開雙眼，眼前的景物依然不停地在晃，晃得我頭好暈。

「妳醒了？」伏色魔耶的臉忽然出現在我面前，狠狠瞪著我：「說！妳到底有什麼目的？我可不

會像涅梵他們那麼溫柔！」

「涅梵可不溫柔……」我晃晃悠悠地坐起來。伊森飛到我面前問：「瘋女人，妳沒事吧？」

「快說！妳到底有什麼目的！」伏色魔耶忽然俯身作勢要來揪我，伊森的身上瞬間散發出濃烈的殺氣，轉身揮舞著權杖，沉聲厲喝：「閉嘴！」

被他以精靈之力靜止的伏色魔耶頓時無法動彈，保持著伸手彎腰的動作。

他沉著臉轉身：「我真是受夠別的男人對我的女人大吼大叫了！那瀾，妳沒事吧。」看向我的神色已經恢復了溫柔和擔憂。金光閃閃的他化成人形坐在床邊，輕輕地撫著我的臉。我擺擺手，感覺還是相當無力，回頭看到床邊有一碗牛奶，隨手拿起就要喝。

「不能喝！」他忽然扣住我的手，然而我已經喝了一口。只見摩恩忽然赤裸裸地躍出牛奶：「怎麼回事？連洗個澡都不安……」他立刻石化了，瞪大細長的眼睛望著我的臉。牛奶在他黑紫色的長髮間流淌，順著削尖的下巴流到古銅色的小小赤裸身體，近在咫尺的距離讓我清楚地看到他結實的肌肉和完美的腹肌。

「啊——」他指著我叫了出來。我一口牛奶全噴了出來：「噗——」伊森立刻閃開。當牛奶全噴在正彎腰對著我的伏色魔耶臉上時，我幾乎像是碰到蟲子般甩手將整個碗扔出窗外，黑夜中劃過一道乳白色的痕跡。

「你們精靈不用牛奶洗澡會死嗎？」我扶額抱怨，差點又喝了別人的洗澡水。伊森歉疚地看著我：「對不起，那瀾，下次我們會注意的……」

「唉……」

這些傢伙全都有王子病！忽然間，我感覺自己的身體好像不怎麼累了，反而充滿力量，於是捏捏自己的雙手，閉眸感覺了一下，體內果然充斥著能量，看來之前真的是太陽能吸太多了。可惜我還不知道該怎麼運用這種力量。

我看向外頭已然漆黑的天色，我掀開被子。伊森立刻起身：「瘋女人，妳沒事了嗎？妳要去哪裡？」

我認真地看著他：「涅梵說得對，既然我有神力，便應該先去救安羽。你在這裡看著伏色魔耶，我去看看安羽，馬上就回來。」

「為什麼要救安羽？」他張開雙臂攔住我：「安羽不是什麼好人，又一直欺負妳，妳幹嘛救他呢？」

「因為安歌。」我認真地望向他，那雙清澈如琥珀般的瞳仁裡又開始泛出醋意，顯得萬分委屈：「好吧……知道妳跟安歌是好朋友，去吧……」

「嗯……」見他那麼不開心，我上前一步抱住他，他頓時全身緊繃，下一刻卻將我緊緊擁在懷中：「真想一直這樣抱著妳。」這番話讓我的心情頓時有些動搖。

「瘋女人……今晚……我能不能……就這樣睡在妳身邊？」他將臉埋入我的頸窩，很熱、很燙。我真的有點猶豫，因為他的身體很溫暖，讓人無法不留戀，最後只能咬牙推開他：「不行，我會依戀你這種溫暖……」

「那瀾。」他的呼喚忽然變得認真起來，緊緊拉住我的雙手：「不要對我那麼狠心。即使明天妳就要離開，今天我們也該好好地享受擁有彼此的感覺。」

但我嚴肅地望著他真誠的表情：「伊森，即使下一刻我能離開，要是在這一刻眷戀於你的溫柔，一樣有被同化的危險。」他呆了一呆，隨後失落地低下頭，緩緩鬆開握住我的手。

「伊森，我想跟你做個約定……如果當我走遍世界每個角落卻依然無法找到回家的路，我會自願同化，留在這裡和你在一起。」我慎重的誓言讓他驚訝地看向我。我再次握住他的手，他顯得有些激動，雙手甚至微微有些顫抖。我更加鄭重地表示：「相反的，如果我能找到解開你們詛咒的方法，你願意跟我回到我的世界嗎？」

「當然！」他毫不猶豫地回答。我的心一陣糾結，低下頭回避那誠摯的眼神：「即使……我有過別的男人？」

他一怔，房間頓時陷入一片寂靜。我不敢看他的臉、他的眼神，因為那會讓我更加害怕失去他。

「那瀾……妳不是……那晚……跟我……」

「伊森，你誤會了。」我一直沒有提起這個誤會，也忘記去解釋。他傻傻地看著我，我嘆了口氣：「第二天我的月事正好來了。本來想跟你解釋，結果你卻跑了……」

他的金瞳猛地圓睜，我再次低下頭：「所以……我不是……是你一直誤會了……」我放開了他的手，不想看著他的臉，深怕會因為看到他覺得受騙或是在意的神情而受傷。

我緩緩走向門口，身後卻傳來伊森的嘟囔：「我真是世界上最蠢的男人……瘋女人……妳是不是又對我失望了……」

「噗嗤！」心頭的鬱悶徹底散去了，我的伊森始終是那個笨得人神共憤，傻到登峰造極的精靈王子。

「瘋女人……妳會不會因為我白痴而不要我啊……」我轉身看著他。他已經化作小精靈，一手委屈地扯著我的短髮，一手捂住自己羞紅的臉。

「當然不會！你不知道我有多麼想把你時時刻刻帶在身邊。」

「真的嗎？」他開心地放下遮臉的手，我喜歡看他陽光燦爛的笑容，於是對他眨眨眼：「乖，看住伏色魔耶，等我回來……來，親一個～」我探出側臉，他開心地抱住我的臉狠狠啄了一口，激動地在空中上下翻飛，揮舞手臂。我突然有種不好的預感。

果然，他開始吟詩了：「花兒也沒有妳美麗……美酒也沒有妳香甜……哦……我美麗的女人……妳的蜜汁似泉水一般甘甜……妳的身體像陽光一樣溫暖……」

全身起了雞皮疙瘩的我快步離開。西方的情詩熱情而大膽，直白的話語讓人臉紅心跳，我撫上心口，加快腳步，卻忽然發覺自己原來的衣服外又套了一條長裙，把腿給遮起來了。

不用問，肯定是伊森做的好事，這個妒夫從在意別的男人跟我之間的距離，已經到了在意他們看我的目光了。

那靈川的事怎麼辦？

靈川……靈川……我們本來是很好的知己，彼此特有的靈犀是我和伊森之間沒有的，甚至不用說話就能知道對方想說些什麼，為什麼這美好的關係卻突然變得複雜不已？如果沒有發生那件事，我和伊森相愛，又與靈川為友，該是一件多美妙的事情？但現在……

『那瀾，我喜歡妳！』耳邊忽然閃現靈川的告白，我的大腦像是受到衝擊般一陣脹痛。我不知道別的女人是如何處理情人和一夜意外之間的關係，但是很明顯的，我並不擅長面對這種事。我扶著牆

平復心情……只能走一步算一步了。

走了沒多久，我來到安羽的房間，推門進入時，只見玉音一身綢緞長衫地坐在臥榻上看書。他今天沒有佩戴任何首飾，不過長衫上的橫紋像是戴上了一圈又一圈的項鍊；長長的捲髮以一頂細細的王冠固定，不會在他看書時垂落而影響他的視野。

我走到安羽的床邊，玉音輕輕地翻過一頁，慵懶地說：「怎麼想到要來看安羽？」他單手支在臥榻的扶手上，側身倒落，半垂眼簾看著書。如果不是那頂小王冠，那張雌雄莫辨的臉真的會讓人誤認為是個女人。

我沒有說話。安羽似乎仍舊沒有甦醒，像是沉睡的睡美人，等待著公主為他解開魔咒。

「這件事到底要不要告訴安歌呢～～」

玉音陰陽怪氣地說著，嫵媚的眸光朝我瞥來。與安羽的媚態不同，他是外表中性嬌柔，安羽則是神色姿態間邪魅，帶著一份自暴自棄的頹廢感，像是對人生失去了希望，得過且過、縱情縱性地過著每一天。

我皺著眉頭，緩緩伸手摸上右眼，摘下眼罩，安羽頸項上的花紋頓時映入眼簾。我坐在床邊，執起他軟弱無力的右手，拉開了他的衣袖，驚訝地發現那被我捏過的花紋像是死了似的毫無變化，不祥的預感襲上心頭，我立刻將袖管繼續往上捲，舉目所見皆是一動不動的花紋。

「怎麼會這樣？」

我不敢相信自己的眼睛。我明明記得當時只是因為憤怒而傾盡全力捏住了他的花紋，為什麼他右手臂上的花紋現在全死了？

「怎麼了？」

玉音聽到我的驚呼而起身，走到一旁。我驚慌地抬頭與他四目交接，他似乎因為我的驚慌而吃驚不已。我低下頭，努力讓自己鎮定下來。

安羽的右邊衣袖已經無法再往上拉。我拉起他的左手衣袖一看，那裡的花紋依然緩緩地蠕動著，並在碰到我的手時害怕地蜷縮起來，宛如含羞草被人碰觸一般。我又回頭檢視他的右手，花紋真的全死了，像是爛根的植物般無力地垂落在花盆邊。

「快！快把他的衣袖撕開！」

我著急地對玉音說。他隨手放下書，俐落地撕開安羽右手臂的袖管——嘶啦！整條手臂映入眼簾，我清晰地看到他肩膀的花紋仍在動，下面的花紋卻正在一點一滴地死去。我看向自己顫抖的雙手，這是多麼可怕的力量！我之所以不敢貿然使用它，正是因為對它一無所知。我捂住了臉，內疚得說不出話來。安羽成了我第一次試用神力的實驗品……我不知道他付出了什麼樣的代價。

「對不起……安羽，我來晚了……」

我拾起那些已經死去的神紋，它們與其他的花紋漸漸分離，垂掛在手臂上，使整條手臂看起來像是潰爛般可怕。

「安羽到底怎麼了？」玉音拉了拉我，連他似乎也無法繼續保持鎮定。

我抓起那些神紋，潰死的末端正在影響剩餘的花紋。我不知道一旦神紋完全死去，人王究竟也會跟著死？或者只是失去了力量？我不敢冒險實驗……除非對方是亞夫。雖然這些人王一開始把我當成奴隸及玩具，然而截至目前為止，他們所做的事情嚴格來說都還在我的容忍範圍之內，大多是以高高

在上的姿態對我呼來喝去。更別提安歌和靈川甚至愛上了我。

安羽是安歌疼愛的弟弟，即使他再可惡，我也無法傷害他。看著他那張與安歌一模一樣的臉，安歌溺愛著他、懷念與他幼時相處的神態便會不由自主地浮現在我的眼前。我同樣無法忘記夜夜自惡夢中驚醒的安羽，他救了安歌，卻把痛苦留給了自己。

我記得靈川的神紋是可以扯斷的，當時他和亞夫都很痛苦，之後兩個人卻都分到了力量，而非安羽現在的情況。我努力回憶了一下，當時他掐著我的脖子，我很憤怒，以至於出了全力……難道我在不知不覺間激發了自身的那股神祕力量？

想想這的確非常有可能。伊森曾指導我以憤怒運用摩恩的精靈之力，而我的身體裡除了兩種精靈之力外，還存在著第三種連他們也不清楚的神祕力量，很有可能就是讓安羽的花紋慢慢潰死的原因。

那我該怎麼治療安羽？總不能看著他這樣枯竭般的慢慢死去。

潰爛……對了，人類如果手臂嚴重潰爛就要截肢以避免傷口持續惡化！那麼現在的情況……我立刻低頭湊到安羽的手臂旁，拉起他的神紋，安羽的身體抽搐了一下。

「妳在做什麼？」玉音立刻抓住我的手：「不許妳再碰他！」然而當他朝我大喊時，我毫不猶豫地咬在神紋潰死之處上！

「啊——啊——」

安羽整個人忽然瞬間弓起，大喊出聲，聽起來是那麼地撕心裂肺、那麼地讓人害怕恐懼，那嘶吼像是被人硬生生地撕裂了翅膀。

「安羽……妳快放開他！」

終於被玉音推到一邊的我咬下了安羽潰死的神紋，與此同時，安羽像是徹底虛脫般癱在床上，吃力地喘息著，玉音輕輕扶起他。我拿下嘴裡的神紋，它在刹那間化作灰燼，飄散在空氣中，他手臂上的花紋已和常人無異，宛如普通的印記一般；肩膀上的花紋卻正漸漸恢復生機，蠕動起來。

「呼……呼……」他虛弱地喘息著，臉色蒼白如紙，連平日朱紅的唇也失去了血色。玉音擔心地看著他：「安羽！安羽！」他緩緩睜開雙眼，顯得疲憊不已，但至少是甦醒了。

「總算……解脫了……」

他虛弱地說了這麼一句話。我不禁困惑，他為什麼說自己解脫了？難道我們以為躺在床上的他陷入了昏迷，實際上卻是清醒的？而且還在承受某種痛苦？

玉音也露出了狐疑的神色。此時門外忽然傳來倉促的腳步聲，眨眼間，涅梵黑色的身影已經出現在門前。他大步走入，完全沒看我，直接走到床邊盯著安羽，隨後轉身一把揪住我的衣領，怒目而視：「妳到底對安羽做了什麼？」

「別碰她……」安羽虛弱地說，瞥向我的目光卻顯得滿不在乎：「如果……你不想像我這樣……最好……別碰她……哈哈……」

涅梵凝視著我片刻，一把推開我，我向後趔趄了幾步，好不容易終於站穩。玉音安心地長舒一口氣：「總算醒了。」

涅梵問安羽：「到底是怎麼回事？」他虛弱地喘了幾口氣，說：「死過……才明白修那個瘋子的話……我們的確……是被困住了……」涅梵和玉音面面相覷，露出了不解的目光。我見他那麼虛弱，在一旁提醒：「你們應該讓他好好休息……」

「妳也會關心安羽的死活？」涅梵好笑地看著我，卻忽然像是發現了什麼，目光緊緊地盯住我的右眼：「妳的眼罩呢？妳現在為什麼不戴？」

他一步步朝我走來，漆黑的長袍讓他看起來更加陰沉。我不斷後退，直到倚上了窗邊。

「妳的右眼到底能看到什麼？」他抬起我的臉，彷彿要用盡全力看穿我的右眼。我擰了擰眉，淡淡地說：「牢籠。」涅梵頓時一怔。我連忙繞過他走回安羽的床邊，滿懷歉意地看著他：「對不起，弄痛你了……但如果我剛才不那麼做，你可能會死。」

安羽的眸光流露出一絲無謂，邪笑在他蒼白的唇角再次揚起，即使虛弱不堪，還是朝我撇來他壞壞的目光：「如果妳今晚陪我睡……我就原諒妳……」

不知為何，我非但沒有因為這番話而生氣，心裡反而有些疼痛。我想了想：「我那邊有可以迅速恢復體力的東西，等等拿來給你。」接著轉身匆匆離開。

安羽到底是想活下去？還是想死？儘管他想擺脫昏迷的態度似乎是想活著的，然而那覺得一切都無所謂的反應和放棄自我的目光卻又像是求死。莫非他在昏迷時生不如死？

我重新戴好眼罩，隱約覺得自己之所以會來到這個世界並非趕上了穿越的潮流，而是有其他的、我還無法掌控的未知命運。

回到房間時，伏色魔耶仍保持著原來的姿勢，摩恩已經飛回來坐在他的肩膀上，對著床上的伊森說：「伊森，你確定你的那瀾喜歡你嗎？」我停下了腳步，摩恩又在挑撥離間。

伊森在床上雙手環胸盤坐：「當然！」

摩恩甩起以黑紫長髮編成的辮子：「我怎麼覺得她挺多情啊？一會兒要救靈川，一會兒又要救安羽～」

「不許你這麼說我的瘋女人！」伊森憤怒地站起身：「那瀾不是多情，是講義氣！她想救安羽是因為她和安歌是好朋友；她救靈川是因為……是因為……」

「哈哈，說不出來了吧～」摩恩開心地飛了起來：「你的那瀾跟你也分開一個多月了，這段時間她一直跟靈川在一起，你怎麼知道他們之間發生了什麼事情？至少我去靈都的時候，可是親眼看見他們兩個好好地……連在一起～」

「摩恩！」我和伊森異口同聲大喊。摩恩頓時一僵，做賊心虛地飛到另一側，躲在伏色魔耶的紅髮之後。伊森見我回來，高興地飛到我面前。我陰沉地看向摩恩：「摩恩，把伏色魔耶搬回房裡。」

「知道了。」只有當我在場時，摩恩才會老實，真是有夠狡猾的！他開始驅動精靈之力，將伏色魔耶搬出我的房間。我看向伊森：「伊森，別聽摩恩胡說八道，我跟靈川也成了好朋友。」伊森驚訝地眨眨眼：「靈川那麼悶的人，居然也能跟妳做朋友？」

「嗯。」我走到我的包包旁，一邊翻出巧克力，一邊看著他：「靈川只是沒人陪他說話……對了，他很喜歡你幫我做的那個窩，居然用他的整個宮殿跟我換，所以我就住在他的寢殿裡。」

伊森一陣愣怔，眼神中忽然流露出幾縷失落：「所以……妳把我做的窩給他了？」

「我當然捨不得。」我知道他又在亂想了，伸手點上他的小腦袋：「當時我跟靈川還不是朋友，他看中了我的窩，賴在裡頭不出去，難道你想讓我跟他睡在一塊兒嗎？」

「當然不行！」伊森緊張地瞪大雙眼。我笑了：「所以我暫時借給他住了段時間，後來我們成了朋友，他就還我了……對了，這是我們世界的巧克力，沒想到放這麼久居然還沒壞。給你。」我掰了

一半給他：「這在我們那裡是給情人吃的，所以我只給你吃哦。」我偷偷藏起一小塊，再把巧克力塞入他懷中。懷抱著半塊巧克力的伊森激動得快哭了：「是送給情人吃的……我捨不得吃……」

「吃吧，不然會融化的。安羽那邊的狀況還沒結束，我去去就回，別再亂想了！你看，我把我們世界僅剩的巧克力都給你吃了，可見我有多愛你。我先走了，晚點回來。」

「嗯！」

伊森連連點頭，我轉身離去。老麥克爺爺曾說過我們世界的利器在這裡是神器，而我們世界的藥也是神藥，既然如此，巧克力說不定能迅速讓安羽恢復體能。

當我再次回到安羽的房間時，卻發現床上不見人影，玉音和涅梵站在陽台前，神情在月光中是那樣地哀傷。

「怎麼了？」我疑惑地上前。

玉音看了我一眼，忿怒地別開頭，涅梵也氣憤地閃開，藉著淡淡的月光，我頓時看見蹲在陽台欄杆上，只剩一邊黑色翅膀的安羽。他靜靜地蹲著，今晚的月光在火山的照映下染上了一絲血色，整片夜空漆黑無星，像是整個宇宙都被黑洞吞沒，只剩下他這個折翅天使孤獨地待在黑暗之中，等待自己也被吞沒。

沒想到安羽只剩下一隻翅膀……我的胸口狠狠地揪緊，沒有勇氣去追問為什麼，因為這絕對和我扯下他的右手神紋有關，他失去的正是右邊的翅膀。左側黑色的翼翅收攏在他的身後，右邊則留下凹凸不平的翅根，像是被人硬生生地扯下似的。

安羽雪白的短髮在血色的月光中也染上了一絲紅，右邊的耳環在月光中散發微弱的光芒。他微微

回過頭來，以滿不在乎的目光瞥向我：「我現在飛不起來了，不能再把妳從空中扔下去了……」他再次咧開嘴，露出邪惡而乖戾的笑容。我的胸口像是壓上了千斤巨石，無法呼吸。他的翅膀是被我扯斷的……

我走上前，內疚地低下頭：「對不起……」

「妳以為說聲對不起就可以了嗎？」他在欄杆上慢慢轉過身，朝我緩緩抬起右手，臉上邪惡的笑容有些抽搐：「當初我就是用這隻手殺死那個人的……」聲音微微顫抖著，銀色的瞳仁在月光下泛著血腥的紅：「現在這隻手廢了……廢了……哈哈哈哈！這是報應吧？哈哈哈……」

「安羽……」

「所以我也要妳死——」他的眸中倏然掠過殺氣，左手扣住了我的脖子。

「安羽！」涅梵驚呼。安羽倏然往後仰去，提起我一起往陽台外墜下，我的身體擦過欄杆，似乎有人碰到了我的腳，但始終沒有抓住。安羽展開羽翼，在空中掐住我的脖子，卻沒有把我扔出去，始終待在身下護著我，對我邪邪地笑著。

砰！頃刻間，他墜落於地，我則摔在他的身上，陽台其實不高，從上面掉下來不過是眨眼間的事。我趴在安羽身上怔怔地看著他，他為什麼要這樣傷害自己？

他鬆開了我的脖子，幾乎毫髮無傷，我甚至沒看到他皺起眉頭或是露出疼痛的表情，宛如只是跳上了一張彈簧床，絲毫沒有痛感。他扯了扯嘴角：「看到了嗎？即使從上面摔下來，我也不會疼、不會受傷……妳到底是怎麼做到的？如果妳可以殺死我們，請賞我個痛快……」眼神有些渙散的他傻傻地望向我身後的漆黑夜空：「但是……妳必須告訴我到底愛不愛安歌，否則我不會死……哥哥需要有

人守護……」

我連連搖頭，心痛得不知該從何說起。那張邪惡而任性的面具在此刻終於徹底摘下，然而他的那張臉是那麼地蒼白，比靈川更為空洞。靈川軀殼裡的靈魂只是在發呆，但他根本沒了靈魂。

我拿起巧克力塞入他蒼白的唇間，他微微一顫，看向我。

「吃吧，有毒。」我說。他反而笑了，一口含下，眼睛睜了睜，笑了：「你們世界的巧克力味道很好……」他張開嘴，牙齒上全是黑黑的巧克力。我含笑地點點頭，起身扶起他，讓他靠在我的肩膀上，輕拍他的後背：「睡吧……」

「嗯。」他閉上眼睛，呼吸在我輕悠悠的搖晃中漸漸地變得平穩。我看向他右手撕開的衣袖，上頭的神紋正在緩緩恢復活力。

「會好的……安羽會好的……」涅梵和玉音悄悄地走過來，我看向他們。他們蹲到安羽身旁，發現他的嘴唇已經慢慢恢復血色，臉上總算露出了一絲安心，玉音輕輕地抱走安羽。然而當我正準備站起來時，涅梵卻攔住了我的去路，面色凝重地看著我：「妳剛剛說的那兩個字是什麼意思？『牢籠』是什麼？」

我望向他：「我想修已經知道答案了……可惜我無法解釋，要想知道就得死一次看看。」他微微一怔，我從他身邊離開，卻不是走向自己的房間，而是回到安羽的寢室，玉音正將他輕輕放在床上。

我走到床邊，他的臉色已經恢復如常。

「今晚換我陪他吧。」

「妳到底對他做了些什麼？」玉音抓著我問，這也是幾天以來這些男人最常問我的問題。「他的

翅膀到底是怎麼回事？妳是怎麼廢了他的手的？」他的語氣越來越激動，看來這個慵懶而看似對任何事漠不關心的傢伙今天也坐不住了。

我冷冷地瞪著他：「你害怕了？」

玉音一怔，雌雄莫辨的臉上掠過一抹像是被人看穿的驚慌神色。

「你們不是一直想死嗎？」聞言，玉音立刻放開了我的手，向後退了幾步。我往前邁進：「告訴你，現在的我真的能滿足你們的願望，而且我不會繼承你們的力量，可以讓人王從這個世界徹底消失，不會再有人背負長生不死的詛咒！」

「不……不……」他焦躁地抱住頭，咬緊紅唇，不甘心地盯著我：「我們會搞清楚妳到底是什麼的！妳這個瘋子！」他恨恨地睨了我一眼，疾步離去。

我好笑地搖搖頭：「都是些口是心非的傢伙，以前總愛把死掛在嘴上，結果真的能死了卻又捨不得……哼！」

我坐到床邊靜靜看著安羽，隨後又望向窗外被火山映紅的夜空。這些人王們對詛咒可說是又愛又恨，一如他們對待這個世界的態度。

「看！妳的那灘今晚打算陪安羽，不理你了……」窗外又傳來摩恩鬼鬼祟祟的說話聲。

「你再說一句，我就扯掉你的翅膀！」伊森難得也會出言恐嚇。「不過真是奇怪啊……安羽怎麼會無緣無故少了一隻翅膀？」聞言，我皺了皺眉頭，燈火在微風中輕輕搖曳。

「伊森，你進來吧。」我淡淡地說，窗外頓時冒出了一白一黑兩道身影，紛紛飛到我的眼前。我看向伊森：「今晚我想觀察安羽的情況，但我睏了，你幫我看著吧。」

「嗯，瘋女人妳睡吧！我幫妳看著。」我躺在安羽身旁，伊森見狀立刻睜大雙眼。我拍了拍我和安羽中間：「安羽需要有人陪在身邊才能睡得安穩。你把他再挪過去一點，睡在這裡。」

伊森露出安心的神情，拿出小權杖把安羽往旁邊挪了挪，坐在我們之間的枕頭上。

「不介意多我一個吧？」摩恩隨即飛落，伊森瞥了他一眼：「不准碰到我的那瀾，你給我睡在安羽那邊！」

「嘖，誰稀罕你的瘋女人啊！還是個獨眼龍。」

摩恩滿不在乎地睡在安羽的肚子上，讓我想起伊森也喜歡睡在我的腹部，看來尋找能睡得舒服的地方是他們精靈的天性。

「瘋女人……這到底是怎麼一回事？」伊森坐在枕頭上，疑惑而擔憂地看著我。我側躺著望向他：「伊森……我……可能已經不是原來的那瀾了……如果……我最後成了一件可怕的武器，你一定要遠離我……」

「不！我不要離開妳！」伊森立刻抱住我的臉：「無論妳變成什麼，我都會和妳在一起，就算死在妳的手上……我也願意……」我為他無畏的愛深深感動。「嘔！」不和諧的聲音卻再度破壞了這份美好。

「拜託你們，肉麻的情話等我睡著再說吧～～真受不了！你們兩個乾脆一起死算了，這樣就不會分開啦……」

「那你的精靈之元呢？」我冷冷地問，摩恩頓時噤口。畢竟只要我一死，精靈之元便會徹底消失，他只能做為我的陪葬。

「煩死了！」他忽然坐起身，小手一揮，房內的燈光頓時全部熄滅。他再度躺回安羽的肚子上，緊抱著自己的身體，隱約可見一股暗紫色的煞氣正緩緩升騰。

第二天一早，我是被伊森的大叫吵醒的。

「不許你碰我的那瀾——」

瞬間驚醒的我模模糊糊地看見一動不動的安羽，他的右手伸向我，銀瞳已然呆滯，像是被定格似的。伊森正在他面前揮舞著小權杖，叨叨絮絮地念著：「居然想摸我的那瀾？本殿下絕不允許！」

「吵死了！」起床氣頓時升起的我一把抓住他，直接扔出窗外。

「啊——」

「哈哈哈哈——哈哈哈哈哈——」有人大笑，是摩恩。

我同樣憤怒地一把抓起他，他立刻在我手中不停掙扎：「喂喂喂，吵醒妳的是伊森，不是我！妳不能……」

「你也吵死了！」他的話還沒說完就被我同樣扔出了窗外。「我好無辜啊——」

呼，終於安靜了！我最討厭別人吵我睡覺。

我回頭發現安羽仍保持著原來的姿勢，於是推開他，他倒在床上，手依然呈現往前伸的樣子。我用被子蒙住頭繼續睡，不知道過了多久，耳邊又隱約聽見男人的說話聲。

「我懷疑伊森又回到那瀾身邊了……」好像是安羽，聽上去還滿有精神的，看來體力應該恢復了不少。

「嗯，我也這麼懷疑，風鼇那天應該是看到精靈了，但她不承認……」這聲音是涅梵。

「如果伊森在她身邊，就能解釋我昨晚明明去找她，後來卻又回到了自己的房間，途中發生了什麼事完全記不清……」伏色魔耶似乎也在。

「只有精靈族擁有這種能力。我之前在安都曾經和伊森發生衝突過，沒想到那傢伙竟然回來了。嗯……這女人有隻精靈跟在身邊對我們非常不利……」

「到底有沒有精靈，問問她不就知道了？」

「我勸你最好別過去。」安羽的聲音變得越來越清晰：「我隱約記得她好像在罵人，說她最討厭別人吵她睡覺。如果你們不想變得像我之前那樣，現在最好別去吵她。」

「咳，麻煩……難道我們堂堂四個人王就得這樣等她醒來？」伏色魔耶的聲音聽起來有些鬱悶。

「哼……這待遇倒像是女王了～」玉音陰陽怪氣的聲音在此時響起。我緩緩睜開眼睛，徹底醒了。

女王？這個稱呼挺不錯的，我喜歡！

「安羽，之前你說明白了修的話到底是什麼意思？」涅梵沉聲問道。

「我們從來沒死過，所以不知道從死後到重生這段期間裡會發生什麼事。之前安歌雖然死過，但因為很快就重生了，據說只是在軀殼裡睡了一會兒，不過這次我清晰地感覺到自己的靈魂是囚困在軀殼中的，雖然看得到、聽得到外面的一切，卻無法離開。我想修在昏迷時一定也和我有著同樣的感覺，才會說自己被困住了。」

「死後靈魂竟然無法離開身體……太可怕了……」伏色魔耶似乎對此難以置信：「那不就像是在坐牢嗎？那樣的日子我無法忍受，不如殺死我吧！」

「哼！可惜屆時你無法殺死自己。」安羽好笑地說著：「那感覺倒還滿新鮮的，你要不要試試看？」

「你們通通都有病！」伏色魔耶怒吼：「活著明明很好，你們為什麼成天想死？既然想死，當初又去殺闇梨香做什麼？」

我看向窗外，這個世界缺的不是救世主，而是……心理醫生。

「噹——噹——噹——噹——」警鐘忽然響起。我來到伏都將近十天，從未聽到它的聲音，鐘聲相當急促，讓人心慌。

窗外忽然掠過巨大的黑影，風龘的龍頭已經出現在陽台前。

「魔族怎麼會突然入侵？」伏色魔耶吃驚地大叫。

什麼？這警鐘代表的是魔族入侵？雖然之前曾聽伊森說伏都負責守護整個人類世界的邊疆，但來到這裡這麼久都一直沒見過他們口中的魔族，沒想到戰爭卻在今天爆發了！

伏色魔耶紅色的身影飛快掠過我的面前，疾步奔向陽台，涅梵黑色的身影緊跟在後，玉音和安羽也隨即出現在我的視線範圍內。他們站在陽台上往遠處火山方向張望，涅梵躍上龍頭，轉身對伏色魔耶伸出手：「上來！」

「嗯。」伏色魔耶拉住他的手，跳上了龍頭。刷！安羽也忽然展開半邊黑翅，活動了一下肩膀：「好久沒打仗了，總覺得渾身不舒服。」

「你只有一隻翅膀，能飛嗎？」玉音嫵媚地望著他。他緩緩收起翅膀，邪邪地笑看著玉音：「雖然我不能飛了，但還能戰鬥。」說完，他也躍上了風龘的龍頭。

玉音輕笑了一聲，朝我看來，我立刻閉上眼睛。只聽間他以中性的嗓音說：「這個女人不知道能不能對付魔族？若是她能剿滅魔族，小伏也就能放心了呢～」

「哼！我伏色魔耶打仗從不靠女人的！之所以會留魔族在世上就是為了消解我的無聊，你們既然不跟我打仗，我只能找他們！」

「哈哈哈哈……」玉音大笑：「小伏真是越來越可愛了。」

呼！一陣巨風掃過房間，捲走了玉音的聲音。我睜開眼睛一看，發現風黿已經載著伏色魔耶和涅梵等人直衝天際，消失在陽台前。

我立刻跑到陽台上，只見下面的隊列果然已經準備就緒，塞月一身盔甲坐在馬上，英姿颯爽。當她看到伏色魔耶紅色的披風掠過上空時便立刻高舉巨劍，整個騎隊頓時開始往前飛奔，巨大的馬蹄聲震得整棟建築物不停顫動，氣勢恢宏。

我爬上欄杆……咦，不對，我不會飛啊！跳下去只會摔斷腿。雖然我能自癒，但受傷時還是會疼。我回到陽台上往火山的方向張望，實在很想看看魔族。

只見火山那裡的天空黑壓壓的，似乎有什麼東西飛了過來，數量相當龐大，聚集在空中宛如一團黑雲，越來越近、越來越近……我頓時瞠目結舌——他們朝這裡過來了！

砰！砰！砰！他們忽然朝這裡噴出火球，王城外頓時尖叫聲四起，遠遠便能看見城門大敞，慌張的百姓們蜂擁而入。無論是在伏都還是其他王都，我從沒見過這樣的陣仗，即使先前扎圖魯他們想造反，最後也被我勸阻了。眼下的畫面真的讓我大開眼界，一時忘了害怕，獨自站在陽台上觀看。

一顆又一顆火球朝這裡噴來，眼看就要砸中王宮了！卻突然被一陣冰雹覆蓋，當中出現了安歌的

身影，他躍上城牆，用一隻白色翅膀扇出無數的冰雹。安歌怎麼會在這裡……不對，那是安羽！

因為他總是張著黑翅，我幾乎都忘了他的神力。巴赫林曾說安羽開展白翅可扇出冰雹，開展黑翅則會扇出可怕的颶風，現在他用的正是白翅。

在安羽逼退火球攻擊時，風鼇忽然自上空飛下，瞬間衝散了空中無數的黑色怪物。他們四散飛開，有好幾隻從上方掠過，一道道黑影投在我的身上……好激烈的戰鬥！好神奇的戰鬥！

我抬頭看著掠過上空的怪物，他們非常巨大、宛如人形，但是有翅膀、全身漆黑、腦袋很小、耳朵很尖，像是神話裡的魔鬼。其中一隻忽然投下了一枚白色的炸彈，我嚇得倉皇躲開，那東西在我的腳前彈跳了一下，我仔細一看，卻完全愣住了！那居然是一隻鞋，而且和明洋的一模一樣。我吃驚地拿起它，這隻是右腳的，收藏室裡的則是左腳的，正好能湊成一雙！

這是怎麼回事？為什麼魔族會帶來明洋的鞋子？而且還如此刻意地在我面前丟下？我正想著，肩膀卻忽然被兩隻巨爪抓住，整個人剎那間已經飛離了地面！怪物的速度極快，我飛上了王宮，四周被團團圍住，他們似乎有意藏起我，不讓任何人發現。

他們嚴密地貼在一起飛行，無論外面的戰鬥有多麼激烈，也傷不到我分毫。

忽然，一股巨大的氣流衝撞而上，頓時擊中了我左側的兩隻怪物，他們從空中墜落，黑色的護壁頓時出現了漏洞，冒出了涅梵站在風鼇頭上的身影。他似乎沒發現我，直到另外兩隻怪物飛來填補漏洞時才往這裡看來，我們頓時四目交會，他驚訝得瞪大雙眼，一時忘記了戰鬥。

就在這時，更多的黑色怪物朝他飛去，我立刻大喊：「涅梵小心！」

當他們衝向他時，面前的漏洞也再次被另兩隻怪物填補，我就這樣被一團怪物包圍，飛往未知的方向。

外頭漸漸地變得安靜，只剩下怪物扇動翅膀的聲音，我往下一看，正好看到祭台，看來我們已經飛出了王城。我懸空的雙腳經過那深不見底的熔岩峽谷，火紅的岩漿像是血紅的長蛇般在深谷裡游動。奇怪的是，我到現在都不覺得害怕，或許是以前總是被安羽和伊森在空中拎來拎去的，早已習慣這樣的飛行，抑或是因為手中明洋的鞋……

我拿起他的鞋——這隻鞋子像是曾被清洗過，相當乾淨——看了看裡面，意外地發現一張字條，於是立刻取出，上頭有著一排像是以黑炭書寫的字：「別怕，安心跟他們來。」這些字更加深了我心裡的困惑。這會是明洋寫的嗎？如果是他寫的，就代表他落入了魔族的手中。

正擔心明洋的安危，肩膀上的爪子卻忽然鬆開，將我放在焦黑的土地上，龜裂的黑土間緩緩流過岩漿，地面格外灼熱，有些燙人，我不由得在原地跳腳，

帶我來的黑色怪物在空中盤旋了一陣子，振翅飛下，並在落到地面的那一瞬間化作身穿黑色披風的人類，然而他們的頭上有著黑色的、宛如魔鬼般的角！他們單膝跪在四周，其中一人甚至還趴在我面前，黑色的披風落到裂縫中的岩漿裡，卻沒有燒起來，宛如他們的身體也是岩漿的一部分。

「妳可以踩在他身上。」

一道聲音忽然從我身後傳來，我驚訝地轉身一看，只見一個身穿黑色連帽斗篷的人正站在焦黑的土地上！我愣愣地看著他，他從黑色斗篷裡伸出雙手，慢慢揭下帽簷。當他的臉暴露在陽光下時，我驚喜難言——站在我面前的正是明洋！

他看上去並沒有什麼變化，只是頭髮比原來更長了。能在這裡重遇明洋，實在相當令人驚喜！

「明洋！你真的還活著！」

我激動地走向他，趴在我面前的人立刻平移向前，我就這樣踩在了他的後背上。我不由得頓住腳步，總覺得相當不好意思，儘管對方是別的種族。

「那瀾，沒關係的。」明洋這麼說著。我朝他看去，他的笑容還是和以前一樣柔和：「他們是魔族，妳的重量對他們來說只能算是小雞吧。」咦？那麼輕？

他開始上下打量我：「妳瘦了……頭髮也剪了……」然後看向我的眼睛，面露關切：「妳的眼睛受傷了？」

「哦，倒也不是受傷……」我隨手拿下眼罩：「其實是……」到了口邊的話卻因為再度看向明洋而完全卡在喉嚨裡！我的心跳開始加快，無法相信自己眼前看到的東西……我竟然在他的頭上看到了一對完全成形的犄角！

我不知道究竟是自己看錯了，還是真有其事，於是佯裝眼睛酸澀地眨了眨，閉上右眼，看到的是正常的明洋；再睜開右眼，看到的卻是長角的明洋！

我知道自己的右眼看到的東西很不尋常！

「怎麼了？」他微笑地看著我：「妳的眼睛到底是……？」

「哦，我掉下來的時候傷到了右眼，儘管眼球保住了，但不知道是不是傷到眼角膜，視線不是很清楚，所以遮起來了，呵呵……」我告訴自己此刻必須冷靜，在確定面前的人到底是不是明洋前，還是裝傻比較好。

我過去最多能看到人身上有花紋，今天卻看到了角，這太不可思議了！假設明洋已經被同化，最

多應該只會出現花紋，怎麼會長角呢？再看看周圍，只有魔族是有角的！

說不定眼前這傢伙不是明洋，而是魔族變成他的模樣來欺瞞我！但我又想不通這麼做的目的。他們是魔族，完全有能力直接殺我，為什麼要像現在這樣變成明洋來接近我？而且如果是裝的，又要如何將他的聲音、神情乃至說話的語氣模仿得那麼像？

「唉……沒想到妳會這麼慘，不僅被那些王玩弄，還弄傷了眼睛。」他帶著幾分感慨和憐憫地說著，這可不是單純假冒他的模樣就能做到的。

為了確定對方的身分，我決定試探一下，於是故作輕鬆地說：「我能活下來就不錯了。我掉下來的時候右手斷了，右眼完全看不見，還以為自己瞎了……反過來想，如果不是這些王想玩我，他們也不會救我。其實只是『玩』這個字難聽了點，他們對我還是不錯的，給我吃、給我穿。你覺得是我被他們玩，我反而覺得是自己在玩他們。」

「但妳是個女孩子，他們……」

明洋微微頓了頓，臉上流露出一絲尷尬，我看得出這個反應並不是刻意裝出來的。明洋是考古系的學生，在思想上有些保守……倒不是說考古系的學生都很保守，但他比較喜歡內斂優雅的女性，所以當我文藝風格十足時，他對我很有好感，從相處上來看，也是喜歡我比喜歡林茵多一些，尤其是我畫畫的時候。他很喜歡琴棋書畫樣樣都會的古典女性。

當他露出那種尷尬的神情時，一般會與床上運動話題有關。

我立刻擺手：「你別亂想！他們只是逗著我玩而已，主要也是因為我是個獨眼龍，嘿嘿！」我故作慶幸地對他眨眨眼：「所以我才說是我在玩他們。」

聞言，他總算面露安心，這的確是明洋會有的反應，他的舉手投足間也帶著一種君子的儒雅。可是，為什麼他會長角？

我故意說道：「你看起來倒是毫髮無傷，看來掉下來的地方比我好。」

「呵……」他笑著點點頭：「算是吧？我掉下來的時候，是這裡的魔族在空中接住了我。所以儘管魔族對那些王和這個世界來說是威脅，對我來說卻是救命恩人……」他放遠了目光，像是在感嘆著什麼。

我看向周圍，舉目所見皆是焦黑乾枯的樹木，它們張牙舞爪地遍布在灰霧中，看起來非常恐怖。火山灰掩蔽了上方的陽光，使這裡顯得更加陰森，宛如人間地獄。

「然後你就住在這裡了嗎？」他抬眸朝我看來，我指向腳下：「這裡我連腳都沒辦法好好放著了，你要怎麼住？」

他帶著古典美的臉揚起了一抹神祕的笑：「魔族在救了我之後賜給我一些力量，讓我可以適應這裡……」

「那你不回去了？」我的追問打斷了他的話。他愣愣地看著我：「為什麼要回去？我熱愛這裡！這裡是我畢生尋找的樓蘭古國，是我此生追求的目標！那瀾，我應該告訴過妳，我是為了尋找樓蘭而生的！」

他越說越激動，雙眸也閃爍著異常耀眼的精光。忽然一抹緋色劃過他的雙瞳，我頓時一怔……那抹瞳色不太像是人類的瞳色。

「我要留在這裡！在這裡我將會變得更加強大！更加自由！不用再聽任何人的指揮和命令！」

他張開雙臂，黑色的斗篷隨之飛揚，裡頭是一件緊身的黑色戰衣！那衣服的材質乍看像是皮革，細看卻又不是，但看起來很有彈性和光澤。我看到了那被緊身戰衣包裹的身體，對於線條極為敏感的我立刻發現明洋的腹肌。

我愣在原地，不是因為我是腹肌愛好者，而是明洋……根本不可能有腹肌……

他是個文弱書生，和我認識時連裝有考古器材的箱子都搬不動，與我比腕力時還輸給了我。我們在沙漠行進間看到了湖泊，男人們紛紛脫光衣服跳入河中游泳，他那身嫩白的書生肉讓林茵羨慕得不得了！

難道是明洋掉到這個世界後才練出了這結實的腹肌？他慢慢垂下雙手，寬大的黑色斗篷再次遮住他的身體，讓我無法窺視。但我已經明白他不想回家了。

他朝我伸出手：「那瀾，跟我走吧！以後我會保護妳的。」

「林茵呢？」我抬頭看著他的手心。他的手很乾淨，但這不代表他沒有花紋，因為它們有時會在手腕上，有時也有可能在脖子下。他淡淡地說：「我現在還沒找到林茵，她可能已經……」

「我相信她還沒死。」我看向他。他輕笑了一聲：「那又怎樣？」

我疑惑地看著他：「你難道不關心她的死活嗎？她是你的學妹！」

「哼！」他從鼻子裡輕哼一聲：「那瀾，妳知道我最不喜歡被女生纏住，她卻總是喜歡在學校裡黏著我，我以為跟隨博士來樓蘭可以擺脫她，卻沒想到她又跟來了……那瀾，妳難道以為我真的看不出林茵喜歡我嗎？我只是在裝傻躲避她。妳不知道她有多煩，所以我沒打算找她。」

我有些驚訝地看著他。在我眼中老實溫潤，平日不愛多言，只會以微笑示人的鄰家大哥哥明洋原

來是個腹黑！

「那瀾，那天我看到他們對妳施加日刑……跟我走吧，不要再跟他們一起了。」他再次朝我伸出手。我不知道該如何描述此刻的心情，雖然我很討厭那幾個人王，此刻卻莫名地感覺明洋更危險。

「那瀾，我們在掉下來之前就像好兄弟，妳的性格像男生，不纏人也不黏人，所以我甦醒後只擔心妳的安危。我們可以在這個世界裡作伴，互相有個照應，再加上人王不敢貿然踏入魔族之地，所以這裡很安全。」他更加放柔了語調勸著我。

然而整件事實在相當不對勁。倘若如他所言是魔族救了他，那麼他在魔族充其量也就只是個客人吧？但眼前的景象並非如此，將我帶來的魔族從一開始就單膝下跪，像是在迎接聖者降臨，有如當初我裝神弄鬼時，安都和靈都的百姓視我為神明的景象。但魔族應該不會有自我犧牲的精神、讓我踩在腳下吧？顯然是有尊者在場，他們不敢不聽從對方的旨意。

我看看周圍始終單膝下跪的魔族：「這裡我連腳都放不下，怎麼住？」

「我可以給妳力量。」明洋有些激動地作勢要拉我的手，我立刻收起手：「不不不，我要回去，我想回家……」

「為什麼？」明洋忽然拔高了聲音，困惑不解地看著我：「上面的世界有什麼好的？環境汙染、人類腐壞、權欲、錢欲、肉欲……在在讓人噁心至極！我在上面的世界畢業後甚至還會面臨就業危機，可是在這裡——」他的視線銳利起來，平日的儒雅立刻被一種野心和煞氣吞沒。他緩緩張開雙臂，猛然像是振翅般撐開：「我就是王！」

強大的氣流頓時掀翻了他的斗篷，也揚起我的衣裙。在強勁的氣流中，我赫然看到他的眼睛變成

緋紅色！

在這一刻，我忽然明白——他已經不再是我以前認識的明洋了，甚至連他是不是人類，我都無法確定……

亞夫靜靜地拿著乾達婆王玉音的請柬，輕輕放到正在發呆的靈川面前，隨後靜靜跪坐在他的身後看著他。

他的王——龍王靈川，雖然總是在發呆，但他喜歡這樣默默地注視著他的王。

靈川緩緩收回發呆的目光，銀瞳微微垂落，看向桌上的請柬，面紗隨著呼吸輕顫。他從包裹嚴實的白衣下伸出手，打開那封請柬，眼裡卻閃過了一抹晶亮的光芒。終於又有人掉下來了，二十年後，總算又有個人可以陪他解悶了。

他放下請柬，慢慢起身。

「王要去哪裡？」亞夫也隨即起身。

靈川沒有轉頭，淡淡的聲音自面紗中傳出：「參加八王抽籤。」亞夫微露一絲驚喜：「也就是說又有人從上面的世界掉下來了？」

「嗯。」他淡淡地應了一聲，走了。

亞夫靜靜看著他離去的背影，他是靈都……不，是這個世界最美的男子，只有聖潔的他才有資格服侍河神。

靈川走出聖宮，轉身看向那座幽深的宮殿，平靜淡然的目光裡看不出任何情緒。

他恨這座宮殿，但沒人知道這件事。

靈川最崇敬的人就是被這座宮殿裡的王殺死的，而他自己則殺死了王——前任靈都王，他的師傅。

他的眼睛藏起了所有的祕密，一百五十年的歲月更讓他連靈魂都變得機械化。沒人知道他之所以會去參加八王抽籤，只是為了踏出這座聖宮透透氣，哪怕只有一會兒也好。

玉都是他比較喜歡的一個國度，那裡的人民載歌載舞，熱鬧歡樂。但這一切在靈都全部都是被禁止的，因為神域需要安靜。

這些規矩不是他訂下的，也不是前任靈都王訂下的，而是前任、前任、再前任……訂下的。

如果沒有那場戰爭，靈都王的身分可以說僅次於這個世界的王，他是神的使者。然而現在這個世界不再是由一王統治，而是八王，其中包括了他。

不知從何時開始，八王玩起了一個遊戲。上面的世界偶爾會掉下一些人，出於對異世界的好奇，以及打發這長生不死的無聊，他們決定以抽籤決定順序，讓這些人輪流陪他們一個月，八個月後再由這個人自行決定去哪個國度定居。

看似對任何事不關心的靈川也參與其中，目的很簡單——他想聽新奇的故事，上面世界發生的事與這個世界肯定是不同的。

這次聽說掉下來的是個女人，而且還是個年輕的女人。她會變成誰的妃子吧？靈川這麼想著。雖然至今為止沒掉下來過像樣的女人，但他覺得一旦有「從上面的世界掉下來」這個特殊條件，只要長得不是很離譜，她一定會引起那些男人們的興趣的。

她果然是個長得不錯的女人，只是胖了點，不過這裡也有男人喜歡胖女人，比方說雙胞胎兄弟裡的安羽。那是個缺乏安全感的男孩，豐滿的身體會讓他產生安全感。

靈川在簾後平淡地看著每個王，這裡的每個男人都散發著空虛和寂寞的氣息，包括他自己。他們如果繼續空虛寂寞下去，恐怕會陷入病態，不是像夜叉王那樣瘋瘋癲癲，而是對某一種事物的執著，例如一旁的伏色魔耶。有著火紅頭髮的他正懷著一身殺氣盯著那個女人，因為據說她刺殺了夜叉王。

起先聽到這個消息時，靈川有些驚訝，然而在看到那個女人後，他又覺得其實不奇怪。她是上面世界的女人，上頭提倡男女平權，也沒有奴隸制度，所以她當然會反抗，只是沒想到會反抗得那麼激烈。

他同時意外地發現她還有點圓滑，看著她周旋在各個王之間，面對他們的恐嚇雖然害怕，卻又努力地保持鎮定和勇敢，這點倒是讓他覺得她最後或許真的會成為某個王的女人。

不，不是或許，而是肯定的，因為她真的引起這群男人的興趣了。

結果她的第一個月被安歌抽中了，他看到了涅梵眸中的深沉和不甘，原來他想做她的第一個男人？

聽說她說出了和闍梨香一模一樣的話，讓涅梵深受刺激，簡直都想生吞活剝了她。

「川，我們出去走走吧。」涅梵來找他。

「嗯。」

靈川輕輕起身，卻注意到那個女人正在看著他。他看著她的五官，如果瘦下去，她應該長得不錯。

他隨涅梵離開，靜靜站在花園裡。

「川，我需要你的說明。」

涅梵真摯而誠懇地看著靈川。靈川沒有回應，他知道涅梵指的是八王統一的事，但在他的心裡，他只效忠一個人——死去了的闍梨香。

這裡的每個男人都該死！卻沒有人知道他懷著這樣的想法，這七個人一直以為他身處世外，不染俗世。

「我會的。」

靈川淡淡回答，答應了涅梵。一旦沒有戰爭，這七個人就不能打起來；不打起來，他們又怎麼會死呢？

他察覺到了一道目光，涅梵也感覺到了，兩人一同看去，發現那個女人正靜靜地坐在窗櫺旁俯視著他們。

那一刻，他怔住了。月色之下，她的神情甚至比自己還要平靜淡然，只用一隻眼睛冷冷地看著他們，清冷的目光裡帶著一絲輕蔑的笑容，有那麼一瞬間，他覺得自己看到了闍梨香的影子。

她走了，身影消失在窗櫺上，卻讓他久久無法移開視線。

「那個女人不簡單。」

涅梵回過頭說，他的目光顯得深邃無比、難以捉摸。靈川第一次看到他因為一個女人而用了心思。

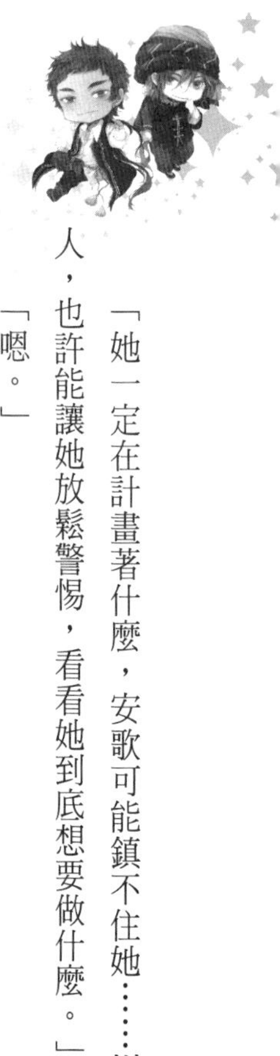

「她一定在計畫著什麼，安歌可能鎮不住她……川，第二個是你，你是我們當中心思最縝密的人，也許能讓她放鬆警惕，看看她到底想要做什麼。」

「嗯。」

靈川平淡的目光裡不起半絲波瀾，不過是個女人，還能做些什麼？雖然他也隱約察覺到她其實是有些想法的。

在靈都又發了一個月的呆後，他忽然想起要去接那個女人了。亞夫在知道那是個年輕女人後，便一直沉著臉，靈川知道他本來希望是個男人，因為在這裡，女人並不受歡迎，外面世界的女人更是放蕩的代名詞。亞夫也不喜歡他離開靈都去別的國度，尤其是滿街妓女的伏都。

但是他覺得無所謂，只要能離開靈都，去哪裡都好。

他去接那個女人了，她叫做那瀾。

他隔著面紗看到了一個窩，以及安歌那無法掩藏的不捨眼神。他不由得一怔，她到底做了些什麼？居然能讓放浪不羈的安歌如此不捨？他看出了安歌眼中的深情——任何人的想法都休想逃過他的眼睛——驚訝地發現安歌似乎深深愛上了她。短短的一個月裡到底發生了什麼事？

他把她接回靈都。如果安歌真的愛上了她，之後會演變成什麼樣的狀況？

他將那瀾交給亞夫，自己則繼續待在聖宮裡發呆沉思。安歌只不過是跟她接觸的第一個男人，卻愛上了她。

她是怎麼做到的？

大家都是活了一百五十年的男人了，尤其是安歌，什麼樣的女人沒見過？多少女人在他身邊來來

去去，怎麼會讓這個外來世界的女人輕易地得到了他的心？

這個問題困擾了他許久，直到他看見她出現在祭台上。她在淡淡暮色的映射下趴在祭台上，右手正慢慢伸向河龍，整個人明顯瘦了。他疑惑地看著夕陽的金光勾勒出她從後背到腰間的曲線，性感而婀娜，唯有瘦下來才會出現那屬於女人的美麗曲線……她怎麼會瘦了？雖然當初他從安歌手中接過她時，看到從窩裡小心翼翼地探出頭來的她的確瘦了一些，卻沒有今天看到的這麼瘦，這個女人是不是時時刻刻活在不安之中？

河龍也正靜靜地看著她，朝她緩緩靠近……河龍喜歡她！

這個答案讓他驚訝萬分。雖然他知道河龍既善良又溫柔，也對人類充滿好奇，然而面對陌生人，牠依舊會躲藏起來遠遠觀看，而不會這樣主動靠近。

「妳在做什麼？」

亞夫的厲喝打斷了暮光下的第一次碰觸，受了驚的她和河龍一樣迅速地逃走了。他有些驚訝地發現她的懷裡抱著河龍的祭品。

她為什麼要來偷祭品？難道她沒有吃的東西？他淡淡地看了怒氣沖沖的亞夫一眼，垂下目光，原來亞夫沒有替她準備吃的，自己怎麼會現在才察覺到？他暗自算了算，忽然一怔，距離她離開安都到靈都已過了七天，她是怎麼活過來的？

他決定偷偷去看她。他從來沒有主動看過任何一個女人，即使是當年的闍梨香，他也只敢偷偷地站在遠處，靜靜地仰視她。

然而這次他去了，因為他知道亞夫肯定不會讓他去的。

但他萬萬沒有想到，迎接自己的居然是狠狠的一腳。

沒錯，她一見到他，二話不說就直接把他踹到溫泉池裡。他呆呆地看著佇立於池邊月色下的她，有著堅韌和無畏的眼神，以及一張精巧美麗的臉！

這就是那瀾……

他忽然有種強烈的直覺——這個女人或許可以改變靈都、改變這個世界……

事實證明他沒有猜錯。當那瀾在日刑下毫髮無傷時，他更加確信了她是命運的安排，是來救贖靈都的！他對讓亞夫抓走那瀾感到有些內疚，但如果不接受日刑，就不會有人相信她是天神的使者，唯有如此，她說的話才有權威。

她揭下了他們的面紗，讓所有人得以正大光明地呼吸空氣；她為靈都帶來了歡笑，也帶來了不同的食物；她讓靈都開始有了精神，也讓他有了朝氣。

他第一次品嘗了別的食物，第一次和一個女人共住一個屋簷，第一次握住了女人的手，第一次對著她微笑，第一次脫下衣服要她為自己畫畫……

而這一次，他想和她一起進行那神聖的儀式。他發現自己想要她……無論以多麼平靜的姿態隱藏，都無法壓抑那種強烈的感覺，當他和她一起落入溫泉池、站在她的對面時，他忽然感受到一股熾熱而強烈的欲望正充斥在小腹，讓他無法克制地想更加靠近她，緊緊擁抱她。

他第一次有了欲望，真的愛上了她，所以，他要得到她。

這次，他決心把她徹底留在身邊，不再讓給別的王。即使亞夫打算犧牲生命阻止，他也絕對不會放手！

灦兒，我的愛，我將一直在妳身邊。

所以……也請妳對我靈川負責……

張廉
插畫／Ai×Kira
星際美男聯萌
4
星凰少年騎士團
Kadokawa Fantastic Novels DX

國家圖書館出版品預行編目資料

十王一妃 / 張廉作. -- 初版. -- 臺北市 : 臺灣角川
, 2014.04-
冊 ; 公分
ISBN 978-986-325-901-5(第1冊 : 平裝). --
ISBN 978-986-366-073-6(第2冊 : 平裝). --
ISBN 978-986-366-133-7(第3冊 : 平裝)

857.7 103003492

Kadokawa Fantastic Novels DX

十王一妃3

2014年9月22日　初版第1刷發行

作　者：張廉
插　畫：Chiya

發行人：加藤寛之
總　監：施性吉
主　編：陳正益
副主編：林秀儒
責任編輯：邱瓈萱
資深設計指導：黃珮君
設計指導：許景舜
美術設計：宋芳茹
印　務：李明修（主任）、張加恩、黎宇凡、張則蝶

發行所：台灣角川股份有限公司
地　址：105台北市光復北路11巷44號5樓
電　話：（02）2747-2433
傳　真：（02）2747-2558
網　址：http://www.kadokawa.com.tw
劃撥帳戶：台灣角川股份有限公司
劃撥帳號：19487412
法律顧問：寰瀛法律事務所
製　版：尚騰製版印刷有限公司
ＩＳＢＮ：978-986-366-133-7

香港代理：香港角川有限公司
地　址：香港新界葵涌興芳路223號新都會廣場第2座17樓 1701-02A室
電　話：（852）3653-2888

※本書如有破損、裝訂錯誤，請寄回當地出版社或代理商更換。